诗
想
者

HIPOEM

生活，还有诗

大地的细节

——在路上的中国风景

聂作平 著

GUANGXI NORMAL UNIVERSITY PRESS
广西师范大学出版社
·桂林·

大地的细节
Dadi de Xijie

图书在版编目（CIP）数据

大地的细节 : 在路上的中国风景 / 聂作平著. --
桂林：广西师范大学出版社，2021.11（2023.7 重印）
ISBN 978-7-5598-4292-3

Ⅰ. ①大… Ⅱ. ①聂… Ⅲ. ①随笔—作品集—中国—当代 Ⅳ. ①I267.1

中国版本图书馆 CIP 数据核字（2021）第 195435 号

广西师范大学出版社出版发行
（广西桂林市五里店路 9 号　邮政编码：541004
网址：http://www.bbtpress.com）
出版人：黄轩庄
全国新华书店经销
广西广大印务有限责任公司印刷
（桂林市临桂区秧塘工业园西城大道北侧广西师范大学出版社集团有限公司创意产业园内　邮政编码：541199）
开本：890 mm × 1 240 mm　1/32
印张：11.25　　字数：280 千
2021 年 11 月第 1 版　　2023 年 7 月第 2 次印刷
定价：78.00 元

目 录

孤忠者最后的大地：文天祥和他的北上之路

这是文天祥一生中代价最昂贵的一顿饭。

中午，文天祥下令让疲惫的队伍在一座小山坡上停下来。他坐在一张铺有虎皮的交椅上，才吃了几口，元军从天而降。他甚至来不及组织有效的抵抗，就与大批部下一起成了俘虏。

因为活捉了南宋丞相，那位元军将领得以在历史上留下名字：千户王惟义。大概相当于今天的师长或团长。

为了纪念这顿不同寻常的午饭，后人在文天祥被俘的地方修建了一座亭子，取名方饭亭。至今，方饭亭还矗立于广东省海丰县一所中学校园内。亭子前，一块长条形的石碑上刻着四个遒劲的大字：一饭千秋。

被俘后，文天祥立即启动紧急预案：自从起兵勤王与元军周旋以来，他身上就备有一种名为“脑子”的东西。所谓脑子，是宋人对龙脑香的俗称。龙脑香，则是一种高大乔木的树脂的提取物，又称冰片。

尽管文天祥火速吞服了二两脑子，却没能如愿自杀，只是接连拉了十来天肚子。对此，李时珍在《本草纲目》里有解释。他指出，服脑子自杀，得用热酒吞服。战场上的文天祥，根本没法找到热酒，只好胡乱捧了几口水田里的污水。

这不是文天祥第一次被元军俘虏。两年前，他以特使身份前往元军大营谈判，却被元军当作俘虏押往大都（今北京）。途中，于镇江侥幸逃脱。

既然自杀未果，文天祥决定活下去，慢慢寻找逃跑的机会。

然而，上天没有给他第二次机会。随着他离南中国海的涛声越来越近，他将悲哀地看到，他矢志效忠的大宋王朝如何坠入万劫不复的深渊。而他要从中国大陆南部尽头北上，行程近三千公里，抵达燕山脚下的大都。他将在百感交集中，最后一次行走于这片辽阔大地，像是与他热爱的山河作一次漫长而悲怆的诀别。

绝望的人眼睁睁看着国家灭亡

亲临崖山之前，我曾多次想象，那片庇护过二十万南宋军民和几千条船只的水面，应该惊涛拍岸，横无际涯。然而，当我登高远眺，才发现现实与想象相去甚远：目力所及的远方，是一条几百米宽的大河，河面平缓，静水流深，几十条大大小小的船只在忙碌。至于大海，它还在山那边的远方。

七百多年的时光太过久远，不仅意味着将近四十代人的新陈代谢，也意味着山河面貌的强烈改变。比如我看到的这片水面，在文天祥时代，他的确能在高处望见与江相接的蔚蓝色大海。

那时候，珠江八大入海口之一的潭江，就在崖山附近汇入南海。入海前，丰沛的江水形成了一汪湖泊，名为银洲湖。银洲湖外，崖山和汤瓶山东西相峙，峭立于江尾海头，如同半掩半开的门，因而，人们将两山之间的海湾称为崖门——那时候，写作厓门；后来，改为崖门。

文天祥出生于1236年。他出生前两年，崛起于北方草原的蒙古联合南宋，共同灭掉金国。在蒙古强大而金、宋弱小的情况下，三国鼎立或许还能对蒙古有所制衡；金国既灭，虚弱的南宋不得不独自面对虎视眈眈的蒙古。随着忽必烈灭大理，南宋从此陷入了蒙古的南北夹击中，国势愈发艰危。

1274年，也就是文天祥三十九岁那年，宋度宗去世，已于三年前建立元朝的忽必烈乘南宋国丧之机出兵，一路势如破竹。一年多后，元军兵临南宋首都临安（今浙江杭州）。在太皇太后谢道清主持下，后来被元朝廷封为瀛国公的小皇帝宋恭宗投降。三个月多后，另一个小皇帝宋端宗在福州即位。过了两年，疲于奔命的宋端宗病死于广东湛江硇洲岛。随即，第三个也是最后一个小皇帝赵昺继位。这时候，原本就捉襟见肘的南宋已到了山穷水尽的地步，二十万不甘亡国的南宋军民在陆秀夫和张世杰的率领下辗转来到崖山。与硇洲岛不同，崖山更具地理上的优势。这一点，明代《崖山志》说："崖山在大海中，两山对峙，势颇宽广，中有一港，其口如门，可藏舟，殆天险也，可扼以自固。"

在崖山，南宋军民伐木建屋，并为小皇帝和杨太后修建了一座名为慈元殿的行宫。一时间，小小的崖山一带，三千余座房屋连绵起伏，形成集市，史家把这时的宋朝称为行朝——相当于惨淡经营的流亡政府。

但是，志在消灭南宋的元军不会听任行朝继续存在。

文天祥被俘后，元军主将张弘范下令把他押送到自己驻扎的潮阳。其时，张弘范正在为进攻崖山做最后准备。当张弘范从潮阳赴往崖山时，特意把文天祥也带上了。

文天祥既是南宋丞相，又是状元出身；既是南宋最具人望的知名人士，也是抵抗运动的主要领袖。如果能让文天祥投降并说服张世杰等人放弃抵抗，必能起到事半功倍的效果。船队还航行于海上时，张弘范令手下逼文天祥写信劝降。文天祥的回答却是一首诗，那就是我们从小就耳熟能详的《过零丁洋》。

零丁洋地处珠江口外，包括从深圳到珠海的广阔海域，因内、外零丁两岛遥遥相对而得名。行驶在G94珠三角环线高速上时，不远处风平浪静的水面，就是心仪已久的零丁洋。那一刻，很自然地，我想起了文天祥，想起了他的敌人张弘范。他在读到文天祥那首诗时，也深为感动，连声说：好人，好诗。

辛苦遭逢起一经，干戈寥落四周星。
山河破碎风飘絮，身世浮沉雨打萍。
惶恐滩头说惶恐，零丁洋里叹零丁。
人生自古谁无死？留取丹心照汗青。

感动归感动，张弘范却不可能因感动而对文天祥网开一面。恰恰相反，他要从精神上摧毁文天祥，以便文天祥为元朝廷所用。

1279年，农历二月初六，元军向宋军发动总攻。其时，为了备战，宋军已在张世杰的指挥下，烧毁了才居住几个月的房屋——包括小皇帝和太后的行宫，全体军民搬到几千条船上。这些船在江阔水深并受潮汐影响的潭江口，形成了一座雄伟的水上城市。

张弘范要让文天祥亲眼看到南宋的毁灭。他把文天祥押到他乘坐的大船上，从远处观看这场声势浩大的海战。涨潮时，元军战船随着海潮向崖门进攻，张世杰令人意外地没有坚守崖门，而是让战船排成一字长蛇对敌。

战况无比惨烈，元军船上的文天祥痛不欲生。他眼睁睁地看到宋军如何溃败，如何被元军杀死或是被逼跳海。其时，陆秀夫护驾于帝舟中，帝舟比一般战船更大，紧急间难以突围。陆秀夫知道最后的时刻到了，他先把自己的老婆孩子一一推下水，再从容对小皇帝说："国事至此，陛下当为国死。"尔后，他背负年仅八岁的赵昺跳进大海。张世杰突围后遭遇台风，溺水而死。这样，"宋末三杰"就只剩身为俘虏的文天祥了。几天后，崖山海面浮出十万余具尸体，绝大多数是南宋军民。杨太后在听说小皇帝遇难的噩耗后，大哭说："我忍死艰关至此者，正为赵氏一块肉尔，今无望矣。"随即蹈海自尽。

我来到崖山附近的宋元崖门海战文化旅游区时，发现此处人迹罕至，满坡龙眼挂着累累果实，在炎热的夏季风里等待成熟。翻过面向崖门的那面山坡，我找到了慈元庙。慈元庙，那是明朝时为纪念杨太后奉节尽忠，也是为纪念南宋军民这场惨痛遭遇而修建的。从"慈元殿"到"慈元庙"，尽管只有一字之差，却饱含着无数身逢国难者悲苦绝望的命运和后人滔滔无尽的兴亡之叹。

对这场发生在眼皮底下的亡国之战，文天祥悲痛难以自抑，他先后有多篇诗文记录此事。他自陈："崖山之败，亲所目击，痛苦酷罚，无以胜堪。”当是时，他也想跳海，但被元军所阻。崖山战后，胜利者张弘范大摆宴席，再次劝降。他对文天祥说，你效忠的大宋已经灭亡了，作为臣子问心无愧了。你一心求死，可即便死了，又有谁记得你呢？如果你能像事大宋那样事大元，大元的丞相，非公莫属。

文天祥流着眼泪回答说，国家灭亡却不能施救，做臣子的简直死有余辜，哪还能为了偷生而事二主呢？商朝灭亡了，但伯夷、叔齐不食周粟，是为了尽到自己的忠义，绝不会因国家的存亡而改变。

张弘范听了，深为动容。他对这个敌对阵营的高级官员，竟生出强烈的同情与理解。之后，他不仅在生活上优待文天祥，还把文天祥失散的奴仆想方设法找回来，送到文天祥身边。更重要的是，他向忽必烈上书，详细说明不能杀文天祥的诸种理由。

得知文天祥的事迹后，忽必烈感慨说：谁家无忠臣。于是下令把文天祥押往大都。

由此，便有了文天祥从南海到大都的漫漫征途；孤忠者，踽踽行走于他最后的大地……

死在故乡的人是幸福的

就在崖山战后不久，据守惠州城的文璧向元军献城投降。文璧是谁呢？他是文天祥的亲弟弟。文天祥从崖山再次经过零丁洋来到广州，文璧去看望他，兄弟俩长久地静立无言，唯有流泪以对。文天祥自身绝不降元，却同意弟弟献城投降，乃是有他的难言之隐：

怕文家断了香火。

文天祥有妻妾三人，她们为他生下了六个女儿和两个儿子。但是，元军逼境，文天祥起兵勤王后，他的家小也只能跟着他转战南北，受尽磨难。他的长子道生十三岁时病逝于惠州。次子佛生在空坑之战时失散，生死不明。他的六个女儿，两个在军中病死，两个死于乱军，两个做了俘虏。

不孝有三，无后为大，这是包括文天祥在内的信奉儒家思想的古人根深蒂固的人生理念。被无后的恐惧所折磨，五坡岭被俘前一个月，文天祥写信给弟弟，请求他把侄儿文陞过继给自己。文璧到广州探望时，文陞已过与文天祥为嗣。父母早已不存，两个女儿侥幸没死却是被俘，三个妻妾生死未卜，但后继的香火已经落实了，文天祥觉得，可以放心地为大宋而死了。

1279 年，四月二十二日，张弘范派一个叫石嵩的军官负责押送文天祥，迈出了前往大都的第一步。

这支小小的队伍从广州北上，经英德、曲江，来到南岭脚下的韶关。这天晚上，文天祥借宿于韶关城外的南华寺。南华寺建于 6 世纪初的梁武帝年间，到文天祥时，已有七百多年。这座位于曹溪畔的古寺，更知名的是它曾作为禅宗六祖惠能的驻锡地。惠能圆寂后，肉身一直完好地保存于寺中。但文天祥惊讶而又伤感地获悉，元军南下灭宋的连年战争中，被信徒认为肉身成圣的慧能，竟然被元兵“刲其心肝”。文天祥感叹：“乃知有患难，佛不能免，况人乎？”

告别凋敝的南华寺，文天祥进入了横亘于广东与江西交界处的大山，那就是五岭中最东边的大庾岭。穿行于群山的古道，既是沟通广东和江西的捷径，也是连接南粤与中原的古老通道。古道从大庾岭中的梅岭穿过，山的垭口，建有险要的梅关。梅岭和梅关，都因唐代诗人张九龄凿山开路时广植梅树而得名。时值初夏，梅花早已开过，但季风从南海吹来的水汽，遇到南岭阻挡后化为连绵雨水。文天祥是江西人，走过梅关，也就由广东进入了江西。远行的游子回到故乡，却是以这种被押解的方式。风雨中的文天祥感慨万千，心绪难平，写下了一首《南安军》：

梅花南北路，风雨湿征衣。
出岭谁同出？归乡如不归！
山河千古在，城郭一时非。
饿死真吾志，梦中行采薇。

从广州到南安军（今江西大余县），一路多是陆路，旅途十分艰苦。到了南安军以后，发源于南岭北坡的赣江支流章水，能够通行小船，文天祥得以舍陆登舟。当然，弃陆路走水路还有另一个原因。那就是与南安军接壤的赣州，曾是文天祥做官的地方；赣州更北的吉州（今江西吉安市吉州区），则是文天祥老家。文天祥起兵抗元时，多次转战其间。因此，对江湖上盛传的宋军残部可能在途中劫走文天祥的传言，负责押送的石嵩颇为担心，他把文天祥秘密安排到一条小船上，悄无声息地顺流而下。

至于文天祥，正在着手实施翻越梅岭时就拟定的计划：绝食自杀。

文天祥计算过，如果从南安军开始绝食，那么七八天后，也就是他活活饿死时，客船正好沿着章水进入赣江后航行到故乡吉州。作为大宋王朝的孤忠之臣，文天祥最后的愿望是死在故乡，长眠于故乡温暖潮湿的黄土。

文天祥一直不知道的是，就在他实施绝食计划时，一个叫王应梅的人，在从赣州到隆兴（今江西南昌）的路上，沿途张贴一篇叫《生祭文丞相文》的文章。

王应梅是文天祥的老乡，小文天祥十六岁。当初，文天祥组织义军勤王时，身为太学生的王应梅前往谒见，捐出家产以充军饷，并在文天祥幕中效力。不久，因父死未葬而母又重病，王应梅只得告假回乡。孰料一去竟成永别，等到文天祥的消息再次传回故乡时，大宋已成前朝，丞相已为俘虏。

王应梅担心，世事难料，如果文天祥不能慷慨就义，甚至变节投降，不仅毁了他个人的清誉，也将令天下忠贞之士齿冷。为此，他写下洋洋两千余字的《生祭文丞相文》，力劝文天祥尽快自尽，以全节义。

一个夏日的午后，满耳蝉唱中，我登上了始建于北宋的八境台。凭栏远眺，发源于南岭的章水和发源于武夷山的贡水在不远处交汇。交汇后，它们有了一个更响亮的名字：赣江。赣江开始的这座城市，就是赣州。

1274年春天，文天祥出知赣州。在这座水边的古城，他“平易近民，与民相安无事，十县素服威信”。公余，赣州众多的古迹是他登临纵目的好地方。八境台外，近在咫尺的郁孤台，因辛弃疾“郁孤台下清江水，中间多少行人泪。西北望长安，可怜无数山”的词句闻名遐迩。

萧条异代不同时。辛弃疾去世近三十年后，文天祥才来到人世。南宋初、中叶的辛弃疾时代，尽管同样与金国划江而治，但恢复中原还不完全是梦想，辛弃疾也才有“马作的卢飞快，弓如霹雳弦惊。了却君王天下事，赢得生前身后名”的豪迈理想；到了文天祥时代，国事蜩螗，积重难返，不要说恢复中原，就连守住残山剩水也岌岌可危。而此时此日重回赣州，更是连自身也成了楚囚。因而，同样的山水，同样的城郭，同样的旧游之地，它们带给文天祥的，是不可避免的感时伤遇：

满城风雨送凄凉，三四年间此战场。
遗老犹应愧蜂蚁，故交久已化豺狼。
江山不改人心在，宇宙方来事会长。
翠玉楼前天亦泣，南音半夜落沧浪。

王应梅的祭文写好后，为了让文天祥看到，他把文章抄写在大幅白纸上，张贴于从赣州到隆兴之间的各个码头和驿站。这些地方是北上的文天祥的必经之地，王应梅认为：他一定有机会看到。

然而，王应梅没想到的是，被囚禁在船中的文天祥虽然经过了赣州，却没看到他苦心孤诣的祭文。文天祥在为死在故乡而努力。

阶下囚最大的悲哀在于，生固然不由你，就连死也不由你。文天祥绝食之初，押送的元军并不太在意。几天后，他们担心这个闻名天下的钦犯死在押送途中，他们脱不了干系，遂想尽一切办法要文天祥吃喝。最后，他们用削尖的竹筒硬插进文天祥嘴里，从另一端灌下流质食物，弄得文天祥口舌受伤，满嘴是血。文天祥自忖绝食无法成功，再加上此时顺风顺水的小船已快驶离吉州，他决定终止绝食。既然不能死在故乡，那就只好活着。

文天祥的自杀未遂，让我想起陈子龙。明末文人陈子龙，同样遭逢外敌入侵的巨变。抗清中，他也成了清军的俘虏。当清军用船只押送他离开家乡松江时，绝望的陈子龙抱住看守士兵，一同滚进河里，以这种惨烈的方式如愿以偿地葬在了故土。

从南安军经赣州到达吉州时，文天祥已绝食五天，“余虽不食，未见其殆”。赣江流到吉州，水量浩大而水流平缓，江中形成了大大小小的沙洲。其中，位于吉州城下那座最大的沙洲，名叫白鹭洲。那里，留下了文天祥青年时期孤灯夜读的记忆。

如今的白鹭洲如同多年来一样，古木参天，野花竞秀，林子里，藏着一所学校。白鹭洲上建学校的历史，可以追溯到文天祥时代。

1240年，文天祥还是五岁的孩子时，吉州知府江万里于白鹭洲创办书院，聘请宿儒欧阳守道为山长。十五年后，赣江春潮初涨时，二十岁的文天祥从家乡庐陵县富田镇来到白鹭洲书院，从欧阳守道读书。仅仅一年多后，文天祥便在科考中高中状元。并且，该科六百零一名进士里，吉州竟占四十四名，且大多数出自白鹭洲书院。与文天祥同科的进士，还有宋末遗民诗人谢枋得和与文天祥并称的陆秀夫。另值一提的是，文天祥后来还成了一直欣赏他、奖掖他的欧阳守道的侄女婿。至于同样欣赏他、奖掖他的江万里，十八年后文天祥与他在长沙再次相逢，那时，国家已经危若累卵，江万里垂垂老矣，他一再告诫文天祥：吾老矣，观天时人事，当有变。吾阅人多矣，世道之责，其在君乎？君其勉之。见面第二年，元军攻陷江万里居住的饶州，他跳入后花园水池自尽。那方深潭般的水池，是他听说元军攻破军事重镇襄樊后下令挖掘的，名曰止水。当时，“人莫谕其意”。等到他跳池后，他的儿子和左右也跟着跳，以至于“积尸如叠”。

当静卧于船上的文天祥透过船窗看到白鹭洲熟悉的漠漠烟树时，他是否曾想起年轻时在香樟树下与欧阳守道和江万里吟哦推敲的往事？

就在白鹭洲附近，一个老朋友悄悄摸到了文天祥的船上。老朋友叫张毅夫，不仅是老朋友，还同是吉州老乡。张毅夫性情耿介，文天祥身任要职时，多次推荐他出来做官，张毅夫一律推辞不就。文天祥成了元军俘虏，张毅夫却找上门来。他对文天祥说："今日丞相赴北，某当偕行。"

几个月前，和文天祥一同自广州出发，陪他前往北方的从者共有七人，随着时日迁延，或死或逃，此时只剩一个叫刘荣的还跟在身边。而真正能与文天祥声息相通、互相勉励的，则只有同为俘虏的邓光荐。现在，多了一个张毅夫。

踏上文天祥乘坐的小船，老友张毅夫一直紧紧相随。到达大都后，文天祥被关押于兵马司狱中，张毅夫在附近租了房子，"日以美馔馈"，文天祥才得以几年间从不吃元朝廷提供的任何食物。张毅夫为文天祥送了四年牢饭，直到文天祥就义。此前，张毅夫悄悄制作了一只木匣子。文天祥受刑后，张毅夫就用这只匣子细心收藏了文天祥的头颅，又想方设法火化了文天祥的尸体。然后，他带着文天祥的遗骸回到吉安，交给文天祥的继子安葬。

吉安市富田镇一个叫虎形山的山谷里，青黛的林表传来阵阵鸟啼，我在那里找到了文天祥的陵墓。墓前，石俑静立；广场上，巨型文天祥雕像气度森严。我带着儿子，遥向这位先贤鞠了三个躬。

虽千万人，吾往矣

作别了魂牵梦萦的桑梓之地吉安，文天祥不像之前那么孤独了。他知道，慷慨赴死易，从容就义难。既然不能死在家乡，那死在其他任何地方也就没了区别。对死志已定的人来说，早一天晚一天死，也不用那么刻意。

日夜奔流的赣江一路喧哗北行，于永修县注入鄱阳湖。文天祥的小船也顺流而北，横渡了烟波浩渺的鄱阳湖后，来到庐山脚下的湖口，并由湖口进入长江。此时，故乡吉安早已远了，就连江西，也成永别。

六朝古都南京，是文天祥北行途中停留最久的地方。在那里，邓光荐因病躯沉重，被送往天庆观就医。文天祥也因几个月舟车劳顿，加上绝食而元气大伤。这样，文天祥在南京暂住了一个多月。

一个多月后，邓光荐继续留在南京，而文天祥必须北上。当他们执手相看时，他们都知道这既是生离，也是死别。文天祥感叹时运不济，“水天空阔，恨东风，不惜世间英物”，而“镜里朱颜都变尽，只有丹心难灭”。同样是在南京，两个囚徒还干了一桩十分风雅的事：邓光荐编定了他的诗集《东海集》，文天祥为诗集作序。

几年后，被元朝廷释放回乡的邓光荐迎来了一个特殊的客人。此人竟是元军主帅张弘范的儿子张珪。张珪一向敬慕邓光荐的才学，从此师事之。这是题外话。

农历八月底的江南，当富于情趣的江南人忙于登高把酒时，同为江南人的文天祥却不得不再次踏上路途。文天祥知道，今日一别，杏花春雨的江南，从此将恍如遥远的前世。驿站里，他留下了两首泣血之作，其中一首这样写道：

草合离宫转夕晖，孤云飘泊复何依？

山河风景元无异，城郭人民半已非。

满地芦花和我老，旧家燕子傍谁飞？

从今别却江南日，化作啼鹃带血归。

文天祥从南京出发，经真州而上扬州。在扬州，他结束了长江上的航行，从长江转入运河北上。此后，他将次第经过高邮、宝应、淮安、邳州、徐州、鱼台、济宁、宁阳、东平、陵县、献县、河间、保定、范阳，进而到达元朝首都大都。

这一路，依赖南北大动脉大运河，文天祥大多时候以舟代步。享国一个半世纪的南宋，拥有的是半壁河山，它先后与北方的金国和蒙古（元朝）对峙，长期以秦岭—淮河一线作边境。身为南宋人，渡过长江，尤其是进入长年征战的两淮地区后，眼前都是陌生而刺目的异国景象，“漠漠地千里，垂垂天四围。隔溪胡骑过，傍草野鸡飞”。至于征雁南飞，寒蛩夜唱，这对一个敏感的囚徒来说，都是无穷无尽的黍离之悲。总之，去者日以疏，来者日以亲，江南渐行渐远，如同崖山下沉入大海的故国。

与此同时，随着大都越来越近，文天祥也越加明白，逃脱的奇迹不可能再次发生。他的死志也更加坚定。因而，斯时的文天祥便有一种潜意识行为：他不断寻找精神上的知音与同道。沿途经过的地方，那些历史上涌现出的忠贞者、节烈者，不论男女尊卑，都带给文天祥一种异样的温暖。这种温暖，大抵缘于吾道不孤的欣慰。他不断写诗作文，以抒胸臆，以证大道。

微山湖之南的徐州，大运河横贯境内，自古就是交通要津。九月初九，古人遍插茱萸、登高饮酒的重阳节，风尘仆仆的文天祥解鞍少驻。在徐州，他寻访了城东的一座楼。这座楼叫燕子楼。

很多年后的今天，徐州云龙公园内，一汪湖水包围的知春岛上，也有一座燕子楼。但可以肯定地说，文天祥凭吊过的燕子楼，并非眼前这一座。因为，作为徐州历史上著名建筑的燕子楼遭逢多次毁弃，又多次重建。

最初的燕子楼建于唐朝，是镇守徐州的节度使张愔为爱妾关盼盼所建。白居易和张愔是朋友，曾与关盼盼见过面，他笔下的关盼盼："醉娇胜不得，风袅牡丹花。"张愔死后，关盼盼拒绝了众多求婚者，在燕子楼上度过了寂寞孤独的后半生。

对这些典故，饱读诗书的文天祥烂熟于胸。他登上燕子楼，凭吊关盼盼。美人芳草，从来都是中国士大夫骨子里最深刻的隐喻，关盼盼为张愔守节不移，很自然地被文天祥用来象征自己对大宋朝的满腔忠贞。他在徐州写下的《燕子楼》，与其说是对关盼盼的褒扬，毋宁说他在借关盼盼之酒杯，浇自家胸中之块垒：

因何张家妾，名与山川存。
自古皆有死，忠义长不没。
但传美人心，不说美人色。

告别燕子楼九天后，文天祥抵达山东陵县，也就是今天的德州市陵城区。唐代时陵县是平原郡郡治所在地，而平原郡，又和另一个如今人所皆知的名人有关，这个人就是书法家颜真卿。关于颜真卿，很多人只知道颜体，却不知道颜真卿也是忠贞之士。安史之乱前，颜真卿被贬平原郡，及至安禄山作乱，以为他乃一介书生，并没把他放在眼里。但颜真卿坚守孤城，有效地牵制了叛军。后来，李希烈作乱，颜真卿奉旨前去切责，被叛军所害。

行经颜真卿曾坚守过的陵县，文天祥必然想起这段尘封的往事。见贤思齐，更何况，在对前贤的缅怀与纪念中，还能获得一种精神力量的加持呢。为此，文天祥写诗感叹："乱臣贼子归何处。茫茫烟草中原土。公死于今六百年，忠精赫赫雷行天。"

还值一提的是，与颜真卿同样忠烈的，是他的堂兄颜杲卿。他在安史之乱中被叛军俘虏后押到洛阳，面见安禄山时，他瞋目大骂，为安所杀。后来，当文天祥被关押在大都狱中，他在他最知名的作品《正气歌》里，历数天地正气，把颜杲卿与博浪沙刺秦的张良、冰雪中持节的苏武和困守孤城的张巡等人相提并论。

1279 年，农历十月初一，文天祥终于被押送到了目的地：大都。文天祥是从今天的房山区进入京城的。房山区境内有一条汇入拒马河的小河，名叫琉璃河，又名大石河，古称圣水。如今的琉璃河上，还有一座古朴的大桥。文天祥的《指南后录》里，有一首诗题为《过雪桥琉璃桥》。只不过，他行经的那一座早已荡然无存。我们今天见到的，建于更晚的明代。

那是一个小雪后的早晨，残星在天，寒气逼人，文天祥骑在马上，听着村野小店传来的一声声鸡啼，一大早就上路了。当天，他们进入了自五代十国起就被少数民族占据的大都。这座气势萧森的北方重镇，脱离中原汉族王朝之手，到文天祥时代已有三百余年了。

文天祥在会同馆的一间破屋里被关押了五天后，被移送到兵马司狱中。狱卒对文天祥的态度，随着元朝君臣的想法而不断变化。但无论是"枷项缚手"，还是"供帐饮食如上宾"，都无从改变文天祥的意志。

此后四年间，也就是从四十四岁到四十七岁——文天祥的最后岁月，都是在狱中度过的。接连不断的劝降几乎是家常便饭：从在京的南宋君臣到元朝高官，走马灯似的充当说客。这中间，值得一说的有两次。

其一是此前降元的宋恭宗。宋恭宗来到牢房，还没开口说话，文天祥已经口称陛下哭拜于地，宋恭宗只得尴尬地打道回府。文天祥就义六年后，宋恭宗被打发到西藏学习佛法。此后几十年里，他竟成为一代佛学大师，出任萨迦寺总管。但五十三岁那年，因一首怀念故国的小诗被元朝廷斩首。

其二是平章政事阿合马。平章政事相当于副丞相，是从一品的高官。此人把文天祥招到馆驿中，倨傲上坐；哪知文天祥见到他，“长揖就坐”。然后，两人之间有这样一段对话。

阿合马：你知道我是谁吗？

文天祥：听人说是宰相来了。

阿合马：既然知道我是宰相，为什么不下跪？

文天祥：南朝宰相见北朝宰相，为什么要跪？

阿合马：你为什么到了这里？

文天祥：南朝如果早日起用我为宰相，北朝军队没法打到南方，我这个南朝宰相也不可能到北方。

阿合马回顾左右说：此人生死由我定。

文天祥：亡国之人，要杀便杀，说什么由你不由你。

一番针锋相对后，原本趾高气扬的阿合马只得默然离去。

元朝廷迟迟没杀文天祥，一方面是包括忽必烈在内的元朝君臣，都对文天祥的忠贞抱有程度不一的敬意；另一方面，灭宋的元军统帅张弘范，多次向忽必烈上书，请求善待文天祥。1280 年，张弘范以四十三岁的壮年去世，病危之际，犹自关心被押在土牢中的文天祥，并最后一次向忽必烈建议：文天祥忠贞不贰，千万别杀。

世事就是这样难以捉摸：对文天祥来说，张弘范本是他和他的祖国的仇雠，没想到却成了最懂他也最珍惜他的知音。或许，肝胆相照的朋友尚不难得，难的是作为敌人却赤诚以待。

非常具有讽刺意味的是，文天祥虽然被元朝廷处决，但真正促使元朝廷这样做的，不是元朝君臣，而是文天祥曾经的同僚。从这一角度上说，文天祥不是死于敌人，而是死于同胞。

向元朝廷投降的南宋君臣中，有一个人叫留梦炎。1244 年，文天祥九岁时，比他长十七岁的留梦炎金榜题名，高中状元。

状元出身意味着前途无量，留梦炎迅速做到了位极人臣的丞相兼枢密使，相当于既是政府首脑又是军队统帅。但是，元军南下时，他选择了投降。

文天祥在狱中的最后一年，由于长期关押，屁股上长了一个恶疮，“平生痛苦，未尝有此”。他的几个前同事王积翁等人联名向忽必烈上奏，请求释放文天祥，把他安排到道观做道士。文天祥也表示同意接受这种安排。

忽必烈还在犹豫之际，留梦炎却坚决反对，他说：“天祥出，复号召江南，置吾十人于何地。”表面看，他怕文天祥以做道士为借口出逃，以后再次兴兵抗元，那样，他和王积翁等人就会受牵连；其实，他更深层的想法在于，文天祥的孤忠耿耿，更加反衬了他的望风而降。有文天祥的名垂千古，也就有他的遗臭万年。因而，这个状元容不得那个状元，这个前丞相容不得那个前丞相。

1282 年十二月初八，忽必烈亲自召见文天祥，他还想做最后的努力。但是，面对他开出的只要文天祥投降，就任命其为中书宰相或枢密使的条件，文天祥断然拒绝。末了，忽必烈无奈地问：汝何所愿？文天祥对曰：愿与一死，足矣！

次日，文天祥在大都城南柴市引颈就戮。刑前，他面南而拜，大声说："臣报国至此矣！"

对文天祥之死，元朝人感叹说："宋之亡，不亡于皋亭之降，而亡于潮阳之执；不亡于崖山之崩，而亡于燕市之戮。"

文天祥求仁得仁，死而无憾。其时，距南宋的灭亡四年有奇。天道周星，物极不反，崖山口外那十万溺水的亡魂，已随着故国的烟消云散而渐行渐远。

一个人的宁古塔

一

康熙十五年，即公元1676年，岁次丙辰。这年冬天，京师普降大雪。天寒地冻的千佛寺庭院里，一个穿戴厚实的中年人望着纷纷扬扬的雪花，想起了远在千里之外的好友。他悲从中来，不可断绝，遂匆匆写下两阕词，这就是清词中的名作《金缕曲》。词中这样写道：

季子平安否？便归来，平生万事，那堪回首！行路悠悠谁慰藉，母老家贫子幼。记不得，从前杯酒。魑魅搏人应见惯，总输他，覆雨翻云手。冰与雪，周旋久

…………

这个对雪伤怀，凭栏远眺的中年人叫顾贞观，号梁汾。是时，他在大学士纳兰明珠府上任家庭教师，与明珠的长子、清朝最杰出的词人纳兰性德相交甚厚。之前，顾贞观曾请求纳兰把那位“冰与雪，周旋久”的朋友解救回京。

纳兰性德读罢顾贞观的词，不由泣下数行。于是，他和顾贞观之间有这样一番对话——

纳兰：你的词作足以和李陵赠苏武的诗，向秀缅怀嵇康、吕安的赋鼎足而三。你所托的事，我一定在十年内办成。

顾贞观：人活得了多久？希望你答应我五年办成吧。

纳兰性德既是当朝权臣的公子，又是御前深受信任的一等侍卫，普天下还有什么办不了的事呢？那个顾贞观怀念并欲营救的人，到底犯下了什么样的弥天大罪，以至于纳兰性德也要以五年乃至十年为期才能相救？

二

北京城的冬天寒冷肃杀，但如果一路北上，出山海关，渡辽河，越长白山，涉松花江，一直走上三千多里的路途，北京的寒冷便不值一提。因为这里才是冰雪笼罩的苦寒之地。关于这里，地方志生动地描绘说：

> ……号荒徼，人迹罕到，出塞渡湍江，越穹岭，万木排立，仰不见天。乱石断冰，与老树根相蟠亘，不受马蹄。朔风狂吹，雪花如掌，异鸟怪兽，丛哭林嗥，行者起踣其间，

或僵马上不得下。

顾贞观深深挂念的那位朋友，在家信中也表示对漫长得似乎看不到头的冬天和让人发疯的严寒刻骨铭心：“寒苦天下所无，自春初到四月中旬，大风如雷鸣电激咫尺皆迷，五月至七月阴雨接连，八月中旬即下大雪，九月初河水尽冻。雪才到地即成坚冰，一望千里皆茫茫白雪。”

这个冰雪统治的近乎鸿蒙初开的地方，叫宁古塔。有清一代，它是一个令人谈之色变的不祥的词语。它不仅意味着难以忍受的严寒，还意味着随时可能面临的死亡，以及被排除在主流社会之外的窘迫。

当顾贞观在京师向纳兰性德苦苦恳求施以援手时，他的朋友已经在宁古塔度过了整整十八个春秋。

十八个呵气成霜的漫长冬天过去了，当年风度翩翩的青年才俊，如今已是两鬓飞霜的沧桑中年。

这个不幸的人叫吴兆骞，字汉槎，江苏苏州人氏。

三

吴兆骞出生于官宦世家，少时即聪慧，十来岁时所作诗文已令见者惊叹。及长，他与陈维崧、彭师度合称“江左三凤凰”。不过，就像大多数恃才狂放的才子一样，吴兆骞也性情傲慢，颇招物议。他常常把同窗的帽子拿来当小便壶，老师责问他，他辩解说：“戴在那些俗人脑袋上，还不如拿来装尿。”老师感叹说：“此子异时必有盛名，然当不免于祸。”

老师的预言得到了验证。一场后来被史家们称为南闱科场案的无妄之灾，彻底改写了吴兆骞诗酒风流的写意人生。

顺治十四年（1657）八月，吴兆骞参加江南乡试，中举。就在吴家欢呼雀跃之际，灾难已经悄然降临：右詹事方拱乾的第五子方章钺也在这次乡试中中举，而主考官也姓方，叫方猷。言官由此咬定，方拱乾与方猷“联宗有素，乘机滋弊，冒滥贤书”。方拱乾向朝廷解释，他与方猷素无交往，更没有联宗。

但是，向来对江南，尤其对江南士人没什么好感的顺治采信了言官的说法。他在审理此案时，下令把中举者悉数押往北京，由他亲自复试。这是一场奇特的考试，信奉“学成文武艺，货与帝王家”的读书人在强权面前斯文扫地：考场设在中南海瀛台，举子们身戴刑具如同犯人。每个举子身旁，是两名手持钢刀的“监考”士兵。如此考试，举子们“悉惴惴其栗，几不能下笔”。结果，吴兆骞交了白卷。

关于吴兆骞交白卷的原因，历来有三种说法。其一是说吴兆骞突染风寒，疾病缠身，交了白卷。其二是说吴兆骞受惊失常，不能握笔。其三是说吴兆骞视复试为奇耻大辱，拒绝作答。以吴兆骞的性格来说，第三种可能性最大。复试前，自视甚高的吴兆骞异常悲愤，他说：“焉有吴兆骞而以一举人行贿乎！”

这桩科场案的结局是，两名主考官被斩立决，十八名同考官被绞立决，八名复试不合格的举子被革去举人资格，杖四十，流徙宁古塔，吴兆骞即其一。

至于被当作靶子攻击的方拱乾，他和他的家眷一起，也被流放宁古塔。值得一提的是，吴兆骞与方拱乾虽年龄悬殊，却因共同的命运而在此后成为相知的文友，在蛮荒的绝域，他们通过诗文抱团取暖，打发难挨的流放岁月。

四

流徙即流放，简称流，这是一种古老的刑罚，它的雏形，可以追溯到上古。但流放真正成为一种常刑，是在隋唐以后。清代，流刑是五大主刑之一，五刑从轻到重，分别是笞、杖、徒、流、死。也就是说，流刑是仅次于死刑的严重惩罚。

清代对流刑有着极为严格的规定，政府先后制订了《三流道里表》《五军道里表》等法律文书。流放的远近，之前分三个等级，后来增加为五个等级，即两千里（附近）、两千五百里（近边）、三千里（边远）、四千里（极边和烟瘴）。

根据清朝法律，判决下达后，犯人必须一个月内上路，法律术语叫起解。犯人由判决地派两名差人押送，称为长解；沿途所经州县，再派两人在境内协助，称为短解。每天的路程，法律也给出了明确规定：日行五十里。两千五百里的，限五十日到达；三千里的，限两个月内到达。在交通发达的今天，五十里不过咫尺之间，但在几百年前全靠双脚的条件下，不论风霜雨雪，日复一日地跋山涉水五十里，是一种巨大的考验。

最不人道的是，株连制度下，一人犯法，全家有罪。因此，大多数被流放宁古塔的犯人，他们不是一个人上路，而是整个家族一起远行。那些自幼就用布匹裹了脚的女人，哪怕以前养尊处优，从不曾一次走上三五百米的路，这时也必须依靠纤秀的三寸金莲，行走在荒无人烟的古道和瘴气弥漫、虎狼出没的原始森林。

沿途，流人的伙食由政府比照在押犯供给，标准定为每人每天八两，十五岁以下减半。如此之少的口粮，只能保证流人不饿死——前提是这些口粮能及时发放到犯人手中。但是，由于种种原因，区区八两口粮也没保障，常常饿着肚子赶路的流人随时可能沦为饿殍。

流放途中，流人必须一直戴着枷锁，直到流放地才能打开。如果没有钱贿赂押送人员，这沉重的木制枷锁就会一连几十天戴在脖子上，一旦淋雨，枷锁变得更加沉重。倘若行走于陡坡悬崖，密林山径，其痛楚与危险可想而知。至于那些因父亲、丈夫或儿子的罪责而一同流放的女人，她们除了行走的艰难、饥饿与危险，还面临另一种屈辱，那就是遭到押送者的性侵。

关于可怕的押解之路，《研堂见闻杂录》中说："半道为虎狼所食，猿狖所攫，或饥人所啖，无得生也。"

如此糟糕的被押解过程，使得流刑尽管不像死刑那样立即绑赴刑场，但死亡率也高得吓人：明朝的一次押送，其死亡率竟达到了三分之二。

回顾历史，中国文人似乎与流放有着解不开的缘分：从屈原到李白，从韩愈到刘禹锡，从苏轼到黄庭坚，从函可到吴兆骞，他们都领略过流放的滋味。尽管从表面看，流刑要比死刑好得多，毕竟没有立即断送性命。然而究其实质，不过一个长痛一个短痛。对统治者来说，把他们认定作奸犯科的人处死，固然干脆利落，但对民众的威慑不及流放。因为，流放者沿途的悲惨遭遇和到了流放地之后长达几年几十年的求生不得求死不能的非人生活，它给民众造成的心理阴影更加持久，更加广泛。让民众对严刑峻法永远心怀忐忑和恐惧，从而在国家意志划定的框架内做一个恭顺听话的良民，这显然是最有效也最经济的治理方式；而流刑，正是这样的方式之一。

五

宁古塔在今天的黑龙江省东部的海林和宁安。《研堂见闻杂录》中记载："按宁古塔，在辽东极北，去京七八千里。其地重冰积雪，非复世界。中国人亦无至其地者。"

就像唐代喜欢把犯人流放到炎热的岭南一样，有清一带，喜欢把犯人流放到寒冷的东北。东北是清朝的所谓龙兴之地，是其大一统政权最稳定的后方根据地。清初，南方的反清运动如同星星之火，以台湾为基地的郑氏不时袭扰东南，西南先有流亡的永历政权，后有兴兵造反的吴三桂。对清廷来说，安置流人的不二选择就是他们的老家东北。

清代的宁古塔，既指军政合一的行政单位宁古塔将军，又指宁古塔将军驻地。这一驻地，最初在今天的海林旧街，称为宁古塔旧城；后来移驻到今天的宁安，称为宁古塔新城。今天的海林和宁安各有四十多万人口，均已撤县建市，著名的镜泊湖景区即在宁安。但在三百多年前的清朝初年，这里是与世隔绝的蛮荒之地。方拱乾感叹："宁古塔，不知何方舆，历代不知何所属。数千里内外，无寸碣可稽，无故老可问。"

从北京到宁古塔，距离已达到流放的最高标准，即称为极边的四千里，费时需四五个月，不少人根本没走到宁古塔就已倒在险恶的路途上。康熙初年，朝廷终于良心发现，规定流徙宁古塔的犯人不得于冬月至次年七月的寒冷季节上路，以免犯人因衣衫单薄，冻死于途。

作为同案难友，吴兆骞以及方拱乾等人于1659年农历闰三月初三从北京出发。方拱乾拖儿带女一大家子，吴兆骞的家人原本也当一同受罚，幸好由于友人极力周旋，吴兆骞才得以独自服刑。行走了长达一百二十七天之后，他们终于在当年七月十一抵达宁古塔。在过松花江时，因天气炎热，吴兆骞到江中沐浴，不想患了重感冒，不得不穿着厚衣服骑行马上，又遇上天降大雨，“委顿欲绝”。

六

方拱乾这位曾经荣华富贵的老官员，吃惊地发现作为省级行政中心的宁古塔新城竟然还不如南方的一座小镇。一望无垠的荒原上，出现了一座“无疆界，无城郭”的“省城”：这座城枕河而居，一些短木头插在土里为墙，周长约三里，开了四道城门，城门用碎石砌成，高丈余。城里修筑了几间茅草屋，那就是政府机关了。这样的城门和房屋，遇上大雨就会倒塌，倒塌了就不得不重修。很快，方拱乾就对这里酷寒的气候有了切身感受：“四时皆如冬。七月露，露冷而白，如米汁。流露之数日即霜，霜则百卉皆萎。八月雪，其常也。一雪地即冻，至来年三月方释。五六月如中华二三月。”

多年以后，在宁古塔出生并长大的吴兆骞的儿子吴桭臣在回忆录中，也对宁古塔的极端天气记忆犹新："其地寒苦。自春初至三月终，日夜大风，如雷鸣电激，尘埃蔽天，咫尺皆迷。七月中，有白鹅飞下，便不能复飞起。不数日即有浓霜。八月中，即下大雪。九月中，河尽冻。十月地裂盈尺，雪才到地，即成坚冰，虽白日照灼不消。初至者必三袭裘，久居即重裘可御寒矣。至三月终，冻始解，草木尚未萌芽。"

今天的海林和宁安一带，虽然冬天依然漫长，但并不像吴振臣所说的那样极寒多风，这并非吴振臣夸大其词，而是三百多年前的地球，正好处于远比今天更寒冷的小冰河时期。

对大多数不幸的流人来说，到达流放地，不仅不是苦难的结束，反而是更大苦难的开端。不能生还故乡、埋骨桑梓的不祥命运当然令安土重迁的中国人深怀恐惧，贫乏的物质供应与谋生的艰难也令这些来自鱼米之乡的南方人不堪其苦；但与完全丧失自由和随时可能死于非命相比，这些都是可以忽略不计的小烦恼。

按清朝惯例，流刑其实是一种统称，其下还有诸种区别。最轻的叫迁徙，最重的叫发遣，流放到宁古塔的，几乎都是发遣。被发遣到宁古塔的犯人，去向有二，一是为奴，就是影视里常见的所谓"与披甲人为奴"，披甲人，即守边将士；二是当差。

为奴的命运最为悲惨。一旦为奴，就意味着已经没有丝毫人身自由，这些奴隶的命并不比一匹马一头牛更重要。如果奴主愿意，他们可以将奴隶处死而不须负任何法律责任。那些带着如花美眷一同流放的流人，命运尤其悲惨：奴主为了占有他们的女眷，往往将碍手碍脚的男性杀死。此外，一旦为奴，终生不许赎身，子子孙孙都充当奴主的会说话的工具。这种毫无人性的法律，激起了不少流人绝望的反抗，他们有的逃往深山，有的杀死奴主。但抓获后，他们将被凌迟处死。

与为奴相比，当差相对好得多。当差又分两种。一种是常犯，也就是普通犯人，他们被安排到官庄劳动。清初，政府在宁古塔辽阔的土地上设立了众多官庄，官庄有庄稼要种，有牲畜要牧，需要大量人手，流人正是廉价劳动力。这些官庄每庄十人，一人为庄头，九人为壮丁，“非种田即随打围烧炭”。每个人一年上交粮食十二石，草料三百束，猪肉一百斤，木炭一百斤，石灰三百斤，芦苇一百束。流人们在官庄里起五更睡半夜地终日劳作，春耕夏耘，秋收冬藏，“凡家中所有，悉为官物”，他们仅仅得到一口苟延残喘的粗劣饮食。方拱乾多次看到，冬天里，舂了一夜米的年轻女子，赤脚单衣地到井边挑水，路滑担重，不堪其苦，而这些女子，“皆中华富贵家裔也”。另一种是官犯，也就是曾经做过官或是获得过功名的读书人，他们被安排到驿站、矿山或衙门服各种杂役，这已经是绝大多数流人可望而不可即的高规格待遇了。不过，他们仍然是犯人，仍然是戴罪之身，每个月的初一和十五，必须到衙门例行报告，以表示他们一直在朝廷指定的流放地认真改造，绝没有乱说乱动。

七

吴兆骞和方拱乾是文化人，方还是曾经的朝廷中高级官员，他们自然非普通流人可比，因而在宁古塔的生存条件要好得多。当是时，宁古塔只有数百居民及一些守边军人。在这个闭塞偏远的化外之地，当地军民对文化人都有一种发自内心的尊重：“见士大夫出，骑必下，行必让道，老不荷戈者，则拜而伏，过始起。”这让身为犯人的方拱乾感受到了人世间的温暖与善意。

初到宁古塔，孤身一人的吴兆骞十分狼狈。宁古塔粮食金贵，吴兆骞阮囊羞涩，有一段时间，他只得用一柄斧头敲碎冰块，化冰为水，在小炉子上煮些稗子充饥。幸好，家境富有的方拱乾等人对他施以援手，解衣推食，吴兆骞总算不至于饿死冻死。四年多以后，吴兆骞的妻子葛采真及妹妹吴文柔从苏州老家千里迢迢赶到宁古塔，并带来三个婢女和一笔钱，吴兆骞的流放生活才算安顿下来，妻子次年生下儿子吴桭臣。吴兆骞为儿子取小字苏还，希望自己像北海风雪中牧羊的苏武那样，最终叶落归根，回到故里。

作为当世不多的才子，流放之前的吴兆骞即有文名。在文盲占绝大多数的宁古塔，才华和名气为他赢得了相对安定的生活：“副帅安公，雅重文士，怜弟之贫，以米相饷。”至于宁古塔将军巴海，对包括吴兆骞在内的流放文人颇多眷顾，他聘请吴兆骞做塾师，教授他的两个儿子。巴海的仁厚，惹得朝廷颇为不满，圣旨多次指斥他宽大无边，没有同“反革命分子”划清界限。

八

清朝初年，不断向东方扩张的沙俄屡屡在东北制造摩擦，宁古塔一带便是兵戈相交的前线。对兵力不足的清军来说，大量流人是一支潜在的可征用力量。康熙三年（1664），沙俄再侵黑龙江，朝廷下令，流人中，除了旗人和年满六十的老人，其余一概当役。其中，选二百名服水性者为水军，习水战；又建立三十二座官庄，囤积粮草。巴海召集流人开会，传达朝廷旨意。对文人，他仍然网开一面，让他们在水营、庄头和壮丁三者之间自行选择。但三者均被流人视为畏途，“诸公皆相向流涕，将军亦为凄然”。于是，巴海再次法外施仁，宣布“惟认工可代”，只要赞助国家工程，也就是出钱，就可以免去当兵或服苦役。

尽管有巴海的细心关照，但吴兆骞毕竟是服刑的犯人，一不小心就可能导致灭顶之灾。有一年春节，巴海生病，临时执事的一位副都统不知出于什么考虑，突然命令吴兆骞和钱威前往吉林乌喇。军令一下，吴兆骞只得匆匆上路。是时，天寒地冻，积雪深达四五尺，山草均被雪埋，除了带上人的口粮，还得带上牛的草料。一辆牛车只能负重几百斤，吴兆骞夫妻二人共拥一床破棉被蜷缩在牛车上。行到百里后，人牛俱乏，苦不堪言。三天后，当吴兆骞快要走到乌稽林的原始森林时，有骑兵飞奔而至。这是巴海闻讯后派来的，他取消了吴兆骞等人的差使，让他们立即返回宁古塔。死里逃生的吴兆骞感叹说：“倘再行两日，到乌稽林，雪深八九尺，人马必皆冻死。将军真再生之恩也。”

九

恶劣的气候，贫乏的物质，幻灭的理想，不能自主的命运，远离家乡与亲人的离愁，诸种人生的不幸如同一条条小蛇，噬咬着吴兆骞们日渐荒凉绝望的心。能够找到路子的，都在设法尽早离开这个鬼地方。当年一同流放的文人中，第一个南归的是方拱乾。桐城方家乃世家大族，方拱乾及其子侄又曾多年为官，家中较为殷实。

顺治十八年（1661）冬，也就是流放宁古塔第三年，方拱乾以认修京师前门城楼工程得以自赎；次年正月，他和家人终于重回久别的京城。

吴兆骞却没有这样幸运。他继续留于天高地迥的孤城宁古塔，一直从青年到中年。最美好的锦瑟年华，都交给了大面积的风雪和愁苦。在写给顾贞观的求救信中，他用语凄楚："弟年来摇落特甚，双鬓渐星，妇复多病，一男两女，薇藿不充。回念老母，郁然在堂。迢递关河，归省无日。虽欲自慰，只益悲辛。"

但是，就像海明威在《老人与海》中说过的那样，一个人并不是生来要被打败的。同理，一个人并不是生来就为了领略痛苦的。尽管流放生活无比艰辛，但比上不足比下有余，吴兆骞毕竟不是奴隶，他即便犯了罪，也是官犯，理应比平头百姓处境稍好。更何况，他还是腹藏锦绣的文化人，他拥有汩汩流淌的诗文，充当对抗这个荒诞世界的武器。因此，诅咒恶劣的天气、粗劣的食物和茫茫难料的前途之暇，他们雅聚、饮酒、作诗、著述，就像从前在江南一样。

1661年重阳节，十八位流放文人相约登高，与会者张缙彦文中记载："岩回波绕，升高骋目，天风飕飕，迥然有尘外之思。遂系马披榛，烧蓬置酒，分曹竞饮。"聚会的一段插曲是，有人下套捉到一只野鸡，准备杀掉之前，年过六旬的方拱乾偷偷将其放飞。

聚会成为黯淡生活的一大亮点。他们结成"七子之会"，这个类似于诗社的民间组织，每月聚会三次，酒酣面热之际便分韵作诗。苦难的人生如同一条黑暗的长路，那些来之不易的欢乐就像这条长路上偶尔浮现的一盏盏灯火，如果没有这些灯火的指引和诱惑，没有人能够把一条黑暗的长路自始至终地走下去。

给顾贞观的信中，吴兆骞谦称自己的诗文乃是“课徒之暇，间有吟咏。正如哀雁寒蛩，自鸣愁恨，安敢与六代三唐竞其优劣哉”。但事实上，就是这些坚硬岁月里为他们带来一点点柔软和抚慰的诗文，成了后人高山仰止的不朽之作：方拱乾的《何陋居集》收诗近千首，全部写于流放途中及流放地宁古塔，它是真正意义上的黑龙江第一部诗集；吴兆骞既是清代唯一一位边塞诗人，也是中国最后一位边塞诗人。世事就是如此峰回路转，柳暗花明：蜜蜂随意采蜜，却采来一个声势浩大的春天；流放者自抒胸臆，却堆叠出文学史上一座座绕不过去的高峰。

十

经纳兰父子营救，1681年，朝廷同意吴兆骞以认修工程的名义自赎。十一月，吴兆骞在流放宁古塔二十三年后，终于活着重入山海关。出关时，他还是风华正茂的青年，如今已是头发花白的老者。他的儿子吴桭臣回忆说，山海关外有一座山，同一座山却有两个名字，出关的称作凄惶岭，入关的称作欢喜岭。入关那天晚上，吴兆骞一家宿于岭下，逆旅灯前，吴兆骞和夫人葛氏各自讲述了当年出关的情景，往事历历，几如昨日。数天后，抵京师，“与亲友相聚，执手痛哭，真如再生也”。

康熙时期的诗人丁介有一首《出塞诗》，极写流放东北之“盛况”，其中有云：“南国佳人多塞北，中原名士半辽阳。”诗句或有夸张，但当时内地各省在东北流放地的确到了“无省无人”的地步。据李兴盛先生统计，清代的东北流人，总数达一百五十万之多。京师通往东北的流放路上，我们可以看到一大批耳熟能详的名人或名人家属：

郑成功之父郑芝龙及家属，汪景祺的家属，吕留良的后人，金圣叹的家属，佛学家兼诗人函可，大学者陈梦雷……

平民百姓也好，佳人名士也罢，一旦被那只看不见的手流放到遥远的宁古塔，就意味着悲惨人生自此开始，埋骨异乡几成不争的事实。因而，方拱乾和吴兆骞既是不幸的，也是幸运的。

吴兆骞能从宁古塔的死人堆里爬出来，重返月白风清的人间，顾贞观功莫大焉。从某种意义上讲，两首《金缕曲》改变了一个流放者的余生。然而可叹的是，入关后，吴兆骞却因一些琐事和顾贞观产生了矛盾。明珠得知后，有一天，他把吴兆骞叫到书房，吴兆骞进门时猛然看到，书房里写了一行大字：顾梁汾为吴汉槎屈膝处。刹那间，前尘往事，喷涌心头，吴兆骞号啕痛哭。

十一

因南闱科场案而流放宁古塔的诸人中，方拱乾是最早生还的。令人嗟叹的是，五十多年后，戴名世《南山集》案发，因戴名世引用过方拱乾的儿子方孝标的著作，业已去世的方孝标被开棺戮尸，方孝标的儿子方登峄等人被流放卜魁，即今齐齐哈尔。流放途中，方登峄自然而然地想起了几十年前他的祖父方拱乾带着家人流放宁古塔的情形，焉知半个世纪后，悲剧重演。方登峄感慨赋诗：五十年前罹祸日，征车行后我生时。岂知今日投荒眼，又读先人出塞诗。

方登峄却没有他的祖父幸运，他和他的儿子都死在了流放地。方登峄有一个孙子叫方观承，此人少时徒步赶到卜魁省亲，并居留五年。方登峄死后，方观承偷偷将祖父的尸骨带入关内掩埋。后来，方观承因缘际会，一直做到了直隶总督，成为一人之下万人之上的封疆大吏。

流人子弟的贫贱和早年的人生历练，使得方观承在颟顸的官员中秀出一枝。他体恤下情，重视生命，用今天的话说，就是以人为本：有一年他治下的磁州逆匪作乱，他上奏拟斩三人，绞七人。朝廷认为杀人太少，怀疑他“有所纵驰”，皇帝一天之内下了十三道圣旨批评他。但他坚持只处理这十名罪大恶极者，决不肯滥杀无辜以迎上意。

这位流人子弟出身的高级官员，想必已通过家族的悲惨遭遇而明白：对大权在握者来说，只需轻轻勾写几笔，就意味着成千上万的普罗大众从此陷入生命的绝境。是故落笔之前，如果有一番犹豫，有一番体谅与悲悯，那便是亿万兆民渴望已久的阳光和雨露。

水绘园：
胡桃核里的遗民生涯

三百六十年后的惆望

董小宛的名字总是和那座园子紧密地联系在一起，但她从来就不是园子的主人。她只是一个过客。根据有限的记载，她有限地来过几次。如此而已。尽管她热爱这座园子，热爱它的天光云影，虫声鸟语；热爱它春花万树的喧嚣，也热爱它秋雨落叶的孤凄。

二十八岁那年，仿佛为了不让亲爱的人看见青春如何从自己脸上渐行渐远，董小宛在一场疾病之后，迫不及待地香消玉殒。倏忽三载，当她坟前的小草三度由枯转荣时，冒襄才从曾叔祖的后人手里买下园子，并加以大规模的改造与重建。这座园子，就是集风雅与秀丽于一身的水绘园。

为了纪念早死的爱妾，冒襄把水绘园的一座亭子命名为波烟玉亭。波烟玉是他们之间的秘密。“月漉漉，波烟玉，莎青桂花繁，芙蓉别江木”，这本是唐人李贺的诗句。冒襄在《影梅庵忆语》中说，董小宛最喜欢这首诗，每次吟到“波烟玉”时，总要反复多次。有月亮的夜晚，水榭中的二人世界，董小宛的吴越软语和窈窕身姿，天空的皎皎明月与脚下的潺潺烟水，一切都如此美好无缺。“人以身入波烟玉世界之下，眼如横波，气如湘烟，体如白玉，人如月矣。”多年后，繁华事散，冒襄犹自沉浸在对昔年美好生活的追怀中。

冒襄接手水绘园三百六十余年后，我来到了这座古老的园子。我当然知道，如今的水绘园，可能与冒襄的水绘园已经大相径庭。因为，在冒襄身后一百余年的乾隆年间，水绘园就年久失修，“荒落殆尽，仅一洗钵池存焉。然芦竹丛生，鱼苗零落，要非昔日面目可知也”。我眼前的水绘园，是20世纪90年代在原址上的复建。而无论多么高明的复建，它与原汁原味的旧居，总有些貌合神离。

好在，根据资料说法，如今的水绘园大体重现了冒襄时代的格局。曾在水绘园客居的陈维崧解释说：“绘者，会也。南北东西皆水会其中，林峦葩卉坱圠掩映，若绘画然。”

水绘园所在的如皋，地处长江以北，但无论地理特征还是人文特征，都具有江南气质——事实上，它与江南仅仅一水之隔，长江对岸，即是张家港。江南多水乡，河汊纵横，湖荡密布，如皋亦然——甚至，如皋这个名字，就意为到水边的高地。水绘园位于如皋城东北部，运河及护城河将它三面包围，几条更小的溪流深入园子，形成了洗钵池和月池等湖泊。亭台楼榭，木石溪桥，静静倒映于深碧的水中。

园子里最古老的物什是一方池塘、一道石桥和一树盆景。池塘不算大，但曲水通幽，与园子之外的运河相连。这池塘，就是洗钵池。唐代，这里是放生池。池畔，有一座寺庙。一位后来名满天下的年轻人在此寒窗苦读，那就是“唐宋八大家”之一的曾巩。石桥看上去并不起眼，桥面却是由四块巨大的黄石整块铺成。盆景是一棵同样不起眼的绒柏，树龄高达六百年，是冒家的祖传之物。当冒襄在水绘园里纵情诗酒时，绒柏已经两百多岁了。它像一个历尽沧桑的长者，默默注视着变幻的世事如同白云苍狗。

这是三月末的一个下午，淅沥的梅雨还没抵达，白花花的阳光以及乍暖还寒的东风，把满园的花都叫醒了。玉兰、迎春、海棠竞相开放。游人稀少，略有门庭冷落的寂寞，恰与它从前的繁华形成鲜明对比。行走园子，仿佛随时都可能邂逅那位三百多年前的古人。他在这里吟诗，饮酒，散步，看戏，在时光的流逝与朝代的变换中，努力寻找欢乐，并用它来照亮悲欣交集的遗民岁月。

走得最快的美好时光

对董小宛而言，幸福生活是从阴冷的冬天开始的，一如它也将在阴冷的冬天里结束。

崇祯十五年，即 1642 年腊月十五。黄昏，董小宛的客船抵达了如皋。不过，她没能如愿以偿地立即见到心上人。当仆人送上晚明文坛领袖钱谦益的信札时，冒襄正在陪父亲喝酒。信中，钱谦益告诉冒襄，经由他和友人周旋，已为董小宛解除乐籍，并雇了船只将她送到如皋。对钱谦益的盛情和董小宛的从天而降，冒襄既有几分感动，也有几分不知所措。彼时，他早已娶妻，董小宛虽是做妾，毕竟出身青楼。更重要的是，冒襄刚在乡试中名落孙山，情绪委顿。此时纳妾，未免不合时宜。

冒襄未敢向父亲明言，一直陪饮到四更。幸好，冒襄的夫人十分贤惠，她赶紧在离家不远的地方为董小宛安排了住处。滴水成冰的寒夜，董小宛忐忑不安地坐在闪闪的烛光下，直到冒襄顶着一头风雪出现在门口……

仿佛是一种象征或暗示，晚明时，南京城最重要的建筑、历代科考的场所江南贡院，竟然与著名的烟花之地秦淮河比邻。是故，晚明之际，风月场上的诸色人中，文人骚客最为普遍。不论是一帆风顺的幸运儿还是怀才不遇的落魄者，他们对时局与前途或许各持己见，但对如何在青楼的寻花问柳中获得感官的享乐与精神的放纵殊途同归。

如此社会风气，使得富庶的南京成为最著名的风月名都。晚明文人余怀在他的《板桥杂记》里说："秦淮灯船之盛，天下所无。两岸河房，雕栏画槛，绮窗丝障，十里珠帘。主称既醉，客曰未晞。游楫往来，指目曰：某名姬在某河房，以得魁首为胜。薄暮须臾，灯船毕集。火龙蜿蜒，光耀天地。扬槌击鼓，蹋顿波心。自聚宝门水关至通济门水关，喧阗达旦。桃叶渡口，争渡者喧声不绝。"

秦淮河畔追香逐艳的文人中，就有冒襄。冒襄字辟疆，号巢民。冒家系元朝镇南王脱欢后裔，入明后，数代为官。作为一名读书应试的士子，冒襄多次因参加乡试或其他事情前往南京。每一次，几乎都毫无悬念地留恋于秦淮河畔。在那里，他与董小宛萍水相逢，此后却有缘无分——冒襄多次再访董小宛，均未会面。经朋友引荐，冒襄结识了艳帜高张的陈圆圆。就在两人情投意合之际，陈圆圆却为豪强所夺并送往京师。阴差阳错，情场失意的冒襄终于再次偶遇了仅有一面之缘的董小宛。斯时的董小宛，体弱多病，倦于逢场作戏，并由于父亲的缘故，背负了不少债务。面对突然出现的冒襄，董小宛欣喜若狂，决心以终身相托。为此，她不顾女性的矜持，追随冒襄二十七天，冒襄则二十七次提出分手……

这年冬天，历经种种磨难后，董小宛终于来到如皋。另屋而居四个月后，她以侍妾的身份进了冒家。

端午节那天，新婚月余的董小宛在冒襄带领下，第一次踏进了水绘园的大门。那是一个风和日丽的晴天，二人荡舟洗钵池。其时嫩荷出水，华盖亭亭，两两相对的鸳鸯悠闲戏水，为郎情妾意的情侣平添出无限甜蜜。

董小宛自幼名列乐籍，是隶属教坊司的官妓，于琴棋书画无所不通。为了纪念这次水绘园之行，她创作了一幅刺绣。画面上，水波荡漾，鸳鸯成双。董小宛独特的刺绣风格后来一直在如皋流传，后人把它称为董绣或冒氏绣。20 世纪初，如皋隶属的南通，在状元张謇的倡导与支持下，创办了女红传习所，培养了大批刺绣人才。溯其滥觞，和董绣不无关系。

董小宛和冒襄在一起生活了九年。这是董小宛——也是任何一个女人——生命中最美好的锦瑟年华：十九岁到二十八岁。

董小宛死后，冒襄为她写了一篇回忆体的《影梅庵忆语》。在这篇万余字的作品里，冒襄深情地追忆了和董小宛在一起的似水年华。冒襄称赞董小宛："入吾门，智慧才识，种种始露。凡九年，上下内外大小，无忤无间。""佐余妇精女红，亲操井臼。以及蒙难遘疾，莫不履险如夷，茹荼若饴。"

只有看惯了繁华，才更甘于平淡。对一代名妓董小宛而言，十九岁以前秦淮河畔的歌吹与喧哗，既为她赢得了“秦淮八艳”之芳名，同时也让她对陪场凑趣深感厌倦。因此，当她来到长江之北的小城如皋，她就像张爱玲说的那样，为了心爱的人和一种向往的平静生活，“她变得很低很低，低到尘埃里。但她心里是欢喜的，从尘埃里开出花来”。

在中国古人那里，正室往往严肃端庄，其任务更多的是相夫教子；丈夫对待她也是尊大于爱，所谓相敬如宾是也。而真正的爱情，往往在侧室，也就是侍妾那里。至少，对冒襄来讲即如是。他的正室苏氏贤惠开通，他的侧室——包括董小宛和后来的吴扣扣、蔡含、金玥，无不让他触摸到了爱情的浪漫与缠绵。

七十大寿时，余怀为冒襄撰《冒辟疆七十寿序》，直言他“生平多拥丽人，爱蓄声乐……尤好宾客”，但余怀又替冒襄辩解，“拥丽人，非渔于色也；蓄声乐，非淫于声也；园林花鸟，饮酒赋诗，非纵酒泛交，买声名于天下也：直寄焉尔矣”。在余怀看来，冒襄纵情醇酒妇人，乃是一种寄托。至于为何有这种寄托，余怀没法明言。因为，冒襄寄托的是遗民的亡国之悲。

角落里的遗民世界

不论是秦淮河畔的酒色征逐之日，还是如皋小城的诗意生活之时，世家子弟冒襄可能从来未曾想到过，有一天，自己将沦为遗民。

冒襄的青少年时代，明朝政治黑暗，民变风起云涌，关外女真虎视眈眈。享国达两百多年的大明王朝终于像一座被慢慢掏空的大厦，于甲申年轰然倒塌。这一年，冒襄年仅三十三。

尽管冒襄在明朝生活了三十三年，在清朝生活了五十年，但我们习惯上仍把他视作明人而非清人。其原因，在于一种基本事实：大明灭亡后，冒襄隐居不仕，以遗民身份度过了后半生。

甲申之变带给明末士人的打击极其沉重，一方面，固然是夷夏之防之类的形而上刺激；另一方面，则是生活上从优裕走向拮据。以张岱为例，他早年也曾是鲜衣怒马的富家子弟，过着“好精舍，好美婢，好娈童，好鲜衣，好美食，好骏马，好华灯，好烟火，好梨园，好鼓吹，好古董，好花鸟”的写意日子，一旦变身遗民，“避迹山居，所存者破床碎几，折鼎病琴，与残书数帙，缺砚一方而已。布衣蔬食，常至断炊”。

幸运的是，冒襄虽然也有遗民的亡国之痛，但根深叶茂的冒氏家族在经济上并没受到多少影响。这也就决定了，当秦淮河畔的风流往事烟消云散，冒襄还能在小小的水绘园里，重续从前的优雅与自得。按李孝悌先生的论断，那就是“在这个乱世桃源中，冒辟疆一方面找到了寄托性命、成就令名的据点。一方面也借着丰富的士大夫园林生活，在另外一种时空环境中，重演昔日金陵的繁华岁月”。

顺治十一年（1654），冒襄买下水绘园。冒家数代为官，宦囊丰盈。以居所而言，购买水绘园之前，就有集贤街祖宅和逸园等三处；在城郊，还有影梅庵别业——从冒襄回忆董小宛的文章题为《影梅庵忆语》来看，他们的二人世界大抵在乡下而非城里。冒襄买下水绘园后，用了三四年时间进行改建，使它与逸园通过洗钵池连成一体。

花掉了不菲的金钱与精力后，一座三面环水，假山之间掩映着亭台楼阁的园子成为小城如皋的地标，亲历其盛者写道："环以荷池，带以柳堤。亭台掩映，望若绘画。江山无山，巢民性好石，积之数十年，曲而为洞，折而为渠，迭而成峰，凌空插虚，有云气生其上。"

在已有多处居所的情况下，还重金购买并打造水绘园，隐约透露出两个信息：其一，改朝换代并没有影响冒襄对世俗生活的热爱与追求；其二，他断绝了再仕新朝以求飞黄腾达的念想，决心在一座精致的、自己的园子里，适性得意地过完这一生。或者，更进一步说，冒襄以遗民的身份坚守了士大夫的气节。但是，他从小锦衣玉食，花天酒地，让他像义不食周粟的伯夷、叔齐那样饿死首阳山绝无可能，哪怕像张岱那样因亡国之变而过于影响物质生活也难以忍受。为此，他庆幸家中数代的积蓄，足以修园子，搞雅聚，养戏班，娶小妾，在一个面积有限而享乐无限的水的园子里继续秦淮河畔的奢华和放纵。

冒襄曾是晚明影响甚巨的复社的核心人物之一。明亡之前，他多次支持和赞助复社的雅聚。国破后，复社子弟大多飘零江湖，而水绘园，充当了冒襄收留复社子弟的重要场所。与冒襄同为"晚明四公子"之一的方以智的儿子方中德、方中通，绝食殉节的戴重的儿子戴本孝、戴移孝，吴应箕的儿子吴孟坚，魏大中的孙子魏允楠等，都先后客居水绘园。其中，居住时间最长的当数后来成为著名词人的陈维崧。

陈维崧之父即"晚明四公子"中排名首位的陈贞慧。从1658年起，陈维崧在水绘园断续居住了十年。其时的水绘园，高朋满座，雅士流连，他们曲水流觞，分韵作诗，留下了大量作品。后来，冒襄以水绘园唱和为基础，把与他有文字往来的朋友的作品结为《同人集》，作者多达四百五十六人。后人将《同人集》作品称为水绘园遗民诗群或水绘园词群。

吟诗作文、谈古说今之外，水绘园的主人与客人都是生活的艺术家。他们都深谙如何在钳制日紧的大环境下，努力营造一个小环境，以便及时地享受生活。冒襄不无自得地写道："每当月明风细，老夫与佳客各刺一舟，舟内一丝一管一茶灶，青帘白舫，烟柁霜篷，或由右进，或自左出，举会食于小三吾下。"所谓小三吾，是水绘园中的一座亭子。小三吾之侧，有一座草庐，名曰碧落庐。冒襄的好友戴重，号碧落道人，曾来水绘园小住。不久，清军南下，戴重起兵，兵败后绝粒而死。为了纪念戴重，冒襄修建了碧落庐。这一细节，耐人寻味地表明了遗民冒襄的内心世界。

如果说月夜荡舟、煮茶品酒乃是不经意的日常生活的话，那么，盛大的聚会更让人对水绘园心向往之。

顺治十五年（1658）冬，陈维崧首次来到水绘园。冒襄遍请名贤，宴席摆了好几天。席罢，更赏心悦目的是欣赏家乐班的表演。

晚明时，殷实的官宦家庭，常常会养一支人数不等的戏班子，称为家乐班。像侯方域、阮大铖均如是。冒襄也不例外——他的戏班子里，有几个名角就是从前阮大铖家的。

宴席开到黄昏，家乐班用四十张八仙桌在寒碧堂前搭起一座舞台。到了晚上，几十盏红色琉璃灯或悬于树梢，或挂于假山，或列于水涯，"晶莹闪烁，与人影相凌乱"。喝得满面潮红的主人和客人坐在画舫上，从洗钵池划进来。画舫后面，是一叶小舟，坐着几个乐手。一声鼓后，丝竹齐响，树上夜宿的鸟儿惊得一齐飞了出来。俄而，戏台上，二十四支大红烛次第点亮，演员粉墨登场。画舫划到戏台下，宾主一边饮酒，一边欣赏……

水绘园的盛况持续了将近四十年。这是一个不大不小的奇迹。在清政府严禁结社聚会的背景下，前朝遗民冒襄利用有限的社会空间和地理空间，以一己之力，延续着秦淮河的香艳、风流和优雅。对其盛况，前人的说法是："先生于其中征歌唤伎，无朝非花，靡夕不月。海内贤士大夫未有不过从，数数盘桓不忍去者。贫贱之交，通门之子，云集于是，常数年不归。主人为之致饩，不少倦。名贤题咏水绘，积至充梁。四十载宾朋之盛，甲于大江南北。"

然而，天下没有不散的宴席。四十年后，冒襄垂垂老去。曾经春花绚烂秋叶静美的水绘园，也渐渐走向了破败。更为严重的是，由于兄弟告密，冒襄被朝廷盯上。为此，他只得变卖祖业，上下打点。原本就坐吃山空的冒家，此后再也没有更多的金钱去支撑水绘园的赏心乐事了。

晚年的冒襄终于体会到了张岱的忧愁。他的友人说他"食指什百人，宾朋满座，征歌度曲，夜以继日，床头金或不给"。七十多岁时，为了生活，他不得不卖字。他自称"每夜灯下写蝇头小楷数千，朝易米酒"。为了给小孙子筹措旅费，他以八十高龄出门借贷。当此之时，回望水绘园曾经的优渥与热闹，真真恍若隔世。

冒襄高寿八十三。这个大半生寄情水绘园的才子，并没有死在水绘园，而是终老于水绘园西北的匿峰庐。他长眠前关心的最后一件事是：

"窗外的梅花开了吗？"

其时，朔风怒号，雨雪霏霏，寒梅悄然绽放。

……

步出水绘园，天色已黄昏。春日的江南，自带三分阴郁。回想起冒襄与水绘园的历历往事，莎士比亚的一句话涌上心头："上帝啊，即使你把我放进一个胡桃核里，我仍然能把自己当作拥有无限疆土的国王。"

对冒襄来说，水绘园就是他的胡桃核。在那里，有他的青春热血，也有他的故国哀愁，还有他的逃避与逍遥，以及逃避与逍遥之间，如鱼饮水、冷暖自知的悲欣人生。

西康前史：
赵尔丰经营川边记

桑披寺包围战

后来，历史已然证明，这一场旷日持久的包围战，不仅对指挥者赵尔丰的仕途和人生产生了不可估量的影响，也对整个康藏地区乃至横断山地区此后的格局与流变，产生了同样不可估量的影响。那一年，赵尔丰六十一岁，受朝廷委派，负责督办军务。他要督办的军务，是协同提督马维骐，平息一场由土司发动的叛乱。

包围桑披寺的战斗已经持续了四个多月。胶着状态的战火从冷雪如砾的深冬，持续到了绿草萋萋的初夏。局势发展对赵尔丰非常不利。尽管在武器上占尽优势，但由于孤军深入，由于后勤补给线长达上千公里，每一粒粮食、每一颗子弹都来之不易。并且，更为严竣的是，被赵尔丰视为生命线的补给线已被叛军截断，他的将士们只能依靠树皮和草根充饥。而叛军据守的桑披寺，耸立在乡城外一座险峻的大山山腰，墙高院深，粮草充足，易守难攻。

进退失据之时，坐镇成都的四川总督发来急电，斥责他“攻战不力，入围无攻”。强势的赵尔丰或许对上司的严词峻语不以为意，但他担心的是，粮草渐绝的饥兵，随时可能哗变；到那时，他即使不战死沙场，也将死于国法。惶惑之间，赵尔丰竟一夜白头。

就在这时，他一向宠信的幕僚傅华封想出一个良策：叛军既然坚守几个月，说明寺内不缺水，那必定有泉水注入。如果找到水源并阻断它，寺内无水，叛军必然不攻自破。赵尔丰眼前一亮，立即带领亲兵数十人，到寺后高处仔细寻找水源。

功夫不负有心人。当一名亲兵欢呼着找到一眼埋有铜管的泉水时，赵尔丰明白，这场艰苦的包围战终于可以结束了。果然，缺水后的叛军阵脚大乱，只得派人向另一支叛军求救。赵尔丰在获悉这一情报后，令部下伪装成叛军，鼓噪而进。寺内叛军见“援军”到来，一齐扑出寺庙。迎接他们的是密如雨点的子弹。

至于叛军首领，一个绝望自杀，一个在混战中被毙。

桑披寺之战，是赵尔丰经营川边的最重要一役。或者，也可以说，此后西康能够建省，和这场至关重要的战斗密不可分。

桑披寺之战，也使原本就强势的赵尔丰更加迷信武力，他相信武力可以摆平一切，尤其是在他所处的那个兵连祸结的乱世。

赵尔丰的理想

赵尔丰大半生的事业与功名，都与横断山和康区紧紧地联系在一起。

按照传统划分习惯，藏族聚居区可分为卫藏、安多和康三部分，其中，康又称康藏、康巴或康区，当时官员则把它笼统地称为川边。它包括今天的西藏昌都、四川甘孜、云南迪庆、青海玉树全境，以及四川凉山和阿坝各一部分。几十年后，这也是一个横空出世的省份——西康省的辖地。西康省名的首创者傅华封解释说："查边境乃古康地，其地在西，拟名西康省。"

这片广袤的区域，几乎都位于横断山区大山大河的夹峙之中。用傅华封在《西康建省记》一书中的话说，它是"古康、藏、卫三区之一也"；"东自打箭炉起，西至丹达山止，计三千余里；南与云南之维西、中甸两厅接壤，北逾俄洛、色达野番与甘肃交界，亦四千余里"。其幅员面积，"倍于川，等于藏"。

更为重要的是，康区独特的地理位置，决定了它对整个国家都具有不可估量的战略意义。傅华封认为，"边地（西康）界于川藏之间，乃川省前卫，为西藏后劲，南接云南，北连青海，地处高原，对于四方有建瓴之势，非特与川滇辅车相依而已"。因而，"守康境，卫四川，援西藏，一举而三善备"。

然而，这一重要地区，在赵尔丰经营川边之前的漫长岁月里，却是一片中央王朝政令不能抵达的羁縻之地。

原来，在横断山系北部的东缘地带，邛崃山及夹金山、大相岭、小相岭诸多山脉逶迤而来，绵延上千公里。如同横断山系中的绝大多数南北走向山脉一样，它们也阻断了东西交通。从四川盆地向西，通往横断山区北部腹地的大道只有一条，那就是翻越大相岭，再攀飞越岭，从而进入历代王朝视为化外的边地。

如果说，在明代或者清代前期及中期，康区边地的这种大而化之的羁縻治理尚属情有可原，还可以维持现状的话，那么，到了豆剖瓜分、列强环伺的晚清，如果再沿用这种羁縻政策，原本就捉襟见肘的清王朝，其西南边疆，必将生变。

四川古蔺人傅华封在继赵尔丰成为边务大臣之前，曾在赵尔丰手下做过多年文案，赵的大多数文稿，都经由傅之手。傅曾在文章中说到西康的重要性，他特别指出一个细节："（西康）西南隅过杂瑜外经野番境，数日程即为英国属。西北隅毗连西宁，番人常购俄国军火。"

这个细节说明了当时清朝西部边疆面临的巨大威胁：北面，俄国势力进入新疆后，并未就此止步，而是试图南下，有由青海而入西藏和康区的可能；英国吞并印度后，与清朝边境相连，兵锋所向，时时染指西藏。

在1890年和1893年两次强迫清政府签订不平等条约后，1903年，英军又入侵西藏，并逼西藏地方政府签订了更为不平等的《拉萨条约》。对此条约，清朝中央政府极力反对，然而，西藏与中原万里之遥，实在鞭长莫及，只能无力地抗议而已。

比西藏更危险的是，西康只有互不统属的土司，群龙无首，各自为政，设若外国势力染指，情况恐怕比西藏还要糟糕。

当京师的衮衮诸公醉心于争权夺利，无暇西顾时，在边远的四川西部，帝国的一个中级官员却开始筹划如何经营川边，开发西康。这个人，就是时任建昌道道员的赵尔丰。

汉军正蓝旗人赵尔丰出身于官宦之家，他的父亲和三个弟兄都中过进士，是所谓正途的科举出身。独有赵尔丰屡试不第，只能纳捐为官。但他在仕途上显示出的能力远胜于临场考试。很快，他就因作风强悍、决策果断和为官清正而从县令升为道员。尽管不在其位，但作为晚清不多的几个能吏之一，赵尔丰颇有远见。并且，他先后任道员的永宁道和建昌道，两地均与西康接壤，境内有大量民族事务需要处理。正是这些历练，造就了他看得更远也看得更准的火眼金睛。

建昌道员任上，赵尔丰向朝廷提出了《平康三策》，这可以看作是西康建省的第一个行动纲领或者说战略计划。

《平康三策》中，赵尔丰认为，要断绝英国人染指西藏进而向东进入康区的企图，必须加强西藏同内地的联系；要加强西藏同内地的联系，康区至为重要。康区系土司所辖，散沙一盘，必须改土归流，设置郡县，然后在康区建省。康区建省后，在四川和拉萨，各设巡抚管理四川和西藏。此外另设西三省总督，管理四川、拉萨和康区三省，总督衙门从成都迁往巴塘。也就是让西部三省，仿照东三省的例子，如是，便能“借以杜英人之觊觎，兼制达赖之外附”。

道员相当于今天的地厅级或副省级官员，依制，无权直接向朝廷上书。川督锡良对赵尔丰很赏识，遂代为上奏。但是，这个过于超前的计划，并没有得到中央政府的回应。

“赵屠夫”来了

慷慨上书两年后，赵尔丰经营川边的机会终于来临。

1905年，在康区，也就是后来的西康省，发生了一起震动朝野的大事，从而成为清军进击并改土归流的导火索。

这就是凤全事件。

位于金沙江畔的巴塘地处川、滇、藏交界地区，是川藏大道的咽喉要道。清代在此设有粮台，以维护入藏驿道；但地方政务，仍由巴塘正副土司管理。

1905年，驻藏帮办大臣凤全奉钦命行抵巴塘，他见巴塘地处要津，且土地肥美，于是决定从四川移民开垦。这当然就触及了当地土司和喇嘛的利益。不明真相的百姓在土司和喇嘛的煽动下，宣称开垦神山要招来灾害，纷纷向凤全请愿。

凤全其人，系亲王郡马，为人倨傲，对少数民族颇多偏见。他在接见土司和喇嘛时，十分无礼地用手中的烟斗敲打他们的脑袋并高声大骂。凤全的做派——更重要的是他准备推行的改土归流——最终酿成流血事件：凤全及五十名警卫，以及随行的两名法国传教士，在巴塘附近被边民全部杀害。

钦差大臣和传教士被杀，消息传至北京，朝廷震怒。一方面，令四川提督马维骐出兵平叛；另一方面，令建昌道道员赵尔丰为军务督办，兼理后勤。赵尔丰便带着五营被称为边军的队伍，开始了他为期六年多的川边经营史。

1939年，著名历史地理学家、藏学家任乃强应邀由成都前往西康考察。

他一路南行，由成都而新津而雅安而荥经。到了荥经，折向西行，大路变成小道，平原和丘陵变成莽莽群山，他由四川盆地进入了横断山区，也由四川省进入了西康省。

艰难地翻越了飞越岭之后，任乃强一行来到群山包围的一片小平原，当地人把这种平原称为坪。这里两面倚山，两面绝壁，一块几百亩的小平原悬挂在山腰。这个地方叫化林坪，属于西康下辖的泸定县。

化林坪虽小，但“土厚而腴，流泉甘美。任垦牧，宜屯戍”。更重要的是，“东南倚山，西北绝壁，俯盐水溪，傍飞越岭，进有高屋建瓴之势，退有依山结险之利”。因此，自古以来，化林坪就是兵家必争之地。尽管行政委之于土司，但朝廷在此驻有重兵，这里也因驻军而成为商旅云集的重镇。在赵尔丰改土归流前，康区最重要的城镇不是后来才崛起的康定（打箭炉），而是化林坪。

赵尔丰在作了三个月准备后，正式进军康区。他深知孤军深入，在后勤无法就地解决的情况下，补给线的畅通至关重要。为此，从雅安到打箭炉，他设立了五座转运站，其中位于中心位置的就是化林坪。

确立了后勤保障后，武器精良的边军一路势如破竹，很快就平定巴塘，收复得荣。接下来，就是前文所说的艰苦卓绝的桑披寺之战。桑披寺之战的惨胜，还远不是赵尔丰征战的结束。以后，他还得二次入关，平德格，收瞻对，战三岩，入昌都，终至将星闪耀于雪域之间。他也因战功赫赫被升至川滇边务大臣兼驻藏大臣。甚至，朝廷在看到他雷厉风行的铁腕作风对边疆的改造与稳定后，为了便于他的工作，专门调他的哥哥出任四川总督，以便予以更好的配合。

赵尔丰性格坚毅、隐忍。围困桑披寺半年后，清军补给线被截断，弹药和粮草都无法得到补充。为此，赵尔丰一面与士兵同食稀粥野草；另一方面，他严禁士兵随意射击。每次战斗，每位士兵发子弹若干，消耗多少子弹，就要消灭多少敌人，违令者斩。

由于战争旷日持久，全军上下都疲惫不堪，独有赵尔丰强打精神，经常夜出查哨，若是遇到哨兵打盹睡觉的，立斩无赦。

桑披寺被攻破前夜，有一小队绝望的士兵乘夜逃走。当他们走出未远时，听说寺庙已被攻破，于是又折返回来。赵尔丰假装毫不知情。等到桑披寺战斗结束后，他集合全军训话，把那一小队逃而又归的士兵一个个叫出来，悉数斩首示众。

因为赵尔丰对武力的迷信和血腥的手段，民间给他取绰号曰赵屠夫。“赵屠夫”这个名字，随着改土归流的深入而传遍康区。据说，当时小儿啼哭，只要一说“赵屠夫来了”，小儿立即噤口无语。

康区新政

以边军为后盾，在强大武力的支持下，赵尔丰的改土归流如愿以偿地进行。

改土归流前，康区有大小土司一百三十八家，其中最大的四家，称为四大土司，分别为明正土司、理塘土司、巴塘土司和德格土司。改土归流中，势力最大的几家土司几乎都因抗拒并作乱而被赵尔丰歼灭。其他小土司，无力兴起风浪，只能听天由命。

于是，改土归流后，大小土司统治的近四十万平方公里的土地，被正式纳入中央政府管辖范畴，并实行与内地一样的建制。只是，由于还未正式设省，相当于边务大臣管理的一个特区。

这一“特区”包括康定和边北两个道。康定，即打箭炉改名而来。两道辖康定、巴安、邓柯和昌都四个府以及德化一个州。府和州之下，共有十七个县级行政区，分别是两个厅和十五个县。

改土归流只是走完了万里长征第一步。在赵尔丰看来，要想真正稳藏安康，让原本事故频发的康区成为稳定可靠的后方，还有更长的路要走。雄心勃勃的赵尔丰着手进行康区的改革与建设。简单来说，他最主要的措施在于以下几个方面：

其一，移民开垦。康区地广人稀，赵尔丰令人到川中各地招募移民。移民所需口粮、种子以及一应农具房舍，由政府发给。

其二，整修盐井，开设工厂。澜沧江畔的盐井县是重要食盐产地，但每年澜沧江涨水，井口被淹，无法生产。赵尔丰屡次拨款，并设专门委员管理，使其迅速恢复并扩大生产。盐厂以外，还新建了制革厂和印刷厂等近代化企业。

其三，发展交通。千山万水阻挡了康区以及西藏和内地的联系，这也是造成土司尾大不掉的重要原因。为此，赵尔丰决定发展交通，通过交通加强三者的联系。发展交通分四个方面。一是架设成都至拉萨的电线。改土归流前，电线已架至康定。赵尔丰进剿土司时，为了和后方沟通，电线西延至雅江。最终，架设到江孜时，因辛亥革命而停工。二是平整驿路，并沿着驿路修建招待所和旅店，以方便来往人等。三是兴办邮政。四是修建雅砻江大桥。

其四，办学兴教。康区以前无学校，文化为寺庙所垄断，人民蒙昧，民智未开。赵尔丰设学务局，负责办学。每新置一县，立即开办学校多所。到傅华封时代，短短几年间，康区的学校就从零开始，发展到一百七十多所。

值得一说的是，边民认为让子女上学是一件苦差事，称为上学差。有钱的人家甚至出钱请人代替儿女上学。

其五，与上面这些看得见的措施不同，这一条是观念上的。改土归流前，康区等级森严。土司对治下人民，生杀予夺，悉由己意。土司上下马时，奴隶必须匍匐马旁，土司踩踏其背，称为上马石。更可悲的是，由于愚民洗脑，民众认为这是天经地义的事，绝大多民众都认为自己是土司或喇嘛的人。当他们听说朝廷要废除土司制度时，竟然大惊失色，并跟随土司一起造反。

针对此，赵尔丰在公告里明确指出："现汉民与藏民已一律平等，藏民与藏民岂有不平等之理。"赵尔丰要努力让康区百姓明白，百姓是大皇上的百姓，不是土司更不是喇嘛的百姓。土司存在时，不过是替皇上管理百姓，"尔等不明此义，遂自认系土司之百姓，已属糊涂；更有谓为系喇嘛的百姓，尤为不明事理。喇嘛是出家僧人，家都不应有，又安有百姓？"

在深入灌输平等理念的基础上，赵尔丰推行基层自治。即每一个大的自然村或数个小的自然村，选举一位公允忠厚者充当头人，主持村中事务。头人的报酬由村内各家各户依据贫富而凑集一定的青稞。此外不得另行征收。头人三年一换，称职者连任一次，不称职者撤换另选。

难以捉摸的命运

从1905年带兵入康，到1911年履新，赵尔丰经营川边已有六年多。正当他在雪山草地间为新政推行而四处奔走时，四川爆发了后来引发武昌起义的保路运动。火烧眉毛的清廷急调赵尔丰回成都，署理四川总督。

赵尔丰离开康区之前颇为忧虑。他认为安边即是固川，边境不安，四川委实难以平安。此时，改土归流还未全部完成，他怕继任者不明白他的一番苦心，妄自改弦易辙，不仅会使他六年心血付诸东流，也会使国家大业功败垂成。思忖良久，他向朝廷举荐了跟随他多年的傅华封接任。

傅华封正是桑披寺之战中，献计阻断敌军水源的人。数年来，他追随赵尔丰鞍前马后，前后擘画，相得益彰，是最理想的接班人。清廷同意了赵尔丰的举荐。

赵尔丰还是不放心。宣统三年，即公元1911年，这是大清王朝统治中国的最后一年，这个享国达两百多年的大一统王朝，此时已进入倒计时。赵尔丰在前往成都接任川督前，还为他的川边事业做了最后一件事：他带着傅华封，共同巡视边境。

从雪山初融的四月到大雪始飞的八月，五个月时间里，赵尔丰和傅华封马不停蹄地奔走于横断山腹地。一面，赵尔丰与傅华封朝夕相对，面商机宜；一面，又相继将此前还没纳入囊中的多个土司印信收缴，实现改土归流。当两人洒泪揖别时，改土归流终于全部完成，未来的西康省初具规模。

但是，尽管赵尔丰能够决定千千万万康区人的命运，却无法决定他自己的命运。他离开康区前往成都后，险恶的末日正在降临。他完全不可能想到的是，他将被革命者斩首示众。那是一个云谲波诡的巨变时代，一切都那么荒唐，又那么合理。

再说留在巴塘的傅华封。和赵尔丰未能蟾宫折桂一样，傅华封也是个不第秀才。科考的失意似乎化作了他们在事功上的进取。傅华封在赵尔丰打下的坚实基础上，开始推动西康设省。他一面向朝廷上书，一面修建未来的巡抚衙门。

然而，宏伟的巡抚衙门才打下地基，天崩地坼的大事震惊宇内：武昌起义爆发后，各省纷纷宣布独立。

赵尔丰急电傅华封，要他率边军驰援成都。对老上级和伯乐的请求，傅华封毫不犹豫地带兵上路。然而，迢递的路途，加上沿途民军的拦截，傅华封没能像他想象过的那样与赵尔丰执手于锦江之滨。

赵尔丰在成都做了刀下之鬼，傅华封在雅州战败被俘。此后一年，他被软禁于成都，其间，这位前朝遗老回首往事，心绪难平，于是写下了叙述康区改土归流前因后果的《西康建省记》。

赵尔丰改土归流一个世纪后，我来到了曾经的军事重镇化林坪。群山围困的这片小平原上，低低地伏着或新或旧的建筑。作为一个村，它显得宁静而朴实。但历史上，由于它是进入康区的咽喉要道，这里的驻军将领曾高配至从二品，相当于今天的副部级；同时，它也曾是都司衙门和县佐衙门所在地，被誉为川边第一镇。当年，赵尔丰和傅华封就穿过大山阴影下窄窄的街道走进康区，走进他们力挽狂澜的梦想与光荣……

长风万里：
李白的人生地理（上）

春天即将过去。

老去的人从病榻上起来，策杖徐行。他看到阳光下的山坡上，一簇簇红花明丽如霞。红花让他想起家乡的一种鸟，花和鸟有相同的名字：杜鹃。

记忆中，也是这时节，每当日暮，杜鹃鸟就会站在村居旁最高的树梢上，一声接一声地叫，一直要叫到次日凌晨天色朦胧。因杜鹃鸟口舌殷红如染血，凄苦的叫声如泣如诉，人们称为杜鹃啼血。

老去的人由杜鹃花想起杜鹃鸟，又由杜鹃鸟想起故乡。在这个业已六十二岁的老人心中，故乡杳远而模糊——自从二十四岁那年挥手自兹去，他再也没有返回过。三十多年前的故乡，虽然还点点滴滴地留在记忆深处，然而岁月消磨，已然慢慢又不可阻挡地淡了，远了，如同暮春时那些破旧了的春风。

唯有杜鹃鸟的哀鸣，依旧那样清晰，清晰得惊心动魄。

从杜鹃花到杜鹃鸟，是一个人长长的一生：

蜀国曾闻子规鸟，宣城还见杜鹃花。

一叫一回肠一断，三春三月忆三巴。

老去的人叫李白——在中国，这是一个妇孺皆知的名字。他不仅是一个诗人，更是一种生活方式、一种人生态度和一种人格精神的代表与象征。

其时，李白已进入人生的最后时光。一年之后，他将在长江之滨的一座小城孤独死去。

临终前，他写下绝笔《临路歌》。诗里，他又一次用扶摇而上九万里的大鹏自比。他悲哀且不甘地承认，由于时运不济，大鹏从中天陨落了。他自信，像他这样的天才，将“余风激兮万世”，只是，人世茫茫，后代还有谁能像孔子识别不世出的麒麟那样，为他这只大鹏而哀伤追怀呢？

李白的担心是多余的。在他逝去后的一千多年里，他的名字从未被人遗忘，他的诗文被一代代读者传诵，他赞叹过的山川，后人一次次登临并临风怀想。重访李白之路，庶几，我们可以辨识出一个更真实更生动的李白。

故乡：暮雨向三峡，春江绕双流

三月的大地被几场细雨唤醒，成都平原春深似海。

灰白的高速公路笔直伸向远方，阳光下，发出质地坚硬的白光，像一柄长剑，把无边无际的油菜花一剖为二，而连绵的花香和忙碌的蜜蜂，又试图把它再次缝为一体。

为了李白，我又一次从成都前往江油。江油是四川盆地北部一座安宁的小城，视野尽头俱是青黛的山，仿佛要向所有到达这里的人暗示：成都平原和川西高原在此过渡。涪江和昌明河为城市带来了生机，一年四季，绵绵流水总是不慌不忙地从城中流过。当油菜花从眼前消失，接踵而来的是碧绿的杨柳，它们在春风中苏醒。

十多年前，当我第一次来到江油时，它的宁静和古老让我惊讶：早上走出宾馆，从杨柳夹岸的街道那头，竟然传来一阵清脆的马蹄声，抬头看，是一匹吃苦耐劳的矮种川马，在一个农夫的驱赶下，拉着一车水灵灵的蔬菜往农贸市场而去。如果不是宾馆高大的楼房，你会以为时光重新回到了唐朝，一个叫李白的少年很可能就从马车背后飘然而过。

在江油，几乎我熟悉的所有人——至少三十个——都众口一词地说：李白就是江油人。江油出生，江油成长，直到二十四岁才离开。

与之相应的是不少史料和学者的另一种意见：李白是五岁那年随父来到昌明的——昌明是唐代的一个县，后改称彰明，再后来合到江油。李白的出生地，不在江油，甚至不在今天的中国，而是在遥远的中亚碎叶，即今吉尔吉斯斯坦境内。

即使李白真的不是出生在江油，而是中亚古城碎叶；即使他真的五岁才随父迁居昌明，到二十四岁永别家山，他在江油仍然长达二十年，江油仍然是他一生中生活时间最长的地方。二十年里，李白在这里读书——偶尔也到附近州县走一走，顺便修道、学剑——一流的诗人外，他还是二流的剑客和三流的道士。

青莲是江油以南的一座小镇，唐时，名为清廉，地处绵阳到江油之间。零乱的街道散漫地分布在涪江冲积成的小平原上，人多是两三层的小楼，在中国的乡镇乃至一些县城随处可见，似乎出自同一个想象力贫乏的建筑师之手。

李白生活了二十年的故居陇西院就在青莲镇外的一座小山脚下。如今，由于发展旅游，山上建了一座高大的仿古建筑，名曰太白楼。楼下，是一方方题刻着李白诗作的石碑。宽阔的游客中心和人迹稀少的停车场，把记忆里原本曲径通幽的陇西院衬托得很微型。

就像许多名人故居其实都是后人通过追思与怀念新建的一样，李白故居也不可能是唐代的初版——李白离家数十年后，陇西院沦为寺庙。宋代，首次重建。明清鼎革之际，四川遭逢千古未有之变局，几乎所有老建筑都毁于兵火。今天，我看到的陇西院是清朝乾隆年间所建。

总体上说，李白并不是一个有多么厚重的乡土观念的人，他甚至很少怀念故乡，他生命中的那份豪爽与洒脱，决定了他是一个唐代的暴走族，他的根在远方，诗在远方，梦想也在远方。只是，如同任何一条波澜壮阔的大河都有涓涓细流的源头一样，李白这条大河的源头就在江油。

得天地英才而育之，这是江油的幸运。

陇西院的格局是一座川西民居风格的三合院，院子里，有一间李白书房——当然也是后人想象的产物。书桌上，陈列着笔墨纸砚。一把硬木椅子放在桌前，灰尘让它给人一种历尽沧桑的错觉。这些文人书房里最普通的必需品指向了一个博大精深的时代。当它们各自散落时，它们是普通的，也是廉价的，但当人们把它们和一个叫李白的诗人联系在一起，它们又是华贵的、特殊的。面对历史的忘川，后人的确需要用许多模拟之物去假想天才和一个时代的紧张与松弛，光荣和梦想。

站在小小的书房前，春天的午后有一种令人眩晕的寂寞与感伤：恍然之间，你会以为那个叫李白的少年才刚刚出门，或许在溪边看桃花李花的风景，或许在山上放一只扎了彩带的风筝。总之，你没感到岁月已经流逝了一千二百多年，你也没感到那个叫大唐的时代早就杳如黄鹤。

"匡山读书处，头白好归来"，许多年后，当李白因永王之乱被流放夜郎时，客居成都的杜甫又一次怀念他毕生敬重的兄长，并为他的命运担忧。他希望，漂泊天涯的老友，能够在暮年重归故里，重归昔年读书的匡山。

查《江油县志》可知，江油市区西北面的匡山，因"山石方隅，皆如筐形"，故名筐山；又因"筐"与"匡"同音，再称匡山。此外，它还有另一个名字：戴天山。从青莲到匡山，有一条古老的青石板路，据说李白就是沿着这条曲折如蛇的小路，往来于陇西院和匡山书院。一来一往的时间长达十年，小径行经的村落里，日出而作、日落而息的农人都见证了那个稚嫩的少年如何一天天成长为风华正茂的青年。

今天，通往匡山的路依旧崎岖。山不算高，林不算茂，风景却有殊胜之处。三月的微风暖，吹得人心里发痒。远远的农舍隐在大山的皱纹里，偶尔传出一两声鸡鸣狗吠，旋即又淹没于无边的宁静中。

李白的读书处在一座寺庙内，唐时称为大明寺。清光绪十四年（1888），龙安知府蒋德钧感于李白匡山读书旧事，发起乡绅捐款，重建匡山书院。匡山书院最好的模范当然是李白，因此原有的李祠、太白楼、双桂堂和中和殿也联为一片，成为当地最具人文气质的地方。然而，蒋知府的善举没能长久地维持，时过境迁，高大的建筑早就沦为残垣断壁。

我前往匡山走的是公路。由江油市区西出，沿 302 省道行驶几公里后北折，不远处那些耸立的黝黑山峰就是匡山，父老口耳相传的李白读书台便在其中一个山顶的平旷处。

李白出川前的诗作只留下了不多的几首，其中一首写他去拜访山中道士不遇：

犬吠水声中，桃花带露浓。
树深时见鹿，溪午不闻钟。
野竹分青霭，飞泉挂碧峰。
无人知所去，愁倚两三松。

我眼前的匡山依旧森林密布，山道崎岖，虽然没有野鹿踪迹，但带露的桃花、飞挂的山泉、云中的翠竹却比比皆是。

这首诗也暴露了李白的秘密：从少年时起，他就对修道十分感兴趣。培养了李白这种兴趣的，固然有李唐推崇道教的时代背景；此外，也和江油境内的一座道教名山不无关系。

这座道教名山即窦圌山。

与大匡山相比，窦圌山名气大得多。虽然只有区区几平方公里，却因奇险闻名。远远望去，三座山峰笔直冲向蓝天，除了其中一座有小路可蜿蜒而上外，另外两座均无路可通。三座山峰之间，架设着沉重的铁索桥。方志表明，早在李白所处的唐代，铁索桥就有了。然后，每隔一段时间就得更换新的铁索。最近一次更换是清雍正五年（1727）。近三百载光阴后，今人已经不知道祖先是如何在又高又陡的悬崖上架设铁索的了。

窦圌山原名圌山。唐代之前，山上就有不少道观，旺盛的香火和虔诚的香客使这一脉既不算高也不算大的山远近闻名。唐初，彰明县主簿窦子明弃官隐居山上。据说他苦心修炼，后来得道成仙。为了纪念窦神仙，圌山更名窦圌山。

李白从小受的是儒家教育，但他毕生好道，求仙得道曾是他念念不忘的追求。

道教圣地近在咫尺，李白与窦圌山相遇便是水到渠成的事。令人惊讶的是，与描绘读书十年的大匡山不同，李白给窦圌山留下的诗作只有短短十个字，甚至不能称为完整的作品，更像一个突如其来的片段：

樵夫与耕者，出入画屏中。

相较入世的儒家和出世的佛教，产生于我国本土的道教追求的是修炼成仙，白日飞升。普天之下，得道升天的事谁见过呢？不过，对李白这种浪漫主义的诗人而言，道教的追求却天然地契合了他生命中的浪漫元素。

那位居住于戴天山的李白访之不遇的道士不详其人，另一个道士却对青少年时的李白产生过重要影响。这就是盐亭赵蕤。

赵蕤长李白四十二岁，二人的年龄相当于祖孙的差距。几十年里，尽管朝廷多次征召，赵蕤俱不应。他隐居蜀中，潜心道术、帝王学和纵横术。作为他最得意的弟子，李白悉数继承了赵蕤的衣钵——不仅包括思想，还包括人生观和处世态度。是故古人把师徒并称为“蜀中二杰”，所谓“赵蕤术数，李白文章”。

李白初访赵蕤时，感到非常神奇的是，赵蕤养了上千只不同种类的鸟儿，他一呼唤，鸟儿就会飞到他身上——不久，李白也能像老师一样和鸟儿打成一片了。

中亚富商的家庭出身，汉夷杂处的生活环境，长途迁徙的童年漂泊，熟读儒家经典的少年时代，学道击剑的青年时期……诸种落差巨大的生活造就了李白复杂甚至对立的性格：他既入世又出世，既好文又尚武，既醉心山水又热爱红尘，既好高骛远又脚踏实地，既乐观豪迈又忧郁敏感……总之，他是唐代诗人中罕见的异数。其他诗人太像诗人，如杜甫、王维、孟浩然，而他更像一个闯入诗坛的侠客、醉汉、浪荡子和道士，同时还是一个满怀政治热情的治国空想家。

终其一生，李白一直在儒与道之间摇摆。当人生出现顺境和希望时，他立即豪情万丈，仰天大笑出门去，相信或者说幻想他能“申管晏之谈，谋帝王之术”，能“使寰区大定，海县清一”，尔后功成身退，像范蠡那样浪迹烟波五湖。然而，一旦现实不顺，挫折当头，他马上回到了道家，修仙炼丹，寄情山水，“脚著谢公屐，身登青云梯”，飘飘然如方外之士。

李长之认为，李白“的确想当一当宰相，把天下治得太平，功成身退，就学范蠡和张良。这是在他一生的诗文里都一贯地这样表示着的。可是他也有学道的心，想当神仙，那也是同样很有诚意的。在他政治的热心上升时，他就放弃了学道；在他政治上失败时，他就又想学仙；自然，他最后是两无所成，那就只有吃酒了。我们现在要指出的是，他的从政，的确有种抱负，那就是要治国平天下，所以做官要做大的，同时也不只是功名富贵的个人享受就满足。这一种比较成熟的政治愿望，是他在壮年时形成的。这一种学仙与从政的根本矛盾，此后支配他一生”。

我以为，李先生的论述相当精准。李白大约属于O型血，激情四射而又容易倦怠，热情似火而又无法持久。他是一个摇摆不定的人，一个真实的人，一个真实得有些任性的人。

不过，在江油时，李白才二十出头，还没遭受过任何人生挫折，不可能像老师赵蕤一样隐居山林，以野鸟琴书为伴。他要出山，要建立一番不世的功业。

明清以降，学而优则仕，读书人想释褐做官，几乎只有科考一途。唐代却非如此。唐时，科举成型未久，科考自然最为重要，但尚有其他道路可走。比如举荐，比如献赋。

京师重臣或封疆大吏一旦向朝廷举荐，常常事半功倍。至于献赋，那是汉代以来的惯例。如杜甫屡试不第，先后两次献赋，终因《三大礼赋》而授京兆府兵曹参军。

不仅举荐和献赋可得官，甚至隐居有名也可得官，如称赞李白仙风道骨的司马承祯，他隐居天台山，名气甚大，从武后起，朝廷就屡次征召，死后还追赠银青光禄大夫。

要想获得举荐，就必须干谒。在唐代，为了获得达官贵人举荐，读书人——尤其是以诗文见长的诗人，几乎都要做的一件事就是干谒。

“干谒”的字面意思是有所企图而求见显达者。具体到唐人干谒，就是为了在科场胜出或是直接入仕而拜访显达者，希望通过向他们展示才华，赢得好感，得到举荐。为此，甚至产生了一种称为干谒体的诗歌品种——说白了，这些文辞典雅的诗作，类似于当代的自荐信。如孟浩然的《临洞庭湖赠张丞相》，朱庆馀的《近试上张水部》皆如是。

李白的干谒生涯自二十岁开始。那是开元八年，即720年春天。当匡山上的草木又一次吐出亮晶晶的新芽时，他前往彰明以南的成都。在成都，他拜访了益州长史苏颋。苏曾官至宰相，是一个温厚的长者。按李白后来的说法，苏很赏识他，指着李白对手下官员说，“此子天才英丽，下笔不休”。令人疑惑的是，即便如此，苏颋却没有举荐他。不知苏颋是出于客气才待李白以布衣之礼，还是多年后李白的追述有所修饰？

拜访苏颋没结果，李白又沿着成渝古道去了渝州（今重庆）。在渝州，他拜访了刺史李邕。李邕之父李善乃《文选》的注释者，此书是包括李白在内的年轻学子使用的教材，李邕本人则是知名书法家。但是，李邕把这个侃侃而谈的年轻人礼貌拒绝了——他令手下一个复姓宇文的官员把李白打发走。

成渝干谒，李白唯一的收获来自宇文——他送了满脸失望的李白一只桃竹制成的书筒。

冬时，李白重又回到家乡，回到匡山，并在诗作里流露出归隐林泉，终老青山的念头。其实，李白才二十多，所谓归隐，所谓林泉，俱不可能落到实处。就像几百年后侯方域下第，煞有介事地写文章表示从此杜绝儒士，闭门隐居一样，皆不过是有口无心地发发牢骚而已。

远方：仍怜故乡水，万里送行舟

天文学上有个词叫红移，意指光源远离观测者时，观测者接收到的光波频率比其固有频率更低，即向红端偏移，故称红移。天文学家告诉我们，整个宇宙中的其他星体都在红移。也就是说，从浩瀚的空间看，地球和地球上的所有生命都变得越来越孤独，因为所有星体都在远离我们。

如果把“红移”这个词借给历史，历史上的人和事也同样日复一日年复一年地在红移。祖先离我们越来越远，他们的呼吸和欢笑早已在风露中凝固。他们曾经的苦难与欢乐，以及难以逾越的艰难苦恨，到如今，都不过是旧籍里了无生意的文字。

幸好，依凭文字，我们也许还能想象并还原他们的生活。关于李白，我们也只能依凭他留下的上千篇诗文以及同时代和稍晚者的记述想象，而我一直相信，对这些先贤人生轨迹的重访，尽管由于时过境迁，很多地方不仅名字变了，甚至连地貌也发生了变化，但仍有可能让我们在想象并还原他们的生活时，更多一些真实与妥帖。

开元十三年（725），李白二十五岁。春天，他买舟东下，写下了平生第一首民歌风的作品：

> 巴水急如箭，巴船去若飞。
> 十月三千里，郎行几岁归？

按古人说法，人生的机缘与遭遇是前定的，于诗人，就有诗谶一说——诗人灵感所至写下的诗句，完全可能在日后兑现，成为他们对自我命运的预言。李白这首《巴女词》似乎就有诗谶的意味：

十月三千里，郎行几岁归？是啊，远去的巴蜀儿郎，你几时才会回来？终其一生，除了流放夜郎时溯江而至巫山外，李白漂泊的脚步如同暗夜远去的灯盏，再也没照亮过沉寂的故乡。

检阅李白留下的全部诗文，回忆故乡的篇什并不多，和与他同时代或不同时代的那些忆起故乡就涕泗纵横的诗人相比，李白对故乡似乎没有太多的眷爱。我曾经奇怪于这样一种现象，在交通极不发达的古代，我们的祖先却更有勇气踏上漫漫征途。他们壮岁的游历，动辄三五年，甚至十年二十年，山川阻隔，故乡和亲人杳不可闻，他们却义无反顾地匆匆上路了。长亭与短亭之间，名山和大川之间，古人意气风发的样子令人嫉妒。

反观今日，当飞机的速度倍于声音，古人一年半载才能走完的路两个小时就可安然抵达，但多少现代人有过诗意的远行呢？两千多年前的司马迁自述："二十而南游江淮，上会稽，探禹穴，窥九疑，浮于沅湘；北涉汶泗，讲业齐鲁之都，观孔子之遗风，乡射邹峄；厄困鄱薛彭城，过梁楚以归。"今人虽有便利交通，可几人能重复太史公的足迹？对古人来说，渺不可知的远方不仅是一种诱惑，更是一种激情燃烧的生活方式。

李白的轻舟在开元十三年春天驶出了故乡巴蜀，东去的浪花顶托起那叶小小的木船。江流浩荡，春暖花开，眼前的景象令第一次出远门的李白心旷神怡，他的内心深处是否天真地认为：从此，人生之路也将顺水行舟一样写意而美满？

出川后经停的第一站是江陵（今湖北荆州）。在江陵，李白认识了道教大师司马承祯。司马承祯对李白很有好感，称他"有仙风道骨，可与神游八极之表"。李白还年轻，年轻得既没名气也没影响，除了梦想和才华一无所有。司马的称赞对李白便很重要，好比我们对一个孩子的表扬往往会起到鼓励作用一样，司马的表扬也令李白激动。为此，李白写下了《大鹏遇希有鸟赋》。他把自己比喻为大鹏，把司马比喻为希有鸟。那只李白想象中“一鼓一舞，烟朦沙昏。五岳为之震荡，百川为之崩奔”的大鹏，从此成为李白坚定不移的精神自况——终其一生，他是如此渴望像大鹏那样搏击云天，扶摇万里。

黄鹤楼向来被看作武汉的地标，它与湖南岳阳楼、江西滕王阁和山西鹳雀楼并称中国四大名楼。初次漫游的青年李白由江陵来到江夏（今湖北武昌），对耸立于长江之滨的黄鹤楼，自然不会忽略。

今天的黄鹤楼是一座钢筋水泥的高大建筑，尽管竭力修饰出古意，但粗糙与仿冒感依然扑面而来。李白登临的黄鹤楼自然不是如今的样子，甚至也不在如今的位置，而是更靠长江——20世纪修建大桥，黄鹤楼楼址做了移动。我曾看过日本人常盘大定拍摄于一个世纪前的黄鹤楼。它矗立在一大堆高高低低的民居中，虽然最高，却不像现在这样鹤立鸡群。当然，常盘大定拍摄的黄鹤楼也不是李白登临的黄鹤楼。这座始建于三国的名楼命运多舛，多次被毁，又多次重建。灾难就像它的名声一样鲜有出其右者。1884年，黄鹤楼毁于大火，此后一百余年，黄鹤楼只是一个令人追思的遗址。我们现在见到的黄鹤楼重建于1985年，三楼有一座大厅，绘着众多登临黄鹤楼的名人，李白当然是必不可少的一位。

登临送目，必然有诗。李白读了壁上崔颢所题的七律后，竟然没动笔，感叹说：“眼前有景道不得，崔颢题诗在上头。”这个故事说明两点，其一，崔颢的诗的确好，至少这首《黄鹤楼》，令诗仙也扼腕称赞；其二，后人认为李白一生自负，几乎到了目中无人的地步。以他对崔颢作品的表现观之，并非如此。

自从有了遥感技术，人类就得以从渺远的高空俯瞰自己所在的大地。对这些从太空发回的照片，我有一种莫名的敬畏：原本辽阔的山河被浓缩到一张小小的照片上。虽然地图也能缩地千里，却没有遥感照片真实具体。

在一千公里高空，当卫星对着中国大地拍摄时，我看到了一片赭黄中夹杂着一些淡蓝，淡蓝中的一个小部分，静静地淌在湖南北部。当卫星更靠近，这片淡蓝的一小部分变大了，略似于一只扭曲的葫芦。这就是洞庭湖。

古人云："四渎长江为长，五湖洞庭为宗。"意思是说长江、黄河、淮河、济水四水，数长江最长；洞庭、鄱阳、太湖、巢湖、洪泽五大淡水湖，以洞庭为首。这不仅就洞庭湖当时面积最大而言，也与洞庭湖在文化史上的重要地位有关，这片浩荡的湖水和屈原、李白、杜甫、白居易、刘禹锡、韩愈、李商隐、孟浩然、范仲淹等光辉的名字连在一起。作为中国第二大淡水湖，即便在湖区不断缩减的今天，面积依然超过两千平方公里，相当于两个县辖地。

李白漫游的脚步数次抵达洞庭湖，他的目光几度注视八百里洞庭浩渺的烟波。

第一次是他出蜀后的壮游。在荆楚期间，他遇到了同样来自蜀中的友人吴指南，于是结伴而行，同游潇湘。

愉快的旅程很快因吴指南暴死戛然而止。抚摸着同伴的遗体，李白大放悲声，他第一次感觉到生死如影随形。擦干眼泪后，他把吴指南暂葬于湖边，尔后东下。三年后，李白再次前往洞庭湖，把吴指南的遗体取出来，骨肉还没分离，他就亲手用刀把骨头剔下来，背着它徒步走了几百里，安葬在武昌附近。

很多年过去了，当李白不再年轻，他龙钟的脚步还将重合青春的脚步。那是他被流放夜郎遇赦后，他还会来到洞庭湖边，登临那座古老的楼。

就像黄鹤楼业已走进丰沛的中国文学史一样，岳阳楼的光辉也笔直地烛照千秋。自从开元初年张说在洞庭湖畔筑楼起，一千多年间，它多次遭受重创倒下，又多次倔强地重新站立。

时至今日，几度兴废的岳阳楼依旧屹立于洞庭湖边。登楼远眺，眼前还是北宋政治家加文学家范仲淹描绘过的景象："衔远山，吞长江，浩浩汤汤，横无际涯，朝晖夕阴，气象万千"。

当李白初次登楼时，那种带着惊讶的喜悦在他诗里溢于言表。是的，那时他还年轻，年轻得没有经历过任何挫折，年轻得有些目中无人。然而，命运始终是一个不讲游戏规则的对手，它最擅长的就是翻手为云，覆手为雨。

多年以后，当年的翩翩少年须发如雪，洞庭湖仍旧水光接天。在与时间的比赛中，除了大自然，没有人能获胜。李白如此，我们亦然。

同为大诗人的杜甫一直是李白身后的小兄弟，这位命运比李白多舛的诗人，青壮年时代的颠沛流离没有换来晚岁的安宁与幸福。相反，他的晚岁生涯甚至比青壮年时代还要凄凉。

大历三年（768），李白已去世六年，杜甫也是风烛残年，要不了多久，他的生命亦将终结。那一年，杜甫登上了李白数次登临的岳阳楼，写下了那首著名的五律：

昔闻洞庭水，今上岳阳楼。
吴楚东南坼，乾坤日夜浮。
亲朋无一字，老病有孤舟。

戎马关山北，凭轩涕泗流。

沉郁，悲凉，一个风烛残年的老者在长叹命运无常与造化弄人。这就是杜甫的岳阳楼给我留下的深刻印象。与杜甫不同，李白晚年的岳阳楼是这样的：

划却君山好，平铺湘水流。

巴陵无限酒，醉杀洞庭秋。

君山是洞庭湖无数岛屿中最知名的一个，从岳阳楼望过去，它像是在水天交接处浮动。虽然海拔不过几十米，面积也不足一平方公里，却是整个洞庭湖人文风光和自然风光最引人入胜者。

然而在李白看来，举目风景的君山还是不要为好——把它划掉的话，湘水就畅行无阻地平铺远流了；整个洞庭湖倘若用来盛酒，足以醉杀无边无际的秋天。

奇特的想象不减当年。虽然遭遇了人生的种种苦难与不测，李白依然葆有一颗孩童般的好奇之心。与杜甫的沉郁悲壮相比，李白把人生的苦难统统过滤掉了，他让我们只看到了自然的瑰丽与想象的高远。

暂厝了吴指南后，李白独自上路。种种迹象表明，李白此次壮游有一个大致的目的地，那就是剡中。当他从湖北境内又一次出发时，他在诗里写道："此行不为鲈鱼脍，自爱名山入剡中。"

剡中是哪里呢？即历史上的剡县，也就是今天浙江嵊州及周边地区。这一带山海相接，景色清幽，尤其自魏晋以来，高人逸士多会于此。如李白一生最敬佩的先辈诗人谢灵运，其家族就在这里有大片庄园。

李白并不是直奔目的地而去的。他顺江东下，一路走走停停。首先，来到庐山，在感叹了庐山瀑布乃“银河落九天”后，来到金陵，即今天南京。关于金陵，或者说南京，作家叶兆言的说法深合余意。他说：“南京在历史上不断地被破坏，被伤害，又不断地重生和发展，这个城市最适合文化人到访。它的每一处古迹，均带有深厚的人文色彩，凭吊任何一个遗址，都意味着与沉重的历史对话。”

一生中，李白多次前往金陵，也多次凭吊不同的江山遗迹。六十一岁那年，已进入生命倒计时的李白又一次来到金陵，他登上了一座著名的古台。那就是因他的诗篇而名扬至今的凤凰台。

凤凰台的得名，据说是南朝刘宋时期，有三只凤凰飞临城西的小山。为了纪念这一祥瑞，人们修建了一座高台，称为凤凰台。凤凰台所在的小山，称为凤凰山。今天南京南部的百家湖边，有一座圆形高台，上面竖着三只巨大的红色凤凰雕塑，人们把此高台称为凤凰台，但它并非李白所游的凤凰台。李白的凤凰台遗址在夫子庙西侧的秦淮河畔——更具体的位置，有人说在一所校园内。那年，李白登罢凤凰台，留下了七律：

凤凰台上凤凰游，凤去台空江自流。
吴宫花草埋幽径，晋代衣冠成古丘。
三山半落青天外，二水中分白鹭洲。
总为浮云能蔽日，长安不见使人愁。

浮云蔽日，长安不见，人生的种种不得意让豁达的诗仙也未免愁闷滋长。当他历尽沧桑，脚步遍及大半个中国却一无所获时，他终于生出了“三十余年如一梦，此身虽在堪惊”的恍惚。

不过，第一次到金陵时，李白还年轻，有的是时光，有的是金钱，也有的是豪情和酒兴：

风吹柳花满店香，吴姬压酒唤客尝。

金陵子弟来相送，欲行不行各尽觞。

请君试问东流水，别意与之谁短长？

南京之后是扬州。扬州之后，李白深入剡中。镜湖、若耶溪、王右军故宅，到处留下了他的屐痕。726 年晚秋，李白从剡中回到扬州，兴尽悲来，陷入了此前很少有过的忧伤中。原来，年轻的他，因家境殷实，带着大笔盘缠，甚至还有一个书童随行服侍。一路上，他纵情挥霍，“曩昔东游维扬，不逾一年，散金三十余万”。这么一笔巨款，除了自己消费，还仗义疏财：“有落魄公子，悉皆济之。”

没想到，这么大手大脚，很快就千金散尽。钱不是万能的，没有钱却是万万不能的。雪上加霜的是，钱花得差不多了时，人也病了。窘迫中，他突然怀念他的老师赵蕤。然而老师远在故乡，根本没法帮他。

最终，帮李白的是一个叫孟荣的朋友。孟荣系江都县丞，李白尊称他孟少府。孟少府给了李白一笔钱，并请医生为他诊治。在病中，豪放的李白也变得敏感，那个深秋的夜晚，他独看天上明月，不由思念故乡，以及故乡的亲人：

床前明月光，疑是地上霜。

举头望明月，低头思故乡。

孟少府不仅解了李白的燃眉之急，还为他指明了另一条更长远的路：他给李白介绍了一门婚事。他觉得，二十六岁的李白应该结束漫游成家立业了。

李白听从了孟少府的建议，于727年春天离开扬州。烟花繁茂的江南远了，他的客船溯江而上，去往一个叫安陆的小地方。

蹉跎：美人不我期，草木日零落

十多年前，围绕谁才是名副其实的李白故里，江油和安陆有过一次影响甚大的争论。我的朋友老蒲是当事人之一，说起此事，至今犹自愤愤不平。在这个江油人眼中，江油才是货真价实的李白故里。当年工商部门却判定：安陆使用“李白故里”商标不侵权。之后不久，甘肃又提出李白故里在天水——加上吉尔吉斯斯坦，李白故里一下有了四个。其情其景，让人想起大思想家李贽曾经的感叹：“呜呼！一个李白，生时无所容入，死而千百余年，慕而争者无时而已。余谓李白无时不是其生之年，无处不是其生之地。”

美国汉学家比尔·波特则一针见血地说：“李白就像一个大蛋糕，每个人都想分一块。即使李白现在没有死，我想他自己也会笑死的。”

是的，犹如许多在世时不为人重，死后却被封神的大师一样，李白亦如此。同样的例子，凡·高在阿尔发疯，可怜的他用剃刀割下一只耳朵，作为礼物送给一个妓女。阿尔居民联名请愿，要求将凡·高赶走。而今天，阿尔却以凡·高而自豪。

人类的悲哀就在这里：必须等到那些怀才不遇的大师已成为天地间的过客后，才会在怀念与伤感中想起未曾把他应得的景仰与尊重给他。凯撒的归了凯撒，上帝的归了上帝，大师的却没有归大师。

如同江油一样，安陆也是一座小城。历史上，安陆忽而称安州，忽而称安陆，忽而为州治，忽而为郡治——不论哪一种，大多时候，其行政级别都比今天的县级市要高。并且，唐宋时，安陆处于繁忙的交通线上，它“北控三关，南通江汉，居襄、樊之左腋，为黄、鄂之上游。水陆流通，山川环峙”。

江汉平原边缘的安陆，其西、北和东北都是隆起的山地。如果从空中鸟瞰，平原与山地交错，就像一个人摊开的手掌，掌心是平原，指头是山地。

同样是一个春天的下午，我出了安陆城，向西北而行，不到二十公里，就进入了翠黛的山中。

山名白兆山，但我更喜欢它的另一个名字：碧山。碧山不仅更富诗意，并且，它本身就来自李白在这里写下的一首诗：

> 问余何意栖碧山，笑而不答心自闲。
> 桃花流水窅然去，别有天地非人间。

如今的碧山，或者说白兆山，建成了李白文化旅游区——当然，必需的标配是纪念馆。纪念馆是供人凭吊和缅怀的，而眼前的青山绿水，尽管和唐时相比肯定有了变化，但应该大体相差不多。一千多年前，李白从扬州来到碧山，居于山中。不久，他做了许家的女婿。然后，又回到山中。

许氏是李白一生中有据可考的四个女人之一。这四个女人，两位是正室，即许氏和后来的宗氏，另两位没有名分，仅为同居关系，一个姓刘，称刘氏，还有一个姓也没留下，因是鲁郡人，后人称鲁妇。

安陆周遭几百里，许家是声名最显赫的官宦世家。许氏的祖父许圉师曾官至宰相，许圉师的父亲、祖父、曾祖以及儿子，也做到了刺史一级。许圉师的六世孙乃晚唐著名诗人许浑，“溪云初起日沉阁，山雨欲来风满楼”就是他的名句。

可以说，李白一生都在寻找前途，为他的远大政治理想寻找前途。按理，唐代科举已成型，学而优则仕乃社会共识，李白应该像他同时代的王维、崔颢、祖咏、王昌龄等人那样应科考，在金榜题名后取得入仕机会。奇怪的是，李白从未参加过科考。

原因其实很简单。唐朝规定：“刑家之子，工商殊类”不得参加科考，李白的商人家庭出身，决定了李家虽然有钱，却没有社会地位，连科考的资格也不具备——我们实在难以想象，一个家财万贯的商人，其社会地位反倒不如一个躬耕垄亩的农夫。但重农抑商的时代确乎如此。只有农业才是本，其他都是末。

所以，对王维年纪轻轻就高中状元，李白只有羡慕的份儿。他必须另谋出路，另辟蹊径——这蹊径竟然一辈子也没有辟出来。他一生都在希望—失望—再希望—再失望中循环，直到垂垂老去。

无论怎么看，李白的两次婚姻，都带着浓厚的功利色彩，正是他试图另辟的蹊径之一。

许家累代官宦，许氏的祖父更是做到了一人之下万人之上的宰相；李白一介布衣，出身卑微，这样的婚姻，显系高攀。作为对高攀的回应，许家并不让李白娶走许氏，而是入赘许家。

在我老家四川南部，入赘称为倒插门，为人鄙夷。绝大多数时代和地方，赘婿地位都很低下。不仅自己要随女家生活，生下孩子，也要随女家姓。秦朝时，常把逃亡捕获者、商人和赘婿抓去服徭役。如《史记·秦始皇本纪》云："三十三年，发诸尝逋亡人、赘婿、贾人略取陆梁地。"

尽管赘婿名声不好，地位低下，唐代却很流行——其中很大一部分赘婿是出身寒微的读书人，"权贵之家，往往以女招赘士人，而士之未达者，亦多乐于就赘，借为趋附之梯"。

李白也希望通过入赘许家，获得一把趋附之梯，从而实现他自比管、乐和诸葛的政治理想。

入赘许家前，李白去了一趟距安陆不远的襄阳。襄阳位于汉水中游的唐白河汇入处，交通极为发达。水路而言，从襄阳出发，既可溯汉水达陕西，也可顺汉水进长江，还可逆唐白河上中原。陆路而言，襄阳是南襄隘道和荆襄驿道的连接点。水陆枢纽的便利，为襄阳赢得了南船北马交集地的美誉。与襄阳城一江之隔的汉水东岸，有一片连绵的低山，望之蔚然而深秀。李白时代，山中住着一个著名隐者，即田园诗人孟浩然。

李白由安陆到襄阳，就是为了拜访孟浩然。其时，比李白年长十二岁的孟浩然已是成名大诗人，作品风靡天下，骄傲如李白，也毫不掩饰对他的敬仰：

吾爱孟夫子，风流天下闻。
红颜弃轩冕，白首卧松云。
醉月频中圣，迷花不事君。

高山安可仰，徒此揖清芬。

查《李太白全集》可知，他一共为孟浩然写了五首诗。《孟浩然集》中，却找不到回赠李白的。不过，这并不妨碍孟浩然在李白心中的崇高地位，因为，隐逸的孟浩然，其实代表了李白人生目标的另一半——一半是申管晏之谈，谋帝王之术；一半是功成身退，弄舟江湖。孟浩然，正是后一半的代表。

见过孟浩然后，李白回到安陆与许氏成婚。这一年，李白二十七岁了，算是标准的晚婚青年。

李白对许氏的颜值很满意。他带着新婚妻子到安陆南边的应城泡温泉，并称赞许氏“气浮兰芳满，色涨桃花然”。但是，新婚的李白似乎并不快活。不快活的主要原因是许氏的堂兄对他充满敌意，不断诋毁他，算计他。李白只好说服许氏，从城中的许氏大宅搬到白兆山。

李白希望借助许家人脉进入仕途的梦想，最终看来，也只是梦想罢了。唐代以安陆为中心，既设置过安州，又设置过更重要的安州都督府。按李白后来的自述，首任安州都督马公很欣赏他，“一见尽礼，许为奇才”，并对手下长史李京之说，“诸人之文，犹山无烟霞，春无草树”，而“李白之文，清雄奔放……句句动人”。

李白的自述有夸大嫌疑。首先，马都督乃一介武夫，尽管好文，未必真的发自内心推崇李白。且马公身寄封疆，原本有权向朝廷推荐人才，而这也是李白干谒他的目的，马公却没有这样做。不久，马公调离。按李白的说法，马公的长史李京之，曾听到过马公对他的称道，但李京之对李白没什么好感——甚至，李白还曾为一点小事得罪他，令李长史耿耿于怀。

李白毕生好酒，几乎是饮者的代名词。在安陆时，一天晚上，李白与友人喝醉了酒，午夜才回家。路上，他看到李长史的车驾，冒失地冲上去想打个招呼，不想，马受了惊，差点把李长史弄翻在地。李白的冒失行为，不仅冲撞长官，而且违反宵禁。当然，由于许家的声望和李白本人的名气，他没有受皮肉之苦，却不得不写了一篇低三下四的书信向李长史认罪。这就是收录在《李太白全集》中的《上安州李长史书》。

在大多数人的固有印象里，李白不畏权贵，狂放不羁，用杜甫的说法是“天子呼来不上船，自称臣是酒中仙”。如果读了他给李长史的信，这种印象将为之颠覆——你甚至怀疑，这些诚惶诚恐的文字，真的出自李白之手吗？他在信中自贬妄人，“南徙莫从，北游失路”，偶然遇到老朋友喝高了，不小心冲撞了长史车驾，只有“敢沐芳负荆，请罪门下”。如果李长史原谅他的“愚蒙”，“免以训责”，那他将不惜以性命回报，以此“谢君侯之德”。

卑辞曲意的信使李白免受了李长史的训责，但也使李白在后人印象中大大减分。幸好，此事不久，李长史调离了，裴长史来了。李白赶紧又给裴长史写了一封信，希望他向朝廷举荐自己。

给裴长史的信中，李白回顾了自己的人生经历，并不无夸大地自我表扬了一番。然后是对裴长史的吹捧，这些吹捧今天读来仍感肉麻：“伏惟君侯，贵而且贤，鹰扬虎视，齿若编贝，肤如凝脂，昭昭乎若玉山上行，朗然映人也。而高义重诺，名飞天京，四方诸侯，闻风暗许。”

吹捧是全方位不留死角的。但即便从李白带有褒义的描写看，裴长史也非善类：“月费千金，日宴群客。出跃骏马，入罗红颜”——差不多就是一个不理政事，天天狂喝滥饮，左拥右抱的酒色之徒。到了李白的笔下，他不仅“贵而且贤”，更有甚者，李白还编造民谣把吹捧进一步深化：“宾朋何喧喧，日夜裴公门。愿得裴公之一言，不须驱马将华轩”——颇像他后来吹捧韩朝宗时编造的另一句民谣：“生不用封万户侯，但愿一识韩荆州。”

无须为尊者讳。海子诗云：为了生存，你要流下屈辱的泪水，来浇灌家园。古今中外，概同此理。我猜李白写这些比等因奉此的公文更无聊的作品时心情多半是恶劣的——公文至少不用肉麻地放弃尊严吹捧长官。但李白必须写，他企图用这种方式给自己的人生带来转机。

转机却没到来。裴长史毫无反应，李白又一次失望了。

李白留下的作品中，有一篇不到一百五十字的散文，却最能体现他的人生态度。那就是《春夜宴桃李园序》：

> 夫天地者，万物之逆旅也；光阴者，百代之过客也。而浮生若梦，为欢几何？古人秉烛夜游，良有以也。况阳春召我以烟景，大块假我以文章。会桃李之芳园，序天伦之乐事。群季俊秀，皆为惠连；吾人咏歌，独惭康乐。幽赏未已，高谈转清。开琼筵以坐花，飞羽觞而醉月。不有佳作，何申雅怀？如诗不成，罚依金谷酒数。

那是一个美丽的春天，在桃李芬芳的园子里饮酒赋诗，兴尽悲来，教人想起人生的短暂和世界的偶然，最后，只有劝君更尽一杯酒。情绪的起承转合，意境的大起大落，于李白的一生，都能找到佐证。

这座美丽的桃李园就在安陆，这里见证了他的快乐和忧愁。这时候的李白已经快到而立之年了，古人寿命不比今天，而立之年不再年轻。然而功业未建，只能写些不能安邦济世的诗文，这于从小就渴望出将入相的李白而言，桃李花开的春夜未必尽是欢乐。或者说，欢乐的尽头是莫名的忧郁。

安陆这个小地方看不到希望，那就只有去首都长安了。就像在给裴长史的信中说的那样："西入秦海，一观国风。"

长风万里：
李白的人生地理（中）

漫游：大道如青天，我独不得出

云雾像水打湿的棉被，厚厚地裹住了终南山和山间的别墅。偌大的别墅里，只有几个看守的老仆。唯一的客人是李白。面对没完没了的雨水，惆怅与焦急在李白心底潜滋暗长。

别墅的主人是一位天下知名的女冠——女道士。当然，也可以说别墅的主人是一位血统高贵的公主。因为，女冠和公主就是同一个人。

李唐重道教，自认是道家先辈李耳后裔。公主中间，就有不少人痴迷于修道，甚至进而出家做道士。玉真公主是唐睿宗的女儿，与唐玄宗同父同母，地位十分尊贵。年轻时，玉真受道于括苍山道士叶公，唐玄宗下令为她修建了庞大的道观，后来赐号持盈法师。终南山中的别墅，就是玉真公主众多修道场所之一。

李白从安陆来到长安，拿着许氏的信，找到许家一位远亲。远亲官太小，心有余而力不足，只能给李白出主意说，宰相张说热心举荐人才，不妨找找他。张说身居高位，文章驰名天下，受封为燕国公，与许国公苏颋——李白在成都干谒那位——齐名，人称“燕许大手笔”。李白精心制作了一张名片去张府，已经六十四岁的张说一看名片就无比好奇：海上钓鳌客。

张说让仆人把李白带进来，问他，你要钓鳌，请问以什么作线？以什么作钩？

李白长身玉立，侃侃而谈，回答说以虹霓为线，以明月为钩。

张说又问，以什么为饵？

李白答，以天下无义丈夫为饵。

这番对话很符合李白好为惊人语的性格，张说似乎对他印象还不坏，虽然没有举荐他，但把儿子张垍介绍给了李白。张垍不仅是相门公子，还是玄宗皇帝的驸马。

张垍向李白说起了玉真公主，那个热心修道同时也热爱文艺的神秘女子——她十分喜欢王维的诗，王维借助她的力荐，一举中了状元。对这些京城往事，远在安陆的李白肯定知道的。

所以，当张垍把他送到玉真公主在终南山的别墅时，李白充满期待，他甚至能感觉得到，那条通天的彩虹正在降临人间，他即将跨上彩虹，一步登天——从年轻时起，他就不屑于像普通官员那样一步一迁、按部就班，而是立志要像管仲、诸葛亮那样一步登天，立抵卿相。

在终南山等待玉真公主的日子，李白为尚未谋面的公主写诗，把公主尊称为玉真仙人，想象她修仙习道，行踪无定，如同传说中的西王母一样神秘莫测。

李白眼巴巴地盼着玉真仙人驾临终南山，然而，一等数十天，玉真仙人毫无踪影。后来，他从看守别墅的仆人那里得知，事实上，玉真公主已经一两年没来过了。失望之余，李白隐约感到被张垍骗了，可他只能给张垍寄两首诗，含蓄地发发牢骚。张垍没有回应他。李白只好离开。“繁阴昼不开”“空烟迷雨色”的终南山恍如梦魇。

李白自称“一生好入名山游”，与唐代其他诗人如杜甫、高适、李商隐、韩愈等人相比，李白的确更热衷山水。他的热衷山水，既有因好道而“五岳寻仙不辞远”的成分，也有因发自内心地对或雄奇或清幽的山水的喜爱，还有在面临失败与挫折时，企图借山水荡涤愁绪的醉翁之意。

从终南山下来，李白去了长安周边的凤翔、坊州等地，在那一带漫游了一段时间。心情稍稍平复后，他重返长安。意外的是，许氏远亲避而不见，张说去世了，他也不便再去找张垍。

幸亏在坊州时，王司马给了他一笔钱。靠这笔钱，李白在长安城继续花天酒地的生活——并且，大约干谒无门，这一时期，与他来往的多是斗鸡走狗的恶少。为此，他遭遇了北门之厄。

北门之厄的具体情况，首次长安之游十几年后，李白在写给陆调的诗中有所透露。大概是李白得罪了一伙恶少，这些恶少聚众围攻李白。李白虽会剑术，然寡不敌众。正在危急时，陆调纵马奔来，把李白救走；旋又报告官府，为李白摆平这场祸事。

经此波折，李白对长安更生失望——不仅对长安失望，甚至，对未来的人生也失望。他在《行路难》里感叹：“欲渡黄河冰塞川，将登太行雪满山。”一方面，他既安慰自己：“长风破浪会有时，直挂云帆济沧海。”另一方面，他又仿佛看破红尘，心灰意冷：“且乐生前一杯酒，何须身后千载名？”李白的一生，常常就在这种对立的情绪之间纠结，如同一个青春期的懵懂少年。

731年暮春，失望的李白离开了长安。不过，他没回家——尽管在长安期间，他因思念许氏写过十来首诗，但是，他不想回家，也无颜回家。毕竟，在长安一无所获，他怕回家后面对那些关心他的亲朋旧识——无论是真关心的惋惜，还是假关心的幸灾乐祸。

李白向东而行，经东都洛阳，折向东南而至宋城（今河南商丘）。宋城有一座李白时代就已废弃数百年的巨型园林：梁园。关于梁园，还有一段题外话。十多年前，我在开封城南的禹王台公园寻访古吹台时，看到一座门坊，上书：梁园。开封不少地名，也冠以梁园，或梁苑，如梁园小区、梁苑小学。甚至，就连一些当地的旅游资料上，也称梁园在开封，就在古吹台一带。

这可能是一种误解。梁园的修建始于西汉梁王刘武。刘武与汉景帝同父同母，甚受其母窦太后爱怜，地位尊贵。受封梁王后，建都睢阳，即商丘。梁王在世时，建设了一座方圆达三百里的园林，称为东苑、兔园，后人称为梁园，或梁苑。梁王雅好文学，招揽了一批大文人如司马相如、枚乘等，聚于梁园。

那么，梁园到底在开封还是在商丘呢？尽管《中国古今地名大辞典》认为在开封，但更多迹象表明，梁园其实在商丘。因为，商丘才是梁国都城，而开封一带虽也属梁国，距王城却有一百多公里。后人之所以把梁园附会在开封，很可能因为开封曾称大梁和汴梁吧？

好古好游的李白一定想象过梁园的精致宏伟，然而到了故址一看，才发现亭台楼阁已随丝竹歌吹一同消失。池水干涸，古木幽森，他不由感叹繁华难再与人间荒谬："昔人豪贵信陵君，今人耕种信陵坟"——即便信陵君这种名垂青史的人物，他的坟墓也被辟为耕地。既然人生如此，世事如此，他只好"沉吟此事泪满衣，黄金买醉未能归"。其间的意绪，颇像古人目睹"古墓犁为田，松柏摧为薪"的无常，也有"不如饮美酒，被服纨与素"的感叹。人生易老，世事无常，不如及时行乐，便成为李白作品中反复出现的主题。不过，斯时的李白还算年轻，还没有从失望走向绝望，因此在诗的结尾，他相信时机终会到来："东山高卧时起来，欲济苍生未应晚。"

颍阳是河南登封的一座无名小镇，它虽无名，与它近在咫尺的嵩山却大名鼎鼎。从颍阳到登封，我一再向人打听颍阳山居和元丹丘，不过就像我预感的那样，没有人知道它和他。

李白交游甚广，元丹丘几乎是他的第一号朋友。元丹丘乃职业道士，炼丹打坐，云游四海。有一种说法是，李白还在蜀中时，就与他相交。后来，李白在天南海北的各个地方，要么与他应约相见，要么与他不期而遇。至于嵩山附近的颍阳山居，那是元丹丘的多个隐居地之一。

在颍阳山居小住后，元丹丘邀请李白去洛阳，洛阳有他的好友元演。不想回家的李白愉快地答应了。洛阳之行，李白与元演、崔宗之相识，并结为知交。聚会结束后，李白不得不回安陆——当他于733年回到安陆时，为期三年的一入长安终于告一段落。

小小的安陆盛不下太大的梦想和激情，尤其是作为一个赘婿。一年多后，李白又一次上路了。

这一次是应元演之邀游太原。其时，元演的父亲任太原尹。两人于盛夏时在洛阳会合。按历史学家严耕望先生考证，唐时从洛阳到太原，大致行经今天的沁阳、晋城和长治等地。

老城村是一座北方村落，公路两侧是民居，民居外是平原，青纱帐刚起来，碧绿一片。这座如今普通的村落，曾是孟津县治所在地，故而史料上称旧孟津。不过，如果向当地人问路的话，很少人知道什么是旧孟津。

老城村所属的镇子叫会盟镇，这个名字，来源于两千多年前武王伐纣时在此会盟诸侯。由老城村向北，几公里外，黄河日夜东流，大桥西侧，耸立着一座高塔，塔身竖列红色大字：黄河中下游分界标志塔。

由标志塔上溯二十公里，便是黄河的最后一道峡谷：小浪底峡谷。出了此峡，黄河从此进入一马平川的下游地区。孟津因而被确认为黄河中下游分界线。

孟津这个名字来源于黄河上的古老渡口。在汉语里，“津”就是渡口的意思。那么，孟津古渡在哪里呢？主流说法认为，在老城村和小浪底之间的扣马村。

“扣马村”这个奇怪的名字，据说是源于武王伐纣时，伯夷和叔齐两兄弟拦住武王的马劝他休兵。在村子里，我看到一座歪斜的老屋，一方石头上刻着“商夷齐扣马地”。当地人说，老屋是明清时的夷齐祠旧址。

作为洛阳周边最重要的渡口，孟津古渡是洛阳通往北方的门户。李白不知道黄河中下游的分界，他只知道，要前往太原，必须先在孟津渡过恍似从天而来的黄河。

扣马村外的黄河，水流平缓，河面较宽，河中形成了一道修长的沙洲。唐朝时，供人们过河的，不是船只，而是浮桥。当时，人们利用水中沙洲，建成了两道浮桥，并在沙洲及南北两岸筑有关城。维护浮桥的工作人员，计有水手二百五十人、木工十人。严耕望认为它是“中古时代南北交通之第一要津”。

李白和元演经过孟津浮桥，由南而北，只需步行两三天，他们便看到官道如一条扭曲的长蛇，慢慢游进西北天际一列拔地而起的山脉中。

那便是太行山。八百里太行呈东北—西南走向，成为华北平原与山西高原的天然分界线。有一年四月，我在南太行寻访一条名叫羊肠坂的古道。沁阳往北十多公里，通往晋城的公路进入了深山。当年，李白和元演就是从平原尽头的沁阳西北而行穿越南太行的。一千多年过去了，公路斗折蛇行，时而爬上半山，时而跌进山谷。太行山到处是坚硬的花岗岩石头，年久风化后，坚硬的石头缝里，钻出一棵棵连翘和桃树。淡黄的连翘花和粉红的桃花，给阴雨的下午带来了一点点春天的暖意。

与残留的古道相比，曲折的公路依然显得平缓而宽阔。羊肠坂的得名，便是缘于古道崎岖缠绕，有如羊肠。

查史料可知，羊肠坂虽只有短短几公里，却因扼京洛之咽喉，加之易守难攻，历来都是兵家必争之地。据说，曹操的《苦寒行》就写于此：“北上太行山，艰哉何巍巍！羊肠坂诘屈，车轮为之摧。”很多年后，李白在写给元演的诗中，历数和元演在一起的旧时光，其中就有对当年行经羊肠坂的艰辛记忆：“五月相呼渡太行，摧轮不道羊肠苦。”

北游太原时的李白，虽然仕途上一事无成，诗名却已遍及海内。元演的父亲元府尹对他的到来给予了极为热情的接待。李白诗作表明，他在太原待了一年左右。其间，他和元演曾北游雁门关。更多时候，他们在太原周边载酒游荡，曾经多次前往太原南边的晋祠。

晋祠极为悠久，最初是为纪念晋国开国之君唐叔虞而建。晋祠里，一株斜着生长的古柏别具风姿——自周朝时被栽种于这里，它已经在不知多少代人的注视下生长了两千六百年以上——即便李白时代，它也有一千多岁了。可以肯定地说，李白和元演都见过它。只是，有可能，那时，它的身子不像现在这样歪斜。

在太原，李白一度萌生了从军的念头。李白一直对自己的剑术颇为自负。他认为，如果从军，或许有机会成为一个好将领，进而以立功边关的方式空降到官场，甚至博个封妻荫子。

元演制止了他。元演告诉他，军营生活远不是他看到的那么浪漫与威风。他的父亲守边多年，早该调回内地，可因朝中无人，很可能就终老太原。元演的父亲如此，他手下军官的前途更加黯淡。

李白是个激情四射的人，激情来得快，去得也快。既然从军也不会有光明前景，他便写诗批评军中的种种不公："苦战功不赏，忠诚难可宣。谁怜李将军，白首没三边。"

一年多后的初秋，李白辞别元府尹。元府尹给了他丰厚的馈赠，银两之外，还有一匹五花马，一件千金裘。归往安陆途中，李白又一次拜访了老友元丹丘，并经元丹丘介绍，结识了新朋友岑勋。李白与元、岑二人痛饮之余，写下了著名的诗篇：《将进酒》。诗里，他不无得意地提到元府尹的厚赐："五花马，千金裘，呼儿将出换美酒，与尔同销万古愁。"

功名：仰天大笑出门去，我辈岂是蓬蒿人

李白又一次走进了巍峨的长安城。一入长安与二入长安之间，有十二年的间隔。李白从三十岁到了四十二岁。

四十岁前后两年，李白遭遇了颇多变故。人们常说哀乐中年，其实，以哀为主，以乐为辅。或者说，乐只是哀的海洋中耸立的一座座孤独的小岛而已。从太原归安陆后，李白罕见地在家待了一年。读书、写诗、饮酒成为这一年的日常。但一年似乎也是他能安静下来的时间极限，他很快就“恨不得挂长绳于青天”，担心岁月流逝，马齿徒长而功名未就。毕竟，在人均寿命四五十岁的时代，年近不惑，实在是一个令人恐慌的年龄。

三十八岁那年，李白做了一次行程万里的巡回干谒。他先后在南阳、颍阳、宋城、下邳、扬州、杭州、温州、荆州、襄阳等地拜访了数十位大大小小的地方官，陪他们喝酒，为他们吟诗、作文，像一个恪尽职守的营销员，努力推销自己。

所有的努力却一无所获——如果一定要说有的话，那就是回收了一场场大醉，以及一些或真或假的赞美。为此，李白愤愤不平地写诗：“空谒苍梧帝，徒寻溟海仙。已闻蓬海浅，岂见三桃圆”，他借用寻仙不遇的典故，讽刺朝廷广开才路之说不过空文虚言，根本不落到实处。

三十九岁那年，李白做了父亲，他的女儿平阳出生了；四十岁那年，他的儿子伯禽又出生了。

不惑之年也是一个丧乱之年。这年，万里干谒归来的李白到襄阳拜访孟浩然——很可能要向这位老友倾诉一番苦水吧。到了孟家却惊闻噩耗：孟浩然竟于月前去世了。

孟浩然死于友情和诗情。此前，他背上长了一种古人称为痈疽的毒疮——现代医学认为，乃是皮肤的毛囊和皮脂腺被葡萄球菌感染所致。项羽最重要的谋士范增就是得此病而死。孟浩然的病原本在好转，不料，王昌龄来了。诗友相聚，免不了觥筹交错。要命的是，医嘱说孟浩然不得食用河鲜，偏偏桌上有一道孟浩然最喜欢的汉水查头鳊。纵情之下，孟浩然忘了医嘱，大吃特吃。于是，悲剧了，“浪情宴谑，食鲜疾动”而终。

如果说孟浩然之死让李白意外而伤感的话，那么，另一个人的死则直接改变了他的生活——李白结束了“酒隐安陆，蹉跎十年”的安陆岁月。这个人，就是许氏。许氏出身高门，自与李白婚后，聚少离多。当李白漫游天下时，她默默地守候于小城安陆。体弱多病的许氏去世后，留下两个孩子，一个一岁多，一个还不到一岁。

许氏既死，李白再也没有留在许家的理由。对安陆这座小城，他大概也失去了再居住的兴趣。李白搬迁了。目的地是山东鲁郡，即山东兖州。选择鲁郡，很可能在于李白的一个堂叔和几个族亲都在那里做官。到了鲁郡，在族人帮助下，他在瑕丘（今济宁市兖州区）东门外筑了几间茅屋，购了几亩地，并先后与一个姓刘的女子和一个没有留下姓氏的女子同居。后者为他生了另一个儿子颇黎。种种蛛丝马迹表明，李白与刘氏在一起的时间很短，并且，最令李白愤怒的是，同居后，刘氏很快对李白由失望到绝望，竟然跟人私奔了。李白在诗里痛骂这个不识好歹的妇人：“彼妇人之猖狂，不如鹊之强强；彼妇人之淫昏，不如鹑之奔奔。”

刘氏对李白的失望与绝望，我们可以合理地推测：首先是反感他无度饮酒。更大原因可能是眼见李白年过四十，却连七品八品的小官都没捞着，不免渐渐从内心瞧不起他。

郁郁寡欢中，李白去了一趟嵩山。那里，有他一生中最重要的朋友元丹丘。今天，从兖州到嵩山，高速公路四百多公里，驾车约五个小时，但在李白的唐朝，至少要耗费十几天。风餐露宿半个月，李白赶到颍阳山居，不是为了聚会，而是为了告别——他专程去为元丹丘送行。

作为当时全国知名的道士，元丹丘新近接到朝廷要他赴京的诏令。从兖州到嵩山，距离快要赶上从嵩山到长安，李白如此不辞辛苦地送行显然不仅仅是为了友情。

李白在诗里透露了这次独特送行的目的：他希望元丹丘到京后，向朝廷举荐他。

元丹丘果然不负厚望。次年秋，来自长安的使者送来了宣李白入朝的诏令——多年以来梦寐以求的理想终于变成活生生的现实，李白的狂喜可想而知。他一边杀鸡酌酒，一边痛骂离他而去的刘氏不长眼睛——此时，李白应该与鲁妇生活在一起。否则，李白出游时，谁来照料两个年幼的孩子？从他接到诏命后写给老婆孩子的那首诗看，他青春时期就浓烈的政治狂热竟一点也没消退，反而因突如其来的诏命而狂喜、而失态：

白酒新熟山中归，黄鸡啄黍秋正肥。
呼童烹鸡酌白酒，儿女嬉笑牵人衣。
高歌取醉欲自慰，起舞落日争光辉。
游说万乘苦不早，著鞭跨马涉远道。
会稽愚妇轻买臣，余亦辞家西入秦。
仰天大笑出门去，我辈岂是蓬蒿人。

无论什么时代，“首都”总是一个庄严的词语。它意味着宏伟的建筑、肥马轻裘的高官和从这里发往王朝每一寸版图的道道旨意。早春二月，燕子斜飞，它们轻盈的翅膀扇动了护城河边细长的柳丝，却扇不动城楼上那一排排卫士从不斜视的目光。

1961 年，经过 4 年多的发掘，一座消失于历史长河好多年的古城再一次浮现在 20 世纪的阳光下。这座一梦千年的古城，承载的是后人艳羡不已的大唐华章，它那庞大的规模表明，极盛时，这里的居民在 100 万以上。

发掘证明：唐代长安城的周长有 70 多里，比今天的西安旧城（即明清时代的西安城址）大 7 倍，比向来被人称道的北京旧城大 1.4 倍。

凝视专家绘制的唐代长安城复原图，我发现这座古老而奢华的城市就像一只巨大的棋盘：一条叫朱雀大街的大道笔直地从北到南，把长安城切成东西两部。朱雀大街的宽度，考古实测为 155 米，足以并行 45 辆马车。朱雀大街两侧各有 5 条平行大街，与 14 条东西走向的大街垂直相交。每 4 条街道围合成一个个居民里坊，里坊内部也有东西向和南北向的道路切割成住宅区。然后是无数小一些的街道，它们也以笔直的线条硬朗地画过城市。白居易在描写长安时，用了这样的诗句：“百千家似围棋局，十二街如种菜畦。”

顾炎武感叹：“予见天下州之为唐旧治者，其城郭必皆宽广，街道必皆正直；廨舍之为唐旧创者，其基址必皆宏敞。宋以下所置，时弥近者，制弥陋。”

盛唐伟大而深远的影响不仅是它余下的城郭宽广和街道方直那么简单，它更以这些外在的、物化的东西提醒我们：中国历史上，曾有那么一个鲜明生动，富于青春与朝气的自信时代和宽容时代。

学者周时奋先生对此总结说："盛世其实就是一种集体无意识的满足感，一种在物质充盈前提下心境的宁静与自豪，一种无处不在的，仿佛触摸得到的富裕、繁荣和安全感。"

印象派大师塞尚初到巴黎时曾放出狠话，他说他要以一只苹果征服这座骄傲而虚伪的城市。后来证明，他做到了，这座城市如今以他为荣。李白肯定也想过要用他的诗歌征服长安。第一次，他失败了；第二次，除了元丹丘通过玉真公主向唐玄宗举荐，他巨大的诗名已经海内共知，所以，他几乎算成功了。

细数与李白有较多交往的朋友，论才气或名气，贺知章都只能是比较普通的一个。若论爽快与真性情，贺知章却名列前茅。李白在长安等待圣上召见的日子没有白过，他结识了贺知章。唐朝最好酒的两个人相遇了，像两只酒瓮一样惺惺相惜，灵犀相通。

贺知章生于公元659年，比李白大了四十二岁，相当于老师赵蕤和李白的年龄差。贺知章不仅年龄大，社会地位也高，做过部长级的太子宾客和秘书监。他在朝五十年，耳濡目染，长安这个大染缸般的名利场却没把他改变，他还是名士风流的真本色。这位热爱美酒和诗歌的长须老者首先是性情中人，然后是一流的酒鬼和诗人。

李白与贺知章的交往时间不长，感情却很深。李白对贺知章所给予他的"谪仙人"的称号，既得意又感动。后来，当贺知章病逝于遥远的山阴，李白为他写了《对酒忆贺监二首》。序中，他不无动容地写道："太子宾客贺公，于长安紫极宫一见余，呼余为'谪仙人'，因解金龟，换酒为乐。殁后对酒，怅然有怀，而作是诗。"

纵情诗酒中，李白终于等来了唐玄宗的接见。从有关记载看，唐玄宗接见时的讲话让李白激动不已，因为他的陛下如此平易近人。李阳冰在《草堂集序》中称，李白进入大殿后，李隆基不仅“降辇步迎，如见绮皓”，甚至“以七宝床赐食，御手调羹以饭之”，他像个文学青年似的拉着李白的手说：“卿是布衣，名为朕知，非素蓄道义，何以及此？”

接下来的安排却令李白如遭当头闷棍——李白一辈子想的就是出将入相，像他的朋友杜甫说的那样“致君尧舜上，再使风俗淳”。要实现这样的政治理想，只有做到高级官员才有可能。然而，李隆基给李白的身份却是翰林学士。所谓翰林学士不过是唐朝时养在内廷的一种级别很低的从官，只要有一才一艺——斗鸡养狗、写诗作画都算——就有可能被授予这一头衔。严格地讲，它根本不算官，其地位和供皇帝解闷逗乐的侏儒小丑并没太大区别。

西安城的东部有一座风光绮丽的公园，一汪碧水荡漾在蓝天丽日下，山上的高塔低树倒映湖中，这就是西安人熟知的兴庆宫公园。和众多仅供游人憩息的公园不同，兴庆宫公园大有来头——它建在大唐兴庆宫遗址上。那汪面积并不大的湖，前身据说是兴庆宫中有名的龙池。李世民、武则天、李隆基，这一个个声名显赫的大人物，他们的身影曾像今天的市民一样出没于夹岸的柳荫下，细雨中的涟漪同样见证过他们的锦瑟年华。

兴庆宫栽种了许多牡丹。周敦颐说“自李唐来，世人甚爱牡丹”，可见花开富贵的牡丹是唐人至爱。这年春天，兴庆宫中的牡丹开得又大又艳，兴致勃勃的唐玄宗与杨贵妃一同赏花饮酒。助兴的是宫廷音乐家李龟年率领的宫中乐队。一时间丝竹如云，清歌如雨。唱得欢快时，唐玄宗忽然摆手叫停。如此良辰美景，他不想再听陈词老调，下旨去请最近供奉翰林的李白来写几首新词。

李白没有描绘牡丹的美丽与春天的美好，甚至也没有借景抒情地歌颂唐玄宗的盛世，他只赞美女人——唐玄宗一生中最宠爱的杨贵妃：

> 云想衣裳花想容，春风拂槛露华浓。
> 若非群玉山头见，会向瑶台月下逢。

一个纵横江湖的剑客，一个举杯邀明月的酒鬼，一个横空出世的诗人，一个以大鹏自况的幻想家，没想到一下子就这样莫名其妙地成了帮闲的御用文人。

坦率地说，这些遵命文字依然有才华的光芒闪耀其中，依然像李白的其他作品那样可圈可点。可一旦联想到这些文字背后若隐若现的皇权对文学的强暴，总让人产生某种难以释怀的辛酸。文人要想安身立命，难免写点遵命文学，这是包括李白在内的文人的无奈。

二入长安，前后三年，近千个日子如同那件日益破烂的客袍，缓慢而又固执地旧了。

翰林学士位置尴尬，地位低下。这不是李白要的，更不是李白的理想。李白之前一千余年，孔夫子说过“道不行，乘桴浮于海”的气话——如果不能在人间实现我的理想，那我就坐上大船漂流到海上去做个世外逸民吧。

三年的张望与待诏，三年的酒局与饭局，三年的烟花与落拓，当长安酒肆中的胡姬们大抵识得这位“眸子炯然，哆如饿虎”的相公时，李白打算像孔子那样离开。再不离开就是一种痛苦的折磨——虽然离开也是另一种痛苦的折磨。对这位一生都只有在奔走中才能感受到自由呼吸的诗人来说，李白听到了闲居的日子里，关节发出“吱吱吱”的生锈的声音。

天下最宽阔的街道集中在这里，天下最宏伟的园林集中在这里，天下最热闹的市井集中在这里，天下最显赫的官员集中在这里，天下最妩媚的女子集中在这里……这就是长安，李白即将告别的长安。

之前，他已经意兴萧索地送一个友人离开，那就是忘年交贺知章。天宝三载（744），贺知章告老还乡，李白深情难舍，以《送贺宾客归越》赠别——送一个八十多岁的老者前往三千里外的故乡，既是生离，也是死别：

镜湖流水漾清波，狂客归舟逸兴多。

山阴道士如相见，应写黄庭换白鹅。

江湖：飞蓬各自远，且尽手中杯

大师与大师的相逢为苍白的历史增添了一抹靓丽的红晕。

在我看来，漫流了两千多年的中国文化之河，共有三次大师与大师的相逢值得永久追怀：一次是春秋时代孔子与老子的相逢，两位大哲的思想在交锋，如同两道光照千秋的火焰。一次是1167年，同为理学大师的朱熹和张栻相聚于风景秀丽的长沙岳麓书院，以理学为中心展开对话，上千名知识分子有幸共沾雨露。还有一次伟大的相逢发生于天宝三载夏天，那就是李白与杜甫的握手。两只托起唐诗天空的手在洛阳相握，闻一多将之比喻为太阳与月亮的会面，说是千载难逢的祥瑞。

大师与大师相逢并成为朋友，在文化史上是一起重大事件，但对斯时或许还没有意识到自身历史价值的当事人李白来讲，从长安到洛阳，他郁闷的心情并没有得到根本排解；而与杜甫的相逢和相知，以及后来共同漫游北方大地，他苦闷的心境才如同冰山一样，在友谊与理解的阳光下化成渐次远去的春水。

文人是一种特别容易感到孤独的动物。把他们单个地放入人群，他们往往会以近乎抱残守缺的方式小心呵护自己，一旦把他们集合在一起，他们的情绪就会因彼此的刺激和鼓动而变得格外昂扬外露。大师也不例外。

出走长安的落寞与伤感变成了相逢的酒杯和诗话。这一年，李白四十四岁，杜甫三十三岁。

满打满算，李白与杜甫在一起的日子非常短暂。虽然我们无法考证出他们在洛阳偶然相逢的具体细节，但可以大致推算出那个日子是在天宝三载初夏，而他们各分东西是在次年深秋，时间只有一年多，这一年多也并非天天朝夕相处，而是像不同的星座有不同的运行轨道一样，他们只是偶尔相遇。

友谊是一种奇怪的东西，大师的友谊则是一种更奇怪的东西。按照文人相轻的定势，两个大师就像两只个性刚烈的刺猬，必须保持一定的距离才不至于互相伤害。但任何事情都有例外，某些大师之间确乎存在真挚感人的友谊——比如席勒与歌德，福楼拜与莫泊桑，比如我正在说的李白与杜甫。

和李白张扬外露的性格迥然相异，比李白小十一岁的杜甫是一个严谨内向的人。无端地，如果让我为他们二人造像，那么李白长身玉立，有几分不食人间烟火的道貌仙风；杜甫面容清瘦，双眉紧锁，目光内敛，嘴角紧抿，像在努力克制内心世界的忧愤百集。

这是两个性格反差很大的人，两个看上去不太可能成为朋友的人。但他们仿佛为了给后人一个意外，虽然相聚的日子屈指可数，坚韧的友谊却像一道朗照长夜的烛光，一直贯穿了他们此后悲欣交集的人生。

有论者以为，李白和杜甫之间的友谊是一种不平等的友谊，理由是杜甫写过十首以上的诗寄赠或怀念李白，李白却很少回报杜甫的深情。这种说法的错误在于把友谊量化了，好像馈赠诗歌的多少直接和友谊的深浅成正比，从而忘记了李白有着不拘小节的长兄性格。他们在一起的那些有酒盈樽的日子，日后仍然会反刍似的在李白心中游荡，如这首《沙丘城下寄杜甫》便是李白的深情流露：

我来竟何事？高卧沙丘城。
城边有古树，日夕连秋声。
鲁酒不可醉，齐歌空复情。
思君若汶水，浩荡寄南征。

随即加入李杜友谊圈的是另一位同样大名鼎鼎的诗人，即边塞诗领军人物高适。高适字达夫，又字仲武，其人生经历颇富传奇色彩。《唐才子传》称他“少性拓落，不拘小节，耻预常科，隐迹博徒，才名便远”。年轻时，他宁肯混迹于赌徒中也不愿参加科举考试，没想到这么一干，名气却更大了。高适后来做过名将哥舒翰的幕僚，因缘际会，出任蜀州、彭州等地刺史，官终部长级的左散骑常侍，封渤海县侯，仕途甚为得意，以至《旧唐书·高适传》说：“有唐以来，诗人之达者，唯适而已。”

历史留下的只言片语为我们提供了一个佐证，那就是与杜甫相比，高适的性格更接近李白，但真正被李白放到了心灵深处的却是沉默少言，显得有些迂腐的杜甫——高适当然也是李白的朋友，只不过就像山峰有高低一样，友谊也有轻重。

粗略梳理一下杂乱无章的史料，大致可以为李白与杜甫的漫游写一个粗线条的纪要：

天宝三载初夏，李杜初逢于洛阳。几场剧饮后，二人分手。不久，两人再次相遇，尔后在商丘一带遇到高适，三人一起漫游梁宋。

天宝四载（745）春天，三人同游齐州，也就是今天的济南，受到北海太守李邕的热情接待——他就是李白青年时干谒过的渝州刺史。说起往事，李邕一再致歉。

开封是一座活在往事里的城市。

这座从首都降为省会，再从省会降为普通地级市的城市，曾有过太多的繁华与艳丽。七朝古都，南北通衢，北宋时全世界最大的都市……这些都是它的曾经。但是，千古繁华余一梦，换了人间。而今，这座灰白的城市并不比周围其他城市多一些亮色——除了难以计数的古迹表明它在历史上曾经“比你阔多了”。

禹王台是开封城里众多古迹中的一个，它还有另一个有些古怪的名字：吹台。相传春秋时期，晋国有一位像荷马一样盲了双眼的音乐家，名叫师旷。此人常常跑到禹王台一带吹奏，那时候的禹王台只是平原上乳房一样隆起的一座土丘。久而久之，人们把这里叫作吹台，一直沿用至今。

师旷太久远，吹台最真实的历史其实和李白有关——李白已成为吹台最值得骄傲的本钱，和李白一起给予了吹台乃至开封无上荣光的，还有李白的朋友杜甫和高适。

《唐才子传》的“高适”条目下关于三位大师和吹台的故事如是说：“尝过汴州，与李白、杜甫会，酒酣登吹台，慷慨悲歌，临风怀古，人莫测也。”看来，李、杜、高三位诗人光临吹台，在风中悲歌长啸，让当地人感到十分不解——对生活经验以外的陌生事物，常人往往条件反射地投以怀疑目光。

吹台却是幸运的，它幸运地聆听了三位大师酒后的高歌，见证了他们如何在蝉声如雨的夕阳下栏杆拍遍，直到又大又圆的月亮从吹台一侧的平原上慢腾腾地挪到天庭。

李白、杜甫，还要加上一个高适，他们之间的友谊之所以令后人眼热，在于他们是真正的道义之交、文字之交。这种至高无上的友谊别无他求，像源自深山的清泉，因纯洁而熠熠生辉。

所以有不少后人为此感动。三贤祠便是感动的产物——明朝开封巡抚毛伯温有感于李、杜、高同游吹台的事迹，修建了一座名为三贤祠的祠堂。这座建于明正德十二年（1517）的小院，位于禹王台大殿东侧。在纪念治水英雄大禹的庙宇里，诗人们也赢得了一席之地。

高适告辞后，李白和杜甫继续漫游，二人一同拜访一位姓范的隐士，并兴致勃勃地写了同一题材的作品。此后，两人分手。过了不久，却在饭颗山头有过一次偶遇，为此李白作《戏赠杜甫》：“饭颗山头逢杜甫，头戴笠子日卓午。借问别来太瘦生，总为从前作诗苦。”杜甫以《赠李白》作答：“秋来相顾尚飘蓬，未就丹砂愧葛洪。痛饮狂歌空度日，飞扬跋扈为谁雄？”

石门山位于曲阜东北，公路延伸到山麓时，路旁立着一块巨石，上面是红色的舒体大字：石门山。作为一个地方性旅游景区，石门山并不算知名——当然，如果你知道据说孔子就在这里撰写

《易经·系辞》的话，或许会对这座主峰也才四百余米的小山肃然起敬。

那一年，漫游、剧谈和狂饮是李、杜的常态，但这种基于诗酒的友谊即将画上句号：天宝四载深秋，分手的时候到了。此前一年多，他们也经常分别，但因为都居住在一个不大的范围内，那种分别只能算暂别，就好比同城居住的朋友，每一次聚会后同样要分手，可没人把它当作分别。只有当同城的朋友迁往异地他乡时，才猛然觉悟到相聚的日子真要戛然而止了。

在石门，唐诗天空最明亮的两颗恒星斗酒别离，杜甫后来的诗说他们是“渭北春天树，江东日暮云”，意指他将前往西北定居，如同春天的古树；李白将漫游东南，好似日暮的浮云。

美国传记作家欧文·斯通说：“人是无法把告别画出来的。”诚哉斯言。对于告别的悲怆与隐痛，任何艺术表达终究苍白无力。石门一别，两位大师都写下了关于友谊和怀念的略带伤感的诗篇，这些诗篇见证了他们诗酒欢娱的日子，也预示着此后将隔着茫茫世事和迢迢烟水空寄思念，如李白的《鲁郡东石门送杜二甫》：

醉别复几日，登临遍池台。
何时石门路，重有金樽开。
秋波落泗水，海色明徂徕。
飞蓬各自远，且尽手中杯。

在石门山，李、杜以一场酒告别——尽管他们认为，以后还会有机会再将杯子碰到一起。但事实上，从那以后，他们天各一方，只能在有限的梦里相见。

石门一别，李白和杜甫再也没有见过面。在交通极为艰难，也没有任何现代通信工具的古代，回忆和祝福就是我们的祖先思念亲朋时可以依凭的可怜的武器。作为小兄弟的杜甫将在以后岁月里，一次次地回想起李白，回想起在中原大地上与李白书剑飘零的流金岁月。杜甫一生写过不少赠送或怀念朋友的诗，但无论数量还是质量，首推写李白者。多年以后，杜甫在历经了“朝叩富儿门，暮随肥马尘”的人世辛酸后，头发花白了，额上刻下了时光的痕迹。这时，他再一次想到了分别多年的李白。杜甫写下了一生中最后一首怀念李白的诗，诗题敞露心扉式地就叫《不见》，题下则注“近无李白消息”：

不见李生久，佯狂真可哀。
世人皆欲杀，吾意独怜才。
敏捷诗千首，飘零酒一杯。
匡山读书处，头白好归来。

长风万里：
李白的人生地理（下）

江山：黄河捧土尚可塞，北风雨雪恨难裁

石门别后，李白大病一场。有人认为是服食丹药和饮酒所致。他剧烈咳嗽，精神委顿，并陷入对刚刚离开的杜甫的思念中。兖州城外，夕阳西垂，秋风劲吹，古木摇落，北方的深秋令李白更加愁绪满怀。几十天前出则连舆，止则同席的杜二应该到长安了。为了镜花水月般的前途，知音也必须天各一方，唯有“思君若汶水，浩荡寄南征。”

这一年，李白四十六岁了，即便是人均寿命远超唐朝的今天，这个年龄也标志着进入了人生下半场。李白十二岁那年，唐玄宗即位，李白五十六岁那年，唐玄宗被唐肃宗尊为太上皇。也就是说，李白的一生，大多

数时间生活在唐玄宗统治时期。唐玄宗作为中国历史上最知名的君王之一，既缔造了开元盛世，也导致了安史之乱。李白和与他同时代的人，既有幸生逢开元盛世，也不幸遭遇安史之乱。他们见证了一个伟大帝国如何在风雨中转向。当李白的人生进入下半场时，大唐帝国的命运也进入了下半场。只是，李白没有察觉，唐玄宗也没有察觉。

病中，李白梦见了远在浙东的天姥山——很有可能，浙江绍兴人贺知章曾向他说起过这座缥缈的仙山。大病初愈，李白上路了。他又做了一次江南之游，足迹所到之处，江山固然使人流连，但令人伤感之事也一桩接一桩。

贺秘监祠坐落于绍兴市区的一条小街上，它本是祭祀贺知章的祠堂，后来成了绍兴贺家的宗祠。于绍兴贺家而言，贺知章肯定是一个足以令他们永远自豪的杰出祖先。青年即有文名，应试就金榜题名，尔后仕途顺畅，一直做到部长级；致仕时，皇帝赠诗，太子宴别，朝廷还将他的家乡“镜湖剡溪一曲”赐予他，“以给渔樵”；并且，得享天年，活到了八十六岁。可以说，贺知章这种顺风顺水的人生好境，历代诗人中并不多见。对贺知章这位忘年交，李白既敬重又感激。因此，当他来到绍兴时，一定要做的就是到贺知章故居去拜祭。贺知章与李白既是诗友也是酒友，同入“饮中八仙”——对一个嗜酒者的最好怀念方式，莫过于摆上一瓮好酒，一只酒杯。所以，李白忆贺知章，乃是“对酒忆贺监”。

从绍兴来到金陵，又一个朋友的不幸消息传来：王昌龄被贬往边远的龙标做县尉。王昌龄长李白三岁，诗名早著，在当时就有“诗家夫子”“七绝圣手”之誉，其名声甚至在李白之上，李白向以兄事之。李白闻讯，为王昌龄的命运担忧：

杨花落尽子规啼，闻道龙标过五溪。

我寄愁心与明月，随君直到夜郎西。

命运难预，此时李白为王昌龄被贬夜郎而伤感，不承想，十余年后，他自己也将在垂暮之年流放夜郎。

王昌龄曾中进士，正途出身，但仅做到了校书郎。“不护细行”，就是小事不检点，得罪权贵，被贬往龙标。安史之乱起，他逃回老家，途经濠州，却被刺史闾丘晓忌而杀之。后来，中书侍郎兼河南节度使张镐率军平叛，闾丘晓畏敌不前，导致宋州失守，张镐下令将其杖杀。刑前，闾丘晓求饶说家里有老人要赡养。张镐回道，那当年王昌龄的老人，你又交给谁在赡养？

张镐不仅为王昌龄复仇，还先后搭救过杜甫和李白——算起来，他虽然不以诗著名，却是这些顶级诗人的守护神：杜甫为房琯说话，得罪唐肃宗，肃宗要治他的罪，张镐站出来劝谏——如果治了杜甫的罪，今后再也没人敢讲话了。李白因入永王幕下狱，经他斡旋，重罪轻治，流放夜郎。途中，张镐还给他送去两套衣服。李白的诗记下了此事：“惭君锦绣段，赠我慰相思。”

很快，李白五十岁了，到了知天命之年。少年时起就埋藏于胸的政治理想依然没有着落，李白不再去干谒，他大概习惯了诗酒漫游的林泉生活。就像之前写下的诗句那样，他希望“且放白鹿青崖间，须行即骑访名山”，而不愿再像供奉翰林时那样摧眉折腰，“使我不得开心颜”。这一年，对他来说，最重要的事情是再婚。他娶了第二任夫人：宗氏。

与宗氏的婚姻却暴露了李白的秘密：一方面，他在诗里倾诉隐居林泉、山水自娱的生活旨趣；另一方面，对仕途与远大政治理想的渴望并没随年岁渐长而熄灭。只不过，更隐蔽了。

如同许氏的祖父曾是宰相级高官一样，宗氏的祖父宗楚客三度拜相，地位更显赫。不过，由于宗楚客依附唐中宗的皇后韦氏，后来李隆基发动政变，将韦氏及宗楚客处死。而李白与宗氏结婚时，唐玄宗尚在位上——今上亲自处死的乱臣，其声名显然不会太好，只是，唐人宽厚，未牵涉家人而已。李白似乎并不在意宗楚客的家族声誉，甚至以宗氏的口吻作诗，不无炫耀："妾家三作相，失势去西秦。犹有旧歌管，凄清闻四邻。"

此外，就像与许氏的婚姻一样，与宗氏的婚姻，李白同样是入赘——李白既不以宗楚客狼藉的声名为意，也不因赘婿的低贱为难，可能不仅在于他想借宗家的余荫，更在于他一生中对贵族身份的强烈认同与艳羡。这一点，陈寅恪先生曾有论断："盖唐代社会承南北朝之旧俗，通以二事评量人品之高下。此二事，一曰婚，二曰宦。凡婚而不娶名家女，与仕而不由清望官，俱为社会所不齿。"

以李白而言，他的宦途晦暗不明，如果再不娶名家女，其社会评价与自我定位便更加乏善可陈——尽管他是天下闻名的诗人。但再好的诗人，在皇帝那里，也不过娼优蓄之而已。

与宗氏结婚不久，李白又一次远行——哪怕年过五旬，他仍然好动如青年。他总是离开，总是告别，在他眼中，诗和远方才是人生第一要义。尽管他也曾写过一些怀念妻儿、思念家乡的诗，但他的整个表现像日本学者笕久美子批评的那样："李白身为一家户主，或作为一位丈夫，是指望不上、靠不住的；他是一个对家庭不负责任、与家庭不相称的人。"

这一次远行，李白抵达了平生去过的最北之地：幽州（今北京）。

去幽州的目的，其说有二，都与一个叫何昌浩的人有关。何昌浩曾是一个不第秀才，李白给予过他不少照顾。这一年，何昌浩忽然从幽州捎来一封信。信中，他告诉李白，他不久前到范阳，现在已出任范阳节度使判官。何昌浩认为，李白文武全才，如果愿到边塞，肯定大有用武之地。即便无意入幕，也可边塞一游。

何昌浩的信让李白怦然心动，他不顾宗氏强烈反对，坚持要去幽州。目的之一，李白真的希望如何昌浩所云，建功边塞，曲线达成政治理想。这有他写给何昌浩的诗为证："……羞作济南生，九十诵古文。不然拂剑起，沙漠收奇勋……"目的之二，幽州等地节度使为安禄山，其时，不少人都意识到这个深受唐玄宗宠信的胡人很可能叛乱，李白想深入他的老巢一探究竟。这，也有他写的诗为证："……且探虎穴向沙漠，鸣鞭走马凌黄河。耻作易水别，临岐泪滂沱。"

到底哪一个目的才是李白内心的真实想法，除非起李白于地下，否则恐怕很难判断。我以为，很可能前一个目的是他最初想法，而后一个目的是到了幽州的所见所闻触动了他，由是产生的新想法。

作为唐朝由盛转衰的安史之乱的始作俑者，粟特人安禄山身兼平卢、范阳、河东三镇节度使，封东平郡王，手握重兵。尤其令人惊叹的是唐玄宗对他的绝对信任：曾有不少人提醒唐玄宗安禄山要谋反，唐玄宗要么斥之，要么将其发与安禄山处分。

初到范阳节度使治所幽州，李白受到了何昌浩热情款待。不过，何告诉他，安禄山到首都去了，还要一些日子才回来。接下来一段时间，在何昌浩的安排下，李白要么寻幽，要么打猎。边防军队给他留下了深刻而美好的印象，他甚至开始想象自己的未来：

画角悲海月，征衣卷天霜。
挥刃斩楼兰，弯弓射贤王。
单于一平荡，种落自奔亡。
收功报天子，行歌归咸阳。

总而言之，军营的行伍生活让李白变得更加浪漫，更加富于想象力，想象的核心，和后世词人辛弃疾差不多：“马作的卢飞快，弓如霹雳弦惊。了却君王天下事，赢得生前身后名。”不过，辛弃疾是真正带过兵打过仗的，李白却只是诗人悠远而又漫无边际地想象罢了。

并且，这种浪漫想象也很快遭到了现实的迎头一棒。

这天，有一个年轻人前来拜访李白。年轻人姓崔，叫崔度。崔度乃是李白故人之子——他的父亲崔国辅，曾任礼部员外郎，与李白和杜甫都有交情。崔度屡试不第，几年前从军，在安禄山手下做一名中下级军官。从李白不久后写给崔度的诗及其他几首诗可以揣测，崔度传递了一个让李白震惊的消息：安禄山即将谋反——这消息，天下传闻已久，现在，就要坐实了。崔度应该还告诉李白，要他尽早离开是非之地。两人会面不久，崔度就以探亲为名离去。而李白，正好接到宗氏家书，他便以妻子生病为名离开幽州。在李白这一时期写就的《北风行》《公无渡河》等诗里，李白感叹大乱将作，兵戈将起，朝廷却无人可以依托：“黄河捧土尚可塞，北风雨雪恨难裁。”

离开幽州后，李白去了长安，这是他一生中第三次，也是最后一次去长安。不过，也有学者认为他只去过两次。去长安的目的，是向朝廷报告安禄山行将谋反，提醒朝廷早做准备。到了长安，一个消息令他瞠目结舌：在这之前，曾有来自幽燕的正义之士到长安揭露安禄山，却几乎无一例外被唐玄宗下令将其押回幽州，由安禄山处理。

尽管李白常常为江山社稷担忧，一辈子渴望为君王效力，但在如此是非不分的君王面前，他也只有离开。归根到底，江山是别人的，只有生命才是自己的。

三次离开长安，第一次是失望，第二次是怅然，第三次是绝望。时近暮春，长安城外，李白登高远眺，但见苍榛蔽丘，绿草掩谷，他感叹，凤凰没有栖身之地，乌鸦却呼朋引类。时局如此，唯有穷途一哭：

倚剑登高台，悠悠送春目。
苍榛蔽层丘，琼草隐深谷。
凤鸟鸣西海，欲集无珍木。
鸒斯得所居，蒿下盈万族。
晋风日已颓，穷途方恸哭。

南方：相看两不厌，只有敬亭山

北方黑云压城，李白决定逃往南方，温暖明媚的南方。

老年的李白带着一身疲惫与忧伤来了。我猜测，进入老年后的李白心中的冲突一如年轻时代，年轻时代他常为到底该选择儒家还是道家而矛盾，到了晚年，现实的无情与酒后的壮烈则成为另一对矛盾。它们纠结于胸，是一些用最烈的酒也无法稀释的块垒。

扬州，这座李白早年时曾在此散尽千金，留下诸多美好回忆的城市，此刻重又走进那熟悉的长街短巷，已经年过五旬的李白岂能没有一些若隐若现的感伤？人类都是感性的动物，而诗人犹胜于常人，感伤简直就是他们的职业病。昔年来扬州，李白风华正茂；今日再临扬州，李白垂垂老矣。昔年来扬州，远大理想像扬州城外浩荡的春风吹拂得人骨头酥麻；今日再临扬州，一切荣华富贵的梦基本全部破碎，如同草间的露珠，日头一照，无影无踪了。昔年来扬州，富家子弟李白腰缠万贯，挥金如土，不到一年的江南之行，竟然花费三十万；今日再临扬州，贫病无告的李白常常为酒钱发愁……这就是李白的扬州之行，也是李白的人生。星移斗转，世事炎凉，纵有春风十里扬州路，又怎能涤尽满腔忧愁与不合时宜？

两千多年前先民的一首歌谣也曾有过这种昨是而今非的感伤，这种感伤非李白独有，也非中国人独有，它如影随形于人类——只要人类不灭，感伤就是永恒的：

> 昔我往矣，杨柳依依。
> 今我来思，雨雪霏霏。

幸好，烟花扬州给予李白的，也并非完全是愁苦和感伤，正如掷出一个钱币，朝上的不会每次都是背面一样。在扬州，一个叫魏万的年轻人找上门来。魏万又名魏颢，曾经隐居于王屋山下，《全唐诗》收录了他硕果仅存的一首作品《金陵酬李翰林谪仙子》，这是一首长诗，诗中有“长卿慕蔺久，子猷意已深。平生风云人，暗合江海心”之类的句子，它表明魏万乃是李白的读者、崇拜者和追随者，用网络语言说，是超级粉丝。这位超级粉丝追星追得前无古人：为了一睹李白风采，他从河南一路追到山东，再追到江南，终于在扬州找到了李白。

李白对这位年轻的追随者表现得空前友好——与其说是李白奖掖后进，不如说他寂寞的晚年也需要一些荣誉乃至虚荣作为点缀。更何况，在与魏万交往之后，他发现这个年轻人也是一个激情四射的人。老年人容易在年轻人身上看到自己青春的影子，从而心生怜惜。其时，李白可能也生出了那种心绪："可知今日怜才意，即是当时种树心。"

一个不争的事实是，李白不仅认为魏万“尔后必著大名于天下”，还把自己的诗文交给魏万，嘱托他来编定，这就是李白在世时的第一部诗集的由来。两人从扬州一路饮酒，直到金陵分手。分手时，李白认认真真地写了一首长诗送给魏万。只是，魏万后来没有以诗而“著大名于天下”，而是以李白最忠实且最早的超级粉丝而为人所知。

安徽南部的泾县一带沟谷幽深，青山绿水中藏着一个个古意盎然的村镇：连绵的山峰带着青翠从天边驰过，清澈的小溪自山中叮咚游来，又叮咚游走，池塘里，几只白鹅在戏水，高大的院墙起起伏伏，古老的门厅里坐着安详的老人……这就是皖南民居构成的村镇给我留下的深刻印象。那是一个仿佛被时光遗忘，从而停滞不前的世界。走进爬满植物藤蔓的长长小巷，让人极其疑心，前面就会走出一个峨冠博带的古人，向我们微笑、打拱，带我们梦回唐朝。

距泾县县城三十公里的陈村就是其中一处，或者说是一个代表。这座古名南阳的镇子，保存有完整的皖南古民居群，其中明清建筑就多达七百余处。

陈村的光荣足以为它赢得名声和目光，但与它境内的另一个地方相比，诗书传家的陈村也稍逊风骚。那就是桃花潭。

全国以桃花命名的小地方，诸如桃花源、桃花山、桃花泉、桃花溪、桃花潭……实在不可计数，但要从中选一个最深入人心的，我以为非泾县桃花潭莫属。

这是一个小学生们都熟知的地方。翻开小学语文课本，我们会找到那首题为《赠汪伦》的李白诗作，它是如此简单而又饱含深情——

李白乘舟将欲行，忽闻岸上踏歌声。
桃花潭水深千尺，不及汪伦送我情。

地方史料说，汪伦是泾县的一个财主，也是饱读诗书的名士。和魏万对李白的敬仰一样，汪伦也想结识李白。为此，他给李白写了一封信，信上说："先生好游乎？此地有十里桃花。先生好饮乎？此地有万家酒店。"——看来汪伦把李白的性情摸得十分清楚，天底下大概再也没有比他更爱出游更爱喝酒的人了，其他一概不谈，只以美景和美酒来诱惑他就足够。

十里桃花、万家酒店果然吸引了李白，他乘兴前往泾县。等到和汪伦见了面，汪伦告诉他，"桃花者，潭水名也，并无桃花；万家者，店主人姓万也，并无万家酒店"。这种情形有点类同欺骗，只是骗得很风雅。李白很配合地没有恼怒，他已经从汪伦的"欺骗"中读出了人世间难得的一种境界，那种境界也是他毕生一以贯之的——真性情。

是的，李白是一个真性情的人，一个真性情的诗人和男人。率真洒脱，挥洒自如，在大唐那个充满阳刚与自信的时代，李白是一个代表——他代表了一种人格，一种人生和命运的进行时。

青弋江是长江下游的一条支流，全长不到三百公里，发源于黄山北麓，一路北流，在芜湖注入长江。青弋江流经几个县市，泾县即其一。

泾县县城西南四十公里的青弋江江段，水面平静，江水幽深，这就是人们所说的桃花潭。也就是说，桃花潭并不是孤立的深潭，而是青弋江的一段。

桃花潭一带，多为低山和丘陵。行走潭边，远处是青黛的山峦，时常有浓重的烟岚像白色的薄纱一样缠在山腰。近处是一年四季碧翠的树林，江阔云低，静水深流。

桃花潭边的万村，几条古旧的老街，保存完整的民居历经沧桑，却依然是旧时模样。村子里，书院、会馆、宗祠一应俱全。最妙的是，汪伦曾向李白夸口的万家酒馆也被复制出来——它选址在一座老房子里，粉壁斑驳，马头墙缝里挤出不少青草，在风中轻摇。

位于万村西面的青弋江滨，传说就是当年李白乘舟远去时汪伦踏歌相送的地方。为了给这一流传千古的文坛佳话留一个纪念实体，明朝时，当地人修建了踏歌岸阁。阁楼几经兴废，至今犹在。登阁远眺，桃花潭在村庄和山峦的护送下缓缓北上，继续它的征程。

自晋朝以来，桃花潭所在的泾县便属于它东北面的宣城管辖。从桃花潭到宣城不足一百公里，沿途都是青山绿水，茂林修竹，村落人家，如一首婉约的绝句，虽无振聋发聩之音，却有耳目一新之感。

如果不是安史之乱，很有可能李白会在宣城及周边停留得更久——很明显，他喜爱这个山不高而秀、水不深而幽的地方。自然风景是一方面，另一方面，这里还有像汪伦这样的“铁粉”，以及他本人的偶像。

李白的偶像在宣城留下了一座楼——准确地说，是楼的遗址；然后，后人在遗址所在地，不断地重建以抵挡时光的销蚀和兵火的摧毁。

楼并不高，只有上下两层，位于宣城市区一座略微突起的小山上。在李白来到宣城之前两百多年，李白的偶像做过宣城太守，世称谢宣城。他的名字叫谢朓。作为中国最优秀的山水诗人之一，他与其本家谢灵运并称，谢灵运是大谢，他是小谢。

五十三岁那年，李白第一次前往宣城，并在谢朓做太守时建的楼上与族叔李华共饮。饮宴而有诗，对诗人来说，是水到渠成的事。李白在诗里感叹光阴疾速，“弃我去者，昨日之日不可留”，断言“人生在世不称意，明朝散发弄扁舟”——世事就是这么荒谬，就像有人说的那样：云儿想做一只鸟，鸟儿想做一朵云。历史上，不少达官显贵希望做文人，而一流的文人李白却想出将入相。站在五十三岁的人生高处，酒后的李白满腹怀才不遇的幽怨。不过，他仍然没有忘记表扬自己的偶像：“蓬莱文章建安骨，中间小谢又清发。”

从大的向度说，天下名山有名的原因，不外乎两种。一种来自其天赋的自然形态，比如特别高或特别险，或是其他地理方面的特别之处。比如珠峰，全球最高；比如梅里雪山，特别险要，难以攀登。另一种来自后天的人文加持，比如佛教之于五台山，道教之于武当山。

敬亭山属于后一种。不过，这座海拔只有三百多米的小山（与西部的极高山相比，还不如其零头），之所以跻身天下名山行列，不是因为宗教，而是因为诗歌。

说敬亭山是诗歌之山，一点不算夸张。除了李白的偶像谢朓，为敬亭山写过诗的还有王维、孟浩然、白居易、杜牧、韩愈、刘禹锡、李商隐、韦应物、陆龟蒙、苏东坡和梅尧臣等。

当然，所有关于敬亭山的诗作中，最广为人知的无疑出自李白之手。这首只有二十个字的五绝，谁都读得懂，谁都可能读出不同的滋味：

众鸟高飞尽，孤云独去闲。
相看两不厌，只有敬亭山。

曲终：大鹏飞兮振八裔，中天摧兮力不济

出于对宣城的热爱，李白在初到宣城之后两年，也就是五十五岁时，又经金陵而来。如果不是随后发生的安史之乱，很可能，李白会一直生活在宣城——和来往的官员、文人喝喝酒，游游山，写写诗，顺便在诗里发发牢骚，感叹襟抱未开。但是，安史之乱爆发了，唐朝这个老大帝国也由盛转衰，由治而乱。

李白也蹚了毕生最令人错愕的一趟浑水。

安禄山的叛军自幽州南下，一路摧枯拉朽，洛阳和长安两大都城先后陷落，唐玄宗仓皇逃往李白的老家四川。李白深知宣城不可再居，他先在杭州暂住了几个月，复觉杭州亦不安全，于是一路向

西，避乱于长江之滨的庐山。

庐山也是李白的旧游之地。首次到庐山时他才二十五岁，那是他人生中的第一次壮游。他为“飞流直下三千尺”的庐山瀑布震惊，留下了妇孺皆知的《望庐山瀑布》。人生易老，转眼之间，当年那个风华正茂的青年已是白发萧疏的垂垂老者。

庐山属于山崖陡峭的断层山，如果从足够高的高空鸟瞰，你会发现，庐山呈椭圆形，近两百座大大小小的山峰，构成了长约二十五公里、宽约十公里的山体。五老峰位于庐山东南部，山的顶部被垭口所断，分成了五座相连的山峰，远远望去，像五个席地而坐的老人，人们形象地把它命名为五老峰。年轻时游庐山，李白既为瀑布写诗，也为五老峰流连。诗中，他表示希望结庐五老峰：“九江秀色可揽结，吾将此地巢云松。”可以肯定地说，一个渴望辅佐君王、志在天下的青年，在诗里表示要归隐，不过是为赋新词强说愁罢了。只是，那时的李白恐怕万万没想到，三十年后，他真的将在一事无成中隐居庐山的云松下——根据李白的诗可知，他的隐居之地在五老峰下的屏风叠。

然而，隐居才几个月，一个叫韦子春的人三次带着厚礼来到李白草堂。他代表唐玄宗的儿子永王李璘，邀请李白下山入幕。

如同上一次李白要去幽州一样，这一次，宗氏仍然坚决反对。这个妇道人家看时局的眼光，远远高过李白。

此前，唐玄宗逃往蜀中时，自知无力平叛，于是令太子李亨留下。李亨到达灵武后，即皇帝位，遥尊玄宗为太上皇。这是天宝十五载（756）七月十三日的事。时过三天，玄宗应该还不知道李亨已即位，采纳房琯的建议，实行诸王分镇——事实证明，这是一个导致皇室内乱的馊主意。

诸王分镇的具体操作方法是：太子李亨为天下兵马元帅，领朔方、河东、河北、平卢节度都使，南取长安、洛阳；永王李璘充山南东道、岭南、黔中、江南西道节度都使；盛王李琦充广陵大都督，领江南东路及淮南、河南等路节度都使；丰王李珙充武威都督，仍领河西、陇右、安西、北庭等路节度都使。四王之中，太子李亨本在北方统兵，而盛王和丰王并不出阁，只是遥领，事实上真正外放的，只有永王李璘。并且，唐玄宗授予他自行辟置官属、筹措粮草的特权，这就给了永王窥窃神器的机会。

《资治通鉴》称："璘领四道节度都使，镇江陵。时江、淮租赋山积于江陵，璘召募勇士数万人，日费巨万。璘生长深宫，不更人事……以为今天下大乱，惟南方完富，璘握四道兵，封疆数千里，宜据金陵，保有江表，如东晋故事。"

永王欲分裂天下，划江而治，不得人心，其时大多数人都已看出来，并采取避而远之的不合作态度。如江陵长史李岘见永王不遵从唐肃宗要求他归觐于蜀的指令，知其早晚必有大祸，立即称疾辞职赴行在。又如与李白同为"竹溪六逸"的孔巢父，当永王拥兵东进并礼请他入幕时，孔巢父婉言谢绝。

令人纳闷的是，聪慧过人的李白却在众人避之唯恐不及的情况下，欣然接受了永王礼聘，成为唯一一位替永王站台的全国知名人物。这不能完全用政治上幼稚来解释——他再没有政治智慧，毕竟多年来与无数王公将相甚至皇帝打过交道，耳濡目染，所历所经，恐怕非孔巢父所能比。甚至，就连他的夫人宗氏也看出其间的风险，并力阻他下山，他却欢天喜地下了庐山投入永王幕中，并写诗歌颂永王："我王楼舰轻秦汉，却似文皇欲渡辽。"

很显然，这仅仅因为渴求政治出路，一生都在下意识扮演管仲、乐毅、诸葛亮的李白不愿意放过任何一个可能的机会，尤其是此时的他已年过半百，年华所余无几，政治抱负却完全没有施展。现在，永王派部下三顾茅庐，他自觉不可多得的机会已然来临，因之踌躇满志，进而以谢安自居："但用东山谢安石，为君谈笑静胡沙。"

后来的结果广为人知：至德元年（756）十二月，永王率军顺江而下，不到两个月就兵败丹阳并身死。至于踌躇满志的李白，也因投身永王而下狱。值得一提的是，负责平定永王叛乱的唐政府主要官员，便是当年与李白和杜甫一起豪饮壮游的高适。李白下狱后，托人把一首诗送交高适，希望他出手相救。李白的妻子宗氏，也出面去找高适。但是，高适既没有回李白的诗，也没有见宗氏。与此形成对比的是，后来，杜甫流落蜀中，同在蜀中的高适给予杜甫不少照顾。

旧友对李白的呼救置之不理，验证了杜甫在诗里道出的李白在永王兵败后面临的险境："世人皆欲杀"。的确，刚刚承受了安史之乱痛苦的人们，对永王企图割据的反叛行为深恶痛绝，而李白作为当时最著名的诗人，竟然追随永王，并为他鼓吹，自然罪该万死——只有敦厚的杜甫才会怜其才而担心他遭遇不测。

幸好，在宋若思和崔涣等人的帮助下，李白的性命总算保住了，最终的处理是流放夜郎。更幸运的是，因为遍及天下的诗名，他的长达一年的从浔阳前往夜郎的流放之路，竟相当于边走边游的自助旅行，沿途照例有朋友或粉丝为他置酒设宴。一年后，他走到奉节，朝廷大赦令传来。于是乎，他立即买舟东下：在"两岸猿声啼不住，轻舟已过万重山"的喜悦中获得自由。东下之后，李白由江夏而至岳州，浮沅湘，游零陵——与此同时，一直为李白担忧的杜甫正在经历一生中最艰难的时光："奈何迫物累，一岁四行役。"他由洛阳而华州，由华州而秦州，由秦州而同谷，由同谷而成都。最绝望时，全家面临冻饿之虞，不得不在风雪天里跟随一个养猴子的老人上山挖黄精糊口。

温暖的南方，山明水丽，劫后余生的李白享受着美酒与美景的安慰。三年后，像一只躲在僻静处舔好了伤口的小兽，年过六旬的李白又一次——也是最后一次——希望在政治上崛起：李白想去投奔李光弼——李是平定安史之乱的重要人物，以功进封临淮郡王。不想，走到半路，年事已高的李白病了。他只好悻悻而返，经金陵而至当涂。当涂是长江之滨的一个小县，今天属于马鞍山，唐代属宣城。李白的族叔李阳冰是当涂县令，他成为暮年李白的主要依靠对象。有了族叔，至少衣食无忧。

在当涂，李白病重时，向李阳冰交代后事，并将草稿托付给他，希望他在自己去世后编定诗集并作序。李阳冰一一应允。

次年春，李白的病神奇地好转了一些——其实就是回光返照。他最后一次出游，目的地是当涂南边的宣城。在宣城起伏的山峦间，他又一次看到了漫山遍野的杜鹃花。春阳下灿烂的杜鹃花，让他想起了与它同名的鸟儿，也想起了故乡四川。

杜鹃花转瞬即谢，如同春天眨眼而过。冬天来时，六十三岁的李白走到了人生尽头。这是唐代宗广德元年，即 763 年。

这一年，安史之乱终于画上了句号，吐蕃却侵入长安，即位不久的唐代宗只得逃往陕州。

这一年，高适任成都尹兼剑南节度使，是有名有实的封疆大吏；杜甫则从成都移居梓州，在听到官军收复河南河北的消息后欣喜若狂，写下生平第一快诗《闻官军收河南河北》。

无论人间值得与不值得，李白都在这一年辞别了人间。

作为诗人，他留给世界的最后一首诗是《临路歌》：

大鹏飞兮振八裔，中天摧兮力不济。

余风激兮万世，游扶桑兮挂左袂。

后人得之传此，仲尼亡兮谁为出涕？

到底是什么疾病终结了李白的肉体生命，历史语焉不详，大多是“以疾卒”“以病终”之类的只言片语。晚唐诗人皮日休则明白无误地说李白“竟遭腐胁疾，醉魄归八极”，什么是腐胁疾呢？对此，我以为郭沫若的推测比较有道理：“腐胁疾，顾名思义，当是慢性脓胸穿孔。脓胸症的病因有种种，酒精中毒也是其中之一。李白在上元二年（761）的发病，估计是急性脓胸症。病了，没有得到适当的治疗，便成为慢性。于是，肺部与胸壁之间的蓄脓，向体外腐蚀穿孔。这可能就是所谓‘腐胁疾’了。”

令人感叹的是，李白似乎对他死于酒精中毒的命运有所预感。他晚年经常到一个姓纪的老者那里买酒，纪老者几十年来都靠酿酒为生，李白为他的酒倾倒，两人成了朋友。后来，纪老者辞世，李白于 761 年写了题为《哭宣城善酿纪叟》的诗：

纪叟黄泉里，还应酿老春。

夜台无晓日，沽酒与何人？

夜台没有白日，纪老者你酿出的美酒又卖给谁呢？一语成谶，很快，李白就循着那缕酒香追寻纪老者去了。

一辈子厌恶平庸的李白终于在平庸中死去——除了他不朽的诗文。偏偏，在他生前，他并未太把这些诗文当成一回事，至多只是叩开官场的敲门砖。偏偏，在他身后，却是这些诗文让他永垂不朽。

在一些民间传说里，李白的死要浪漫得多。人们说他乘着酒兴跃身到江中捞月亮，月亮没捞着，诗人骑着鲸鱼成仙而去——这个故事说明，善良的人们总是希望他们热爱的人在天地间得到永生。殊不知，正如凡·高说的那样：只要活着的人还活着，死去的人就不会死去。对于李白，我们也不妨下一定论：只要人类还存在，只要汉语还存在，他就永生。

“生年不满百，常怀千岁忧。”这是我们的祖先曾经困惑不已的问题，相对于短暂的肉体生命而言，或许精神世界可以长久，至少可以存留得更久。

所有的人都得死，只有在死亡面前，人类才真正平等。唯有因为死亡，生命也才变得珍贵且富于意义。

李白并不是一个畏惧死亡的人，生亦何欢，死亦何惧，这原本是中国大儒们追求的崇高而淡泊的境界，李白亦然。唐朝是一个诗人遍地的时代，也是一个诗人非正常死亡比较多的时代——比如王勃因渡海溺水惊吓而死，卢照邻不堪疾病折磨投水而死，李贺穷青春之精力作诗呕血而死。与之相比，李白的死要平静得多。人类寿命普遍不高的古代，李白能活一个甲子以上，算得上善终了。

因此细细探寻李白到底病死还是醉死，抑或像民间传说的那样溺死，意义都不大。我感兴趣的是李白墓地。李白墓地竟然有三处之多。

第一处墓地在长江采石矶边。宋人赵令畤的《侯鲭录》载：

“李白坟在太平州采石镇民家菜圃中，游人亦多留诗。”程大昌的《演繁露》也说：“采石江之南岸田畈间有墓，世传为李白葬所，累甓围之，其坟略可高三尺许。前有小祠堂，甚草草，中绘白像，布袍裹软脚幞头。”

不过，采石矶边的这座墓，乃是李白衣冠冢。它呼应的正是李白在江上捉月而死的民间传说。今天，衣冠冢被圈入采石公园范围。圆形的坟前，一块汉白玉石碑上，是林散之书写的“唐诗人李白衣冠冢”。

李白晚年流连于当涂山水，绝壁临空的采石矶是他经常前往之地。采石矶又名牛渚，历来是兵家必争之地。晚年李白曾有一首《夜泊牛渚怀古》：

牛渚西江夜，青天无片云。
登舟望秋月，空忆谢将军。
余亦能高咏，斯人不可闻。
明朝挂帆去，枫叶落纷纷。

诗中所说的谢将军，乃是东晋时镇守牛渚的名将谢尚，此人慧眼识才，举荐了“少孤贫，以运租自业”为生的袁宏而传为美谈。“余亦能高咏，斯人不可闻”，烈士暮年的李白心里仍然放不下那一份怀才不遇的苦闷。谢尚那样的伯乐江流一般远逝了，只留下这个鱼龙混杂的江湖。李白感觉到了无边的寂寞和阴冷。

第二处墓地在龙山。龙山位于安徽当涂东南十二里，因山势蜿蜒若龙而得名。范传正的《唐左拾遗翰林学士李公新墓碑并序》称，他任宣歙池等州观察使时曾访得李白的两个孙女，她们告诉他："先祖志在青山，遗言宅兆，顷属多故，殡于龙山东麓，地近而非本意。"李白生前因喜欢青山的风景而希望葬在青山，但由于"顷属多故"——多半是经济原因——又不得不暂殡龙山。

和采石矶一样，龙山同样是一个曾经的风流雅聚之地。东晋时，名士、大司马桓温曾与手下官员们于九月九日在此宴集，在座的有参军孟嘉。孟嘉酒喝多了，帽子被吹到地上也不知道，桓温令人把帽子悄悄藏起来，然后叫孙盛作文嘲之。孟嘉即席以文作答，挥毫立就而文辞优美，四座为之叹服，孟嘉落帽也就成了一个著名典故。

这些先人的风流故事，李白当然烂熟于胸。他甚至也像距他几百年前的桓温一样和朋友在龙山聚饮，并有《九日龙山饮》为证：

> 九日龙山饮，黄花笑逐臣。
> 醉看风落帽，舞爱月留人。

第三处墓地在青山，也就是今天我们熟知的当涂李白墓园。青山又名青林山，在当涂县东南四十里。李白殡于龙山五十五年后，他昔年好友范伦的儿子范传正被任命为管辖宣城等地的地方官，此人和李诗爱好者、当涂县令诸葛纵一道，将李白改葬青山。新坟"西去旧坟六里，抵驿路三百步。北倚谢公山，即青山也"。至此，李白的遗愿得以实现。

青山同样是中国文学史上的名山之一。此山左带青山河，右与龙山遥遥相对，峰峦叠翠，林壑优美。谢朓任宣城太守时，曾在青山上修建别墅，与人把盏言欢，故得名谢公山。谢朓死后，人们将其别墅改建为祠。谢朓祠与李白墓相距仅十几里。

多少年来，人类总是追寻生命的意义。所谓生命的意义，按我的理解，就是人类用来抵抗虚无的力量。于李白，他所设想过的生命的意义也许是出将入相，建功立业；最终，命运女神赐予他的却是诗歌，是那些闪烁性灵之光的文字。借助不朽的文字，李白抵抗了虚无，他的生命有了掷地有声的重量。

古人曾说，世间最令人叹息的事莫过于英雄末路，美人迟暮。其实还得加上另一条，那就是祖先声名显赫，后代却泯如常人。

宋朝诗人曾巩也是李白的粉丝，他拜谒了李白墓园后由衷地感叹诗人身后寂寞凄清："曾无近属持门户，空有乡人拂几筵"——曾巩陈述了一个在古人看来非常严重的问题，李白的香火中断了。

如前所述，李白有两个儿子，一个是正室许氏所生的伯禽，一个是同居女子鲁妇所生的颇黎。关于颇黎，除了这个奇怪的名字，再没别的记载。至于伯禽，终其一生，也是一个默默无闻的普通人。其平淡的一生，与任何一位乡间老农没多大区别。

元和九年（814），范传正到龙山为李白扫墓，眼前一派凄凉。仅仅半个世纪的光阴，李白坟上早已杂树丛生，乡人在这里打柴割草，放牛牧羊。范传正一面派人为李白洒扫设供，一面四处寻访他的孙女，也就是伯禽的两个女儿。

直到四年后，才终于找到了这两个没留下名字的李白后人，此时两人皆出嫁，一个嫁给陈云，一个嫁给刘劝，陈、刘都是普通农民。范传正把她们请来相见时，她们"衣服村落，形容朴野"，但"进退闲雅，应对详谛"，还隐约留有书香门第的残余。

李白的两个孙女为范传正讲述了她们的凄苦身世："父伯禽以贞元八年（792）不禄而卒。有兄一人，出游一十二年，不知所在。

父存无官，父殁为民，有兄不相保，为天下之穷人。无桑以自蚕，非不知机杼；无田以自力，非不知稼穑。况妇人不任，布裙粝食，何所仰给？俪于农夫，救死而已。久不敢闻于县官，惧辱祖考。乡闾逼迫，忍耻来告。”

祖父一世才名，却不能给子孙一点余荫。而父亲老死乡间，兄长离家出走，这两个可怜的弱女子只得嫁给目不识丁的农民为妻，以求混得一碗饭吃，苟全性命于荒诞人间。李白泉下有知，该会是怎样的伤痛和无奈？

范传正劝李白的两个孙女改嫁，他可以出面为她们找更好的人家——没有程朱理学束缚的唐代，妇女改嫁再嫁是很普通的事。但她们婉言谢绝了：“夫妻之道，命也，亦分也。在孤穷既失身于下俚，仗威力乃求援于他门，生纵偷安，死何面目见大父于地下？”

当李白的两个孙女于840年左右相继去世后，这个世界上就没有李白的亲人了。代表李白留在世上的，是他那几卷雄奇的诗文，它们是另一种无言的存在，它在提示我们：在唐代，在中国，有一个诗人，他的名字叫李白，他曾经有过这样一种令人仰望的人生……

浙大西迁：
苦难催生奇迹

一

入秋后的杭州终于变得凉爽了。清晨五点半，就任浙江大学校长一年多的竺可桢在女儿的咳嗽声中醒来。刚过七点，他就和几名部下一道，坐学校的公车赶往郊外。途中，他买了一份《东南日报》。报上的一条消息使他神情凝重。消息说：昨天，九十多架日军飞机空袭南京，下关电厂、中央广播电台等重要单位均被炸毁。

这是 1937 年 9 月 26 日，星期天。两个月前卢沟桥事变后，日本全面侵华，中国大片国土沦陷。在与杭州近在咫尺的上海，此时中日双方投入了超过一百万的军队进行一场恶战。

如果不是战争，杭州的初秋是一年里最

美好的季节，就像白居易怀念的那样：山寺月中寻桂子，郡亭枕上看潮头。

竺可桢一行要去的也是山寺。不过，他不是去寻桂子，也没心思看潮头。他要为岌岌可危的浙大寻找一个安全的办学地点。战争迫近，时局动荡，偌大的杭州，已放不下一张平静的课桌。他领导的浙江大学，必须向西部迁移。但到底迁往何方，又将迁移多久，竺可桢也没底。在天崩地坼的大动乱与大变局面前，任何预设都是那样苍白无力。

一年前，通过陈布雷和翁文灏等人力荐，时任中央气象研究所所长的竺可桢和蒋介石有过一次谈话。在蒋介石答应保证预算、校长有用人自由和不干涉校务的前提下，竺可桢同意出任浙大校长。不过，竺可桢向陈布雷表示，他的任期只有半年，至多一年，待浙大走上正轨，他仍回去当他的气象所长，搞他的气象研究。

竺可桢没想到，他的浙大校长一做就是十三年，而十三年间，他和这所大学将有十年处于西迁的流亡路上。他同样没想到，筚路蓝缕的流亡办学，竟使他接手时的二流地方大学，化蛹为蝶地跻身于一流大学行列。

几年后，当原本布局于东海之滨的浙江大学，化整为零地藏身于西部群山中的遵义、湄潭和永兴三地时，英国科学家李约瑟来了。后来，他充满敬意地写道：在那里，不仅有世界第一流的气象学家和地理学家竺可桢教授，世界第一流的数学家陈建功、苏步青教授，还有世界第一流的原子能物理学家卢鹤绂、王淦昌教授，他们是中国科学事业的希望。

李约瑟甚至断言：这就是东方的剑桥。

二

竺可桢要去杭州郊外西天目山中的禅源寺。7 月，在江西庐山，竺可桢参加了蒋介石主持的国是谈话会。会上，蒋介石代表国民政府发表了《抗战宣言》。随后，多所高校校长与政府官员一道，研究了战争时期各大学的迁移安置。即将被战火波及的浙大，必须迁移，但迁往何处，尚无定论。

西天目山中建于清代的禅源寺，首先接纳了浙大 210 名新生。竺可桢匆匆前往，就是为了检查是否准备妥当，能否正式上课。对于检查结果，竺可桢很满意。第二天，这批浙大新生就在禅源寺开学了。一边是出家人的暮鼓晨钟，一边是读书人的格物致知，出世的梵音与入世的书声和谐地交织在鸟鸣与泉咽中。

由于距杭州城有百里之遥，且处于茫茫林海中，禅源寺设施简陋，人烟稀少。上课的教师只能和学生一样，居住在寺庙或寺庙周围农家。但劣势也是优势：这远离尘嚣的深山，除了有清静的读书环境，师生朝夕相处，行止接近，教师授业解惑和学生请教询问比任何时候都更方便。

竺可桢决定利用这一机会，推行谋虑已久的导师制。导师制的最大特点在于，导师不仅要指导学生的专业，还要指导他们的人生。早在 14 世纪，也就是元明之际，牛津大学就实行了导师制。但 1937 年秋天，在杭州禅源寺，浙大才迈出了中国导师制的第一步。

一个月后，竺可桢又一次来到禅源寺，这一次，他做了题为《大学生之责任》的演讲。他说：国家为什么要花费这么多钱来培植大学生？为的是希望诸位将来能做社会上各业的领袖。在这困难严重的时候，我们更希望有百折不挠、坚毅刚果的大学生，来领导民众，做社会的砥柱。所以诸君到大学里来，万勿存心只要懂了一点专门技术，以为日后谋生的话，就算满足。

至于他十分看重的导师制，“实施以来，颇著成效”。他在日记里总结说：“此间导师制制度实行以来尚称顺手，学生既觉有一师长时可问询，而老师亦有数青年为友不致寂寞。天目山实为导师制之理想地点。如昨星期日，天气既值秋高气爽，导师与学生均群出外散步，每人约率十七八人，男女各有，又不分系。”

然而，好景不长，两个月后，随着淞沪会战结束，杭州沦入敌手已是早晚之事。浙大西迁，终于从一年级新生暂留天目山，变为全校性的大撤退。

三

富春江是一条被无数文人墨客歌咏过的河，南朝人吴均赞美它：“自富阳至桐庐，一百许里，奇山异水，天下独绝。”

浙大师生的西迁之路就是从富春江开始的。几十年后，当我坐着游船行于富春江上时，两岸青山叠翠，城镇相望，江水丰沛绵长。但八十多年前，行于江上的浙大学子完全没有这样的诗情画意。尤其是当船只进入富春江上游的新安江一带时，山峰耸峙，江面变窄，恰好又逢枯水，行驶十分艰难。有一个班的船在遇到浅滩搁浅时，全班男生只好下水拉纤。

在迈出西迁第一步时，竺可桢考虑得很长远：鉴于武汉、重庆和长沙等大城市，已有大量机关、工厂和高校迁入，运输困难、供给困难和住宿困难都是板上钉钉的事。因而，他的意见是搬到西南内地较为偏远的小城甚至乡村。至于第一步，他选定了富春江上游的建德。

浙大在建德停留了四十五天，这座小城破天荒地有了一所来去匆匆的大学。小城居民只有一万，而浙大师生就有一千多，大街小巷，都能碰到浙大师生。时人都称建德是大学城。

竺可桢喜欢摄影，每到一地，总会拍下当地的风土人情。公务之余，他用镜头记录了这座宁静的小城。其中一张照片上，牌坊高大，一群穿长袍的人匆匆而过，一条黑狗好奇地回头张望。很多年后，当我徘徊在建德街头时，这座历史悠久的古城，仍保存有不少牌坊，只是，我却没法辨认出哪一座是竺可桢曾拍摄过的了。

值得一提的是，到建德第四天，也就是 1937 年 11 月 17 日，竺可桢发现四百余箱仪器和图书没能一同搬来。于是，他当即带了十多名员工，分乘两辆车返回杭州。此时的杭州正值陷落前夜，风雨飘摇，一夕数惊。竺可桢身为一校之长，似乎用不着如此亲力亲为，但他刚入主浙大时的演讲，表明了他这样做的原因。他说：大学最重要的是教授和图书、设备。

四

1937 年 11 月 20 日，竺可桢在广播里听说国民政府已迁重庆。同时，日军占领苏州，逼近嘉兴，建德已非久留之地。于是，第二次迁移开始了。这次的目的地是江西泰和。

迁往泰和，是竺可桢此前与有关方面协商的结果。但实际搬迁时间比预定提早了许多，泰和的校舍根本没法入住。不得已，只得暂时搬到泰和附近的吉安，因为当浙大到达吉安时，吉安的几所学校正在放寒假。

江阔水深的赣江从吉安城中流淌而过，水势渐缓，江心形成了一个长一千五百米、宽五百米的小岛，它的名字叫白鹭洲。当我顺着路人指点，驾车驶上吉安大桥时，夕阳下，我看到在我右侧的江心，一座绿意盎然的小岛，如同一只巨舰。白鹭洲在吉安家喻户晓，早在七百多年前，洲上就建起了后来闻名遐迩的白鹭洲书院。书院在创办十五年后的一次科考中，竟有三十九人同中进士，其中一人高中状元，他就是文天祥。

如果说从杭州本部或是禅源寺迁往建德只是一次短途旅行的话，那么从建德迁往吉安却是一次充满危险的长途跋涉。幸好，此时的浙大师生已有了一定的迁移经验。上千名师生及家属水陆并进，分三批进入江西，约定一周内在当时的铁路枢纽玉山会合。学校在沿途的兰溪、金华、常山、南昌和樟树设立中转接待站。至于校长竺可桢，他坐镇玉山，动用各种社会关系寻找车辆。

从建德到吉安，公路和铁路距离都是七百多公里。浙大师生于1937年12月24日，也就是杭州沦陷那天出发，直到次年1月21日春节前才踏上了江水环绕的白鹭洲。二十八天里，每天只能行进不到三十公里。其中的艰难曲折，当年的亲历者后来回忆说："有的学生去通过关系交涉而能够和运兵车随行，有的则沿铁路步行安步当车，有的人攀上煤车、敞篷车、难民车和兵车西行，冒受风雨，尝尽饥寒。"

在吉安，浙大师生借用吉安中学和乡村师范校舍，补上了因迁移而耽搁的课程，随后举行期末考试。当地人都不理解：兵荒马乱的还考什么试啊？然而，这所流浪中的大学，就像在西子湖畔时一样，保持了一贯的严谨。

对校长竺可桢来说，在吉安还发生了一件大事：他还不到十八岁的长子竺津，执意要报考军校，以便抗战卫国。竺可桢不忍年幼的儿子投笔从戎，然而就像他在日记里说的那样，“余亦不能不任希文（即竺津）去，但不禁泪满眶矣”。

临行前，竺可桢为儿子拍了一张照片。照片上，戴眼镜的竺津满脸稚气，面色忧伤。如果不是山河破碎，他本该在课堂上用功，在校园里谈一次刻骨铭心的初恋。

五

在吉安停留两个月后，泰和校舍终于建成。两地仅距四十公里，只不过，与吉安相比，泰和是完完全全的乡村。破旧，凋敝，人民面有菜色，患癞头和大腹病者比比皆是，儿童普遍发育不良，他们瘦小的骨骼和又尖又细的脑袋令竺可桢十分惊异。

浙大在泰和的校舍，具体是上田村的大原书院和华阳书院等地。大原书院是校总部，从竺可桢留下的照片看，那是原野上几栋围合在一起的老式建筑，春天油菜花与萝卜花同时盛开，一直开到书院的围墙下。如今，这里是当地一所中学的校园。围墙下，一株高大的柏树枝繁叶茂，那是竺可桢当年亲手种下的。

经一位当地青年的指引，我在泰和上田村的江边寻找到了一座码头。赣江滚滚北上，在泰和境内，冲积出大片平原。每到雨季，江水泛滥，上田村的几乎所有民房，都会泡在水里。当浙大师生到来时，还能清晰地看到上一年洪水在墙上留下的印痕。既然年年都要遭水淹，为什么不修大堤呢？说白了，就是穷，没钱。

崇文重教的背景下，一个大学校长是有话语权的。通过竺可桢牵针引线，江西省水利局和泰和县、浙大三方决定修筑防洪堤。地方出钱，浙大出技术。为此，浙大成立了由竺可桢任主席的堤工委员会。土木系的学生正好学以致用，在教师指导下测量和设计。

两个月后，一道防洪大堤出现在上田村的赣江边。次年，当洪水再度来袭时，上田村的民居和农田第一次安然无恙。为此，当地人把它称作浙大防洪堤，而江边那个码头，自然就叫浙大码头。

只是，此时的浙大师生早已远去，流亡的道路还在脚下向着渺不可知的前方继续延伸。

六

随着马当要塞失守，南昌危急，泰和也将不保。这时，教育部指示浙大迁往贵州安顺。但经过考察，竺可桢认为安顺路远难行，浙大的大批图书和设备难以运输。几经比较，他决定迁往广西宜山。

浙大西迁途中曾落脚的几乎所有地方，都把当年这段往事当作了本地的荣耀。在宜山——如今已更名宜州区，是广西河池市属地——我看到一尊竺可桢塑像，塑像矗立的广场，就叫浙江大学西迁纪念广场。高大的榕树下，一群老人在跳舞，几个孩子在做游戏，如今宜州的美好宁静恰与昔时的荒凉贫困形成鲜明对比。

竺可桢留下的照片上，以绵延的群山为背景，起伏的浅丘间，整齐地分布着几列低矮的房屋。时过境迁，八十年后，当我前去寻找它们时，我已经完全看不出当年的痕迹了。在清代，这里是一座军营，称为标营。20世纪，成为一家部队医院的院址，后来，医院搬迁，偌大的院子沦为废墟。如果不是铁门前那对石狮子曾进入过竺可桢的镜头，我无法确认这就是曾经的浙大校园。翻过不高的铁门，我在一株大树下找到了竺可桢所立的《国立浙江大学宜山学舍记》石碑。根据碑文记载，浙大师生在此盘桓了一年半。

宜山气候与江南迥异，历史上，这里曾是流放犯人的烟瘴之地，有“宜山宜水不宜人”之说（北宋诗人黄庭坚就曾流放到此，并在这里去世）。疟疾给了远来的浙大师生一个下马威。到宜山不及一月，张荩谋教授的侄女便因疟疾去世。第二天，竺可桢在日记里忧心忡忡地写道：“日来校中患恶性疟疾者日多，昨下午四点张荩谋之侄女病殁，学生中患此症者已有十余人，女生庞曾漱几于不起。同事中张孟闻近亦发热，家族中则有卢亦秋一子、一侄，俞锡荣，孙沩，刚复之侄媳。此病初起时即发高热，到39.5或40.0，一二日后稍退又发，或竟不退，三日即不起。”

浙大在宜山停留的一年多，对浙大师生来说，疟疾的肆虐、物质的匮乏和日机的轰炸固然记忆深刻，但真正影响至今的是在宜山期间，竺可桢决定以“求是”为校训。“求是”原是浙大前身“求是书院”的院名，在宜山期间，竺可桢进一步深化了“求是”的内涵。他认为，求是既是中国传统文化的精髓，又是西方近代科学的真谛，若想在继承传统文化的基础上学习先进的科学技术，必须把握这个共同点。他用通俗的话解释说，所谓求是，就是冒百死，排万难，以求真知。

“求是”校训的提出，意味着浙大要培育的不是只精于某一门类某一技术的专门人才，而是具有“不盲从不附和，一切以理智为依归的全新的通才”。这一点，和竺可桢的另一句话可互证：偌大一个大学，只注重零星专门知识的传授而缺乏研究的空气，又无科学方法的训练，学生的思想就难取得融会贯通之效的。

1940 年初，随着北部湾失守，浙大第四次迁移。这一次，他们来到了云贵高原深处的小城：遵义、湄潭和湄潭下属的永兴。在那里，七年时光弹指一挥，其间他们迎来了抗战的胜利，也迎来了浙大华丽转身的新生。

七

北京中关村一套非常普通的住宅里，我见到了竺可桢的儿子竺安先生。年过八旬的竺安清瘦文静，看上去和竺可桢有几分神似。竺安为我展示了一大沓略微发黄的老照片，它们都出自竺可桢之手。其中一张照片上，竺安和他的姐姐竺梅悲戚地站在一座坟前。坟里，长眠着他们的母亲张侠魂。如果说西迁之路有什么最令竺可桢悲痛的话，那无疑就是在泰和时，他的夫人张侠魂和儿子竺衡的去世。

马当要塞失守后，泰和已属险地。为此，作为校长的竺可桢前往广西勘察新校址。1938 年 7 月 23 日，考察途中的竺可桢接到电报，催他速归。7 月 25 日黄昏，当竺可桢回到上田村时，他看到几个儿女站在大堤上，眼巴巴地盼他回来。竺可桢一眼发现，儿女们少了一个，那就是竺衡。他问竺梅，竺梅的回答只有三个字，却让竺可桢如同五雷轰顶：没得了。

不仅十四岁的儿子“没得了”，同时，夫人张侠魂亦已病入膏肓。母子俩同一天起病，患的也是同一种病：噤口痢。也就是痢疾。在今天，痢疾是一种很普通的、根本不可能致人死亡的疾病，但在缺医少药的八十多年前，夺人性命却如秋风扫落叶。

竺可桢四处求医，为张侠魂灌肠、打点滴，又或服用中药。然而，一切努力终是徒劳：8 月 3 日，张侠魂去世。十来天里，竺可桢竟痛失两位亲人，心中的悲苦可想而知，就像他在随后的日记里感叹的那样："近来早稻均在收获，田亩中景色甚佳，但值此国破家亡，对此大好河山，不能不作楚囚对泣之象也。"

时局却不允许竺可桢有余暇悲痛。安葬了张侠魂后，浙大师生分批前往千里之外的宜山。竺可桢走得较晚，9 月 17 日，他带着孩子们来到张侠魂和竺衡坟前，与亲人告别。从此，竺可桢再也没回过泰和。岁月流转，人世板荡。"文革"中，张侠魂的墓碑被毁。后来，那两座小小的坟茔渐渐被人遗忘。2008 年，当地多方调查，找到了一座疑似墓。在征得竺安等人的同意后进行清理，在坟中，找到了竺可桢当年为妻子陪葬的一支威迪文钢笔，从而得以确认。

值得一提的是，出身名门的张侠魂颇具胆识，她是我国第二位乘坐飞机的女性，曾因飞机失事受伤。竺可桢在犹豫是否接任浙大校长时，张侠魂的劝说非常有见地，她说：正是因为大学风气不好，你更应该义不容辞。只有像你这样的学者，担当校长重任，才有可能改变大学风气不好的局面。

八

"东风不来，三月的柳絮不飞，你的心如小小的寂寞的城。"走在湄潭街头，不知为什么，我老是想起郑愁予的这几句诗。虽然他写的并不是湄潭。

三月，黔北小城湄潭以阴以雨，加上小城中几座起伏的山峰都顶着满头翠绿，小城显得更加宁静、幽深。我冒着细雨来到湄潭文庙，这里如今是浙江大学西迁历史陈列馆，也是我看过的和浙大西迁有关的遗址或纪念馆中规模最大、最成体系的。

湄潭地处云贵高原向四川、湖南两省丘陵过渡的斜坡地带，纬度低，海拔高；与宜山比，这里不仅气候更宜人，物产也更丰富。前往湄潭考察期间，竺可桢吃到了当地特产的大米：茅贡米。这种品质优良的大米在明朝时曾是贡品，竺可桢赞不绝口，称它是黔中之宝。

为了迎接浙大，湄潭官方和民间都显露了十足的热情，甚至还成立了专门机构，并在房屋上做了安排：湄潭初中、男子小学和女子小学让出部分校舍，党部从文庙迁出，常备队从贺家祠堂迁出，以此确保浙大师生有足够的地方。

由于种种原因，浙大没有全部迁入湄潭，而是一部分迁到遵义，一部分迁到湄潭及湄潭下属的永兴镇。

如前所述，迁校之初，竺可桢就确定了浙大不迁大城市，而是尽量迁小城市甚至乡下的原则。一则，可以避开日军飞机的轰炸；二则，能够降低师生的生活成本。但是，即便如此，浙大同样遭受了日机轰炸，如在宜山，大片校舍就被炸为瓦砾。至于生活成本，随着浙大师生及家属上千人的迁入，以湄潭这座物产丰富的小城为例，物价同样上涨厉害，师生的生活依然只能是箪食瓢饮。

浙大学生几乎都来自沦陷区，大多数学生与家中的联系久已中断，无法获得经济上的资助。幸好，政府向他们提供了贷学金，金额虽不多，尚能保证吃饭。只是吃得令人心酸。在湄潭和永兴，流传着浙大学生关于吃饭的两点经验之谈：蜻蜓点水、逢六进一。

当时，浙大学生十人为一桌开饭，饭管够，却只有一菜一汤，因而那碟用来蘸菜的盐水就十分珍贵。每个人蘸菜时，只能在碟子里蜻蜓点水地点到为止，如果来回滚扫的话，三两下就蘸光了，势必为同桌所声讨。这就是蜻蜓点水。逢六进一则是说，要吃六口饭，才能吃一口菜，否则菜就不够了。

在湄潭浙江大学西迁历史陈列馆的藏品中，一盏高脚油灯引起了我的注意。浙大来湄潭时，湄潭甚至遵义都尚未通电，照明所用，全是桐油灯。桐油灯不仅光线微弱，而且发出浓烈的黑烟，在灯下看书一两个时辰，擤出的鼻涕竟是黑色的。

有天晚上，训导长费巩到学生宿舍巡视。费巩问一个凑在桐油灯前的戴眼镜的学生近视多少度，学生懊恼地说，原来八百度，现在更重了。

费巩很痛心，他想为学生们做点什么。几经研究，费巩改良制造了一种更明亮、油烟也更小的铁皮灯。他把设计图纸送到洋铁铺，制作了八百盏送给学生们；后来，整个湄潭城都用上了这种灯，人们把它称为费巩灯。

费巩在应竺可桢之邀出任训导长时，他的要求有两个：第一，不加入国民党；第二，不领训导长的高薪。几年后，费巩因倡导民主宪政，被国民党特务在重庆暗杀，尸体推入镪水中化掉。

九

湄潭就像西南地区的大多数城镇一样，遍街都是茶馆。为此，有的浙大学生选择到茶馆读书。

到茶馆读书的学生中，有一个还不到二十岁的小青年，胖乎乎的，有点婴儿肥。每天晚上，他总是夹着书本到同一家茶馆。茶馆坐满茶客，他就找个空位坐下来。虽然不知名姓，但大家都知道他是流亡的浙大学生。后来，老板娘看到他来了，总是给他泡一碗茶送过来，照例不收茶钱。茶馆虽然喧闹，毕竟有桐油灯可以读书，并且，从老板娘那碗免费的清茶里，还能感受到人间的温暖。

谁也没有意料到的是，仅仅十四年后，这个坐在茶客中间默默读书的小青年，竟然获得了诺贝尔物理学奖。他就是李政道。多年以后，李政道回忆起当年独自逃离故乡前往湄潭就学的情景，往事依然历历在目。

李政道入浙大时只有十七岁，原本就读化工系，在束星北的影响下，转读物理系。一度，他打算像竺可桢的儿子那样投笔从戎，束星北认为李政道有物理天赋，日后必成大器，全国那么多青年，谁都可以当兵，唯独李政道不可以。当时，束星北在重庆出差，生怕李政道一走了之，着急地发电报给王淦昌，要求他无论如何要把李政道拦下来。

李政道在浙大只读了一年，对这一年所受的影响，许多年后，名满天下的李政道在浙大百年校庆时说："我在浙大读书虽然只有一年，但追寻西迁的浙大却用了三个年头，青春岁月中的四个年头我是与浙大紧密相连的，以此为起点，物理成了我的生活方式。一年'求是'校训的熏陶，发端了几十年来我细推物理之乐。母校百年，我在一年，百中之一，已得益匪浅。"

十

学生生活艰难，教授生活同样窘迫。

后来成为“两弹”元勋的王淦昌家有八口，为谋生计，他的夫人养鸡喂鸭，甚至，还养了一头羊。不想，有一天，这头羊竟丢失了，王夫人哭得非常伤心，整个浙大都知道了此事。不久，这只羊居然找回来了——其实，这只羊根本不是王夫人养的那只，而是浙大师生凑钱另外买的。

后来，当王淦昌到位于郊外的实验室工作时，他总会细心地牵上那头羊。羊在门外吃草，他在实验室工作。这一年，浙大举办迎春晚会，晚会上有一个谜语，谜面：王淦昌放羊。谜底：一举两得。

回首往事，王淦昌记住的不是湄潭的困苦，而是困苦中的求索与坚持：“湄潭是我们的黄金时代，我和苏步青、谈家桢、束星北、贝时璋等同志的一批重要的学术成就是在那里作的。”

卢鹤绂与王淦昌很有缘，他们既是同事，又是同行，还是邻居，共住在湄潭的一栋破旧老屋里。1945 年夏天，漫长的抗战即将以中国人民的胜利结束的前夜，卢夫人生下一个男婴，取名永亮。那一年，恰好卢鹤绂发表了他最重要的论文《从原子能到原子弹》，双喜临门的卢鹤绂对夫人说，是湄江水养育了我们，亮亮的小名就叫湄儿吧。很多年以后，长大成人的湄儿沿着父辈当年的西迁路线回溯，一直回溯到湄潭。深爱感动的他联合多位在湄潭工作过的老教授的子女，上书中央，希望将湄潭县浙大西迁旧址列为全国重点文物保护单位。两年后，国务院公布的第六批全国重点文物保护单位中，湄潭浙大旧址榜上有名。

数学家苏步青也是一家八口，和王淦昌一样属于人多钱少的困难户。他与植物生理学家罗宗洛一道，两家合住在一座破庙里。很多时候，苏步青家中只能以地瓜蘸盐水作主食。有一天，他突然把几个学生叫到家，拿出一包衣服，请学生们帮他卖掉。他身为教授，委实拉不下面子去街头叫卖。

王淦昌家搞养殖，苏步青家搞种植。苏家居住的庙前有不少荒地，农民世家出身的苏步青在那里开出了一片菜园子。后来，他的菜园子里的蔬菜不仅自给有余，还偶尔卖给城里的餐馆。对这种艰难度日的种菜生涯，苏步青赋诗云：半亩向阳地，全家仰菜根。曲渠疏雨水，密栅远鸡豚。丰歉谁能卜，辛勤共尔论。隐居哪可及，担月过黄昏。

尤值得一提的是，在湄潭期间，苏步青白天上课、种菜，晚上就着油灯写作，几年之间，竟发表论文三十一篇。那时候，权威的英国《自然》杂志，经常收到中国学者的投稿，信封上的地址就是：浙江大学，湄潭，中国。

至于校长竺可桢，他既要为整个浙大操心，也得为小家庭考虑。张侠魂去世后，他继娶陈汲，陈汲乃陈源，即与鲁迅打笔仗的作家、翻译家陈西滢之妹。婚后，生子竺松。一家数口，嗷嗷待哺。最艰难的1942年，竺可桢发高烧，拉肚子，生疹子，手脚冻伤；陈汲和竺梅、竺松也先后生病。竺可桢每天的早餐是一碗稀饭和一小碟盐水蚕豆。最艰难时，他不得不将早年购置的皮大衣卖了补贴家用。

令人感动的是，如此艰难的条件下，竺可桢表现出的知识分子的清廉与敬业：据詹锳先生回忆，1940年底，友人介绍他到浙大任讲师。当天正值大年初一，詹锳以为竺可桢不会来上班。但当他来到校本部时，竺可桢一个人正在忙碌。在竺的办公桌上，有两种信封和稿纸，如系公事，就用公家的；如系私事，就用私人的。

十一

结束了在永兴的寻访返回湄潭时，我驱车去了一个叫中国茶海的地方。登高远眺，四周浑圆的山坡上，漫无边际的茶树成行成列地铺向远方；细雨如丝，正是即将采摘每年里最重要的明前茶的时节，我闻到了漫山遍野的茶香。这个如今已成为观光农业景点的面积巨大的茶场，如果追根溯源，它的源头在另一座山，那里，依然和浙大有关。

湄潭城边，与市区一水之隔的城南，一山绵延而过，山上青翠欲滴，全是一垄接一垄的茶树。那座山叫象山，浙大西迁期间，因缘际会，这座明清时就建有茶园的茶山，成为中国现代茶叶规范化种植的开端，被誉为中国现代茶业第一山。

抗战时期，随着东南沿海各口岸被日军占领，中国传统的重要出口产品茶叶无法外运。从长计议，国民政府打算在西南山区建立茶叶科研生产基地，以便随着西南国际通道——史迪威公路——的开通而恢复出口，以换取急需的资金。浙大落户湄潭前夕，中央农业实验所和中国茶叶公司派出专家考察了云、贵、川多个茶叶产地，最终，决定将中央实验茶场选址湄潭。

1940 年初，当浙大正为迁到湄潭紧锣密鼓做准备时，中央实验茶场在湄潭成立，毕业于哈佛大学的昆虫学家刘淦芝任场长。四个月后，浙江大学农学院迁到湄潭。一方面，茶叶是农业的重中之重，不仅农学院学生需要到茶场实习，农学院的一些毕业生，也应聘到茶场工作。另一方面，浙大有人才和器材优势，茶场有场地和资金优势，于是乎，强强联合成为必然：刘淦芝担任茶场场长的同时，还被聘为浙大农学院教授；浙大帮助茶场分析茶叶理化指标，参与茶树病虫害调查。他们共同创办了西南最早的职业学校。

在青碧的湄江之滨，一座绿树覆盖的山上，立着一只据说是世界上最大的茶壶，它意在向每一个外来者表明，湄潭是一座茶城。就在与茶壶一江之隔的对岸，我寻找到了几栋已成危房的老建筑，它的名字叫万寿宫。这就是曾经的实验茶场场部，也是浙大研究生院所在地。

作为实验茶场与浙江大学的纽带，刘淦芝是一个灵魂人物。七十多年前，在万寿宫，刘淦芝完成了中国最早的茶树害虫调研报告和中国首部中英文对照的《世界茶树害虫名目》，并撰写了《中国近代害虫防治史》。在他指导下，浙大学生寿宇带领课题组历时三年，对湄潭茶叶产业进行了全面调查，写成《湄潭茶产调查报告》。今天的湄潭成为国内重要的茶叶产地，湄潭翠芽和遵义红成为名牌，可以说，如果没有浙大，也就没有今天。

比较有意思的是，照片上西装革履的刘淦芝，他的留美背景和昆虫学家身份，都与他的业余爱好显得有些落差。原来，刘淦芝闲暇时，常邀浙大教授苏步青、江问渔等人到风景优美的茶场品茗。他们品茗时，谈论的最重要话题竟然是：诗词。这一群术业有专攻的大知识分子，都有深厚的旧学功底，都喜欢吟诗作词。为此，1943 年，他们在湄江边结成湄江吟社。人称九君子的九名社员，当年聚会八次，创作诗词两百多首。

与今天的人才日趋专业不同，民国时期，大多数从事理工科的知识分子，对传统诗词书画都有一定造诣。像身为气象学家和教育家的竺可桢，他的旧体诗同样写得相当不俗。

湄潭城边有一座西来庵，那里是湄江吟社的聚会地。在一个春天的早晨走近它时，我看到一座突起于田野中的并不太高的小山，山上林木幽深，黄瓦红墙显示佛家的远离尘世。红墙之下，就是连绵的稻田和茶山，一条清澈的小河斗折蛇行，从农家院落里传来隐约的鸡犬之声。一切，依然如同七十多年前那样纯朴而静美。

十二

1945 年，抗战胜利的消息传到遵义和湄潭，浙大师生欣喜若狂。他们明白，流亡的日子即将结束，他们很快就会回到久违的西湖之滨。

从 1937 年跨出西迁第一步，到 1946 年返回杭州，浙大的流亡办学几近十年。这是山河破碎的十年、物力维艰的十年，也是向死而生的十年、凤凰涅槃的十年。在时局动荡、校址偏僻、经费拮据、疾病侵袭的条件下，浙大出人意料地从一所地方大学，成长为与中央大学、西南联大和武汉大学齐名的民国四大名校之一。西迁之初，浙大只有三个学院，随迁学生四百六十人；十年后，它发展成有七个学院的综合大学，学生增至二千二百余人。据统计，1989 年的中科院学部委员（即后来的院士）将近三百人，其中有二十七人曾在浙大任教，有四十人是浙大毕业生，而这六十七名浙大师生中，超过百分之八十的人参加过那场被誉为“文军西征”的浙大西迁。

在湄潭浙大西迁历史陈列馆，我看到一张黑白老照片，那是浙大文学院一次活动后的留影。如果不借助说明，我不认识上面的任何一个人——他们中的几乎所有人，想必都已离开人世。尽管他们长相各异，有一点却惊人相似，那就是他们的表情。他们面色平静，既没有大喜，更没有大悲，你甚至很难想象，这是一群面临强敌入侵，大多人的故乡业已沦陷，物质生活极度匮乏的苦难中的学人。或许，只有内心强大的自信，才能带来表情的从容和淡定。

抗日战争为什么能以中国的胜利告终，除了诸多政治原因、军事原因，我想，浙大师生那种来自文化和精神层面的坚守，也是原因之一。

离开湄潭那个傍晚，夕阳在山，天空又下起了细细的春雨。这种景象，苏步青在词中描绘过："细雨春回溪畔草，斜阳红入墙头杏。对空山寂寂鹧鸪啼，行人听。"小小的湄潭城，打下了深刻的浙大烙印，诸如街巷和学校的命名：可桢路、浙大北路、浙大南路、求是路、浙大小学、求是中学。对于这座深藏于千山万壑中的小城而言，浙大在此七年，是它最值得骄傲的往事。对浙大来说，湄潭的接纳，使它在艰难岁月里逆风飞扬，终成名校；对湄潭来说，浙大的到来，为这座闭塞落后的小城吹来了现代文明的新风。

竺安先生告诉我，他在湄潭生活了七年，在那里读完初中和高中，并在浙大回迁那年考入浙大化学系。七十多年后，年过八旬的竺安先生重访湄潭。在湄潭，他找到了曾经居住过的那栋古老的楼房。在一段视频中，我看到，竺安先生坐在楼前，陷入了对往事的深深追怀中。其实，旧时光所收纳的，不仅是竺安先生的个人记忆，更是一所大学、一个国家、一种精神的薪火相传。

溯流而上：
武汉大学在乐山

溯流而上的船是一种意在言外的暗示。许多年过去了，当我在堆积如山的资料里看到这张老照片时，心中顿时生出一些长久的感动。照片上，一艘轮船正在前行，船舷边，两个年轻女子凭栏远眺。她们短发旗袍，面容优雅、沉静，像是在做一次渴望已久的旅行。然而，真相却很残酷：她们是遭逢战乱的学生。为了继续求学，不得不和学校一起，迁往遥远的异地。

八十年后，顺着岷江的流向，我向南穿越了花团锦簇的眉嘉平原，前往三江汇流的那座古老城市——那也是两个年轻女子当年要去往的地方：乐山。

身为四川人，乐山我自然去过多次。不过，这次却迥异于从前。这次，我是为了寻找那些远逝的足迹。汽车音响里，反复播放着一首如今已鲜为人知的歌曲——当年，包括两个年轻女子在内的那些学子，他们都无比熟悉这慷慨而激越的旋律，那是他们时代的最强音：

同学们，大家起来，
担负起天下的兴亡。
听吧，满耳是大众的嗟伤，
看吧，一年年国土的沦丧。
我们是要选择战还是降？
我们要做主人去拼死在疆场，
我们不愿做奴隶而青云直上！
我们今天是桃李芬芳，
明天是社会的栋梁；
我们今天弦歌在一堂，
明天要掀起民族自救的巨浪！
巨浪，巨浪，不断地增涨！
同学们！同学们！
快拿出力量，
担负起天下的兴亡！

目的地：乐山

1943年5月，武汉大学校长王星拱在他简陋的办公室里，会见了英国科学技术史专家李约瑟。送客人出门时，摄影师为他和教务长朱光潜、理学院代院长叶峤拍了一张合影。站在三人中间的王星拱，神色严峻，略带忧郁。五十多岁的他看上去要比实际年龄大很多。如果仔细对比十年前他刚从王世杰手里接任校长时的另一张照片，更教人惊异于光阴的疾速与韶华之易逝。

王星拱作为武大历史上任职时间第二长的校长，乐山岁月无疑是他记忆中最深刻最恒久的。

王星拱是安徽怀宁人，与陈独秀同乡。早年，他留学英国，习化学。学成归国后，与陈独秀过从甚密，并为陈主持的《新青年》撰稿。“五四”期间，在他和李大钊的掩护下，陈独秀得以逃脱北洋军阀的抓捕。其后，王星拱投身教育。1938 年，武大即将离开武汉时，王星拱已担任校长四载有余，至于他服务于武大的时间，更是已有十年之久。

坐落于珞珈山的武汉大学，其前身为清末名臣张之洞于 1893 年创办的自强学堂。自强之名，源于“自强之道，以教育人才为先”。逮其后，先后更名为国立武昌高等师范学校、国立武昌师范大学、国立武昌大学和国立武昌中山大学。1928 年，定名国立武汉大学。那一年，王星拱受蔡元培之邀，前往武大任职。

“九一八”事变后，日本全面侵华的野心日益彰显。敌强我弱，用空间换时间成为决策者的主要思路。因而，史无前例的西迁已是必然。比如蒋介石早在 1932 年就在日记里写道：“余决心迁移政府，与日本长期作战。将来结果不良，必获罪于余一人。然而两害相权，当取其轻，政府倘不迁移，随时受威胁，将来必作城下之盟。”

地处中国腹地的武汉，自 1937 年南京沦陷后，也成为一座随时可能易手的危城。为此，刚刚在珞珈之麓、东湖之滨落成新校舍的武大也不得不把西迁提上议事日程。

当整个国家最富饶最繁荣的东部、北部都向西部迁移时，如同浙大、清华、北大、南开、同济等大学一样，武大的主要去处无非也是西南的云、贵、川三省。

由王星拱牵头，武大成立了迁校委员会，杨端六任委员长。多次派员实地考察后，武大决定迁往四川乐山。至于为何选择乐山，王星拱在给上级的呈文里总结了六条：

一、该处尚无专科以上学校之设立；

二、地处成都之南，叙府之偏西。水陆交通，均称便利；

三、生物矿物，产蓄丰富，可资研究，以备开发；

四、民情风俗，颇为朴素，而文化程度亦不低于其他大城市；

五、公私建筑物颇多，其破旧者加以修理，即能通用；

六、地方深入内地，不易受敌机之威胁，学生可以安心读书。

“九一八”事变后，日本的入侵改变了千千万万中国人的命运。记忆中，刘保熙的童年就是在战争带来的动荡中度过的。1928 年，她出生于上海。四年后，迫于日本轰炸，任职于商务印书馆的父亲只好带着家小溯流而上，到武汉大学任教。在那里，她的父母一口气让她拜了四对干爹干妈——阅读相关资料，我发现，民国时期的知识分子，常有让儿女拜自己的朋友为干爹干妈的习惯，这与其说是为了抱团取暖，毋宁说是共同的三观让他们乐于易子而教。

然而，在武汉生活五年后，刘保熙九岁时，她的父母再一次带着她离开已经视为家园的珞珈山。这一次，目的地是千里之外的小城乐山。很多年过去了，刘保熙还记得九岁时的那次远行。那是一只上水轮船，速度很慢。船过三峡，两岸秀丽的风光吸引了众多旅客，他们纷纷跑到甲板上照相，以致船只歪斜，急得船长马上广播：“大家注意安全，不要站到一边，回到自己原来的地方。”

武汉到乐山，今天的公路大约一千二百公里，开车也就十多个小时。如果是飞机，则不过两个多小时。但是，八十多年前，飞机还是罕物；即便公路，也是东一段西一截，完全不成体系。因此，从武汉到乐山，最主要的路线只有一条，那就是溯长江抵宜宾，之后，折向北行，逆岷江而达乐山。

这不仅是一条逆流之路，同时也是一条需要穿越夔门天险的艰辛之路，还是一条时时可能遭遇日机轰炸的危险之路。

八十一岁那年，著名传记文学家、教育家朱东润先生开始撰写回忆录。梳理漫长一生时，朱东润对1938年奔赴乐山的经历记忆犹新。

1937年暑假，执教于武大的朱东润回到老家江苏泰兴，其时，他已是七个孩子的父亲。原本，他不打算再回武大，而是留在家乡。但变化比计划还快：日军突然占领了邻近县城，泰兴也随时可能沦陷。之前打算聘他的家乡学校，此时极可能爽约。进退失据之际，他接到了武大从乐山打来的电报，要求他1939年1月15日前赶到学校。

朱东润和妻子商议后，决定留下妻儿老小，独自前往几千里外的乐山。接到电报那天，是1938年12月2日。表面看，他有一个多月时间用来赶这段路，似乎非常充足。但以几十年前的交通条件，加之半个中国已陷入战火，他的旅途注定不会一帆风顺。

朱东润匆匆赶往上海。在那里，他坐船前往香港。到香港后，又坐船往西南行至越南海防，在海防弃舟登岸，坐火车到河口，再从河口直达昆明。在昆明，坐了三天汽车赶到贵阳。在贵阳，已经很难买到车票，他只好搭乘装汽油的货车前往重庆。路过娄山关时，风雪交加，路滑难行，汽车差点滑进深谷。心有余悸的朱东润抵重庆时，已是1939年1月8日。

那时候，重庆有通往乐山的班车，但朱东润一打听，车票只有下月和再下月才有。也就是说，朱东润根本没法按学校要求1月15日前赶到乐山。

焦急的朱东润在重庆街头乱走，偶然看到一家民航公司，他过去打听，得到的消息让他喜出望外：民航公司拟开通重庆到乐山的水上飞机，定于当月11日开行第一班。不过，票价贵得离谱：一百二十元。一百二十元是个什么概念呢？后来朱东润到乐山时，在一家饭店包伙食，一个月的伙食费才十二元。以此推算，一百二十元至少相当于现在两万。

朱东润花费巨款买了一张机票。11日和12日，重庆大雾弥漫，无法起飞。直到13日下午一点，距校方的期限只有两天时，朱东润终于提着行李，风尘仆仆地出现在对他来说完全陌生的乐山街头。

2004年，就像暮年的朱东润回首往事一样，八十岁的齐邦媛也在海峡对面检点她的一生。在回忆录《巨流河》的开篇，这位离乡多年的老人写下了沉痛的一句："二十世纪，是埋藏巨大悲伤的世纪。"窃以为，这所谓20世纪的巨大悲伤，抗战造成的悲伤刻痕固然深藏其中；另一种悲伤，则与她早年的求学生涯不无关系。那就是追随武大西迁。

齐邦媛一直深深地记得1943年8月底的那个中午，一家人从重庆出发，坐船前往乐山。是时，天降暴雨，父亲的长衫全湿透了，从头发往鞋上流淌成一条水柱。更要命的是，破旧的船上，拂晓醒来时，母亲身下流着血，一岁半的妹妹却不见了踪影。与此相类的是另一位武大西迁者的记忆：船过三峡时，武大一位职员的孩子掉进江中，尽管母亲悲哭长号，但没人敢停下来救那个可怜的孩子。

在宜宾停靠一夜后，齐邦媛一家换乘更小的船只，逆岷江而行。八十岁的老太太在回忆录里写道："正是八月秋汛的时候，江水暴涨激流汹涌，好几次船不进反而稍退，旅客们有人惊呼。我倚在船舷，自以为无人看见，又流下思家之泪，久久不止。"

武大西迁始于1938年3月10日，到6月下旬，全校师生计1200余人抵达乐山。西迁的师生采取自由组合方式，分批乘船入川，对其中经济特别困难者，由校方补助十五元。学校分别在宜昌、重庆等地设多个办事处以资接应。

实话说，与浙大四迁的万里长征相比，武大西迁由于路途短，准备充分，相对要轻松一些。不过，尽管如此，其艰辛依然是我们今天难以想象的：首先是运力不足，一票难求。有些师生为了一张船票，竟然等了两个多月。其次，西迁途中，两度遭到日机轰炸，仪器、文件损失惨重，幸无人员伤亡。再者，入川的船只舱小人多，又值春夏，疾病盛行，不少师生染疴在身。

溯流而上的船是一个意味深长的隐喻。它预示着这些青年、这所学校和这个时代正在与命运艰难抗争。逆水行舟，不进则退，而他们和他们的时代，其实已经无路可退。

追寻武大脚印

我的朋友老孙是武汉人，不过，他定居乐山已经有些年月了。

由于兴趣与工作，他对武大西迁历史如数家珍。一个春日的午后，我们跟随两只为春色痴狂的蝴蝶拾级而上，登临一座满眼翠绿的小山，山名叫老霄顶。小山顶峰是乐山老城至高点。

站在老霄顶高处，透过香樟树和桂树繁茂的枝叶，向远处看，起伏的房舍之外，是白练般的大渡河；铁色云低，河畔天际线下，矗立着那座举世闻名的大佛。低下头看近处，绿荫掩映，藏着一片红墙黄瓦的古建筑。那是乐山文庙，也就是武大当年的总部和主校区。

我们站立的位置数十米外，在当年，有一座简陋的礼堂，礼堂里，冯玉祥、陈立夫、郭沫若等要人曾慷慨陈词。如今，礼堂早已荡然无存，除了当事人的回忆，再也找不到它存在过的蛛丝马迹。不过，我想起了一张当年留下的老照片，那是从我此刻站立的地方拍摄的。照片上，大渡河与乐山大佛的侧脸都和今天一样。只不过，挡在它们前面的房舍却面目全非。在和强大时光的对峙中，唯有记忆与山川，或许稍能立于不败之地。

文庙要算最具中国元素的建筑之一。作为孔子的祭祀地，两千多年间，文庙遍布宇内，最多时曾一千六百余座。除了祭祀孔子，文庙同时也是县学、府学所在地。到了烽火连天的抗战时期，隐藏于西南地区大小城池中的文庙，其时，它们虽已失去了封建时代县学、府学的功能，却再一次意外地华丽转身，成为众多内迁大学的办学地。像西迁湄潭的浙大，就设在湄潭文庙。至于武汉大学，从确定迁乐山时起，乐山文庙——当时还习惯称为嘉州文庙——便是预设了的流亡时期的武大总部。

乐山文庙始建于唐朝，后被大水冲毁，明朝中叶搬到老霄顶下。比较有意思的是，多年来，由于文庙为某中学所管理，并不对外开放，如果在导航里输入乐山文庙的话，自以为是的导航系统会自动调整为乐山下属的犍为县文庙。

王星拱和两位下属的那张合影就是在乐山文庙里拍摄的。

今天的乐山文庙十多亩大，比当年略小。穿过空旷的庭院和冷寂的大成殿，我找到了最里进一座孤零零的房子，房中空无一物，屋角结了些蛛网。这座房子叫崇圣祠，它是每座文庙必有的，用来祭祀孔子的父亲。一张老照片上，我曾看到过八十多年前的崇圣祠，它是一排绿树深处的小平房。那时候，这排三间的小平房既是校长室，也是教务长室，还是会议室、工友室和储藏室。那时候，王星拱校长就在此办公，并在此接待了包括李约瑟在内的诸多重要客人。

稍有闲暇，王星拱缓缓走出办公室，前面是大成殿。大成殿乃文庙主体建筑，供奉着孔子和他最得意的四个弟子。当年，武大图书馆就设在相对宽阔的大成殿里。需要特别说的是，当年西迁诸校中，武大是一步到位者之一，因而其图书、仪器保存最为完整。当浙大、联大都为大量图书的损失而窘迫时，武大却拥有相对丰富的藏书。不仅如此，武大还在极为艰难的条件下购买图书——这些图书的相当一部分购自海外，先运到香港，再辗转进入内地；太平洋战争后，香港为日军所占，图书只好先运到缅甸，再经滇缅公路到乐山。此外，中国第一个图书馆学博士桂质柏，曾是武大乐山时期的图书馆主任。在孔子和他的弟子们的注视下，图书馆里挤满了自修的学生，除了书页翻动的哗哗声和偶尔的一两声咳嗽，没有人发出任何多余的杂音。

大成殿前面是古木苍苍的庭院，庭院两侧，是年代久远的老建筑。两座钟楼式的阁楼遥相呼应，它们分别是法学院和文学院的办公室所在。阁楼之下的东西两庑，大小十四间屋子，是文、法学院的教室。这些教室，大者可容九十人，小者只能容三十人。

王星拱时常绕过大成殿里那些危乎高哉的书架，信步走到殿前的台阶上，他静静地站在那里，听着从各间教室里传来的教授们南腔北调的讲课声。有时，一些不怕人的乌鸦在庭中的古树上沙哑地叫。

教室狭小阴暗，图书馆人满为患，幸好乐山多的是茶馆，学生们便到茶馆里用功。但这仅限于男生，齐邦媛说，“在那个时代没有任何女生敢一个人上街闲逛，也没有人敢上茶馆”，武大男女生比例为十比一，“却是两种截然不同的世界”。

教材不足也是必然。朱光潜为学生开《英诗金库》，但该书全校只有六本，只得三本分与男生，三本分与女生，由他们各自按课程进度先抄写再上课。齐邦媛为此专门去纸厂买了三本精美的笔记本，那笔记本“从里到外都是梦幻般的浅蓝”，五十多年后，当齐邦媛已是白发如雪的八旬老人时，当年的笔记本还珍藏如初。与笔记本一起珍藏的，还有她对朱光潜的清晰记忆。

齐邦媛记得，朱光潜用英文读到“若有人为我叹息，他们怜悯的是我，不是我的悲苦”时，突然忍不住取下眼镜，泪水流满双颊，他“把书合上，快步走出教室，留下满室愕然，却无人开口说话”。

小小的乐山城一下子拥进一所一千多人的大学，根本没法找到足够大的地方容纳，教室自然分作几处，宿舍更是化整为零。

白塔街是一条徒有其名的小街，不仅我没看到白塔，即便八十多年前的武大师生也没看到。不过，白塔街曾经的那栋白色洋楼，却是每个经历过乐山岁月的武大人都记得的。

那所白色洋楼就是女生宿舍，公认的武大最好的房子，学生们将其称为“白宫”。据杨静远回忆，由于房少人多，只有三、四年级的师姐才能住，一、二年级的学妹们只能住在“白宫”脚下的中式平房。这些平房潮湿破旧，如同王宫下的鸡窝。杨静远在 1941 年 11 月 10 日的日记里说：“早上下雨，院子里又湿又滑，难走极了。我端着一脸盆水，差点儿跌一跤。”

在齐邦媛印象中，杨静远羡慕不已的“白宫”，其实也就是一栋普通的四层建筑。它系教会所建，勉强可容百来人居住，自成院落，比较安全，显是安顿女生的最佳之选。但由于年久失修，“既不白也非宫”。当然，齐邦媛也承认，与男生宿舍相比，“白宫”还是要“好得多”。

男生宿舍有六处，每一处都无一例外地阴暗破旧，拥挤不堪，不仅多老鼠，甚至还有蛇虫出没。并且，还发生过因宿舍门外没有路灯，几个学生从高处失足跌下造成严重伤亡的惨剧。

杨静远是杨端六和袁昌英的女儿，陈西滢和凌叔华则是她的干爹干妈。1941 年，十八岁的杨静远从重庆南开中学毕业，来到父母执教的乐山。最初，他们一家住在城中心鼓楼街，同院的还有后来任武大校长的周鲠生和法学院院长刘秉麟。但日机轰炸后，小院化作瓦砾。杨静远回乐山时，他们家已迁到岷江边的一座农舍。此后，杨静远考入武大，在乐山度过了大学生涯。

那也是她的青春时代，从十八岁到二十二岁，情窦初开的少女，在这座三江汇流的小城，她朦胧的情意、炙热的初恋和初吻都被她写进了日记。她曾穿过黑沉沉的街道去看演出，也曾和同学组织民工识字。春天来时，太阳筛过梨花洒在她和男友身上，小鸟在他们头上叽叽喳喳地欢叫。年轻人们一边恋爱，一边热烈讨论国家的前途。几十年后，当我走在杨静远日记里多次提到过的陕西街、白塔街时，一切都已和昔年大相径庭，但我分明感觉得到，那个金瓯残破的年代，青春的热血与豆剖瓜分的现实时常碰撞，它既有“国破山河在，城春草木深”的悲凉，也隐隐让人明白，即使山河破碎，神州陆沉，但生活总要继续。青春无论在多么艰危的环境下，也一定要开出自己的花。

昨天已经消失

岷江、青衣江和大渡河在乐山市区交汇，形成了一个U字形的半岛。大凡城市兴起，总是在那些易于交通的要津之地，因之，这个半岛，也就是千百年来的乐山老城区。与今天庞大且日日新的新城区相比，老城区狭窄而衰败。但八十多年前，当来自五湖四海的武大学子来到川西一隅时，这座U形半岛就是他们生活的最主要空间。他们中的绝大多数人，一直等到抗战胜利，才在半岛最南端的码头买舟东下，重返久违的故里。

深处内地的乐山，古称嘉州，自古以秀丽的山水和发达的井盐业著称。同时，这里的紫土丘陵，也是典型的精耕细作农业区。尽管半壁河山沉入血海，但武大初迁时的乐山还是一片难得的安宁之地。

叶圣陶于1938年底到武大任教，初到乐山，他发现这里街面整洁，物产丰富且价格低廉，他在写给朋友的信中称赞说，“此间生活便宜”，“以生活情况而论，诚然安舒不过”。然而，好景不长，随着迁入人口的增多，尤其是日机对乐山的大轰炸后，生活开始由安舒变得艰难。

1939年8月19日，三十六架日机飞临乐山，一番狂轰滥炸后，三分之一的街道化为瓦砾，民众伤亡达三千余人。以这场大轰炸为界，武大师生前后的生活也渐渐有了天壤之别。

漫画家方成在乐山度过了四年武大时光，作为化学系学生，他在五通桥黄海化工研究社做过研究，论文还在中国化学会年会上宣读。业余，他用漫画记录了武大师生生活的窘迫：买菜，做饭，缝补破旧的袜子，为谋口饭吃而奔波。画家关山月有一幅国画《今日之教授生活》，画上，一个文质彬彬的读书人坐在简陋的农家灶前，一边烧火，一边读书。这幅画并非虚构，而是纪实。画中人就是武大教授李国平。

民国时期，大学教授算是高收入阶层，如果不是战争，他们都能过上优渥舒心的生活。但战争是个不讲规则的对手，它改变了亿万民众的命运，包括教授。乐山被炸，战争全面铺开，西南成为唯一可以肩负复兴重任的大后方，物价暴涨，日甚一日。1940年和上一年相比，许多物品涨价竟至十倍。

中文系教授苏雪林是知名作家，抗战之初，她把自己攒下的两根金条捐给国家。物价飞涨后，打了七折的薪水真的只够买柴和水了，为此，她不得不荷锄种菜，汲水灌园。杨静远在日记里悲愤地为她鸣不平：“她是一个完全的好人，但现在却眼看着要饿死。”工学院教授郭霖，初时也慷慨捐款一千银圆，并自行设计了钢盔和防毒面具送往前线。急公好义如此公，后来也因生活贫困，积劳成疾而英年早逝。

同样英年早逝的教授还有不少，如黄炎培的长子黄方刚。李约瑟到武大时，黄方刚向其作了“关于道教的艰深而重要的阐释”。

不意天妒英才，黄方刚于 1944 年因肺病去世。闻此噩耗，顾毓琇哀歌当哭。悲痛的文辞，既是对好友夭亡的追悼，也是生逢乱世的读书人的自挽：“彭殇修短倘前知，柱下精研枉作师；岂信著书能却病，犹怜好学每忘饥。家贫儿让山中果，世乱妻吟海外诗；呜咽长江怀故友，清明时节雨如丝。”

王星拱贵为一校之长，情况也好不了多少。他的儿子后来回忆说：“我记得都靠每月的一袋平价米生活，米中有老鼠屎、沙粒，霉变成灰色，难以入口。我家在门前篱笆外种菜养猪，母亲还打猪草，日子过得艰难辛苦。”

教授如此，学生更是等而下之。学生本身没有收入，全靠家庭支持。但来自沦陷区的学生，大多与家中音书两断，根本无法指望。幸好，国民政府向学生发放贷金，数额虽少，尚能填饱肚子。

1940 年，武大对学生进行体格检查，全校一千三百六十三人，男生营养不良一百四十四人，营养中等九百一十六人，比较良好的仅一百一十七人。比营养不良更严重的是缺医少药。1940 年，武大平均每天有四十余人患疟疾，但治疗该病的特效药奎宁，每天至多只有十支。

从 1938 年到 1943 年，武大学生因病死亡者竟超过一百一十人，死亡率高达百分之八，为此，位于乐山城区西北的武大公墓不得不一扩再扩，乃至于学生们把它称为第八宿舍——事实上，武大只有 7 座宿舍。章心绰解释说：“一个同学得知某同学去世，他将此不幸消息告知另外一同学时，说，‘某某同学搬到第八宿舍去了’。这绝非幽默，而是不愿说出那使人悲伤之事。老同学向新同学介绍情况时，往往会说，‘我们还有一些同学今天在第八宿舍’。这是一种表示哀悼的说法。”

时过境迁，扩张的城市早已抹去了旧时的痕迹。几经寻访，我也没能找到传说中的武大第八宿舍。倒是在老孙的指引下，我来到了乐山师范学院足球场。球场上，一群学生正在踢球，青春的朝气和春天的阳光一同扑面而来。然而八十多年前，这里却是一个名叫西湖塘的小小湖泊。大轰炸后，时值盛夏，大量死者——其中包括武大师生十余名——大多被草草安葬于湖中。西湖塘就此成为一片平地，只有这个不合时宜的名字沿用至今——一座足球场，它的名字居然叫西湖塘，怪诞之中，却隐藏了一段不为外人所知的伤痛。

作为昔年的武大总部，乐山文庙近年终于从某中学收回，由文物部门管理，并开始修缮，据说将打造成景区。空荡荡的庭院中，摆放了一些展架，是一些关于武大的史料。我注意到了几排黑白照片。照片上的人都只有二十来岁，气质儒雅、斯文。他们便是夭亡在乐山的部分武大学生。在国难当头的岁月，他们像苏步青号召的那样"读书不忘报国，报国不忘读书"。在青葱般的年纪，他们却成为客死异乡的孤魂。或许，如果后人还记得他们，还记得有一所在烽火中化蛹为蝶的大学，他们就会魂兮归来。

外婆的时代

乐山师范学院是乐山本地的一所普通高校，地处老城区。昔年武大的多处遗址，大多纳入了乐山师院的校园：工学院教室变成了师院南馨苑，工学院图书馆变成了师院美术学院办公楼，实习工厂变成了师院附小。

大概鉴于这种空间上的承续，乐山师院校史馆里，辟有一间小小的武汉大学乐山纪念堂。纪念堂的展墙上，布置着数量众多的黑白照片，照片中的人就是那个年代这所学校的主角儿。我徘徊其间，仔细打量这些照片，我知道，这其中的绝大多数人，都已经长辞尘世。人生一世，草木一秋，那一代人几乎已经凋零殆尽。唯有这些当年的黑白照片，还定格了他们青春的模样。

我注意到了一张年轻女子的照片。女子二十来岁，齐耳短发，剑眉大眼，嘴唇紧抿，神情中透出一股倔强和坚毅。她的名字叫涂主珍，武大化学系学生。陪同参观的师院教授杨晓军先生给我讲了一个他同事的故事，这个故事，便和照片上的涂主珍有关。

杨晓军的同事叫陈熹。陈熹硕士毕业后到乐山师院执教，其后，她考上了武大冯学峰教授的博士。陈熹攻读博士学位期间的2013年，冯学峰来到乐山师院，陈熹陪同老师参观刚落成不久的武大乐山纪念堂，这也是她第一次接触这段历史。

纪念堂里，当陈熹看到墙上张贴的涂主珍的照片时，她愣住了。因为，她们家也有这样一张照片。并且，在她高中时就已去世的外婆，也叫涂主珍。曾经的武大化学系学生涂主珍，是否就是自己的外婆呢？向亲人们询问后，陈熹得到了肯定的答复。

从那时起，作为晚辈，陈熹才知道自己的外婆早在七十多年前，曾历尽艰辛来到乐山，就读于武大。她也第一次知道，记忆中慈祥的外婆，在二十多岁的大学生涯期间，还有过一段不凡的经历。

那时候，乐山有一种很普遍的地方病，叫趴病。患者四肢无力，病情严重者有死亡之虞。武大进驻乐山后，校医董道蕴发现趴病与食盐中的氯化钡中毒有关，而一种叫马前子的中药对此疗效显著。后来，化学系学生涂主珍和彭少逸（后为中科院院士）把马前子进行提炼，制成药品，从而使得肆虐多年的耙病就此绝迹。

关于此事，叶峤教授曾撰文记述："初到乐山，耙病确实吓人。教授们有的因耙病轻，医好后不能再在乐山居住下去，只好携眷东归，另谋出路。幸校医董道蕴先生发现此病系钡中毒，于是他试着用马前子碱救治，果然有显著疗效。后来，化学系学生彭少逸、涂主珍等人，从中草药马前子中提取精制，有了这种药，武大耙病才得以制止。以后乐山邑人推广引用，救治了不少人，使乐山人民对武大同仁一直很友好。"

一个校医外加两个在读大学生，竟能攻克一种令人谈之色变的顽疾，颇有些难以想象，但偏居一隅的武大做到了。

尘埃落定，今天我们研究武大以及和它有着相同命运的浙大、联大，它们困境中的崛起与逆袭，到底是什么引发的呢？这一点，1943年从成都前往乐山就读的武大哲学系学生、日后的著名哲学家萧萐父总结得很好："物质生活条件的艰苦，好像并未影响当时师生的教学情绪和学习钻研精神；相反的，似乎国事的蜩螗，民族的苦难，反而激发起师生们内心深处的屈原式的忧患意识和费希特式的哲学热忱。"

西谚说，由一头狮子率领的一群绵羊，将打败由一头绵羊率领的一群狮子。虽有夸张，却说明了领军者无与伦比的重要性。如同竺可桢之于浙大，梅贻琦之于联大，王星拱也是武大的领军者和灵魂人物。他曾说："大学的任务，在道德方面要树立国民的表率；在知识方面要探求高深的理论；在技能方面要研究推进社会进步的事业。"

武大校长任上，王星拱坚持理论与应用并重并行。

就理论来说，在乐山期间，王星拱说服教育部，成立了文科和理科研究所。那时候，这所在水之湄的小城，创建了中国唯一致力非医学细菌学研究的实验室和中国第一个电离层实验室；完成了第一本用汉语写作的宇宙射线专著；诞生了中国文学史上最优秀的人物传记之一《张居正大传》；在世界权威刊物《自然》和《科学》上发表了多篇论文……李约瑟发现，“在四川嘉定有人在可以遥望西藏山峰的一座宗祠里讨论原子核物理”。李约瑟感叹：“毫无疑问，武汉大学的学术水平很高，即使与昆明的国立西南联大相比也毫不逊色。”

就应用来说，武大师生对乐山丝绸业、盐业等工业进行了调查，参与国民政府经济部盐碱实验室的研究与创新；新办的矿冶工程系和机械工厂，不仅培养了一大批机械人才，还为乐山最兴盛的井盐业和采煤业设计制造了大量配件；研制了第一台吸卤机；找到了治愈耙病的秘方……

武大在川八年，教授多达百人，在各校中名列前茅。20 世纪 40 年代初，国民政府教育部在全国选拔了四十五位部聘教授，武大入选人数位居全国第四。此时，这所艰难困苦玉汝于成的大学，已然与中大、联大和浙大并驾齐驱，成为中国四大名校之一。

乐山八载，数千武大学子度过了他们人生中最难忘的锦瑟年华，从中走出的佼佼者不乏其人，诸如美国“阿波罗号”登月飞船发动机的设计者黄孝宗，中国计算机之父张效祥，中国第一座自主设计建造的核电站的总设计师欧阳予，海浪理论奠基人文圣常，哲学家李匡武，历史学家严耕望，经济学家刘涤源、刘诗白，法学家端木正，数学家张远达，化学家彭少逸，生物学家张致一……

王世杰是武大首任校长，尽管他此后还出任过教育部长和外交部长等要职，但他心目中，武大校长是分量最重的。1938 年 3 月底，已经不再是校长的王世杰和李四光一起回到武大校园，其时，武大师生已开始了溯流而上的西迁，春天的校园一片忙乱，人心浮动，盛开的桃花更加重了这种离愁别绪。王世杰站在桃树下触景生情，感慨万千。

多年以后，当王世杰垂垂老矣，他嘱托友人在为他写墓志铭时，只提他办武汉大学一事。王世杰的叮嘱让我联想到了美国开国元勋杰斐逊，尽管曾贵为总统，但他的墓碑上刻的是“弗吉尼亚大学创办人”。

竹公溪是大渡河一条微不足道的支流，它弯弯曲曲地从乐山老城区穿过。多年以前的竹公溪畔，叶圣陶曾沿着小径散步，杨静远曾和男友一起踏青，钱歌川等人曾赁屋而居。春天的竹公溪水量丰盈，夹岸都是绿得发暗的树林和草地。多年以前，那些溯流而上的读书人，也曾见识过溪流滋润的人间的春天。

时光飞逝，哲人其萎。多年以后，当我再度追寻，往事已经苍老，一个曾经鲜活生动的时代杳杳远去。追寻中，或许，还有一些浸入骨血的基因生生不息。

消失的身影：
历史深处的天全背夫

1911 年，大清帝国宛如汪洋中的一条破船。这年夏天，帝国西部重镇成都，受聘于四川高等学堂（今四川大学前身）的美国教师那爱德应清政府邀请，动身前往四川西部作一次为期数月的地质调查。

那爱德既是地质学者，也是摄影家。沿途，他用黑白相机为后人定格了一百多年前四川的山川形胜与风土人情。我注意到了其中的两张照片：崎岖的山道上，几个衣衫褴褛，弓着身子背负长条形重物的人，正在艰难行走。这些照片拍摄于闻名遐迩的茶马古道川藏段。镜头前的主角，就是曾经用肩膀扛起一条古老商道，尔后渐渐消失于历史深处的天全背夫……

要有背夫，就有了背夫

最近十五年间，我先后七八次前往雅安市天全县下辖的一座偏远小村庄。

雅安以西，四川盆地开始向青藏高原过渡，大地向着天空的方向缓慢而又固执地抬升。天全县城西距雅安市区约三十公里。出天全县城往西八九公里，就是我前往的小村庄。那里，两列青翠的山峰逶迤不绝，中间是潺潺流淌的青衣江支流天全河。小村庄位于其中一列山峰的半山腰。村外，两条小溪汇入天全河。因小溪时常干涸，故而得名大干溪、小干溪。顺理成章地，这座两条干溪旁的村子，也就得名干溪坡。后来，大概是为了寄托一种美好的愿望，改“干”为“甘”，遂有了现在的名字：甘溪坡。

这是一个只有十几户人家、几十口人的小村庄，几排木结构的房屋依山就势，高高低低地拥挤在狭窄的台地上。一条曲曲折折的石板路斗折蛇行，从村子中央穿过去。大约行走的人太少，铺路的石板角落长出了一层厚厚的苔藓。雨后，苔藓如同青色的地毯，爬行着一只只肥大的蜗牛。白色的烟岚从对面的山巅飘过来，乘着一阵山风，又向远处飘过去。向西遥望，更为高大的山峰连绵如城郭。那里，就是川藏线上的第一道天险：二郎山。村头，一株碗口粗的杉树下，竖着一方两米多高的石碑。石碑上是苍劲的行书：古道背夫铭。

十五年前，我第一次来到甘溪坡，就是为了这块碑。也就是在那时，我第一次知道了这个业已消失的群体：天全背夫。

那一年，天全政府打算为背夫建一座纪念馆，并立一块碑。经朋友推荐，我受邀撰写碑文。一个初秋的下午，秋雨乍停，我来到甘溪坡，并采访了几位当年的老背夫。十五年后，为了写这篇文章，翻箱倒柜，我居然找到了当年的采访笔记。只是，当我最近一次前往甘溪坡时，曾经采访过的几个老人只有一个还在人世，且已严重失聪。事实上，虽然做过背夫的天全人数以千计，但如今还活在人世的，估计不到十个了。随着亲历者的不断凋零，这一古老的职业终将成为地方史料里几行了无生气的方块字。

众所周知，四川和云南是茶叶的主要产区。与这两个地区毗邻的西藏，虽然对茶叶十分渴求，却由于酷寒的高原气候，无法种植，只能依赖川滇茶叶入藏。在以马匹作主要运输动力的古代，内地主要为农区，不产马匹，西藏却盛产良马。这种出产的互补性使地区之间交往密切。于是，茶马互市产生了，茶马古道也就呼之而出。

据史料记载，茶叶是唐朝时传入西藏的。唐人李肇在《国史补》中写道，唐朝使者常鲁公出使吐蕃（今西藏）时，偶然在帐篷中烹茶，吐蕃赞普见到后问他："这是什么东西？"常鲁公回答："这是解渴去烦的好东西，名叫'茶'。"赞普仔细察看了一下，笑着说："我也有这种东西。"并命手下人从库房中扛出一大堆。常鲁公一看，果然都是茶叶，而且品种繁多，分别有安徽、浙江、湖南、湖北和四川出产的各种名品，藏而不喝，大约是把茶叶当作远道而来的稀罕之物而收藏吧。从那以后，喝茶的习惯传入西藏。这种解渴去烦的东西对以肉和奶为主食的藏族人民来说，是十分相宜的。他们很快就将茶当作了生活必需品——汉文史料中有藏人"嗜茶如命""艰于粒食，以茶为命""如不得茶，则病且死"之类的记载，藏族民谚也有"汉家饭果腹，藏家茶饱肚""宁可三日无食，不可一日无茶"之说。

茶马古道的路线大致有南北两条：一条自普洱茶产地普洱出发，经大理、丽江、迪庆、德钦，到达西藏芒康、昌都，然后再抵达波密和拉萨，尔后辐射至藏南的泽当和后藏的江孜、亚东，或者出境到印度和中亚；另一条由四川雅安一带出发，经天全、泸定、康定、巴塘到达昌都，尔后线路与滇藏线重合。

不论是茶马古道的北线还是南线，大多数地区，运输茶叶的都是骡马，并形成了历史悠久的马帮文化。然而，茶马古道北线的天全到康定，这二百多公里的路途，其间要翻越难以计数的大山，穿过多条冰冷刺骨的雪水融化的河流，不少路段只有一两尺宽的羊肠小道，且大多行进在茂密的原始森林里，高大的骡马根本无法通行。

有需要就有创造。无论帝王的意志还是大自然的严峻，都无法阻挡人类沟通与交流的愿望，更何况这样一条关系到两个民族、两个文化区域的重要商道。于是乎，天全背夫的出现成为必然，并因历时上千年的茶马古道而成为二郎山麓的一大“特产”。

“扬子江心水，蒙山顶上茶”，这副旧时茶馆里常常可见的对联，让川茶名扬天下。蒙顶山坐落在距天全只有五十公里的地方，相传它的种茶历史可以追溯到西汉。不仅蒙顶山产茶，蒙顶山周围百公里范围内的多个地区都以产茶著称。

天全一带，自古就有种植茶叶的传统，遍布山间的茶园，已有上千年历史。地方史料记载，天全大规模种植茶叶，始于唐朝初年。其时，“天全东西河流为龙尾峡所阻，水道迫仄，潴为大泽，向有大小海子之称”，一个后来被封为英烈侯的孟姓将军，凿开龙尾峡，从此水流通畅，水患平息。此后，他“于蒙山采茶子，于山谷间遍种之”，“教其民以树艺采焙之法”，成为天全种茶之滥觞。载于《天全州志》的一首《竹枝词》，描写天全采茶的盛况说："采茶刚趁月光明，大妇相随小妇行，采到春心尖纯处，春愁一缕发幽情。"

藏汉接合部的地理区位，决定了包括天全在内的雅安地区生产的茶叶，绝大多数都用于边贸，人们称为边茶。始于盛唐的茶马互市让天全脱颖而出，天全茶叶声名远播；至于天全背夫，也在历史深处应运而生。

背夫的艰难岁月

十五年前，我第一次来到甘溪坡采访时，七十岁的李攀钰是几个老人中最年轻的一个。那时，他身体精壮，穿着缀有补丁但洗得还算干净的衣服，大口大口地抽着叶子烟。他坐在一株挂满了红色果实的橘树下，慢条斯理地给我讲述逝去的背夫生活。十五年后，我为了拍摄纪录片《中国影像方志》之《天全篇》而又一次看到他时，他已垂垂老矣。曾经挺直的背驼了，目光浑浊了。甚至，即便对着他听力仅存的耳朵大喊，他也只能听见零星的只言片语。至于比他更年长的几位老人，已经先后过世。

在我和李攀钰的孙子交谈期间，大约是依稀听到了"背夫"两个字，老人原本黯淡的目光突然间亮了一下。之后，他长久地注视着门前的小路。距老人两三米外的堡坎下，古道曲折如蛇，穿过两排房屋后，扎进村后的林子，那就是昔年背夫们往返于天全与康定之间的必经之路。

初到甘溪坡的人，都会有一个惊奇的发现，那就是铺砌古道的青色石板上面，散布着一个个小小的坑窝。这些坑窝，人们称之为拐子窝。

拐子窝，和天全背夫人手必备的一件重要工具有关。

甘溪坡村头的古道背夫陈列室，大约因为游客稀少，长期大门紧锁——至少，在它修成之后我去过的几次里，每一次都是铁将军把门。不过，透过门缝，依然能看到陈列在角落里的一种两三尺长的丁字形棍子，这是背夫们终日捏在手中的拐棍，当地人把它称为拐子。这根看上去并不起眼的拐棍，是背夫们必不可少的工具。

多年以来，生产好的边茶都用竹条包裹并扎成长条形，称为茶包子。每一个茶包子的重量是标准的：十六斤。一般来说，一个背夫一次能背十到十五个，最厉害的则能背重达三百二十斤的二十个乃至更多。茶包子一个接一个地码到木制的背架上，背夫再将背架背负于双肩。路途上的每一天，从早晨出发到傍晚住下来之前，其间的十几个小时里，背架都不能从背上解下来——解下来之后再背上去极其麻烦，且沿途也很少有那么宽的地方可供解下又背上，因此只能一直背在背上。

哪怕铁打的汉子，也不可能从早到晚不歇息、不吃饭、不小便。这时，拐棍就派上用场了：背夫需要停下来歇息时，只需用拐棍的一头撑住背架底部，便能将茶包子的重量转移到拐棍上，从而得以歇口气、喝口水或是撒泡尿。

拐棍除了作为休息时的支撑，背夫还依靠它涉过险急的溪流、走过泥泞或积雪的山路。有时在山间遇到野狗或蛇虫，它又是自卫的武器。拐棍底部用坚硬的金属包卷，以延长使用寿命。意想不到的是，一代代背夫手持拐棍接力般地行走于途，在拐杖底部金属的一次次敲击下，古道上竟形成了一个个密密麻麻的小坑。从天全到康定，无以计数的小坑仿佛是一部用象形文字书写的史书，忠实而深刻地记录了茶马古道的辉煌，也记录了天全背夫的艰辛。

翻开十五年前的采访本，我当年写下的采访手记依然清晰。我清楚地记得，那个有着淡淡秋日暖阳的下午，除了李攀钰，其他几个老人中，还有一个也姓李。他年事最高，做背夫时间也最长，因而，大多时候都是他在回忆。可惜，当时没有记下他的名字，只好称他李大爷。

采访之前，我以为背夫是专职。李大爷明确告诉我，专职的背夫确实有，但非常少。他们绝大多数本身是种地的农民，每到农闲，趁地里农活少，出来兼职做背夫，以便挣一笔额外收入。想想也是，天全地处山区，满目青山，耕地少，如果只从土里扒食，压根儿就养不活一家人。幸好，只要身强力壮，只要吃苦耐劳，还可以当背夫。以甘溪坡为例，当时村里的男人，只要是能动弹的，几乎都做过背夫。

在李大爷记忆中，天还没亮，他就在家里急忙吃完早饭，走到十多里外的天全城，从商号取了茶包子往回赶。一直要走到满山暮色，才又回到甘溪坡。家中宿一夜，第二天一早，又背着沉重的茶包子，向西边天际更高更陡的大山缓缓前行。从天全到康定，如果背得轻的话——所谓轻，一般指背十个以下的茶包子，来回一趟需要十一到十二天。如果背得重的话——所谓重，一般指背十个以上的茶包子——李大爷自豪地说，他的最高纪录是二十包半——来回一趟则需要十五天。

去时负重，回时也不会闲着。从天全到康定，背夫背上是茶叶；从康定回天全，背夫背上换成了羊毛。今天，天全到康定已通高速，一百多公里的路途，不过几十分钟车程。但在高速通车之前，即便已经有了川藏公路，由于要翻越二郎山，大部分路段崖陡坡险，汽车也需要走好几个小时。更何况，在既没有汽车也没有公路，只有一条羊肠小道的年代，背夫们必须背负上百斤甚至两三百斤的茶包子，一会儿穿行于原始森林，一会儿涉过冰冷湍急的小溪，一会儿攀上白雪飞舞的二郎山垭口，一会儿贴着崖壁小心地从两尺宽的石埂上走过……尤其天全多雨，一年有两百多个雨天，其行路之难，就像天全民间俗话所说的那样："天天下雨天天溜，没有鞋爪子钉钉，上不了梅子坡顶顶。"梅子坡只是县城附近一座低矮小山，其行走已是如此艰难，何况横亘在盆地与高原之间那些三四千米高的大山。所以，当年的行走极为狼狈，当地人称为"上山学牛叫，下山做狗爬"。种种艰难与危险，哪怕几十年以后听他们再追忆，我也能感受到几个老人的沉重和辛酸。

背夫们背上除了茶包子，还有沿途要吃的粮食。从天全到康定，虽说大山纵横交错，但就像藏在林间的甘溪坡一样，每隔上十多里路途，就会有一个或大或小的村庄或集镇。不论村庄还是集镇，一定会有供来往背夫歇脚的驿站——当地人把这种最低档的既卖简单食品又提供住宿的驿站称为幺店子。川话里，幺，也就是小的意思。像甘溪坡，它是茶马古道出了天全后的第一座村庄，有茶马古道第一站的美称，当年便有好几家生意兴隆的幺店子。

脚基坪、紫石关、小渔溪、长河坝、两路口、鱼通沟……哪怕背夫生涯业已结束几十年，李大爷对那些曾经熟悉的驿站依旧如数家珍。幺店子都提供饮食，但出于节约的习惯，背夫们都是自带玉米面和玉米饼，以及盛水的葫芦。白天忙着赶路，累了饿了，伸出拐棍将背架一撑，吃两个冷玉米饼，喝几口冷水就算午餐。如果能靠着大树或岩石打个盹，那就是天大的享受。黄昏时分，远远地看到幺店子门前的青布帘招，艰难的一天终于要结束了，又可以得到一夜的休息。于是，在老板娘的招呼下，背夫们次第放下背架，走进院子，一个接一个地借用幺店子的锅灶，拿出自带的玉米面，煎几个玉米饼，熬半锅玉米羹。按惯例，幺店子都会出售豆腐。对住宿的背夫，一律赠送豆腐一块。许多年过去了，李大爷还记得鱼通沟那家幺店子，“那家的老板娘姓啥我忘了，只记得脸上有麻子，手脚麻利，做的豆腐又白又嫩，每个背夫都送一块。晚饭就是玉米饼、玉米羹和烧豆腐，胀得肚皮痛，还想吃”。

这种幺店子收费低廉，一晚大约相当于今天的十块钱，当然也极为简陋。甚至，就连床也没有，全是地铺。偌大一间屋子，地上铺着稻草，稻草上是一张和屋子同样大小的席子，席子上是一床和屋子同样大小的被盖。至于枕头，是从山上砍来的一根脸盆粗的大树，从中剖开，便成为一个两丈长的横跨一间屋子的巨型枕头。这样的“床”，能睡下二三十个人。晚上，背夫们吃过简单的晚餐，迫不及待地倒下睡觉。虽然跳蚤与臭虫成群，汗臭与脚臭弥漫，但疲惫是最好的安眠药。片刻之间，屋子里便响起了此起彼伏的打鼾声、磨牙声。与此遥相呼应的，是从幺店子背后的深山老林里，偶尔传来的猫头鹰凄苦的夜啼……

李大爷一家几代人都做过背夫。在我的采访笔记里，记录了他讲的关于背夫的两个故事。

故事之一是甘溪坡附近某山村，有一户人家养了一头猪。猪养肥了，打算弄到山下城里去卖。路又陡又窄，没法像山下那样把猪装进用竹条编成的猪笼再抬进城。无奈，只得请了力气最大的一个背夫，把猪背下去。谁知，活着的猪不比茶包子，不断在猪笼里挣扎。要命的是，当背夫小心地贴着石壁经过一道高高的悬崖时，猪的挣扎终于让背夫失去平衡，连人带猪跌了下去。等人们从远处绕到山沟时，人和猪都已气绝身亡，唯有一股浓烈的血腥味儿在弥漫。为了赔偿背夫，养猪的这户人家只好变卖了祖传的两亩地。

故事之二的亲历者是李大爷的父亲。民国二十五年，即公元1936年，国民政府开始修筑从天全到康定的公路。这段历史，我曾见过孙明经当年拍摄的照片。他的镜头前是一群正在赶路的背夫，背夫脚下，不是逼仄的山路，而是宽阔平整的刚完成的毛坯公路。至于背夫所背的东西，也不是茶包子，而是供筑路工人食用的大米。孙明经为这幅照片题写的说明文字是：“天全川康公路之背米者。过飞仙关而至天全，再向西南行，在二郎山一带，公路蜿蜒于群山之上，高2900公尺，森林密布，人烟绝迹，工程艰巨，路工所食之米，需自雅安等地背负数日之行程，前往施工地带接济。现公路已修通至泸定，与旧道相汇合。”

孙明经可能不知道的是，筑路期间，天全背夫除了背米，还背过死人。据李大爷讲，由于工具太原始，环境太恶劣，筑路工人不得不腰系长绳，悬在半空作业。为此，工地上每天都有人遇难。这些遇难者的尸体，被绑在一块木板上，由背夫把木板连同尸体一起背到天全。根据路的远近，有时要背两天，有时要背三天。因为背的是尸体，幺店子自然不同意入住，背夫们只能露宿于山崖脚下。夜里，凄风苦雨，四周一片昏黑，近在咫尺的林子里，传来野兽的哀鸣。眼前除了一堆微弱的篝火，只有一具渐渐发臭的尸体……

按我最初的想象，背夫这种以命相搏的职业，只能属于男人，且只能属于精壮的年轻男人。然而，采访中却得知，行走在天全到康定这条古老商道上的，除了男人，竟然还有女人。与男背夫相比，女背夫更加艰难和憋屈。

天全山间多竹，每到三月，春笋竞发。其时，家有女背夫的人家就会钻进竹林，捡一些笋壳回家。除了拐棍，女背夫还得多一样装备，那就是笋壳。小心擦去笋壳上的绒毛后，再用剪刀略做修整，使其两端卷起，呈一个凹槽形。女背夫领取茶包子上路之前，一定会记得带上几片笋壳。

原来，男背夫小解时，只需用拐棍撑住背架即可，但性别不同，女背夫没法像男背夫那样。女背夫只能将笋壳贴近私处，让尿液顺着笋壳的凹槽流到地上，以免打湿裤子。

天全地处民族交界处，自古多匪。虽说背夫们总是十个八个结伴而行，也未免有赶不上队伍而落单的。尤其是女背夫，常常沦为匪徒抢劫甚至凌辱的对象。至于一间房子就是一张超级大床的幺店子，女背夫也只能放下尊严，和那些陌生男人挤在同一床被盖下。对挣扎在死亡线上的草根来说，所谓尊严，远不如能够让他们活下去的几块散碎银两重要、实在……

那么，如此含辛茹苦地背一趟，到底能挣多少钱呢？李大爷的说法是，就普通背夫来说，如果背十来个茶包子的话，大概能挣五块大洋。其时，一块大洋能买二十五斤大米。放到今天，也就四五百块钱的样子。十多天辛劳，只有四五百块钱收入，今天看来简直不可思议。但彼时彼境，一百多斤大米，却是一家人赖以活下去的全部希望和支撑。对这些卑微的生命来说，活着，哪怕艰难地活着，就是人生的终极意义。

苍茫的天涯路

蜜蜂采蜜，没想到采来了一个百花争艳的春天；为了生计而奔走的背夫，他们一定也没想到，他们一代接一代地行走，支撑起了一条古老而繁荣的商道。从某种意义上讲，藏汉两个民族的沟通与交流，正是通过那些布满老茧的肩膀和双脚来完成的。

前面说过，茶马互市起源于唐朝。对唐朝来说，除了想在经济上增加财政收入，更重要的是政治上的考量，也就是以茶治边。因此，历代中央王朝对茶马互市的政策，时时都在调整。总体来说，不外乎两种，一种是由国家专营，一种是公私皆可经营。唐朝末年，朝廷下令，所有种茶户必须把茶树全部移植到官方茶场，茶叶产销全由政府垄断。北宋初年，又改由专门的茶户种茶并焙茶，政府专款收购后再经营。北宋末年，开始实行茶引法，也就是商人可以经营边茶，但要向政府交钱取得茶引——相当于今天的配额。明朝初年，为了执行羁縻政策，朝廷对茶叶严加管制，茶引制改为引岸制，即由国家规定产销地区及课税标准。鉴于天全的重要性，朝廷在天全县城设置了茶马司和茶局，负责茶引批验。调运茶叶的工作，全部交给军队，以至于“十里为铺，铺有兵，兵有程，月有给，苟不如式，罪罚随之”。为了杜绝民间私贩茶叶，法令竟严酷到“私茶出境者与关隘失察者，并凌迟处死”的地步。至于茶树苗和茶籽，更是严禁运出藏汉交界的飞越岭和马鞍山。直到明朝中期的弘治年间，朝廷对茶叶的严管终于不再，开始允许私人经营，并一直延续到近现代。

是故，从 15 世纪末的弘治年间起，以茶叶为大宗的边贸给天全带来了一个富庶锦绣的花样年华。

天全下属的始阳镇，是仅次于县城的第二大镇，也是曾经的边茶集散地之一。如今，始阳镇略显杂乱的房舍之间，鹤立鸡群地残存着一片老建筑。这片老建筑虽然破败，却依然以高大的梁柱和精巧的结构、庞大的体积透露出曾经的宏伟。这就是世代经商的高氏家族筹巨资于清朝初年修建的茶叶仓库。据考证，它是茶马古道上最大的仓库。清朝中期，由于经营不善，高氏家道中落，仓库被朝廷收购。如今，它已被确定为国家重点文物保护单位，残存的面积仍超过两千平方米。

一张附录于清代《天全州志》中的始阳地图则显示，就在这片弹丸之地上，曾经修建有众多会馆，如山西会馆、陕西会馆、贵州会馆——会馆，是同一籍贯的商人们联络乡情、沟通有无的会所。此外，还有武庙、奎阁、文昌宫和书院等一系列公共建筑。几十年前，历史地理学家任乃强在川西考察期间来到天全，事后撰文称赞始阳镇说："庙宇甚多，建筑均颇宏丽，商贾以茶叶和布匹销售为主。"

如果说这些繁荣是台前的话，那么在台后为繁荣默默效力的，就是寂寂无名的背夫。没有他们的艰难行走，就没有这些繁荣昌盛。

深入天全考察之前，我一直以为，从天全通往康定的茶马古道只有一条，也就是李大爷他们所走的那条。随着考察深入和查阅地方文献才得知，事实上，背夫们接力于途的古道有两条。一条从天全向西经甘溪坡而行，即李大爷和甘溪坡背夫们世世代代走的这一条。这一条沿途多是高山峡谷，道路狭窄危险，因而称为小路。小路又有新路和旧路之分：旧路通行于唐朝到明初；新路通行于明初至20世纪40年代。无论旧路还是新路，都需要翻越险峻的马鞍山和二郎山。李大爷对当年行经的马鞍山记忆犹新，他说，由于地势高峻，每年九十月山中就大雪纷飞。有时候，雪把路完全盖住了，只有用拐棍把雪推开，才能隐约看到路基。

与小路相对的是大路。大路又称始阳路。从雅安或名山而来的茶叶，西行进入天全境内的多功坝后，溯荥经河上行，翻过飞越岭，经汉源后抵达泸定，进一步到达康定。大路初辟于隋朝，唐朝以降，历代都有修整和拓宽，相当于政府养护的官道。与小路相比，大路更安全也更好走，不过由于绕道，所耗时日更多。对许多背夫——尤其是家住小路旁边的甘溪坡一带的背夫来说，他们的首选仍是更加危险的小路。

匪徒拦劫，野兽出没，道路崎岖，山洪和泥石流迅雷不及掩耳，背夫生涯危机重重。作为天全末代背夫，李大爷曾遭遇过多次危险。一次是在长河坝遇到抢劫的土匪，幸好腿脚灵活，跑得快，趁着土匪抓住他之前扔下背架跑进了茂密的林子——对沉重的茶包子，土匪没有兴趣。另一次是在门坎山遇到山洪，即将跌进山谷之际，山崖上的一株栎树挡住了他。“要不是那棵栎树，哪里还有人哦，又哪里还有我这满堂儿孙哦。”几十年过去了，李大爷仍对那株有救命之恩的栎树饱含感激。

经由天全作家李存刚指引，我们一行沿着简陋的石板路穿过甘溪坡。村子里静悄悄的，年轻人大多外出打工了——如同几十年前那些趁着农闲去做背夫的先辈一样。尽管退耕还林后，基本生活有了一定保障，但要想手头有几个钱，要想让生活质量更高一些，还是得出外打工。偶尔能看到三两个老人和妇女，面容沉静，或者说麻木。当然，还有留守在家的儿童，他们清脆的笑闹声与村后树林里传出的画眉声交织在一起，让这个沉寂的小山村多少有了一些人间烟火的温暖和柔情。

走到村子最西边，一栋废弃了大半边的木屋旁，有一块小小的台地。台地上，杂草过人，草下横卧着一株树。树早枯死，没有树叶，甚至也没有枝丫，只余下光秃秃的树干，教人无法分辨它到底是一株什么树。走近细看，树身上有许多用刀刻下的痕迹。

李存刚告诉我，背夫时代，背夫们从天全县城或是始阳镇领到茶包子后，家人一般都会送到甘溪坡。在这里，家人依依惜别，看着背夫佝偻的身子，慢慢被远处的林子和山峰吞没。由于路途遥远，沿途又杀机四伏，背夫的行程常有不测。为此，背夫与家人分别前，就在路旁的这株大树上，用刀刻下一个记号，并约定返程日期。到了约定日子，家人见背夫没回来，就到树前去察看。如果发现当初刻下的记号被削去，就表明背夫已经从康定安全回来，并到天全或始阳去排班，准备下一趟行程了。如果记号还在，那多半凶多吉少——背夫还没有回来，他们要么因种种无法预料的事情耽搁在路上，要么作了异乡的孤魂野鬼……

大约就是这种日复一日、年复一年的刻画与削平，原本生机勃勃的大树终于干枯并倒下，成为茶马古道上一处令人扼腕的冷风景。当地流传的一首民歌，真实地唱出了背夫家人对远行者的期盼与担忧："阳雀叫唤口朝天，小妹望郎一天天。白天黑夜望郎归，迟迟不见郎回转。"

古道背夫铭

天全多山，县城却幸运地据有一片两山之间的坝子。所谓坝子，乃是川话里对小型平原的称谓。坝子西缘，两山越靠越近，湍急的天全河就从两山缝隙里奔流而过。这里，古称碉门，盖因两侧山峰对峙如门，是进入西藏的咽喉要道。到了清朝，政府在这里修筑关楼，管理进出商贾，故又称为禁门关。如今，不论碉门还是禁门关，都是天全县城的代名词。

距早就荡然无存的禁门关不到一公里的地方，有一家开设在一栋极为简陋的老房子里的小吃店。小吃店没有店招，因旁边是川藏公路上的一座大桥，人们便把它称为桥头堡。这是一家十多年来长盛不衰的“网红店”，店里出售的食物只有两种：鸡汤抄手和麻辣鸡块。

“出了禁门关，性命交给天”，这是几十年前天全背夫们常挂在嘴边的一句话。作为进入西藏之前的最后一站，出了禁门关，意味着从盆地进入高原，意味着道路越来越窄、越来越险，意味着不动声色的高原和林莽里充满令人窒息的杀机。只有当背夫们顺利地把茶叶背到康定，再背着康定的羊毛顺着古道一步步走下高原进入盆地，遥遥地望见对峙如门的碉门时，一种劫后余生的喜悦才会油然而生。于是，哪怕最贫困最节俭的背夫，也忍不住要到路边店里买一碗酒喝。

这种习惯，慢慢演变为后来许多自驾或是骑行入藏者的仪式：进藏前，在天全做最后的休整与补给，其间一定要到桥头堡吃一碗热气腾腾的鸡汤抄手。如是，一种壮行的感觉油然而生。出藏后，同样的鸡汤抄手又有了凯旋接风的意思。

十五年前，我和两个朋友坐在桥头堡吱吱呀呀的木楼上。楼下，几十只刚从乡下收来的土鸡不时在笼子里发出傲慢的长鸣。我们就着麻辣鸡块和鸡汤抄手，痛饮当地出产的猕猴桃酒。酒后，我开始为渐行渐远的天全背夫撰写那篇后来勒石于甘溪坡的《古道背夫铭》。

如今，雅康高速已经通车，天全就位于高速路旁；正在修筑的川藏铁路，也将在天全设站。曾经充满喧哗与骚动的甘溪坡，远离了高速公路和铁路，孤零零地掩埋在一片翠绿的林子里。只有对这段历史感兴趣的人，或许还会专程绕道而来。他们顺着陡峭的山路盘旋而上，走进村庄，观看一番，感慨一番，尔后离去。

高大的石碑下，一种古老的生存方式已然落幕。甚至，正在被遗忘。

然而，正如我在撰写碑文时认定的那样，那群面目模糊、没有留下姓名的背夫，我们有理由铭记他们，纵然他们已经随着那条古老的商道消失在历史深处……

襄阳之围：一座城市和一个王朝的最后时光

沿着大桥西端的河岸，我独自行走了大约二十分钟。这是一条南方地区常见的小河，河面既不宽广也不狭窄，河水既不清澈也不肮脏。几百米外，小河汇入大河，江面变得开阔，江水变得丰盈。小河叫清河，大河叫汉水。

几百米的路段上，我次第经过一片正在修建的工地、一所不起眼的小学、一段似乎废弃了的铁轨、一些拥挤而零乱的民居、几家半掩半开的商铺。无论如何，眼前的安宁与琐屑都无法和那场关系到一座城市和一个王朝命运的战事联系在一起。

然而，史料却不容置疑地告诉我：就是在这里，七百四十多年前一个夏天的夜晚，江水暴涨，上百只战船载着三千名敢死队员，顺流而下，直入汉水。他们，试图拯救一座被围困了数年的孤城，试图拯救一个半壁江山岌岌可危的偏安王朝……

夫襄阳者，天下之腰膂也

三年过去了，李曾伯依然对往事记忆犹新。那是他一生中最为浓墨重彩的一笔。1254 年正月初一，新年伊始，李曾伯来到襄阳城外，令人在一方平整的石壁上刻下一篇铭文。

七百多年过去了，一个炎热的夏日午后，经导航指引并询问路人，我来到摩崖石刻前。

那是岘山之麓、檀溪之滨——檀溪，就是刘备依附刘表时，遭到蔡瑁暗算，仓皇间骑着的卢跃过的那条小河。崖壁上，斧削般地平整出二十平方米左右的岩面，刻写着十一行计七十九个大字。如今，人们把它称为李曾伯纪功铭。

李曾伯要纪的功，是从蒙军手中收复襄阳并重建。纪功铭由序和铭两部分组成。序说明了勒石的原因：大宋淳祐十一年（1251）四月二十有七日，京湖制置使李曾伯奉天子命，调都统高达、幕府王登，提兵复襄、樊两城。越三年正月元日，铭于岘。

之后，是铭文正文——其铭曰：壮哉岘，脊南北。繄墉壑，几陵谷；乾能夬，剥斯复；千万年，屏吾国。

翻译成白话文，大意是：雄壮的岘山啊，你是南北之间的脊梁。坚固的襄阳城啊，你经历了多少陵谷之变。圣主英明决策，毅然将襄阳收复。千秋万载，它都像屏障一样保护大宋。

生活于南宋中晚期的李曾伯遭逢的，是一个兵连祸结的乱世。

偏安南方的南宋先后与强大而暴虐的金国及蒙古为邻，战争的硝烟经年不绝。

宋蒙联合灭金后，南宋便是蒙古的既定征服目标。四十余年间，除了因汗位更替而暂停，其余时间，蒙古几乎一直坚持不懈地兵锋南指。

南北对峙的地理特点，决定了宋蒙之间有三个主战场。最初，蒙军的主要进攻方向是西线，即四川。忽必烈即位后改变策略，由西线变为中线。因为，他看到了灭宋最关键的一步，那就是必须首先占领一座举足轻重的城市。只有占领了它，才能彻底消灭南宋。

这座城市就是襄阳。

第一个向忽必烈建议灭宋必先取襄阳的，是一个叫杜瑛的隐士。那是1259年，忽必烈率军自河南南下攻鄂州，路过相州（今河南安阳）时，特意去拜访杜瑛。

杜瑛侃侃而谈，他说，一个国家最重要的东西有三个，即法律、军队和粮食。“国无法不立，人无食不生，乱无兵不守”，而积弱的南宋，三者都极为缺乏，是即将灭亡的征兆。至于灭宋之法，他认为：“若控襄樊之师，委戈下流，以捣其背，大业可定矣。”

就在这一年，蒙哥于前线去世，忽必烈率兵北返争夺汗位，并于次年三月即位。即位之初，一个叫郭侃的汉将又上了平宋策，其见解，与杜瑛完全一样：今日之计，当先取襄阳。既克襄阳，彼扬、庐诸城，弹丸地耳，置之勿顾，而直趋临安，疾雷不及掩耳。后来蒙军的灭宋路线，几乎与郭侃的建议完全相同。

不过，斯时忽必烈汗位未稳，还来不及把灭宋提上议事日程，是以主动派出郝经与南宋议和。几年以后，后方稳定，他毫不犹豫地发动了灭宋之战。这一次，兵锋所向，正是襄阳。

襄阳真的有那么重要，重要到它的得失竟关系到一个王朝的生死存亡吗？

明朝覆灭后，遗民顾祖禹毕三十年之功，完成了一部考订古今郡县变迁与山川险要利害的巨著：《读史方舆纪要》。

书中，顾祖禹指出：如就湖广而言，战略要地是荆州；如就东南而言，战略要地是武昌；如就整个天下而言，战略要地是襄阳。他认为，“盖天下之要领，襄阳实握之”。占有襄阳，进可以图西北，退可以固东南。因而，襄阳乃是“天下之腰膂”。

顾祖禹并非夸大其词。襄阳的腰膂意义，乃是由其特殊的地理位置和山川险要决定的。

2019年夏天，我从北方漫游归川，自河南新乡南下襄阳。公路进入方城境内，原本一望无垠的华北大平原渐行渐远，窗外出现了连绵的山峰。我知道，我已来到著名的南襄隘道。

河南西南部和湖北西北部，是中国大地第二级阶梯和第三级阶梯的交界处。在这里，伏牛山、桐柏山、大洪山和武当山围合出一片方圆3.6万平方千米的盆地。盆地北端是南阳，南端是襄阳，称为南阳盆地或南襄盆地。盆地西南侧，汉水斜斜流过；盆地内部，河网密布，并基本向南流往襄阳，注入汉水。南襄盆地位于中国腹心，古时称为天下之中。

南襄盆地以北，秦岭、伏牛山、桐柏山、大别山诸山首尾相连，横亘于中国中部，是阻断南北交通的巨大屏障。幸运的是，山与山之间有一些缺口，成为古道的必经之地。方城境内，就有一个这样的缺口，缺口以西是伏牛山，以东是桐柏山。这个缺口称为方城垭口。从方城垭口进入南襄盆地，经南阳而抵襄阳，便是沟通中原和南方的捷径，称为南襄隘道。

历史上，南方的楚国北向争霸，大抵通过南襄隘道。为此，楚国在方城境内筑有连绵的长城。

尤其重要的是，襄阳往南，又是另一条古道的起点。这条古道称为荆襄驿道，从襄阳南下，经荆门抵荆州，以及更为辽远的南方。

这一点，严耕望曾说："古代中国之疆域以黄河、长江流域为主体，而中隔秦岭、伏牛、桐柏、大别诸山脉，使南北交通局限于东西中三主线。西线由关中越秦岭西段，循嘉陵江入巴蜀。东线由河淮平原逾淮水至长江下游之吴越……中线由关中东南行，由河洛西南行，皆至宛郡（南阳），再循白水流域，南下襄阳，复南循汉水至长江中游之荆楚。此南北交通之自然形态也。"

三条交通线路中，东线远在江淮，西线山高谷深，只有中线，相对来说道路平坦且位置居中，最为便利。许多时候，即便从四川到中原，人们也绕行中线。比如寄身川中的杜甫得知官军收复河南、河北后，计划返回故乡河南，一下子就联想到了作为必经之地的襄阳："即从巴峡穿巫峡，便下襄阳向洛阳。"

《诗经》中有一首缠绵悱恻的诗，作者想追求一个女子，却又深知不可能，因为，女子不是人，而是神，汉水的女神。作者感叹，就像宽阔的汉水不可能游过去一样，汉水的女神，也是不可能追求得到的："汉有游女，不可求思。汉之广矣，不可泳思。"

历史上，长江、淮河、黄河、汉水并称"江淮河汉"。究其实质，长江、黄河和淮河都是独立入海的大河（淮河主流汇入长江，是后来的事），而汉水只是长江的支流。但是，汉水的重要性不仅在于它是长江最大的支流，更在于黄河和长江都是自西向东流淌，汉水却自西北向东南而来，从而成为沟通黄河流域与长江流域的捷径。汉水及支流流经陕西、河南和湖北，迂回曲折的汉水水系乃是深藏于千山万岭之间的隐秘通道。

襄阳，便位于汉水中游的唐白河汇入处。也就是说，就水路而言，从襄阳出发，既可溯汉水直达陕西，也可顺汉水进入长江，还可逆唐白河进入中原。就陆路而言，襄阳是南襄隘道和荆襄驿道的连接点，控制了它，也就控制了南北交通大动脉。水陆枢纽的便利，为襄阳赢得了南船北马交集地的美誉。张九龄认为，“江汉间，州以十数，而襄阳为大”；顾祖禹则说“（襄阳）府跨连荆、豫，控扼南北，三国以来，尝为天下重地”。

夏日午后，襄阳极为闷热，唯有穿城而过的汉水，江流如带，不时吹来一丝微风。顶着一头烈日，我登上了襄阳城楼。

襄阳城的前身可以追溯到春秋时的楚国。那时，它是楚国北方的一个军事渡口，称为北津戍，其地在今天襄阳西南的真武山麓。汉代，朝廷在此设县。因其地处襄水之北，故名襄阳（古人把山南水北称为阳）——岁月流逝，原本可以行船的襄水后来改名襄渠、南渠，渐渐沦为一条漂满垃圾不为人知的下水道。

传统观点认为，最早的襄阳城，系东汉末年刘表修筑，其地址从汉代至今一直未变。但也有人认为，襄阳的城址有过变动，只是变动不大。我们今天看到的襄阳城楼和城墙，大体系明清所建。

我登上的是襄阳北门城楼，城门上大书：北门锁钥。站在宽阔的城墙上，几十米外便是静水深流的汉水。

历朝历代，为了牢牢地控制襄阳这个战略要地，都会对襄阳城进行修缮与加固。更加得天独厚的是，汉水自西北而来，绕着襄阳城画了一道巨大的弧线，从襄阳的北、东、南三面流过。汉水和西南的岘山诸峰一道，围出一个长约十里、宽约六里的长方形小平原，襄阳城就坐落于平原东北角的汉江之滨。古人称之为“岘山亘其西南，汉水萦其东北”。它以湍急的汉江作北部天堑，以西南群峰为自然屏障，再凿开东、南、西三面护城河，与汉水相沟通，从而形成一座固若金汤的城池。为了争夺铁打的襄阳，白起、孙坚、关羽、岳飞、李自成、张献忠等名将都曾在此鏖战——据统计，自古至今，发生在襄阳的战事多达一百七十余起。

站在临汉门城楼遥望，汉水北岸，楼宇林立，街道纵横，一派繁华景象。那里，就是襄阳下属的樊城区，它与襄州区和襄城区一起构成了襄阳主城区。当年，关羽利用滔滔洪峰，水淹曹军并攻占樊城，引得中原震动。古代，樊城与襄阳是隔水相望的两座城市——两座城市互为犄角，彼此呼应。攻襄阳则樊城应，攻樊城则襄阳应。宋元鼎革之际，一座长长的浮桥架设于汉水上，将两座城市联结在一起。一大一小两座城市，一荣俱荣，一损俱损，它们的命运也被浮桥联结在了一起。

话说天下大势

正如罗贯中在《三国演义》开篇所说的那样，天下大势，乃是“分久必合，合久必分”。从公元 10 世纪初，盛极一时的大唐王朝轰然倒塌，到 13 世纪元朝统一中国，其间的三百多年间，前是七十多年的五代更替、十国割据，后则是近三百年的南北对峙。

靖康之变后，北宋灭亡，赵构南逃，于应天府（今河南商丘）

称帝，后迁都临安（今浙江杭州），是为南宋。此后，尽管金军多次南侵，宋朝也挥师北伐，但二者的势力大体相当，谁也无法真正吃掉谁。

1206年，在距金国首都中都（今北京）和南宋首都临安都极为遥远的蒙古高原，发生了一件对中国乃至世界都将产生深远影响的大事。可惜，此时的金人与宋人，对此均一无所知，更不知道兵戈四起的大动乱年代即将来临。

这一年，蒙古各部在鄂嫩河畔举行忽里勒台大会，拥戴铁木真为大汗，称为成吉思汗，标志着蒙古政权正式建立。

此后，骁勇善战的蒙古人在成吉思汗率领下，东荡西征，所向披靡。当时，中国境内及邻近地区有几个同时存在的政权，即南方的宋，北方的金，蒙古高原的蒙古，中亚的西辽，以及宁夏、甘肃一带的西夏和云南的大理。

1218年，蒙古首先灭掉西辽，接着西征中亚及欧洲，灭花剌子模，大败斡罗思及钦察诸部。1227年，灭西夏（成吉思汗即死于征西夏途中）。随后两次西征，建立钦察汗国和伊利汗国。其间，蒙古没忘继续攻打金国。为避蒙军锋芒，金宣宗不得不把首都从中都迁到南京（今河南开封）。

其时，宋、金、蒙三国中，蒙古最强，宋次之，金再次之。依据三国鼎立的经验，三者中弱小的二者只有联合起来，才能避免被各个击破。金虽弱，但处于宋、蒙之间，正好作为宋朝的屏障与缓冲。

然而，南宋却采取了截然相反的措施：联蒙灭金。

1232年，蒙古大汗窝阔台派使臣来到临安，向南宋提议联合灭金，并许诺灭金后把河南划给南宋。

联合灭金引发了南宋朝野热议，大多数人表示支持。金与宋不仅是百年来的世仇，靖康之耻更像宋人心灵深处永不愈合的伤口。况且，金国在遭到蒙古不断蚕食后，不敢北向夺回失地，反而多次南侵，企图从南宋得到补偿。也有少数人认为，宣和年间，宋与金联手灭辽，却引得金军南下，掳走二帝，占领中原，惨痛的教训不能不防。大臣乔行简就持此议，他认为，审时度势，当下应支持金国，让金国作为抵挡蒙古的前锋。

然而，在大多数人都主战的狂热情绪下，乔行简的声音不仅微弱，而且不合时宜——激愤的太学生们提出：斩（乔）行简以谢天下。

当是时，南宋皇帝为宋理宗。宋理宗出身于皇室远支，因缘际会，非常意外地坐上了皇位。他在位长达四十年，并努力想有所作为。然而，这位梦想中兴的君主，不但没能实现帝国中兴，反而将它带入了不可挽回的深渊。

1234年，蒙宋联军伐金，金国最后的都城蔡州失陷，金哀宗自杀，金亡。宋朝大将孟珙带着金哀宗的部分尸骨回到临安，理宗将其献祭于太庙，以此告慰列祖列宗。百年国耻得以洗刷，南宋上下一片欢腾。

宋蒙联军灭金后，蒙古并未将河南划给南宋，而是只交付了陈、蔡数州。对此，南宋被迫接受。不久，蒙军主力北撤。要不要趁此机会进军河南，恢复失去已久的中原呢？宋朝上下面临又一次重大选择。

乔行简、真德秀等人均认为，已被战乱破坏的中原无法提供粮草，加上宋军骑兵少，机动性差，即便占据了河南也无法守卫，而且还会给蒙古以南侵的借口，不能轻举妄动。

但是，渴望中兴的宋理宗乾纲独断，令赵葵和全子才率军北上。端平元年（1234）七月，全子才抵达汴京。这座昔年的北宋都城，曾是一座人口超百万的繁华大都市，然而多年战乱摧残后，人口仅余数千，废墟满目，白骨盈野。

几天后，宋军西进洛阳。岳飞等人梦想了半生的恢复中原的理想，竟然神奇而又轻松地实现了。这一事件，史称“端平入洛”。

然而，正如乔行简和真德秀等人指出的那样，久经战乱的河南，不论开封还是洛阳，都是民不聊生的荒州废郡，根本无法提供大军所需口粮。更要命的是，蒙军虽撤到黄河以北，却未远走。当宋军进入洛阳后，元军立即渡过黄河，将洛阳和汴京的宋军切断。缺少粮食的宋军饿着肚皮应战，终于被蒙军各个击破。

八月初，宋军将士伤亡过半，大批辎重被弃，剩余将士不得不狼狈撤回宋境。端平入洛就这样昙花一现地空欢喜一场。宋理宗不得不下罪己诏。蒙古使者赶到临安，指责宋朝廷背信弃义。短暂的“蜜月”终结了，长达四十余年的宋蒙战争正式拉开序幕。

事实上，即便宋军遵守与蒙古的约定，没有进据河南，蒙古同样会南侵。

早在1222年，一支蒙军攻打金国凤翔，久攻不下，便翻山越岭，突袭了金宋边境的凤州。这是蒙古侵略南宋之始。1227年，成吉思汗去世前，留下遗嘱令他的继承者“假道宋境灭金”。

1234年，端平入洛失败后，宋蒙之间的边境大致就是从前宋金分界线，即西起大散关，向东沿秦岭—淮河一线，直到东海。如同前面所说，严耕望认为中国自古以来南北交通有三条线，宋蒙之间的战场也有三个，即四川、荆湖和两淮。

大约缘于端平之前的几次侵宋，蒙军多以自西北进攻四川为主，忽必烈之前的窝阔台汗到蒙哥汗，其用兵的主战场也选择四川。占据四川后顺江而下消灭南方政权早有先例，比如秦灭楚，比如晋吞吴，无不从四川入手。

但是，当包括省会成都在内的四川大多数地区都被蒙军攻占，宋将余玠却利用四川的地形特点，在长江流域靠近江河的险要山地，修筑了数十座城堡，创造出一套山城防御体系。这些城堡“棋布星分，为诸郡治所，屯兵积粮，为必守计”，它们各自独立，通过江河或官道联系及互助，从而顽强抵抗蒙军达数十年之久。

四川这些据点久攻不下，令蒙军十分头痛，于是采取了另一策略：斡腹计。

也就是正面牵制，侧面迂回包抄。这是蒙军非常擅长的作战手法，一说从蒙古人围猎中得到启示，一说唐朝名将郭子仪的后人、金国降将郭宝玉筹划。

蒙军打算通过吐蕃（今西藏）攻占大理（今云南）以及安南（今越南），再由南向北迂回到今天的贵州、四川以及广西和湖南。1253年，蒙古灭大理。1255年，蒙军由云南北上四川，与川北蒙军夹击四川，却以失败告终。1258年，蒙军又由云南攻入广西。次年，进一步深入潭州（今湖南长沙）。但是，斡腹计依然未能奏效。就在这时，蒙哥汗死于四川，蒙古王公们为争汗位，纷纷撤军。

1260年春天，蒙哥的弟弟忽必烈即汗位。忽必烈登基后，决定调整灭宋之策。他和他的谋士们都注意到了一座举足轻重的城市。此前，这座城市并未受到蒙古的特别关注。

那就是襄阳。

六载围城

宋蒙长达四十多年的生死博弈中，南宋比蒙古率先一步认识到襄阳的重要性。1236 年，蒙军攻打襄阳，驻防襄阳的一支刚投降宋朝的原金国军队哗变，蒙军轻易就占领了这座“城高池深，甲于西陲”的重镇。

大肆抢劫一番后，蒙军主力北撤，只留少量军队镇守。可怜原有十万居民的繁华城池，经此一劫，大半沦为废墟。1239 年，孟珙趁蒙军攻打四川和两淮，将襄阳夺回。

作为南宋晚期名将，孟珙向宋理宗建议抽调重兵驻守襄阳，他说：“襄、樊为朝廷根本，今百战而得之，当加经理，如护元气，非甲兵十万，不足分守。”但由于四川及两淮吃紧，宋理宗无暇顾及。孟珙死后，襄阳再度为蒙军所占。

1251 年，李曾伯就任京湖安抚制置使，相当于中部战区最高军政长官，他派兵收复了襄阳及对岸的樊城。李曾伯是继孟珙之后，又一个清醒认识到襄阳对南宋具有重要意义的关键人物。他向朝廷提出六点建议经营襄阳，朝廷全部同意。

其中，最重要的一条是派出近三万将士，耗时数月，修补或重筑了襄阳及樊城城墙。竣工后，襄阳城墙周长九里，樊城城墙周长四里半。三年后，当李曾伯被调往四川时，襄阳已有六千以上居民。这座多次遭受兵火毁坏的城市，又像春风吹又生的野草，慢慢恢复了生机。

然而，更为残酷、更为漫长的战火却在后面等着它。

襄阳城东的汉水对岸，是一线连绵的山峰，那就是著名的鹿门山。鹿门山上，林木遮天，野花摇曳，一派清幽景象。诸葛亮的好友庞德公以及唐代诗人孟浩然和皮日休都曾在此隐居，李白、王维、孟浩然等人都为它写下过不少诗篇。

宋蒙战争之际，秀丽的鹿门山变成了刁斗相闻的军营和杀声震天的战场。只是，荏苒的时光像一块抹布，早已抹去了战争的残留——鹿门山上，我看到了鹿门寺、八角井、暴雨池等诸多景点，唯独没看到与襄阳之围有关的遗迹。

襄阳之围，蒙军指挥官是刘整和阿术。

刘整这个人，如今并不知名，却是蒙古灭宋，尤其是蒙古破襄阳的关键人物。刘整本是金国将领，后投奔南宋，其人足智多谋，英勇善战。他曾是赵方的部下，赵方临终前对儿子赵葵说："刘整才气横溢，汝辈不能用，宜杀之，勿留为异日患。"

由于屡立战功，刘整遭到多位上司和同僚的忌妒甚至暗算，气愤难当之下，他向蒙古投降。——事实上，宋蒙战争开始之际，双方兵力大体相当，但南宋之所以一败再败，终至灭国，一个重要原因就是官员互相拆台，或见死不救，或落井下石。一句话：内战内行，外战外行。

1267 年，刘整朝见忽必烈，他向忽必烈提出，灭宋"宜先从事襄阳"。他认为："攻蜀不若攻襄，无襄则无淮，无淮则江南唾手下也。"此外，他还建议加强水军建设。忽必烈都深以为然。后来，忽必烈任命他为都元帅，与阿术共同领军攻襄，他本人也成为蒙古水师的缔造者。

蒙军深知襄阳易守难攻，便采取了围城打援的策略，不求一时攻破，而是寄希望于长久围困，再慢慢拿下孤城。这也是忽必烈亲自制定的八字方针：久围缓攻，待其自降。

包围襄阳的同时，蒙军派出分队进攻周边的德安府（今湖北安陆）和复州（今湖北天门）等地，扫清了襄阳外围。其后，又在襄阳周边的鹿门山、白河口、万山、虎头山、鱼梁洲等地，修筑了不少城堡。到1269年，襄阳和对岸的樊城已陷入蒙军的重重包围之中。

成为孤城之前，城里城外的宋军主动发起过多次进攻，希望能够保证两座城池与外界的联系。不幸的是，几乎都以失败告终。

1270年春，汉水汛期，蒙军修筑于江畔的城堡大多被江水淹没。趁此良机，宋军增援部队得以将大批急需物资送进襄阳。次年夏天，又一次汛期时，宋军故技重施。然而，当范文虎率十万水师溯流而上，进至鹿门山下江面时，原本擅长陆战的蒙军在刘整的训练下，已调教出一支强大的水师。两军相接，宋军竟大败而还。从那以后，宋朝丧失了救援襄阳的能力，襄阳的丢失已是早晚之事。

当时，宋朝方面负责中部战区的最高长官是李庭芝，固守襄阳的是吕文焕，而范文虎则是只听命于奸相贾似道的高级将领。范文虎以及夏贵、高世杰等人，为了保存实力，“莫能并力，坐视而已”。尤其是范文虎，根本不听李庭芝号令。

今天的团山是襄阳樊城区下辖的一个镇，我寻访过的清河就从团山流过。它也是当年关羽大战曹军的主战场。回到宋蒙之际，如今楼宇林立、街市喧闹的团山，那时还是杳无人迹的荒山野岭，而清河，那时叫清泥河。

1272年，襄阳已被围四年多，各种物资中，除了粮食还有存储，食盐和布匹极为缺乏。为了援助襄阳，李庭芝招募了一支三千人的敢死队，领头的两人叫张贵、张顺。敢死队在清泥河上游打造了一百条轻型战船，每船能载三十名士兵和一袋盐、两百匹布。

五月，江水暴涨，李庭芝令二张行动。临行前，二张向敢死队员训话：此次进军，有死无生。你们要是有谁不是心甘情愿跟随我的，请马上离开，不要坏了大事。敢死队员听罢，“人人感奋”。

这支船队乘着潮水，顺流而下，很快抵达团山附近。两天后的夜里，敢死队以红灯为号，由张贵当先，张顺殿后，从清泥河驶入汉水，再溯流而上，向元军冲杀（蒙古已于上年建国号大元，蒙军相应称为元军）。奋战一夜后，黎明时分，敢死队冲到了襄阳城下，并带着大批物资入城。

清点敢死队员时，人们发现在队伍后面掩护的张顺不见了。几天后，有一具尸体溯流而上，穿着甲胄，捏着弓箭，身上中了四枪六箭。视其面容，怒气勃勃，正是阵亡的张顺。——有一种说法是，这个张顺，就是《水浒传》里“浪里白条”张顺的原型。

张贵进城后，协助吕文焕守城。1272 年九月，他派了两个水性极好的士兵，用蜡丸把文件密封后藏在头发里，潜入汉江。遇到元军在江中布列的障碍物，就用锯子锯断，最终将文件顺利送到郢州（今湖北钟祥）。驻守郢州的系宋将范文虎，张贵在文件中与范文虎约定，双方按期出兵，夹击元军。

那两个水性极好的士兵，不仅把文件送到了范文虎手上，还再经汉水潜回城中向张贵复命。

到了约定日期，张贵率部冲破元军水师封锁，进抵汉水中的龙尾洲。然而，范文虎爽约了。孤军深入的张贵寡不敌众，部属几乎全部战死。张贵身中数十枪，力尽被俘，为元军所杀。

元军杀死张贵后，令四名士兵抬着他的尸体来到襄阳城下，向城上高喊：“你们认得张贵吗？看吧，这就是他！”守城将士无不悲愤痛哭。吕文焕命人将四名士兵斩首，厚葬张贵，并立庙祭祀二张。

吕文焕和张贵企图打通襄阳与郢州水上通道的计划就这样流产了，而宋朝上下，业已对救援襄阳丧失了信心。

岁末，张弘范向阿术建议：夺取并烧毁连接襄阳与樊城的浮桥，再各个击破。——张弘范就是后来擒获文天祥，并在崖山海战中逼得陆秀夫背负幼帝跳海自尽的元军名将。

襄阳和樊城互为犄角，唇齿相依。当浮桥被烧毁，汉水被元军控制后，城小兵弱的樊城首先遭遇灭顶之灾：元军调来回回炮向樊城猛烈轰击。

樊城被破后，统制牛富率数百残兵巷战，最终身负重伤，跳入火中自焚而死。牛富本是吕文焕手下，此前协助吕文焕守襄阳，后来调守樊城。守樊期间，他生怕吕文焕失去信心，多次写信后用箭将信射进襄阳，"相与固守为唇齿"。牛富手下将领王福见牛富自尽，长叹说，"将军死国事，吾岂宜独生"，也跟着跳进火里。

元军占领樊城后，实行了野蛮而血腥的屠城，大批民众哭着喊着死于元军刀枪之下或是被赶进烈火之中。隔着汉水，吕文焕等人能清楚地看到北岸的樊城火光烛天，能清晰地听到民众绝望而惨烈的哀号，无计可施的吕文焕和众将士只能跟着一齐痛哭。汉水两岸的哭声，仿佛是在为一个即将陨落的王朝送终。

樊城落入元军之手后，襄阳更加风雨飘摇。其时，这座已坚守近六年的孤城，外无救援，内虽有粮食，但"衣装、薪刍断绝不至"，守军只好"撤屋为薪，缉麻为衣"。作为襄阳最高军政长官，吕文焕每次巡城时，无不南望恸哭。然而，南边，再也不会有任何一支援军出现了。早春时节，江风吹雨，寒鸦悲鸣，昏黄的夕光淡扫在伤痕累累的角楼上。孤城紧闭，伤兵在低声呻吟，老弱在压抑抽泣，天地间是一片改朝换代的恐惧和凄凉……

对吕文焕几番劝降未果后，1273 年二月，元军加紧对襄阳进攻。回回炮再次显示了它在冷兵器时代的可怕威力："一炮中其谯楼，声如震雷，城中汹汹，诸将多逾城降者。"

所谓回回炮，又称西域炮、巨石炮，是一种以机抛石的武器，能发射数百斤重的巨石。元军所用回回炮，系忽必烈召回回人阿老瓦丁和亦思马因督造而成。襄阳之围，回回炮一战成名，从此得名襄阳炮。

元军再一次对吕文焕劝降，并向他保证绝不屠城，同时还保证他本人的荣华富贵。山穷水尽之际，樊城的末日景象动摇了吕文焕宁为玉碎的决心，他终于艰难地决定：投降。

吕文焕部将范天顺宁死不降。吕文焕出降时，他大呼：生为宋臣，死当为宋鬼。之后，自缢殉城。有意思的是，范天顺乃范文虎的侄儿，叔侄二人的选择，可谓判若云泥。

襄阳既失，南宋半壁江山大势已去。对此，宋度宗在诏书中哀叹：襄阳六年之守，一旦而失，军民离散，痛切朕心。次年，年仅三十五岁的宋度宗在忧惧中去世，把一个烂摊子甩给了身后的孤儿寡母。

宋度宗死后，尸体还没来得及下葬，元军已经发动了对南宋的总攻。

襄阳丢失后，南宋原计划退守到长江一线，凭借天险划江而治。然而，襄阳的陷落，意味着天险不再。20 万元军集结襄阳，以伯颜为统帅，兵分三路：西路出老雅山（今湖北南漳境内），东路出枣阳，中路由伯颜亲领，从襄阳水陆并进，直取郢州、复州，进而占取战略要地鄂州（今湖北武昌）。至此，长江已为元、宋所共有。

占领鄂州后，伯颜留下小部队扫荡荆湖，自率主力顺江而下。长江沿岸的军事重镇黄州（今湖北黄冈）、蕲州（今湖北蕲春）、江州（今江西九江）、安庆、池州等地守将，要么一触即溃，要么举城投降。

长江防线失守，宋室朝野震动。为此，南宋集结水陆兵力，屯驻于今天的芜湖和铜陵一带。然而，尽管宋朝几乎倾全国之力，但丁家洲一战，宋军再次大败，水陆主力几乎全部丧失。丁家洲之战后，元军兵不血刃，占领临安门户建康（今江苏南京），随即分兵四出，攻占或招降周边郡县，并对临安形成包抄之势。

1276 年正月十八，元军三路大军会师于临安郊外皋亭山，南宋王朝已经走到了它的最后关头。百般委屈求和仍被严词峻拒之后，六岁的小皇帝赵㬎在祖母和母亲的主持下举国投降。

对于吕文焕降元，有道德洁癖的人常把他骂作汉奸。但宋元巨变的亲身经历者、南宋遗民诗人谢枋得说了几句公道话：文焕守襄六年，古无有也，势穷援绝，遂失臣节。议者遽加以叛逆之名，今沿江诸郡，有能守六日者乎？

三月，又逢江南杂花生树、群莺乱飞的美好季节，小皇帝及其主要亲属在元军押解下远赴大都（今北京）。靖康年间的历史悲剧，又一次凄凉重现。正是：更能消几番风雨，最可怜一片江山……

著名诗人孟浩然是土生土长的襄阳人，他半生的光阴，都在襄阳度过。鹿门山、岘山以及汉水中的鱼梁洲，都是他诗酒点染的旧游之地。而在孟浩然身后五百年的蒙元之际，美丽的山水都陷于兵火。

山雨欲来的夏日午后，我登上了孟浩然无数次登临的岘山。远眺汉水，澄江似练；江风劲吹，万木含愁。此时此刻，我不禁想起了孟浩然在这里写下的不朽诗篇：

人事有代谢，往来成古今。
江山留胜迹，我辈复登临。
水落鱼梁浅，天寒梦泽深。
羊公碑尚在，读罢泪沾襟。

南浔：从丝出发

公路两旁是连绵不断的香樟，如同两道郁郁葱葱的绿墙。如果仔细一些，透过香樟茂密的枝叶仍然能看到，在公路右边几十米的地方，有一条静水深流的河。数十米宽的水面上，偶尔有吐出黑烟的轮船拖着一串吃水很深的木船缓缓前行。河对岸，是稻田和桑园，以及散布其间的村落、乡镇。

触景生情，我联想起发生在这条河上的两桩年代久远的往事——

往事之一：1894年，也就是中日甲午战争那一年，一个十八岁的青年坐着一条那个年头最常见的木船去上海。途中，船家操作失误，木船倾斜下沉，乘客纷纷落水。青年爬到船顶大呼：谁能救出一个人，我就赏他100两银子。

重赏之下必有勇夫，附近的人闻讯赶

来，所有落水者都被救起。事后，青年果然兑现了诺言，一下子就发出去几千两银子——粗略计算，清朝末年一两银子的购买力，略相当于现在一百五十元人民币。几千两银子，就是几十万巨款。人们之所以相信这个青年，是因为很多人都认识他。他叫张静江。

往事之二：青年落水二十多年后的1923年，这条河的又一轮大修拉开了序幕。五年后工程竣工时，一共耗费银圆二十八万——那时，一个普通工薪阶层的月薪只有几块银圆。社会集资之外的三万缺口，全由一个叫庞莱臣的商人个人捐助。

这条河叫荻塘。

张静江和庞莱臣都来自荻塘横穿的一座古镇：

南浔。

世界蚕桑发源地

去往南浔之前，我寻访了湖州郊外的潞村。村外平旷的原野上，竖着一块碑，上书：钱山漾遗址。

江南地区习惯把湖泊称为荡、浜、漾。在水网密布、河汊交织的江南，小小的钱山漾是一个毫不起眼的小角色——如果不是20世纪的考古发现的话。

透过玻璃，我看到展示柜里，静静地呈放着三只小盘子。盘子里的东西黑黑的，其中两个像一团乱麻，另一个像被风吹皱了的树皮。假如不是事先看过资料，我绝对不会想到这看上去其貌不扬，甚至有点脏兮兮的东西，竟然是丝线、丝带和丝绸。根据我们的日常经验，丝线总是和洁白联系在一起，丝绸总是和绚丽联系在一起。它们到底遭遇了什么，才变得如此粗糙不堪？

它们遭遇了岁月的腐蚀与消磨。根据C14测年法测定，它们来自公元前2700年左右——这意味着，当它们从沉睡的地下重见天日进入现代人视野时，四千七百多个年头已经弹指而逝。对其中一块绸片的研究发现，它的原料为家蚕丝，至少由二十多个蚕茧缫制而成。当它们被抽丝剥茧，在纺机上织成丝绸时，中国还处于人文初祖黄帝的时代，人类还在使用石器、骨器和木器；当它们一觉醒来，人类已经进入了飞天登月的后工业时代。

作为迄今为止全球发现的最古老的丝织品，这些丝线和绸片说明，栽桑养蚕起源于包括钱山漾——也包括距钱山漾近在咫尺的南浔——在内的杭嘉湖平原。像是为了给这一结论提供更为充分的论据，四千七百年后的钱山漾一带依旧桑树成林。整个湖州乃至杭嘉湖平原，到处都是纵横交错的河流和湖泊，而河流和湖泊切割的原野上，总有或大或小的桑园固执地点缀其间。

荻塘自西向东，由湖州市区流向南浔。从钱山漾附近开始，河流与318国道相偎而行。一个小时的车程后，我从钱山漾来到了南浔镇一个叫丝行埭的地方。埭，就是坝的意思。顾名思义，丝行埭，因有众多丝行设立于河坝附近而得名。不过，现在丝行埭已经没有一家丝行，唯一与这个地名相关的，是一家以“丝行埭”命名的小饭馆。

丝行埭街前是一条不起眼的小河，小河向北流淌，于镇中汇入荻塘；荻塘东流，与京杭大运河汇合，尔后流入黄浦江——也就是说，穿行于南浔镇中的小河，它把南浔与上海乃至海外紧密地联系在了一起。一个世纪之前，就在我停车伫立的小街两侧，曾是一家接一家的丝行，商贾云集，生意兴隆；河上舟船如蚁，来来往往，把洁白的生丝从南浔运往上海，再通过上海，转往世界各地。

江南多古镇，南浔即其一。追根溯源，南浔原本是太湖南岸的一座小村庄，初名浔溪村，后改名南林村。七百多年前的南宋淳祐年间建镇时，人们从南林和浔溪中各取一字，得名南浔。其时，南浔已是一个史书誉为“甲于浙右”的富庶之地。到了明朝时期，更是跃升为“烟火万家……舟航辐辏。虽吴兴之东部，实江浙之雄镇”。

造就江南雄镇的，就是栽桑养蚕。或者更为形象地说，南浔这座江浙雄镇，乃是从小小的蚕儿嘴里吐出来的。

按中国古籍记载，最早发明栽桑养蚕的人叫嫘祖，即黄帝的元妃。如《路史》称：“黄帝元妃西陵氏，曰嫘祖。以其始蚕，故又祀先蚕。”

事实上，我们今天只能模糊地知道，栽桑养蚕起源于中国，但很可能并不是哪一个人灵光一闪的发明，而是经历了多代人的不断试探、改进和发展。历朝历代，以农为本，栽桑养蚕都是极为重要的大事。在宋朝以后的礼治秩序中，形成并一直沿袭着“皇帝亲耕，后妃主蚕”的体制。

宜于农耕的杭嘉湖平原，对蚕桑的重视无以复加：春秋时，吴越争霸，战败后的越王励精图治，其中一个重大举措就是“示民以耕桑”。越王勾践和王妃率先垂范，“身自耕作，夫人自织”，越国以其特产的大量优质丝绸结好诸侯，以达到绝地图存的目的。人所共知的美女西施，就曾“采桑育蚕，浣纱织锦，浴帛于溪”。三国时，吴主孙权为了保护农桑，特别下命令说，凡是农桑繁忙时，政府官员一律不得“役事扰民”，否则“举正以闻”。到了南北朝，杭嘉湖平原的农民在地边塘角种植桑树已蔚然成风，所产桑苗，因产叶量高而远销长江以北地区。也是从这一时期开始，湖州一带的农民掌握了选择蚕房、调控养蚕的温度与湿度、给桑、制造蚕座和蚕蔟等技术，并知道蚕种的优劣对蚕的生长状况及成茧水平有着重要影响，从而摸索出了用盐水为蚕种消毒的新方法。

当此之时，欧洲正值查士丁尼的东罗马帝国时期。由于中国政府只许丝绸出口而严禁蚕种输出，欧洲人一度以为丝绸是从树上长出来的。那时，商人们经由波斯，将丝绸万里迢迢地运到东罗马帝国和西欧，这些费尽周折才到达目的地的丝绸，价格远超黄金，是当时欧洲最惹人垂涎的奢侈品。王室成员结婚，贵族们要是送上一方丝绸手绢，就是令人咋舌的厚礼。

此后，查士丁尼派两位印度籍僧侣前往中国，在江南一带向农民虚心学习养蚕和缫丝，并在掌握技术后，将一些蚕种藏在竹制的手杖中带回欧洲。从此，欧洲人也开始栽桑养蚕。这大约是公元552年的事。其时，距钱山漾的先民熟练地制作丝绸，已经过去了整整三千多年。

南宋时，由于政府迁都临安（今浙江杭州），江南地区得到了前所未有的重视和开发，而杭嘉湖平原的蚕桑，也迈上了一个前所未有的新台阶。就是在这时候，蚕桑从农业中分离出来，成为相对独立的分支——一部分农民完全以养蚕缫丝为生，不再从事耕种。南宋的一本《农书》中，作者为蚕桑专业户算了一笔账："（湖州安吉人）唯藉蚕办生事，十口之家养蚕十箔，每箔得茧一二十斤，每斤取丝一两三分，每五两丝织小绢一匹，每一匹绢易米一硕四斗，绢与米价常相侔也。以此岁计衣食之给，极有准的也。"同时期的另一部志书则称："（吴兴）山乡以蚕桑为岁计，富室有蚕至数百箔，兼工机织。"从这些记载不难看出，栽桑养蚕和缫丝织绢，已成为相当一部分农户的生存方式；并且，与种粮的粮农相比，蚕农收入更高，生活更有保障。

辑里丝的奇迹

辑里村是南浔下辖的一座行政村。如同经济发达的浙江许多地方一样，村镇左近，遍布规模不等的厂房。不过，稍有不同的是，辑里村外的原野上，纵横密布的水网间，还分布着一些翠绿的桑林。可以说，南浔及周边地区曾经的富庶与荣光，都与这座寻常小村密不可分。

修建于1926年的南浔商会会馆是一座古色古香的中西合璧式建筑，如今被辟为镇史馆。馆里，陈列着1915年巴拿马博览会上辑里丝获金奖证书和用辑里丝仿制的康熙、乾隆二帝的龙袍。

它们所承载的，正是辑里村这座古老村落的旧日辉煌。

辑里村原名七里村，因距横街、马腰、南浔均为七里而得名。明朝时，辑里村迎来了它的花样年华：当地人多次改进缫丝方法，并对育蚕、植桑等环节进行技术革新，如培育了著名的莲心种——该蚕种因其所产蚕茧小如莲实而得名，这种蚕茧缫出的丝韧性好，光洁度高。

南浔有一条小河，名叫雪荡河。雪荡河在穿珠湾附近分流到辑里村时，曲曲折折的河道有如天然的澄清过程，河水清澈如镜。清道光二十年（1840）编撰的《南浔镇志》说："雪荡、穿珠湾，俱在镇南近辑里村，水甚清，取以缫丝，光泽可爱。"

在南浔史馆，我看到了一个将辑里丝和其他丝做对比的有趣场景：一个木制支架两端，系着一根细如头发的蚕丝，蚕丝中间，穿有一串铜钱。旁边的解说文字是：辑里丝可比其他地区丝多挂两枚铜钱。一根蚕丝就可多挂两枚铜钱，那由千万根丝织成的绸缎，其韧性的出类拔萃，也就不言而喻了。

在南浔史馆，我还看到了一件被称为镇馆之宝的东西，那是清末民初产自南浔的一束辑里丝。一百多年的光阴过去了，可看上去它就像刚从缫丝作坊里拿出来一样，光滑、洁白，在淡淡的灯光下散发出一种优雅的微光。

辑里丝脱颖而出后，不仅辑里村所产，包括杭嘉湖平原各地所产，纷纷以辑里丝冠名，称为辑里丝或辑里湖丝，成为风靡一时的上品。反过来，辑里丝的驰名又刺激了南浔和整个杭嘉湖平原的栽桑养蚕事业。

明清时，南浔一带“家家门外桑阴绕，不患叶稀患地少”；“蚕事吾湖独盛，一郡之中，尤以南浔为甲”。栽桑养蚕跃升为南浔农家最主要的产业，养蚕也为农家带来了丰厚的回报。《吴兴掌故集》对此写道：“蚕桑之利，莫盛于湖。大约良地一亩，可得叶八十个（每二十斤为一个）。计其一岁垦锄壅培之费，大约不过二两，而其利倍之。”

正因为养蚕收益可观，大多数农民都弃粮种桑，“人民除无家室及营他业在城镇者外，余皆逐户养蚕。在蚕业全盛时代，每年收入蚕事多于田作。……实以蚕桑之盛而定荣枯，田作与农民之关系，反远不如蚕桑之重大”。

明末清初学者张履祥是桐乡人，其乡与南浔相距只有几十里。他一个姓邬的朋友去世后，留下妻儿老小和十亩薄地，张履祥专门为这家人筹划了接下来的生计。按他分析，如果十亩地都自种粮食，只够糊口；如果租与别人，仅能支付赋税。因而不如种桑三亩，桑下冬天种菜，桑园四周种大豆和芋头，桑园还可养羊。如此，“一家衣食已不苦乏”。

辑里所在的南浔镇，明朝初年还居民甚稀，到明末已是“市廛云屯栉比，周遭四讫自东栅至西栅，三里而遥”。推动水乡古镇发展得如此迅猛的原动力，就是声名远播的辑里丝。

明朝末年，南浔出了温体仁等三个位极人臣的大学士，他们都向当朝权贵极力推荐家乡特产辑里丝。于是，辑里丝进入宫廷，被指定为龙袍用料。到清朝雍正年间，皇室所用的龙袍、凤衣，明文规定采用辑里丝织造。当时，处于工业革命中的欧洲，纺织业大盛，对中国的蚕丝——尤其是优质的辑里丝——需求十分旺盛，但闭关锁国的清朝对蚕丝的出口有着严格控制。为了巨额利润，一些商人不惜冒险走私——从湖州驶往外海的走私船，货仓上面堆放着咸菜之类的土产品，下面却是洁白如雪的辑里丝。五口通商后，外商在上海设立丝栈收购生丝，在19世纪中叶的二十来年间，上海的出口商品百分之九十是蚕丝，而蚕丝的百分之九十是辑里丝。

19世纪60年代，华洋杂处的上海是全中国最西化的城市，一家叫《上海新报》的媒体，忠实地记录了那个时代的新鲜事物。那时，报纸上每天都有辑里丝的报价。辑里丝的价格如同今天的股票一样随着市场行情不断变化，而那些靠辑里丝吃饭的大大小小的商人，每天早晨的第一件事就是迫不及待地花两个铜板买一份报纸，为辑里丝的价格波动或喜或忧。

难以相信的是，万里之外的英国伦敦，居然也有一个辑里丝交易所。可以说，19世纪中后期的几十年里，辑里丝就是一根牵动全世界神经的神奇丝线。在1915年的巴拿马国际博览会上，来自南浔的辑里丝获得金奖。南浔史馆里，有当年参展的实景还原：一束束光洁可鉴的生丝被绾成麻花状，盛放在用黄绸包装的盒子里，与其说它们是生产资料，不如说更像美丽可观的艺术品。

辑里丝走红世界，给它的经营者们带来了可观的经济效益——在农村，几乎家家户户都栽桑养蚕，虽然大多数百姓不至于一夜暴富，但在“无不桑之地，无不蚕之家”的盛况下，那里的农民更容易解决温饱。至于那些开设茧行、缫丝厂或绸厂的老板，一个个都赚得盆满钵满。民国时刘大均的《吴兴农村经济》中指称：“湖州一带，蚕丝贸易既为南浔人士所专营，……于是各地财富，几乎集中于南浔。”

难能可贵的是，南浔丝商们从丝出发，用通过生丝赚得的每一桶金，继续拓展，把触角伸进了更多的领域：盐业、地产、典当、银行、煤矿、电厂、铁路、汽车、军火、保险……

南浔人回首当年丝事，常常会津津乐道于“四象八牛七十二狗”。所谓象、牛、狗，乃是同治、光绪年间，民间以南浔商人资产的多少形象地排位。刘大均《吴兴农村经济》中说：“南浔以丝商起家者，其家财之大小，一随资本之多寡及经手人关系之亲疏以为断。所谓‘四象、八牛、七十二狗’者，皆资本雄厚，或自为丝通事，或有近亲为丝通事者也。财产达百万以上者称之曰‘象’，五十万以上不过百万者称之曰‘牛’，其在二十万以上不过五十万者则譬之曰‘狗’。”这些巨富中，号称江南首富的刘家，其资产高达两千多万两银子，相当于今天三十亿以上。

仓廪实而知诗书

古木参天的园子里，有一方小小的池塘，塘中是高高低低的荷叶。池畔，有一栋一楼一底的砖木结构楼房。要从外面进入园子，必经之路是架设于小河上的一座窄窄的小桥。1949年，当解放军南下浙江时，周恩来曾特意要求陈毅对这座园子予以特别保护。

园子名叫嘉业堂，它与宁波天一阁一道，并称为浙江两大藏书楼。

古人说，仓廪实而知礼节。对南浔商人来说，则是仓廪实而知诗书，商业兴而重文教。

嘉业堂藏书楼的修建者叫刘承干，是“四象”之首刘镛的孙子。1921年，藏书楼破土动工，5年过去了，在耗费80多万银圆后，藏书楼竣工。刘承干经常往来于上海、南京和南浔之间，每到一地，必留心购买各类书籍。有些没法买到的书，他就不惜成本，组织人员抄写。如为了抄写《清实录》和《清史列传》，前后耗费数年，花去银圆两万多。极盛时，嘉业堂藏书约13000种，计60余万卷。其中，地方志就有1200余种33380卷，称为海内秘籍的孤本62种。另有一些极其稀有的珍本，如《永乐大典》残本，文渊阁、文津阁《四库全书》残本和《四库全书》的翰林院底本。著名学者郑振铎在鉴定了嘉业堂所藏的2000部明代刊本后感叹说：“甚感满意！佳本缤纷，如在山阴道上，应接不暇，大可取也。”

更能看出刘承干眼光与胸襟的是，刘承干不仅藏书，还印书。他先后印书200多部，约3000卷。他曾说藏书艰难，天灾人祸，有时不可避免，我把善本孤本赶快刻印出来，一本变成一百本一千本，流传到社会上，再遇到天灾人祸，这些书就不会失传了。书印出来后，大量免费赠送。

此外，他还一改藏书楼秘而不宣、不对外开放的传统，欢迎各界人士到藏书楼查阅。诸如北大校长蔡元培、北京图书馆馆长袁同礼、江苏省立国学图书馆馆长柳诒徵等名流都曾前来看书、抄书。甚至，一些外地学者来看书、抄书时，哪怕一住数月，藏书楼也免费提供食宿。

南浔富商的藏书历史，可以由清末民初追溯到清代中叶，到了20世纪初，终于形成包括嘉业堂在内的三大藏书楼。

张石铭是南浔“四象”之一张颂贤的长孙。张石铭之父早年去世，后来，张石铭与叔父一起，继承了祖父留下的庞大产业。张石铭早年读书进学，中过举人。他原名张钧衡，因爱好金石，故取字“石铭”。张石铭建成了适园藏书楼后，延请著名学者缪荃荪做校勘。适园除收藏有各代精品图书60余万卷外，还收藏有苏东坡和赵孟頫等人的大量真迹。

适园的藏书，后来一部分被台湾图书馆善本库珍藏。时任该馆研究员的苏精撰文说：“张石铭祖孙三代的这些图书，四十年来一直是台湾图书馆所获的最大宗而且最完整的故家旧藏，目前该馆约14万册善本书籍中，适园三代的印记最多。”

2006年，西泠印社的金石篆刻艺术被列入国家级非遗名录。追根溯源，有着天下第一名社之称的西泠印社成立于1904年，由吴昌硕任社长。吴昌硕与张石铭既是湖州老乡，又是多年至交。张石铭不仅是西泠印社的发起人之一，还是其早期的主要赞助者。至今西泠印社还留有他当年所书写的对联。

与张石铭相仿佛，传书堂主人蒋汝藻也中过举人。蒋氏是藏书世家，蒋汝藻的祖父就藏书数万卷。蒋汝藻时，更是以其巨大的财力和独到的眼光，遍搜古籍，终至汗牛充栋。蒋氏藏书中，有宋本 83 种，元本 102 种，明本近千种。其中，单是 6 卷的宋代孤本《草窗韵语》就花费 1500 银圆——相当于当时 200 多名工人的月薪。蒋汝藻取《草窗韵语》作者周密的“密”字与书名中的“韵”字，重新命名了藏书楼：密韵楼。

崇文重教的结果是各类人才的诞生。自宋至清，南浔以一个数万人的弹丸之地，先后中进士 41 人，举人、秀才不可胜数，任京官者 56 人，地方官者 57 人。到今天，南浔依然以一镇之地，养育了 9 名两院院士和 80 多名各学科有影响的专家学者。

据不完全统计，仅仅清朝一代，有著作问世的南浔人即有 280 多名。他们留下的著作，涵盖了历史、经学、天文、水利、音乐、金石、诗词、医学和蚕桑等各个门类。有人称赞南浔“书声与机杼声往往夜分相续”，确乃真实写照。

至于现代，仅是“四象”之一的张颂贤家族即可作为例证。张颂贤之子张宝善本人继承父业经商，张宝善的几个儿子则各有成就：老大张弁群在法国多年，热心教育，回南浔后创办了两所现代学校；老二张静江，与蔡元培、吴稚晖和李石曾并称“国民党四大元老”；老三张澹如，围棋名家；老四张墨耕，留学英国，后接替父亲，执掌张氏家族企业；老五张让之是电力工程和无线电专家，创办了南浔乃至湖州的第一个现代企业——浔震电灯公司；老六张久香，美国麻省理工学院化学硕士。张弁群的儿子张乃燕，瑞士日内瓦大学化学博士，曾任国立中央大学校长，有《罗马史》等作留世。张墨耕的儿子张乃凤，美国威斯康星大学土壤系硕士，我国土壤肥料学的开创者之一。张澹如的儿子张藕舫，美国麻省理工学院电气工程硕士、教授。张静江的儿子张乃昌，美国航天工业系统高级机械师。张澹如的孙子张通，芝加哥大学化学博士、教授……

南浔从丝出发，其经济之兴旺发达自不用提，而其地近上海，又有便利的水陆交通，故而浔商不仅精于工商，且颇具开明气象。早在晚清时，南浔以区区一座小镇的级别，率先设立了消防局、免费小学、育婴堂、养老院、施药局和平价借米局等公共服务机构和慈善机构。

光绪三十二年（1906），内地许多地方还信奉女子无才便是德时，张弁群受教育家蔡元培影响，在南浔创办浔溪女校，聘请徐自华为校长。不久，秋瑾从日本归国，到浔溪女校任职，教授日文、国文和卫生。在南浔数月，秋瑾与徐自华志趣相投，成为至交。

后来，秋瑾在上海创办《中国女报》，徐自华与其妹捐款千元支持。光复军起义前夕，秋瑾改扮男装专程前来南浔拜访徐自华，徐自华又以黄金 30 两相赠。秋瑾解下手腕上的镯子赠予徐自华为念，并托付后事：如遭遇不幸，请埋骨西泠。后来，因徐锡麟在安庆起义失败，秋瑾不幸被捕，就义于绍兴轩亭口。徐自华不惧连累，将秋家停厝于文种山上的秋瑾遗骸葬于西湖之滨。徐自华在为秋瑾写的 12 首哀诗中，直斥清廷“如何立宪文明候，妄逞淫威任独夫”。

赞助革命

1906 年，在日本筹划反清起义的孙中山又一次为经费发愁。

这时，孙中山想起前一年在法国的一条轮船上认识的一个人。

这是一个生意人，他在船上与孙中山相识，并告诉孙中山，他愿意赞助革命，为孙的反清事业出钱。两人约定通信暗号：电文以ABCDE为序，A为1万元，B为两万元，C为3万元，以此类推。

对这个萍水相逢的富家子弟，他是真的将践诺资助，还是口惠而实不至，孙中山心中并没底。孙中山把此事告诉黄兴，黄兴也不相信天底下有这样的人。两人抱着有枣没枣打一竿的态度发了一封电报。孰料，就是这封不抱希望的电报发出后，竟有3万法郎巨款从法国汇到东京，革命党人为之欢呼雀跃。后来，孙中山在越南又先后两度发报，一次为A，一次为E，对方都如约把款项迅速汇来。

深受感动的孙中山命胡汉民写信表示感谢，并陈述起事经过。那人的回信却说："余深信君必能实行革命，故愿尽力助君成此大业。君我既成同志，彼此默契，实无报告事实之必要，若因报告事实而为敌人所知，殊于事实进行有所不利，君能努力猛进，即胜于作长信多多。"

这个慷慨赞助革命的商人叫张静江。

1902年，张静江因缘际会，以商务参赞的身份成为清廷驻法国公使孙宝琦的部下，离开南浔，前往法国。当时，同为孙宝琦随员的，还有后来与张静江齐名的李石曾。到法国后，李石曾意在读书，张静江则显露出商人世家的旨趣，意在贸易。他弃官从商，以侨商身份留在法国。一年后，经过详细市场调查，张静江创办了通运公司。

通运公司最初的业务与南浔有直接关系：出口生丝和茶叶。后来，慢慢发展到绸缎、地毯、漆器、竹器、古玩、字画、玉器、瓷器和青铜器。通运公司发展迅猛，很快在纽约、伦敦和上海成立了分公司。其“获利之巨，无法估计”。经商之外，张静江还发起和筹办了留法、留英俭学会，创办《新世纪》杂志，出版《新世纪丛书》。

尽管多次资助孙中山和革命党巨款，但很长时间里，张静江竟然没有加入同盟会。其原因，在于特立独行的张静江对同盟会盟书里的“当天发誓”字样不以为然。当冯自由和胡汉民邀请他入会时，他提出：我是无政府主义者，从来不信天，如果同意我不用“当天”二字，我才能加入。于是，向孙中山请示后，张静江成为仅有的例外。

张静江加入同盟会后，为革命筹款的任务几乎天经地义地落到了他头上。每逢要用钱，孙中山总是向张静江伸手，张静江也总是竭尽所能地筹措。但是，要推翻一个垂而不死的大帝国，所进行的武装起义和地下斗争，所需的金钱肯定是一个天文数字，即便是亿万富豪张静江也渐渐难以为继。为此，他先是卖掉了经营良好的通运公司，后来又卖掉了上海滩的六套花园洋房。

在公司和别墅都卖掉以后，这个曾经的大富豪竟然囊中羞涩。为了帮孙中山筹款，他只好向其堂兄张石铭借钱。第一次，张石铭很爽快地把钱借给了他。没过多久，他第二次上门。张石铭觉得即便是办公司血本无归也不至于这么快就花完了，加上听到社会上关于张静江暗中资助“乱党”的风言风语，张石铭予以峻拒。两兄弟越说越僵，张静江竟然从怀中掏出手枪，威逼堂兄又一次借钱。此后，张静江通过各种方式，把包括他的哥哥、舅舅在内的诸多有钱的亲戚都吸收到同盟会中，成为革命党的筹款对象。1920年，在孙中山授意下，张静江在上海创办了一家证券交易所，其目的也是为当时的国民政府筹集经费。证券交易所赚的钱，大部分送到了广州，交到孙中山手上。

据不完全统计，张静江总共赞助革命的银两超过一百一十万两，相当于今天两亿多人民币。

孙中山为此感慨："自同盟会成立之后，始有向外筹资之举，当时出资最勇而名者，张静江也，倾其巴黎之店所得六七万元，尽以助饷。"民国时，为了报答张静江，孙中山拟请他出任财政部长，张静江却坚辞不就。到二次革命期间，当下野的孙中山处于风雨飘摇的劣势时，又邀请张静江出任革命党财政部长，这一次，张静江欣然答应。拒绝锦上添花，热心雪中送炭，张静江品行之高洁，由此可窥一斑。

孙中山对张静江毁家纾难式的汗马功劳胸中有数，他一直把张静江视作最心腹的密友，他告诉党内同志："张原属富豪出身，党内财务，唯张所为。"

在南浔镇的张静江故居，有一副孙中山手书的对联：满堂花醉三千客，一剑霜寒四十州。那是1923年，张静江因病回南浔休养时，孙中山特意介绍了一位德国名医前往南浔诊病，并托人带去这副对联以示慰问。

而另一位重要历史人物蒋介石，张静江对他则有知遇之恩。蒋介石在陈英士手下时，张静江很赏识他，经常接济其生活，并资助他去日本深造。孙中山在广州出任大元帅后，张静江把蒋介石推荐给孙中山。后来，正是张静江的力荐，蒋介石才得以担任黄埔军校校长要职。

张学良易帜后，国民政府实现了名义上的统一，并成立了建设委员会，张静江任委员长。其后，张静江把精力投入了国家建设中，他先后兴建首都电厂、戚墅堰电厂、长兴煤矿局、淮南矿路局，兴办了国际无线电台、江南汽车公司、江南铁路和淮南铁路。对于积贫积弱的中国，这些能源和交通方面的建设，无疑是一次次重要输血。1938 年，当日军进逼南京时，张静江由汉口转香港赴瑞士养病，结束了他的建设委员会委员长生涯。十年间，张静江仅用十几万元公款，就为国家创造财产超过五千万元。

繁华事散逐香尘，南浔既是一座蚕儿吐出的江南雄镇，又是一片从丝出发的人文福地。以蚕桑为龙头支撑起的兴旺与富庶，百年后仍然能找到当年的佐证。那些雕栏玉砌的豪门大宅，那些曲径通幽的藏书楼，那些隐约尚存的优雅气质，无不传达出一个逝去时代的富足、开放和温暖。

上津古城：朝秦暮楚之地

出发时，天还没亮。只十来分钟，汽车就驶出了散布于大山怀中的城区，踏上曲曲折折的山路。借助熹微晨光，我看到山谷里飘荡着轻盈的薄雾，一轮下弦月低浮南天。其情其景，遂想起温庭筠的诗：晨起动征铎，客行悲故乡。鸡声茅店月，人迹板桥霜。槲叶落山路，枳花明驿墙。因思杜陵梦，凫雁满回塘。

眼前景物与一千一百多年前温庭筠看到的并无太大差异——只要沿着 G70 高速继续西北行，要不了两小时，我就将抵达温庭筠走过的那条古道。

不过，前往古道之前，我要先走进一座古城。它和古道一样隐秘、古老。

一粒米来到长安

8世纪，地球上有三座雄伟的城市，即东罗马帝国的君士坦丁堡、阿拉伯帝国的巴格达和唐朝的长安。与君士坦丁堡和巴格达相比，位置最东的长安还要胜出一筹。当欧洲大陆还只有一些零乱的古堡，新大陆还要等上几百年才被航海家“发现”时，长安这座东方古城已是无可争议的全球第一大都市。历史学家汤因比说：“长安是旧大陆文明中心所有城市中最具世界意义的城市，在这方面超过了同时代的君士坦丁堡。”

很多人不知道的是，作为当时的世界性大都市，长安一直有它的难言之隐。

贞元年间，年轻的白居易到长安应试，他带着诗稿去拜访老诗人顾况。顾况看到“白居易”三字，脱口而出：长安米贵，居大不易啊。

顾况的话，有开玩笑的成分，却也道出一个事实——那也是长安的难言之隐：包括大米在内的海量物资，必须通过长途运输，从南方送到长安，以维持这座超级城市的运转。

涵盖了长安在内的关中盆地，是中国农耕的发祥地之一。这里土地肥沃，物产丰饶，最早被誉为天府之国。但是，逮至隋唐，关中盆地开发过度，大量森林被砍伐，水土流失严重，人口激增的同时却伴随着粮食产量的下降。

为解决吃饭问题，政府想了许多办法。其中之一是就食洛阳。

所谓“就食”，就是出外谋生。这大概是级别最高的出外谋生队伍了。隋唐时，一旦关中灾荒，皇帝就带着大批臣属，从长安前往洛阳。如594年，关中大旱，隋文帝只得率百官东行。因情况紧急，出行仓促，随从中竟有不少人还没走到洛阳就做了饿殍。

就食洛阳必然兴师动众，就像一个国家在搬家。最好的办法，莫过于把南方的粮食运到长安。为此，隋朝不惜耗费惊人的人力、物力，开凿了大运河；唐朝则重修了一条上古即成形的驿道。由是，渐渐形成了两条重要的连接南方与关中的“货运大道”。

这两条大道，用唐德宗的话来说，一条称为大路驿，一条称为次路驿。唐德宗明确指出，“从上都至汴州为大路驿，从上都至荆南为次路驿”。

大路驿，即从长安向东经洛阳至汴州（今河南开封），折向东南，通过汴河、淮河、邗沟、长江和江南运河，串联广阔南方。唐德宗把它称为大路驿，相当于全国第一大动脉。隋唐时，长安食用的包括大米在内的粮食，以及江南地区的赋税，都通过大路驿，源源不断地运送而来。

然而，安史之乱后，中央政权日益衰弱，藩镇割据，如同生命线的大路驿时常不能畅通。“长安米贵，居大不易”就成为严峻现实。

比如，唐德宗年间，由于军阀李希烈叛乱（此人曾杀害著名书法家颜真卿），叛军占领南北交通枢纽汴州，导致大路驿患上“肠梗阻”。其时，唐德宗居于奉天（今陕西乾县），物资极为匮乏，他以皇帝之尊，只能吃糙米。禁军缺粮，大有哗变可能。一些士兵解下头巾，在路上大喊：“拘吾于军而不给粮，吾罪人也！”幸好，紧急关头，浙江东西节度使韩滉千辛万苦，将三万斛米运到陕州（今河南三门峡）。唐德宗闻讯，喜极而泣，跑到东宫拉着太子说：“米已至陕，吾父子得生矣。”

大路驿对唐政府如此重要，却又常出问题，顺理成章地，作为备胎的次路驿的重要性就不言而喻。

所谓次路驿，可以理解为帝国第二生命线，史称武关道、荆南驿道。从长安东行，过折柳相送的灞桥，古道蛇行入秦岭，经蓝田、商州、丹凤、武关、邓州后直下襄阳，从而抵达南方及两广地区。一千一百多年前那个秋天的清晨，温庭筠就在这条古道上愁绪满怀，踽踽前行。

当大路驿因军阀割据或战乱而中断时，次路驿便担当了将粮食、赋税从南方运往长安的重任。白居易在诗里说，“东道既不通，改辕遂南指。自秦穷楚越，浩荡五千里”，即指此事。

这条贯通长安与南方的要道，不仅温庭筠走过，比他更有名的李白也走过，韩愈也走过，刘禹锡也走过，柳宗元也走过。李白在诗里怀念商山四皓：我行至商洛，幽独访神仙。韩愈在诗里感叹贬谪之苦：云横秦岭家何在，雪拥蓝关马不前。

然而，要命的是，安史之乱以后，朝廷对地方的控制越来越弱，广阔的中原已沦为节度使们的小王国。李希烈攻占邓州后，次驿路也中断了。

离开南方物资支持，大唐只有死路一条。

斯时，唐朝中央政府注意到了秦巴山地之间的另一条古道。由是，一座名为上津的古城也迎来了它的光辉岁月。

秦巴山区的战略要地

绵延 1600 公里的秦岭横亘数省，古人称之为天下之大阻。鄂西、陕南和豫西南的三省地带，云山苍苍，林野茫茫。千山万壑之间，深藏着一个个曾经显赫一时的关隘要津。上津与相距不远的漫川关和荆紫关分属湖北、陕西和河南，它们就是这些关隘要津的代表。

有意思的是，三个地方都宣称自己是“朝秦暮楚”典故所指之地。

“朝秦暮楚”一词，出于宋人晁补之：“托生理于四方，固朝秦而暮楚。”意指战国时秦、楚两大国对立，一些小国为了自身利益，时而向秦，时而向楚。也就是说，晁补之本是泛指，并未涉及具体人事。不过，上津和漫川关、荆紫关三地，都地处秦、楚两国交界地带，且都具有不可估量的战略意义。秦、楚两国为了争夺它们，战争不断，它们也就时而属秦，时而属楚，从而成为朝秦暮楚之地。

以上津来说，西周时起，它就属于楚国。追溯楚国源头，楚国不像其他诸侯那样，要么与周王室有血缘关系，要么是周王室的功臣。楚人先祖鬻熊是南方一个部落的酋长，审时度势，率族投奔周文王。周成王时，鬻熊的后人熊绎受封于楚，姓芈，居丹阳。是为楚国之滥觞。

丹阳的地望有多种说法。但总体而言，楚国最初的地盘，局限在陕南、鄂西和豫西南——上津正好在其中。楚国不仅地盘小，势力弱（祭祀祖先时，竟去鄀国偷了一头小牛作为牺牲，留下了楚人盗牛的典故），地位也低（公、侯、伯、子、男五级中，楚是子爵。诸侯会盟，楚君只能看守火堆，根本没资格入座）。幸好，楚国不断南进，开疆拓土，终成大国。

从甘肃起家的秦国（秦国出身也如楚国一样低微），随着势力增长，强力东扩，与楚国冲突不断。包括上津在内的六百里地，当时称为商於之地（商在今陕西商洛，於在今河南淅川和内乡一带。从商到於的驿路，称为商於古道，属于唐德宗所说的次路驿中的一段），由于位置重要，成为争夺焦点。很不幸，楚国丢掉了商於之地，从而失去西北门户。

此后，公孙鞅在秦国变法成功，秦孝公将商於十五座城邑封与他，公孙鞅因而称为商鞅。

对祖宗的发祥之地和战略要塞，楚国一直想方设法收复。战国末期，楚、齐联盟，秦国以花言巧语诱骗楚怀王：只要楚国与齐国断交，秦国就交还商於之地。为了商於之地，楚怀王毫不犹豫地答应了。然而，当楚国轻率地与齐国断交后，秦国根本不打算兑现诺言。

包括上津在内的鄂、陕交界地带，从地理上说属秦巴山地，秦岭横亘于北，巴山逶迤于南。境内崇山峻岭，涧深谷长。在冷兵器时代，这是易守难攻的战略要地。上津的战争史从“朝秦暮楚”开始，延续两千多年，直到20世纪40年代才结束。

上津隶属于十堰市郧西县，根据《郧西县志》记载，上津发生过的规模较大的战争至少包括这些：

北宋末年，金军南侵，北宋灭亡。其后，赵构即位，迁都南方，宋金陷入胶着状态，双方大体以大散关（今陕西宝鸡境内）—淮河为界。由于上津是关中通往南方的咽喉，这一带便成为兵家必争之地。最初，金军占据上津；不久，王彦成功收复。绍兴四年（1134），南北议和，双方划定的分界线位于上津不远的鹘岭关（其时，上津为县，鹘岭为其辖地，今鹘岭属陕西山阳县）。

绍兴三十一年（1161），金军四路南下，上津再度陷落。随后，宋将任天锡出奇制胜，经旬阳（今陕西安康）北上，先复丰阳（今陕西山阳），包抄商州，进而乘势东进，一举夺回上津。

南宋末的1264年，元军两度扫荡陕南及鄂西，从上津掠走人口数万，原本繁华一时的上津一蹶不振，不得不降级为镇。

崇祯七年（1634），明军总督陈奇瑜与郧阳抚治卢象升合兵上津，小小的上津顿时成为一座营帐相望、金鼓相闻的大军营。其时，高迎祥、张献忠农民军从信阳进入商洛，明军将农民军追赶到今天陕西平利境内一个叫车厢峡的绝境，走投无路的农民军诈降后才侥幸脱险。

七年后，张献忠卷土重来，占据上津。他攻破郧西和郧阳后直下襄阳，杀死襄王，天下震动，督师杨嗣昌畏罪自杀。

经过明末几番兵火，上津彻底破败了。清朝初年，上津被划入郧西，从此成为郧西县治下的一座小镇并延续至今。

卢象升的职务是郧阳抚治，全称为“抚治郧阳等处地方兼提督军务”，相当于作为一省首长的巡抚。郧阳从来就不曾置省，为什么会在鄂西的深山中设一个巡抚级别的职务呢？

原来，以上津为中心的陕南及鄂西地区，一方面山深林茂，易守难攻，密集的河道和山谷又成为沟通外界的曲径；另一方面众多河流冲积出一些山间坝子，加上丰富的林产品，从而提供了物资保障。因此，历史上，这一地区是不少农民起义军的根据地。以张献忠和李自成来说，他们都曾在这里休养生息。尤其张献忠更是两度进驻。他们像一只只受伤的猛兽，找到一个相对安全的地方躲起来后，默默舔着伤口，一旦伤口愈合，必定东山再起。

朝廷当然不能坐视。为了征讨躲入深山的农民军，不论由陕西巡抚还是由湖北巡抚负责都鞭长莫及，郧阳抚治便应运而生——从明朝成化年间到清朝康熙年间，存在了两百零三年。管辖地盘，东至湖北随州，西极四川广元，北到河南灵宝，南达四川巫山，基本也就是秦巴山地的范围，而上津大致位于腹心地带。

追忆逝水年华

和我的想象大相径庭，尽管是山区，但上津的夏天依旧炎热难当，公路两旁的柳树被日头晒得垂头丧气。柳树让我想起上津的另一个名字：柳州城。上津因沿河植柳，得此美称。

那条杨柳夹岸的河便是流淌于城墙外数百米的金钱河。这条看上去水流清澈的河流，造就了上津千百年的繁华时光。

金钱河原名甲水，是汉水的支流，源出陕西柞水，经柞水和山阳后进入湖北郧西，于夹河镇汇入汉水，全长近二百五十公里。

如前所述，当大唐帝国的大路驿和次路驿都因军阀割据而路不通时，困守关中的中央政府要想继续维持，就必须打通一条通往南方的路。

由于甲水是汉水支流，而汉水又是长江支流，这就意味着，南方长江流域广大地区的货物——包括顾况认为非常珍贵的大米——就能通过水道，一路溯流而上——溯长江，溯汉水，再溯甲水，直抵上津。到了上津，河道狭窄，水浅滩多，船只无法上行，只能弃舟登岸，再由陆路经山阳转商於道后直达长安；或经旬阳至汉阴再至石泉、洋州，北转关中。

从运输路线和运输方式可以看出，上津正好处于水路联运的枢纽位置。自南方而来的物资，必须在上津卸船；从北方南下的物资，也需在上津装船。上津就是一座吞吐巨大、迎来送往的转运站。为了维护转运站的畅通，唐政府特意让商州刺史兼任另一职务：上津转运使。至于上津古城，它先后十四次建县、六次设郡、两次置州；至于帆樯云集的甲水，来往商人认为，它的航运寸水寸金，必须改名金钱河。

金钱河边，有一座天子码头。上津人坚信，叫这个名字，是因为唐朝皇帝曾在此坐船。但考察历史，并没有任何一个皇帝——不仅唐朝——来过上津。之所以有这样的传说，在于通过上津连接关中与江南的这条生命线，乃是唐朝国脉所系。更通俗地说，上津人亲眼所见的那些从南方运来的大米，曾让唐朝皇帝念兹在兹。若没有上津，帝国的天潢贵胄也将饿肚皮……

我从金钱河畔的西门进入上津古城。从外面看，城墙巍峨，城门幽深。进入城中，破败和零乱教人意外：一些年代久远的土墙瓦屋构成了一条曲曲折折的小巷，小巷两侧杂草丛生；房屋与房屋之间，一处处废墟如同没有愈合的伤口。废墟里，要么同样杂草丛生，要么开垦成菜地，南瓜、茄子、玉米在烈日下无精打采。穿过小巷，便进入古城主街。土墙瓦屋少了，砖混建筑多了。最“气派”的一座楼的墙顶，刻着红五星，两边是龙飞凤舞的毛体大字：发展经济，保障供给。一旁，晒着两张渔网。它隐约表明，在大山之中，拜金钱河之所赐，至今还有人以打鱼为业。

登上城墙，眼前的景象变得开阔，也比穿行在倾颓的小巷中的所见多了些许生机：放眼望去，东边是起伏的群山，西侧是蜿蜒的金钱河，上津古城正好扼守于山与水之间。古城里，两排青瓦房屋构成南北向街道，一些高大的树木，从青瓦的四合院里探出头来，枝叶高过城墙，投下一些零乱的阴影。

由于战火频仍，上津屡建屡毁。我所登临的城墙，始建于明朝，清初复建，十几年前再次整修。

从城墙下来，在一家小院门前，我和一个老人攀谈了一阵。老人是土生土长的上津人。他说，在他青年时，上津还是水陆大码头。每天晚上，无数船只停靠在码头边，大量货物在这里下船，再由马帮驮往陕西。

事后，我查阅地方史料，验证了老人的说法。20 世纪 50 年代，金钱河还是重要交通线，国家曾拨专款整治。从金钱河汇入汉水的夹河镇到上津，水路六十公里，有二十多个险滩，上行的船只必须依靠纤夫。当时，可以通行载重十吨左右的木船。到 1988 年，金钱河里仍然有十多条木船固执地来来往往，这些末代木船，如同那段锦瑟年华的孑遗与化石。

如今，高速公路早已贯通，木船早就退出历史舞台——不过，哪怕从唐朝算起，它们也有一千三百年的辉煌。一个号称盛唐的大帝国，曾经不得不依靠上津，依靠金钱河，依靠瘦瘦的木船，解决它的难言之隐。

上津古城已经走过了它的光辉岁月。与古城一街之隔的镇子大兴土木，焊光闪烁，尘土飞扬，不少仿古建筑初露端倪。是的，在真资格古城的注目下，一座现代“古城”正在急不可待地被制造、被催生。

边地往事：
时光掩埋的马湖古城

在山地，光阴的脚步似乎要比在平原和盆地更缓慢。上午九点半，心事重重的太阳终于爬上了书楼镇对面的山梁。锋利的光线切开薄薄的雾气，把古城里的牌坊、门楼和院墙的影子，重重叠叠地压在一起。鸟雀在邻近树梢上叫，桂花的幽香若有若无，三五个居民坐在阳光下喝茶说闲话。古城的一天就这样开始了。

我是前一天深夜来到书楼的。汽车自宜宾市区溯了金沙江沿山路而上，一面是悬崖和台地，台地上，见缝插针地挤着一些农舍。一面是静水深流的金沙江，尖起耳朵，隐约听到江水呜咽。夜深人静时，司机说，书楼就要到了。顺着他手指的方向，透过车窗，我看到黑黝黝的山谷里，漂浮着几星灯火，恰好与天幕上密密麻麻的星斗遥相呼应。

尽管第一次到书楼，但我知道，这是一座陷落在大山深处和时光深处的古城，在这座古城，曾有过一些鲜为人知的往事……

从马湖到中都

通过一叠老照片，我“认识”了一座老县城。

时光定格的市景，与我记忆中二十多年前的南方小县城并无太大差异：一条稍宽的主街，两旁是当时还算时尚的七八层楼房。更多的是狭窄的小巷，木制的吊脚楼和板房挤向街心，坐在家门口的老人和蹦蹦跳跳的孩子，以及从院墙上或篱笆上垂下来的花朵，无不显示出生活的宁静、缓慢和安详。

如果要说独特之处的话，那么，这座如今只存在于影像中的老县城，它的房屋和街道坐落于一条曲折的大江之滨，城市依山就势，铺排在江岸的台地上。此外，几座看上去形制简陋的城门，保存完好，从翘角的飞檐到朱红的门楼以及黑黝黝的匾额，都能看出，它已然历尽了岁月沧桑。

如果追溯这座边城的前世，早在六百多年前的元朝，当这里成为管辖川南和滇东北大片地区的马湖路治所时，朝廷就在逼窄的台地上修筑了一座土城。简陋的土城，曾是方圆几百里首屈一指的要塞、首府。到了明朝洪武年间，马湖路变为马湖府，土城甃以砖石，建成了一道高一丈五、厚一丈、周长七百七十四丈——相当于两公里半——的城墙。城墙上，开有五道城门。城门上，各建一座城楼。——很多年后，通过老照片，我们还能一睹它昔日的风采。

这座如今已沉没于金沙江浩荡江水中的古城，就是曾经的马湖路、马湖府以及屏山县的路治、府治、县治所在地，名曰泥溪镇（今天的宜宾叙州区也有一镇名泥溪，但与屏山泥溪非一地）。

泥溪以及马湖路、府的沧海桑田般的变迁，得从大山深处一面镜子般的湖泊说起。

话说书楼镇的西南方向凉山腹地，山岭纵横，沟谷深切，长江的上游河段金沙江及其支流就从群峰围困中夺路而来。在金沙江左岸，早年的一次强烈地震，造成山谷崩塌，将一条支流阻塞，造就了一方面积约七平方公里，平均水深七十米的湖泊。按《读史方舆纪要》的说法，旧时，有人看到龙马出没水中，故而命名为马湖。

今天，马湖因其秀美的湖光山色成为川中知名景区，但那些流连于自然风光的游客很少知道，历史上，有一个以马湖为名的行政机构——从元朝的马湖路到明朝的马湖府——曾经管辖了包括马湖在内的上万平方公里的地区，并成为联结内地与少数民族地区的桥梁、汉文化与少数民族文化交汇的前缘。

倘若从成都出发向正南方而行，将次第经过平原、丘陵和山地。在屏山境内，四川盆地与川西南山地及滇东高原缝合——屏山东部和北部邻四川盆地，西部接川西南山地，南部连滇东高原。从地形图上可以看出，呈东北—西南走向的大凉山与五莲峰一西一东，裹挟着千山万壑横亘于川南与滇东，而自西南向东北流淌的金沙江就穿行于两列山脉之间。山脉的尽头，金沙江由峡谷中猛虎般的狂暴变得稍为平缓时，便进入了屏山县境。

如同绝大多数崎岖山地一样，但凡河谷冲积平原或是山间台地，一般都会成为人烟稠密的村落和市镇。屏山亦然。屏山下辖的中都镇就坐落于两山对峙的中都河谷。站在高处，我看到的是一座杂乱无章的边地小镇，但在历史上，中都曾有过它的显赫时光。

秋日雨后，一个当地朋友带我来到中都镇上的一座古老庭院。尽管庭院看上去破旧不堪，但建筑形制还隐约透露出它曾经的考究与大气。这就是当地人称为黑龙祠的黑龙土主庙。

所谓土主庙，按《南诏野史》的说法是：开元元年（713），唐朝“授逻皮为特进，封台登郡王……开元二年（714）……立土主庙”。学者考据认为，流行于西南地区的土主庙和土主信仰，起自唐时的南诏，云南巍宝山巡山土主庙便是各地土主庙的源头。

通俗地讲，土主相当于一个地区的守护神。这种起自唐朝的习俗传到后来，最信仰土主的是居于四川和云南的彝族。我看到的中都镇黑龙土主庙，它供奉的土主，就是彝族先人，名叫腊曲。

腊曲是一位彝族首领，生活于北宋末年。当时，边地战乱不休，他率众保境安民，不幸战死沙场，宋徽宗将其封为黑龙土主，并下旨立祠纪念。埋葬腊曲的坟几十年前犹存，当地人称之为大坟包。据说，宽大的墓室能容纳两百人。

彝族黑龙土主庙是一个暗示，它暗示处于凉山支脉地带的屏山，乃是彝汉交汇、彝汉文化碰撞的边缘地带。作为多民族文化的结合部，中都以及屏山的民族与文化交流史其实还可由宋朝往前推一千多年。

犍为是距屏山约一百公里的另一个县，中间只隔着沐川——事实上，沐川是从屏山划出去的。在犍为一个叫万年村的地方，从20世纪70年代开始，出土了数量丰富的文物。其中，最引人注目的是一枚玉纹铜印。铜印上刻着一轮弯月，月下是禾苗和杜鹃鸟的图案。这些图案，隐藏着什么样的秘密呢？

经辨识，考古家们确认，这就是考古界众所周知的巴蜀图语。

所谓巴蜀图语，又称巴蜀符号或巴蜀图形文字，是在四川出土的战国至西汉初的文物上发现的一些图形符号。目前主流观点认为，巴蜀图语是远古的巴蜀古族用来记录语言的工具，近似于象形文字，是古文字的雏形。据推断，巴蜀图语可能产生于古蜀国开明王朝时期。

史载，古蜀国第一位称帝的蜀王为望帝，名杜宇。传说，杜宇在蜀地首创了按农事季节耕种的制度，后人奉为农神。他在成都平原建立古蜀国时，立都郫县。杜宇死后，精魂化为杜鹃，每到春耕时节，总是在田野里大声啼叫，提醒后人及时耕种，莫忘农时。

玉纹铜印上的图案，描绘的就是杜宇化鹃，教民耕种的故事。

杜宇的国都在郫县，为什么他的故事会在两百多公里外的犍为流传，并被庄重地刻到铜印上呢？《蜀王本纪》说："蜀民稀少，后有一男子，名曰杜宇，从天堕，止朱提……自立为蜀王，号曰望帝。""从天堕"是后人对他的神化，但朱提却实有其地，那就是今天的云南昭通。

综合各种史料可知，原本居于昭通的杜宇部族，沿金沙江北上宜宾后，再溯岷江而上，渐渐发展到成都平原，而屏山，正是他们从山地进入平原的必经之地。

中都镇又名夷都。文献记载，它曾是古蜀王的庶子夷氏的封地，所以才有夷都这个名字。当杜宇部族强盛时，他们一步步从滇东高原下到川南山地，经由屏山再进入四川盆地；当杜宇部族建立的古蜀国日益式微，并被秦国所灭后，残余民众又溯了祖先当年的道路，一步步退到包括屏山在内的川南山地及毗邻的凉山地区。因此，遥远的两千多年前，屏山一带既是古蜀王国的南大门，也是民族走廊上的一个重要节点。

土司的烙印

先秦时，马湖的居民，一部分是如今已消失了的僰人，一部分是与杜宇同根同源的古蜀人。汉武帝开发西南夷后，四川盆地的汉族迁入屏山，并与当地人融合。隋唐时，形成了一个新的部族，称为马湖蛮。又因其首领姓董，称为董蛮。马湖蛮的势力中心在今天的马湖景区一带，碧波荡漾的马湖中那座形似螺髻的岛屿，便是马湖蛮的“首府”，可居数百人。宋朝时，马湖蛮分成两个支系，以安氏为首的一支与彝族融合，以文氏为代表一支持续汉化。

古蜀人以巴蜀土著自居，其势力中心在今天的中都一带，由于与中央王朝摩擦不断，故被贬称夷都蛮。

元朝是中国首个由少数民族建立的大一统王朝，它的存续时间虽然还不到一百年，却对当时及以后的中国产生了深远影响。影响之一就是一些原本游离于中央王朝之外的边疆地区，第一次纳入了中央政府的管辖。大者如云南和西藏，小者如马湖。

1276 年，也就是宋恭宗投降那一年，元朝廷设置马湖路（路是宋、金时的一级行政区划，元时的二级行政区划，宋、金时的路相当于后来的省，元时相当于府），治所设于涪口，即今天的屏山新市镇。

元朝廷对马湖的战略意义，有着极为清醒的认识，这缘自设马湖路的二十年前发生的那次血战。1256 年，名将兀良合台奉蒙哥之命由云南昭通北上，打算占据金沙江下游（当时又称马湖江），顺江东下，破叙州、泸州后进逼南宋在西南地区最重要的堡垒合川钓鱼城。

然而，尽管兀良合台在金沙江击败宋将张实的水军，夺得战船两百只，但当他乘势东下时，却遭到叙州知州史俊袭击，蒙军大败，不得不取消了合围钓鱼城的计划。

不过，虽然马湖路被纳入了中央政府的管辖，但因为是民族地区，实行的是土司制。

所谓土司制，乃是元、明、清各王朝在部分少数民族地区分封各族首领世袭官职，以统治当地人民的一种制度。自秦朝推行郡县制后，中央对地方的治理就是派出各级官员（称为流官），但在鞭长莫及的少数民族地区，则实行民族首领世袭制（称为土官），而土司，正是民间对各种土官的俗称。

以明朝为例，按级别不同，土司衙门分为宣慰使司、宣抚使司、安抚使司和长官司，以及土府和土县。相应的，其长官分别称为宣慰使、宣抚使、安抚使和长官（此为武职），以及土知府和土知县（此为文职）。不论武职还是文职，老百姓笼统称之为土司。这些土司“世守其土，世长其民，世袭其职”。尽管他们的承续需经朝廷批准，并按规定向朝廷敬献贡物，但在其统治区域内，有着生杀予夺的特权，相当于一个半独立的小王国。

元朝时，马湖路下辖六个长官司，同时还管辖戎州和长宁军。二十余年后，马湖路治所迁到泥溪，即后来的屏山县城。明朝立国后，废路设府，拉开了马湖府长达三百多年的历史的序幕。马湖府也实行土司制，土知府由安氏家族世袭，直到一个多世纪后的1495年，安氏家族叛乱，朝廷才改土归流。马湖府下辖的长官司，也由元朝的六个变成了明、清的四个，分别为蛮夷、平夷、泥溪和沐川。其辖区“东一百一十里至宜宾界，西一千二百里至建昌界，南一百四十里至乌蒙界，北一百三十里至宜宾竹崖门界”，大致包括今天四川的屏山、马边、沐川、雷波和云南的永善、绥江、水富等县。

当时，多民族聚居区，常会因文化、风俗、经济及其他原因发生流血冲突。马湖史上，小到聚族械斗，大到正规军讨伐都屡见不鲜，而发生于明朝万历年间的“三雄之乱”影响最为深远。

中都镇郊外的山野里，有一座当地人称为顾将军坟的古墓。墓前，褐黄色的碑上大书：前明敕授怀远将军顾公讳国玮老大人之墓。这位明朝时做过怀远将军的顾国玮，就是当地人口耳相传的顾将军。

明朝万历年间，西南地区发生了多次土司或部族头领叛乱，为此，朝廷不得不连年用兵，“三雄之乱”即为其中一次叛乱。

凉山和马湖地区的撒假、安兴（即马湖府土知府后人）、杨九乍三人结成联盟，号称三雄。三雄于1587年起兵反明，撒假自立为西国平天王。朝廷闻讯，先派都司李献忠率兵三千讨伐，三雄诈降，李献忠等人被杀。朝廷震怒，另派总兵李应祥率两万大军进剿。经过一年多的艰苦征战，三雄先后或擒或杀，叛乱才告一段落。这场声势浩大的叛乱，导致大量民众死于非命，当时的记载是尸积如山。朝廷也为此付出巨大代价，除了“数百万帑金轻掷于不毛之地”，还有大批将士战死沙场，埋葬于中都镇外的顾将军，即死难者之一。

屏山隐然有军事要塞的功能，为了更好地把控边地，就在平定三雄之乱次年，朝廷下令新设屏山县，同时将叙马泸兵备道从长宁移驻屏山，由四川总兵李应祥兼任，相当于把一个省级战区的司令部设在了一座边远小城。

屏山原本是一个五方杂处的多民族混居区，清朝以后，随着僰人、古蜀人的消亡和汉化，以及彝族向大、小凉山迁徙，屏山虽然还保留着土司统治，但已成为以汉族为主体的地区。

然而，屏山得地利之便的优势，反而更加彰显，也使得屏山愈发重要。

在屏山通往马边的公路旁，有一片高耸的红色悬崖，名叫洪溪岩。经人指点，我找到了崖下一条长满青苔和杂草的古道，青石板砌成的古道宽一米多，斗折蛇行，蜿蜒在空寂阴冷的山中。尽管如今半天也看不到一个行人，但青石板上深深的履痕和岩石上刻写的“永赖同功”的摩崖题记，却还可以让人想象它当年人来人往的辉煌。这条古道，称为汪公路，明朝万历年间由安边同知汪京所修。汪公路从屏山出发，一路经新市、中都等地，连接马边，经由马边，深入更为遥远的凉山腹地。史料记载，三国时诸葛亮南征，其中一支部队，就沿此路深入不毛。

像这样的古道，在屏山境内还有多条，最重要的包括：

其一，从宜宾沿江而上，经楼东和泥溪，再至新市和屏边，抵达今天的雷波后，北岸深入凉山，南岸进入云南。明清时，滇东北一带生产的铜，就沿此路而出，抵达屏山后顺金沙江运往内地。如乾隆十一年（1746），经由此路运送的铜多达九十九万多斤。

其二，从中都南下，翻越五指山，是屏山县城泥溪镇；自中都北上，可达沐川、乐山及四川盆地。这两条古老的道路，以泥溪为原点，形成了一个大的“十”字形。

1884 年，英国驻重庆首任总领事谢立山为了调查白蜡虫的相关情况，从成都出发到四川安边并乘舟东下，便行经这条古道。他在旅行笔记里，真实地记录了那支小队伍在翻越五指山后从高处看到金沙江的情景：“我们怀着轻松的心情离开了中都乡和它背后流过的那条河，开始翻越东南和南部的高山。北面乱山层叠，黑漆漆直入云霄的山峰一座接着一座。当我们来到一片起伏的高原最南端时，可以看到下面有一个深涧，一条小河在深涧里流淌。在东南方向，远远地从黑压压的山脉背景中辨认出一个黄点。在临近高原顶部的地方有一棵巨大的榕树，树荫下有一座孤零零的小客栈。于是我问那里的看门人：'那个黄点是什么？'他热情地回答：'那就是金沙江。'"

控扼凉山的地理位置，使得屏山千百年来一直是沟通内地与边区的大门：战争时，它是决定胜负的兵家必争之地；和平时，它是舟车辐辏的商贸重镇。兵家必争之地和商贸重镇的不断切换之间，屏山的历史更加厚重，文化更加多元，土地更加生机勃勃。

万里长江第一港

要想看清新市镇全貌，航拍外，只能渡河到对岸的云南。

屏山西部，金沙江在群山的挤压下见缝插针地迂回流淌，北流的江水折而向东，复又南下，形成了一个"n"字形，"n"字形的上方左右两端，西宁河和中都河汇入；"n"字形包围的那片半岛，是云南绥江县南岸镇。与南岸镇一水之隔的西边，也就是"n"字形左边那一竖旁边，便是新市镇。

我看到的新市镇如同老照片上的屏山老县城泥溪镇一样，也是一座杂乱而又蓬勃生长的边地小镇，众多房屋簇拥在江畔的一级级台地上。国道自镇旁经过，但进镇和出镇，都得穿过一条幽深的隧道——因为大山将这座小镇围困在万山丛中，而弯弯曲曲的金沙江，又把它同山外的世界相连。

不论在昨天的马湖府还是今天的屏山县，新市镇都是一个极为重要的存在。因为，它是名副其实的万里长江第一港——仿佛为了佐证这个名号，在新市镇主街下的码头里，停靠着大大小小的船只。

我曾看到过德国领事魏司 1917 年在中国西南旅行时拍下的照片。其中几张，摄于宜宾金沙江。泥泞的江边码头，一只接一只地停着许多小船。每条小船只能搭载十来个人，但每条船的水手就有十几个——如果加上逆水而上时的纤夫，工作人员显然要超过乘客。

之所以出现这种奇观，唯一的原因是：金沙江是一条咆哮的江。作为长江的上游河段，发源于青藏高原的金沙江一路奔腾而下，冲破横断山脉重重大山的阻挡后，进入云南、四川交界的下游地段，终于变得稍微温柔（金沙江下游，一般的定义是指宜宾市屏山县新市镇至宜宾市区岷江口，大部分地区都属于马湖府曾经的辖地）——不过，这是与上游那种如同脱缰野马的狂暴相比，相对于潮平两岸阔的长江中下游来说，仍然杀机重重，步步惊心。

缺少现代交通工具的古代，在人类的沟通与物资的交流中，舟楫扮演着至关重要的角色。因此，尽管漩涡和礁石布下了一道道鬼门关，但金沙江下游河段的航运，仍然很早就开始了。如《宋会要》称："淳熙八年七月十八日，臣僚言，马湖生蛮……常年市马，操舟顺流直抵叙州城下。"淳熙八年即 1181 年，哪怕从这一年算起，金沙江下游河段的通航，也有将近九百年了。

元朝以后，历代对疏通金沙江下游航道均十分重视，先后多次整治了江中的礁石和险滩。其原因，一方面在于马湖在军事上控扼凉山的重要意义，另一方面希望通过航运，将产自滇东北的铜外运。由于江流湍急，滩险水恶，很长时间里，金沙江下游只能行驶载重六十吨以下的木船，并且，上水时必须依靠纤夫。

在我老家，纤夫和矿工被认为是两种最危险、最艰苦的工作。纤夫是“死了没埋”，矿工是“埋了没死”。而在20世纪50年代以前，屏山沿江各村镇的不少壮年男子，大多拉纤为生。今天的金沙江两岸，危岩矗立，杂草丛生，但如果足够仔细的话，还能发现在那些原本没有路的地方，纤夫们用双脚踩出的又陡又窄的小路：纤道。

与纤道一同见证那段岁月的，还有船工号子，也就是纤夫们拉纤时高声唱出的歌谣。20世纪80年代，著名歌唱家李双江演唱了后来风靡一时的《船工号子》，这是电影《漩涡里的歌》的插曲。

1942年，民生公司的一艘轮船从宜宾溯流而上，抵达屏山，之后又继续上行，抵达新市，这是金沙江上第一次出现机动船的身影。从那以后，机动船慢慢取代了木船，纤夫的身影消失了，纤道荒废了，高亢的船工号子不再回荡，转而成为需要保护和传承的非物质文化遗产。

水流湍急的金沙江下游河段，不仅是万里长江上舟楫可以通达的尽头，也曾是另一种出产于马湖府的特产的进京通道。这种特产就是楠木。去过北京故宫的游人，多半对大殿里那些巨大的房柱印象深刻。这些由整根木头制成的房柱，都是珍贵的楠木，民间称为金丝楠，其中相当一部分，就来自马湖。

屏山中部横亘着一列雄浑的山脉，主峰海拔两千余米，名叫五指山，是为凉山余脉。不过，在过去的漫长时间里，它不叫五指山，人称神木山。

《大明一统志》说：“神木山，在沐川长官司西二十里，旧名黄种葛溪山，本朝永乐四年（1460）伐楠木于此山，一夕楠木不假人力移数里，遂封为神木山，岁时祭之。”

据当地人讲，中都镇河对岸的一座山上，曾建有神木山祠（这也是当时祭祀的证据），祠里有一块《神木山祠记》石碑。石碑于20世纪被毁，但上面的文字，却在地方史料里记载下来了。

碑文比《大明一统志》的记述更详细，讲述了一个匪夷所思的故事：明朝初年，朝廷下令在山上砍伐楠木。高大的楠木沉重无比，而山间要么是小路，要么连小路也没有，要把它运出去，自然千难万难。“寻丈者数株，计庸万夫力乃可运”。没想到，一天夜里，有一些楠木竟然像长了脚一样，自己移动到大路上。并且，沿途草木没有一根因此被折断。如此神迹，当地官员急忙上奏朝廷，皇帝认为是祥瑞，于是将黄种葛溪山封为神木山。

尽管有碑有祠有史料，但这仍然是一个荒诞不经的传说。真实的历史是，明朝初年修建明孝陵和紫禁城，以及乾隆时修建圆明园，都从神木山砍伐楠木。如《四川通志》记载：乾隆三十年（1765），四川总督鄂尔泰进正楠木二十根，余木两根，富顺县宰、屏山巡检运送进京，送至圆明园交收……乾隆三十年，又于屏山县、雷波县等处采办大楠木三十六根……运进京，送至圆明园签收。

庞然大物般的楠木，一根就有上千斤，在缺少现代工具的明清，该如何把它送往数千里之外的北京呢？

能够借助的，便是滔滔不息的江水。首先，将自神木山上砍伐的楠木，通过在山间开辟的沟槽滑行到山脚，再由人力抬往中都河边，并将它放进河里。楠木顺水漂至新市，再将楠木数根或十多根地绑扎在一起，形成一只木筏。木筏上面，搭起简陋的窝棚，放筏的工人以及押送的官员吃住都在上面。他们操控着这些木筏，顺着金沙江，过宜宾，下重庆，出三峡，越湖北、江西、安徽，直到扬州的长江与大运河交汇处，转而沿运河北上，抵达京东张家湾，上岸后搬运至崇文门神木加工厂。

依山临水的新市，既有金沙江的黄金水道，又有陆路东达屏山、宜宾，北至马边、犍为，南进雷波，西下凉山，因而历来便是军事重镇。元朝时，马湖路路治一度设于此。后来，马湖府的六大长官司之一的蛮夷司也设于此。明朝设蛮马驿，清朝设巡检署，新中国成立后也驻有部队。在成昆铁路和雅西高速贯通之前，进出凉山，尤其是小凉山的美姑等地的大量物资都通过金沙江航道运至新市，然后上岸转运。20世纪40年代开始规划的乐（山）西（昌）公路，50年代建成时，新市便是这条崇山峻岭之上飘浮的白色飘带串起的重要一环。

新生的古城

金沙江的得名，源于水中含有大量泥沙，因而江水呈黄色。但是，如果你今天来到屏山境内的金沙江河段，你会发现这个名字名不副实——江水不是黄的，而是如同发源于五指山深处的中都河或小凉山深处的西宁河一样深绿。

让金沙江不再像“金沙”江的，是屏山境内那座全国排名第三的水电站。

站在滨江的半山上眺望，一道大坝将金沙江拦腰截断。大坝如同一柄巨型梳子，从梳齿与梳齿的缝隙间，一道道白亮的水流飞流直下，氤氲的空气，常常在水流上方形成一道淡淡的彩虹。大坝上游，静水深流，金沙江不仅没有了昔日的狂暴，而且呈现出一种安详，让人想把金沙江改名玻璃江。

2012年10月10日，经过六年建设，金沙江干流上的最后一级水电站——向家坝电站——正式下闸蓄水。日夜奔流的江水被大坝阻拦，形成了长达一百六十多公里的回流。于是，旧日的纤道，旧日的村庄，旧日的驿站，旧日的庙宇，甚至包括作为路、府、县和长官司治所达六百多年之久的泥溪，都一一沉没水中。——因为有了新县城，人们便将没在水中的泥溪称为老县城。

人类活动不仅改变了自然面貌，也改变了自己创造的历史的面貌——秦去汉来，明灭清兴，在走马灯般的朝代更替中，前辈的遗存被后人有意无意地毁弃，以及难以抵抗时间的侵蚀而渐渐湮灭都是其原因。到了现当代，大型工程——尤其是淹没面积巨大的水电工程——更是迅速且极大地改变了大地的模样。

如果城楼、寺庙、衙门、牌坊、石刻，以及众多的深宅大院都被流水吞没，那么，可以说，几百年历史的马湖便只剩下了史料里寥寥几行冰冷无趣的文字。

幸好，当向家坝电站刚立项时，屏山人便进行了一项意义深远的工作：迁址复建。

整整七年时间里，文物工作者们对淹没区的文物先行摸底调查，测量拍照，再将原建筑上的一砖一瓦、一木一石进行编号；之后，再小心翼翼地拆解。拆解之后，四十四处古建变成了堆积如山的零部件。

屏山是典型的山区，平地珍贵，大块的平地更为珍贵。这些古迹复建在哪里呢？当时，有人提出建在新县城——新县城选定在原真溪乡（后扩建成的新发乡）的地盘上，位于岷江下游，是岷江冲积出来的一片小平坝——但是，新县城面积也有限，安置这么多古迹，不免有些捉襟见肘。

这时，距向家坝大坝不远的书楼镇进入了规划者的视野。书楼镇这个名字，隐隐透出一股书卷气。事实也的确如此。明朝永乐年间，思想家、河东学派创始人薛瑄之父曾在马湖府平夷长官司任吏目，薛瑄随父客居于此并讲学。嘉靖年间，为了纪念已从祀孔庙的薛瑄，当地兴建了楼山书院和藏书楼。这也是书楼镇名的由来。

书楼镇这片古老的土地，有幸成为马湖古城的安置地。于是乎，难以计数的古建零部件一车接一车地运送到书楼镇外那片旷地上。然后，接下来几年时间里，专业的古建筑修复人士和文物工作者们，像绣花似的，把零部件一件件地组装。于是乎，那些原本矗立于旧日马湖府今日屏山县境各地的牌坊、寺庙、衙门、民居、道观、商号，被移到了三面环山、一面临水的书楼镇。于是乎，一座新的古城，就这样诞生了，而真正的古城所经历的历史烟云，也由此留驻下来。

实际生活中，一般不可能几道牌坊首尾相接，与道观一墙之隔处也不大可能又建一座寺庙，而庭院深深的富家深宅更不可能像小区里的房屋那样比邻而居。但漫步于马湖古城，因为都是复建，便有了这种时空转换的错觉。是的，原汁原味地保留于原建之地的文物固然更具价值，但当它们面临被毁的危险时，把它们集中复建到一起，也不失为一种情非得已的最佳选择。更何况，当这些古建和文物集合到一起，一座可供我们想象金戈铁马与舟车辐辏往事的古城也就此诞生。

太阳当顶的时候，我行走在马湖古城的楼阁亭台之间。一方水土养一方人，一方水土也养一方文化。当积淀了众多往事的泥溪镇沉入江底，屏山县城迁往山那边的岷江畔，在书楼，通过马湖古镇，我们或许还能感受到在这片嬗变的土地上，古老历史与现实生活的碰撞和交响。

窑火千秋：

景德镇的光辉岁月

范平决定把工作室设在三宝村。

这是景德镇市东南的城乡接合部。与一般城乡接合部常见的杂乱、破败不同，因三宝寺而得名的三宝村，现在，它有另一个更为响亮的名字：三宝国际瓷谷。两列平缓的青山，隐着一条曲曲折折的山谷。山谷两侧，民房星星点点，曲径通幽。民房的主人，既有当地村民，也有像范平这样的异乡人。

五湖四海的异乡人，为了同一种东西奔赴景德镇并长驻三宝村。

那东西就是陶瓷。

尽管对景德镇的大街小巷还很陌生，但是，对景德镇的历史，对这座曾经名列中国四大名镇之一的城市借以扬名立万的陶瓷，范平了如指掌。

因为，他的身份是陶瓷艺术家。在这条翠树掩映的山谷和这座窑火千年不熄的城市，范平是众多怀揣梦想的陶瓷艺术家之一。

范平们风尘仆仆的身影之后，是一座城市光阴流转的往昔风华。

景德镇的诞生

尽管早已是一种司空见惯的平凡日用品，但有关陶瓷的起源，至今仍然难以稽考。

其中，有一种猜测是这样的：远古时代，人类认识到黏土具有可塑性，并用黏土捏成各种形象。比如，欧洲就发现过一万多年前用黏土捏成的野牛和熊。并且，长期用火中，人类也一定注意到经过火的烧烤，柔软的黏土会变成硬块。当一只涂有黏土的竹篮（涂上黏土，竹篮也可盛水）不慎被火烧后，竹篮变成灰烬，而涂在上面的黏土却形成了一个不易渗水的容器。

依凭可贵的想象和推理，人类据此一步步发明了制陶——通过化学反应将一种物质变成另一种物质。

在距景德镇约一百公里的万年县，考古工作者发掘了一座当地人称之为仙人洞的上古人类遗址。遗址中发掘出的最重要文物是一些破碎的陶片。研究表明，这是迄今为止发现的世界上最古老的陶器，它们诞生于两万年以前。

今天，人们常把陶瓷作为一个词使用。事实上，陶是陶，瓷是瓷。或者说，瓷是人类技术进步后陶的升级版。《集韵》就说过：瓷，陶器之坚致者。由于原料和烧制温度等不同，陶的质地疏松，表面粗糙；瓷的质地紧密，表面光滑润泽。大约在三千多年前的商朝，中国先民就在陶的基础上创烧出了原始瓷。浙江上虞小仙坛瓷窑遗址则表明：至迟在东汉，瓷器技术已经成熟。

有意思的是，散居世界各地的各个民族大多在几千到一万多年前熟练地掌握了制陶技术，但说到制瓷，在长达一千多年的时间里，一直是东方中国的独门绝技。

景德镇市区，一条名叫昌江的河流先是自东向西，继而自北向南流淌。共和国成立前，景德镇长期属浮梁县管辖。浮梁县治，设在昌江北岸。唐朝时，浮梁县名为新昌县。与之相对的昌江南岸，是景德镇最早的制瓷基地。当这里因制瓷而成为新兴聚落时，便得名昌南镇，即昌江之南。

在景德镇，很多人都会向你津津乐道："中国"的英文名字，就来自昌南——英语里，中国是China，瓷器是china。景德镇人认为，最早，china其实是洋人对"昌南"的音译。由于昌南盛产瓷器，china（昌南）便成为瓷器的代名词，久而久之，也慢慢成为中国的代名词。

这种说法其实经不住推敲，不过，它也从另一个侧面说明了瓷都景德镇源远流长的历史。

景德镇制瓷的起源，史书上有明确记载：新平冶陶，始于汉世。所谓新平，是指东晋所设新平镇，大致管辖今天的景德镇一带地区。经过几百年发展，到了唐朝，昌南瓷器远近闻名，人称假玉器，意指其光洁的表面，有如玉器一样温润光滑。当时，这里的知名特产有两种，一是瓷器，二是茶叶——白居易《琵琶行》中就写道："商人重利轻别离，前月浮梁买茶去。"

在景德镇陶瓷史和城市发展史上，北宋是一个极为重要的时代。因为，"景德镇"诞生了。

“景德”本是北宋第三位皇帝宋真宗的年号，当时，昌南镇的瓷器已在国内诸窑中脱颖而出。这里所产的青白瓷，青中泛白，白中显青，于景德年间被列为贡品。按朝廷规定，充当贡品的瓷器，必须在其底部落款：景德年制。后来，宋真宗便将“景德”赐给昌南做地名。于是，景德镇终于在拥有几百年的陶瓷生产历史后有了沿用至今的名字。

三宝瓷谷入口，曾是一座叫湖田村的村庄。只不过，早年的农舍与稻田，都已变身街道和小区。这片看上去十分寻常的街区，与一种名声在外的瓷器联系在一起，那就是青花瓷。

很多人是通过周杰伦的一首歌知道青花瓷的。周杰伦唱道：

帘外芭蕉惹骤雨门环惹铜绿
而我路过那江南小镇惹了你
在泼墨山水画里
你从墨色深处被隐去
天青色等烟雨而我在等你

青花瓷与青白瓷尽管只有一字之差，却有着本质区别。

采访期间，在景德镇一个收藏家的展厅里，我仔细观察摆放在面前的两件瓷器。它们看上去同样精美，但即便我这个外行，也能看出它们的不同：左边一件质地轻薄，色泽温润，胎釉隐隐泛出青色，让人想起它的别称——影青，古人把“素瓷甚薄，雕花纹而映出青色者”称为影青。也就是青白瓷。右边一件白底青花，釉质白里泛青，构图丰满，却多而不乱，则是青花瓷。

1000多年前的五代时期，在湖田村的原野上，工匠们点燃了第一炉窑火，从此诞生了陶瓷史上大名鼎鼎的湖田窑。到宋朝，湖田窑以上乘的青白瓷驰名天下，被认为是宋代青白瓷的巅峰之作。到元朝，湖田窑又创制出最为成熟的青花瓷——如果说青花瓷是一条汹涌澎湃的大河，那么，这条大河的源头就是如今看起来毫不起眼的湖田村。

2005年7月12日，英国伦敦拍卖了一只瓷罐，成交价折合人民币2.3亿元，在当时可以购买两吨黄金，创下了当时中国单件工艺品在世界上的最高拍卖纪录。这只瓷罐，便是元青花鬼谷子下山图罐。

青白瓷是从白瓷基础上发展而来的，青花瓷则是从青白瓷的基础上发展而来的。工匠们用含有氧化钴的原料，在陶瓷坯体上直接绘画，再罩上一层透明釉。经过1300度的高温烧制后，它们脱胎换骨，嬗变为优雅大气的青花瓷——那种恬静神秘的蓝，便是氧化钴的功劳。

青花瓷的成功烧制，是中国制瓷史上划时代的大事。《中国陶瓷史》为此写道："它一经出现，便以旺盛的生命力而迅速发展起来，使景德镇迎来了空前的繁荣。青花瓷成为景德镇瓷器生产的主流，产品畅销国内外，成为我国最具民族特色的瓷器而闻名于世。"

景德镇地处江西东北部，境内山峦起伏，市区位于昌江冲积而成的一方小平原上。出城区不远，便进入了山地。几年前，我从景德镇市区出发，顺着林间公路，前往五十公里外的高岭国家矿山公园。

那是一个细雨蒙蒙的春日上午，当我翻山越岭来到公园大门外时，绿树掩映的停车场上，只停了一辆早已废弃的农用车。售票处和游客中心均空无一人。我独自顺着一条花岗石铺就的小路往林子深处前行。这是一条长约七公里的古道，古道两旁，不时有劳作者形象的雕塑，以及一些看起来像是洼地的矿坑——当年，产自这座山里的一种矿石，就沿着这条古道，由矿工们用箩筐挑运至山下瑶河边的码头，再转往景德镇各家瓷窑。

这个地方叫高岭，这种矿石也因之名为高岭土。

元代以前，瓷器的主要原料就是瓷石。在多河流与山溪的景德镇，但凡有窑的地方，就一定会在流水处搭建水碓，以便利用流水的力量带动巨大的木槌，将瓷石粉碎。不过，即便最优质的瓷石，它的成器率仍然很低，时常会烧出不少废品和次品。后来，工匠们在实践中发现，如果在普通瓷石中加入一些采自高岭山的白色矿石，不仅能提高瓷胎的耐火度，使烧出的瓷器更加坚硬和光洁，还能大幅提高成器率，并能制作大型器具。这种白色矿石就是高岭土。

作为一种重要的非金属矿产，如今，高岭土广泛用于造纸、耐火材料甚至医药——竺可桢日记里，就有他服用高岭土治疗肚痛的记载。不过，在景德镇，高岭土是自元朝以来数百年里制作上乘瓷器，尤其是大型器具必不可少的重要原料。工匠们认为，高岭土是骨，普通瓷土是肉，只有骨肉均匀，才能烧出最优质的瓷器。这种配料方法，称为二次配方。

1869 年，著名科学史家李希霍芬——即提出“丝绸之路”之名那位——在中国考察期间途经高岭，他把产自高岭村的泥土命名为高岭土，并用“高岭”的发音创造了一个新的英文单词：Kaolin。这是世界上第一种以中国原产地为通用名称的矿物。

1965 年，高岭村一带的高岭土开采经过数百年的持续后停工了。昔日人来人往的矿场，重又恢复了宁静，而山下那条曾经泊满小船的瑶河，也变得空空荡荡。如今，作为对这段历史的佐证，在高岭周围地区，不时可以看到一片片陷落的洼地，以及一些白色的小山——前者是挖取高岭土形成的矿坑，后者是提取高岭土后废弃的尾渣。

如果说景德镇制瓷兴起于汉魏，发展于隋唐，到两宋开始崭露头角的话，那么元朝则是它的飞速上升期，到了明清，终于一跃而成举世闻名的瓷都，独步天下，领风骚数百年。

造就瓷都的，除了工艺进步和商业发展，还在于官窑的设置。官窑又称御器厂，即为宫廷烧制瓷器的地方。在景德镇设官窑，始于宋朝。元、明、清因袭之。在明朝，御器厂平时由统辖浮梁县及景德镇的饶州府管理，每逢大量烧造，则由朝廷派专人到景德镇督窑。清代，派出督陶官长驻景德镇。

御用之物，不仅工艺要求高，而且数量庞大。比如宣德八年（1433），尚膳监一次就烧造龙凤瓷器 443500 件。到了晚明的嘉靖和万历年间，有几年每年都要烧 10 万件以上。清代，御器厂的产量虽大为减少，民窑却渐趋发达。

据统计，明朝嘉靖年间，景德镇从事陶瓷业的工场主和工匠已达 10 万之众。宋应星在《天工开物》中写道："合并数郡，不敌江西饶郡产……若夫中华四裔，驰名猎取者，皆饶郡浮梁景德镇之产也。"

清朝康熙五十一年（1712）九月，法国传教士昂特雷科莱（汉名殷弘绪）在一封信中略有夸大地写道："景德镇拥有 18000 户人家，一部分是商人，他们有占地面积很大的住宅，雇佣的职工多得惊人。按一般的说法，此镇有 100 万人口，每日消耗 1 万多担米和 1000 多头猪……到了夜晚，它好像是被火焰包围着的一座巨城，也像一座有许多烟囱的大火炉。"

清朝的督陶官唐英则说："景德镇袤延仅十余里……以陶来四方商贩，民窑二三百区，工匠人夫不下数十万，藉此食者甚众。"

在景德镇，千年不熄的窑火燃烧烛天，这里也因此被称为"四时雷电镇"。窑火辉映下，景德镇瓷器走出国门，成为东方中国献给世界的珍贵礼物。

瓷器之路

距景德镇1600多公里的海南，有一座小镇叫潭门。镇上，有一家中国南海博物馆。博物馆一角，我看到一条古色古香的木船。这条长22.14米、宽8.1米的木船，是按照从西沙群岛华光礁礁盘上出土的一条沉船复制的，称为"华光礁一号"复原船。经考证，"华光礁一号"是一条南宋中期的商船。船上的主要商品为瓷器，以青白瓷和青花瓷为主，来自景德镇等地。

华光礁沉船说明了来自景德镇诸窑的瓷器，除了满足皇室和民间需要，还作为外贸商品远销海外。

景德镇的地理位置和山川形胜，为瓷器大量、长久出口并形成一条条瓷器之路，提供了前置条件。

300多年前，当殷弘绪行经景德镇时，他看到"有两条河从靠近镇边的山岳里流下来，并且汇合在一起。一条较小，另一条则较大，宽阔的水面形成了一里多长的良港。这里水流流速大大减缓了，有时可以看到，在这宽阔的水面上，并列着二三排首尾相接的小船"。

殷弘绪所说的两条河，正是从景德镇斜贯而过的昌江及其支流南河。昌江发源于安徽祁门大洪岭，一路汇集山间溪涧而下，经景德镇后向西流入鄱阳，与乐安河汇合后，称为饶河（鄱阳为古饶州治所），尔后注入鄱阳湖。

如今，我看到的昌江或是饶河，都不宽阔，但就是这并不宽阔的河流，曾是景德镇瓷器外运的最重要通道。自古以来，有四条商道将景德镇与外面的世界相连接，而昌江和饶河都是其组成部分：

第一条：从昌江入饶河，再入鄱阳湖，溯赣江至南安，翻越大庾岭，下北江抵广州，进而前往东南亚——那条在华光礁不幸沉没的商船，很有可能，就发自广州。

第二条：从昌江入饶河，再入鄱阳湖，经湖口进长江，顺长江下行至长江口出海，发往日本和朝鲜半岛。

第三条：从昌江入饶河，再入鄱阳湖，溯抚河、盱江而上，到达广昌后，陆行经石城等地到长汀，再沿汀江、韩江下行至潮州，进而往东南亚。

第四条：从昌江入饶河，再入鄱阳湖，溯信江而上，到铅山县河口镇转陆行，经玉山等地可达衢州、金华，以及宁波等地并出海。

绝大多数人都知道“海上丝绸之路”，这条全长7000公里的当时世界上最长的远洋航线，到了宋元时期，运送的主要货物由丝绸变为温润如玉的瓷器，因此又称“海上陶瓷之路”。

大约从唐朝开始，景德镇瓷器开始畅销海外。日本的一位学者总结说：“9世纪起，中国的瓷器像流水一样渗透到美索不达米亚的各个城市。”美索不达米亚即今天的两河流域。从地理位置说，它地处中东，一向是联系亚洲和欧洲的枢纽。经由中东地区，景德镇瓷器一路西行，并在明代中晚期至清朝初年达到巅峰，成为世界性商品。瓷器在欧洲掀起的那股长久的中国风潮，不仅引发了新的时尚，甚至改变了欧洲人的生活习惯。

欧洲人掌握瓷器制造之前，来自包括景德镇在内的中国瓷器和丝绸，是欧洲上流社会最珍贵的奢侈品。与丝绸相比，瓷器沉重、易碎，运输尤为不易，因而价格更加昂贵。哪怕一个最普通的瓷瓶，在经过万里迢迢的海路运输抵达欧洲后，价格至少也要翻上百倍。

瓷器如此来之不易，欧洲豪门对它的追捧更令人啧啧称奇：法国国王路易十四建有一座大量使用蓝色与白色瓷砖的瓷宫，里面摆满了来自中国的青花瓷。西班牙国王菲利普二世，收藏有欧洲最丰富的瓷器，达 3000 多件。萨克森选帝侯兼波兰国王奥古斯特二世一生有两大爱好，一是生男育女（据说育有 365 个孩子），二是收藏中国瓷器。为了收藏瓷器，他不惜动用财政收入的 20%。最为夸张的是，有一年，他到普鲁士访问，看中了普鲁士国王收藏的一组花瓶，提出购买。普鲁士国王要求奥古斯特二世用 600 名精锐的龙骑兵交换。不承想，奥古斯特二世毫不犹豫地答应了。这一组花瓶，便是滥觞于景德镇的中国青花瓷。

欧洲人为了破解瓷器的秘密并掌握制瓷技术，可谓煞费苦心。最初，欧洲的一些国王令科学家对来自中国的瓷器进行深入分析。不过，很长时间里，就像西方人一直没搞懂丝绸是如何制成的一样，对瓷器制造，也有过各种不经的猜测。比如大数学家莱布尼茨曾提出水成论。还有一些学者认为，中国瓷器之所以温润坚硬，很可能是用贝壳制作的。

1705 年，殷弘绪风尘仆仆地来到景德镇，并在这座小城度过了七年。殷弘绪能在景德镇畅通无阻，在于他和当时的江西巡抚郎廷极私交密切，并通过郎廷极向康熙进献了一些葡萄酒，从而赢得了从封疆大吏到皇帝的好感。七年里，他一边在当地居民中传教，一边出没于景德镇大大小小的窑场，从事一项秘密工作。

秘密工作就是探访并记录景德镇制瓷工艺的秘密。1712 年和 1722 年，殷弘绪写信回国，详细介绍了景德镇制瓷的原料和方法。他在信中自陈说：“我在景德镇培养教徒的同时，有机会研究了传播世界各地、博得人们高度赞赏的美丽的瓷器的制作方法。我之所以对此进行探索，并非出于好奇心；我相信，较为详细地记述制瓷方法，这对欧洲将起到一定的作用。”

事实正如殷弘绪所预言，他写回欧洲的两封长信，使得法国人研制出质量上乘的瓷器。尤为令人感慨的是，尽管欧洲人的制瓷业晚了中国一千多年，但他们借助近现代的工业技术迎头赶上，一步步超越了中国。

十大瓷厂的没落

老余是我在景德镇采访期间认识的一个新朋友。像不少景德镇人一样，老余家也数代从事陶瓷业。老余记忆中，曾祖父和祖父都是小有名气的制瓷工匠，借助瓷与火养家糊口，安身立命。父亲和母亲，则是曾经非常有名的人民瓷厂的员工。至于他本人，从小就在瓷厂长大，后来上了全球唯一的陶瓷大学：景德镇陶瓷学院。

从景德年间朝廷诏令烧制御瓷到今天，景德镇的窑火已经持续燃烧了一千余年，景德镇也成为全世界唯一依靠同一种产业兴旺千年的城市。但这窑火不熄的一千多年，并非总是高歌猛进。景德镇也曾遭遇多次困境和挫折。

1793 年，英使马戛尔尼来华，希望和大清朝建立平等的贸易关系。英国人为乾隆皇帝精心准备的，企图用来证明“日不落帝国”强盛的礼品中，除了天文望远镜、西洋马车和火炮，还有不少制作精美的瓷器。

发轫于法国的欧洲制瓷业，短短几十年间便青出于蓝而胜于蓝。尽管乾隆和他手下官员对马戛尔尼呈上的包括瓷器在内的所有礼物都不屑一顾——按乾隆的说法是：“天朝抚有四海……种种贵重之物，梯航毕集，无所不有。”然而，这种狂妄自大并不碍西方制瓷业的飞跃发展。

1869 年，李希霍芬途经景德镇时，虽然他看到的“是一个大地方，沿岸延伸大概 5 公里到 6 公里，有很多黑色的烟囱矗立的地方就是瓷窑”，但是，他也敏锐地洞察到，景德镇衰落了，“这里大概有 150 座瓷窑，现在都还在用，规模并不大，制作过程也比较简单，和欧洲的制瓷工厂没法比”。一言以蔽之，当中国制瓷业达到手工工艺的巅峰时，欧洲制瓷业却舍弃了手工工艺，直接跨入了工业化生产；当中国工匠还依赖师徒之间的口耳相传时，欧洲已开始了科学的数字化管控。

中国瓷的国际竞争力式微是一个缓慢的过程，但此消彼长一直存在。到 1930 年，中国的瓷器进口第一次超过了出口，并且，逆差在未来几年不断扩大。早在 1920 年，一本名为《景德镇陶业纪事》的小书就对国民的好洋器痛心疾首：“人民喜购外货，如中狂迷。即如瓷器一宗，凡京、津、沪、汉以及各繁盛商埠，无不为东洋瓷之尾闾，如蓝边式之餐具杯盘及桶杯式之茶盏，自茶楼、酒馆以及社会交际场所，凡非此不美观，以至穷乡僻壤，贩卖小商，无不陈列灿烂之舶来瓷，可知其普及已至日常用品。”

中国瓷的命运转折已是如此，具体到景德镇，更是风光不再。依然是在景德镇稍事停留的李希霍芬，通过他对中国的熟稔总结说：“以前中国的瓷器主要产自这里，被运往广东、镇江和汉口。但是现在广东那里自己建了瓷窑，不再需要这里的瓷器。绍兴和其他一些地方也开始产瓷，成为这里的对手。因此当地人对外来人，包括广东人和其他行省的人十分敌视，认为他们是来偷取烧瓷秘密的。”

如果说清朝的康、雍、乾三朝100多年间是景德镇制瓷业的黄金时代的话（用清末文人刘浏在《匋雅》中的说法是：“康雍乾三朝，制作之宏伟都丽，足以上掩朱明，弹压五洲”），那么，黄金时代一过，衰败成为必然。这种衰败，到20世纪上半叶，进入最低谷。《景德镇史话》称：从14世纪中叶起，景德镇窑户执全国制瓷业的牛耳，长达5个世纪之久，直至19世纪中叶以后，才逐渐处于困难的境地。刘浏恨铁不成钢地批评说：“今吾华瓷业，盖甚凋瘵矣。工既弗良，质亦粗劣。此丧其本有者也。守常蹈故，销路阻滞，此懵于今情者也。”

雪上加霜的是，从晚清到新中国成立前，战火频仍，动乱无休，至1948年底，景德镇的工厂大部分处于停工或半停工状态，瓷窑的开工率仅有7.8%。1949年，瓷产量仅6000余万件，城市人口减至9万多。一座风光千年的历史名城，始终只是浮梁下辖的一座小镇。

老余的爷爷是20世纪50年代成为国营瓷厂员工的。此后，从爷爷到父母再到他，一家三代，都是国营瓷厂员工。中国人取名，喜欢“高大上”，相声里曾讽刺过宇宙牌香烟，我没想到的是，景德镇真的曾有一家工厂，竟以“宇宙”为号。

在景德镇，如今四十岁以上的人都知道十大瓷厂，宇宙瓷厂便是其中之一。今天的景德镇市区，有一个知名去处，即陶溪川。夜晚的陶瓷集市，招来了熙熙攘攘的人流，数百个以陶瓷产品为主的地摊沿路铺开，曲曲折折绕出好几百米。地摊背后那些房屋，无论工作室还是酒吧、商店、咖啡馆，一看就知道是改造过的老建筑。至于一根高耸入云的烟囱，更是直白地告诉每一个游人：这里曾是一家工厂。

是的，这曾经就是一家瓷厂。20 世纪 50 年代初，通过公私合营等手段，零星的作坊被整合到一起，成立了 10 多家瓷厂：建国、人民、艺术、东风、景兴、光明、红星、红旗、宇宙、为民……十大瓷厂的成立使景德镇瓷业再次焕发生机，并由手工升格为机械，由柴窑升格为煤窑、油窑、气窑。

老余还记得，那时，瓷厂经常接受政治任务，比如生产国礼瓷、纪念瓷、国家领导人专用瓷等。如 1978 年邓小平出访美国，就曾将建国瓷厂生产的扁肚花瓶和双耳瓶作为国礼相赠。

总而言之，计划经济体制下的统购统销，让景德镇瓷业走出了晚清和民国的阴影。在老余记忆中，小时候，由于父母都是瓷厂员工，这意味着每个月都有固定且不菲的收入，工厂经常会发放各种福利，从住房到手套，从服装到逢年过节的食品，这种待遇，让其他非瓷厂员工的孩子无比羡慕。家里没有人在瓷厂工作，都不好意思说自己是景德镇人。所以，考大学时，他毫不犹豫地填报了景德镇陶瓷学院。

老余给我看过几张拍摄于 20 世纪 80 年代的瓷厂老照片。黑白照片被岁月浸染得发黄，但那些在成型车间里劳作的工人，无论男女老少，脸上都洋溢着一种自足和幸福。

然而，老余大学毕业分配回瓷厂不到两年，十大瓷厂景况纷纷跌入低谷。1995 年，随着企业转制，十大瓷厂一夜之间化整为零，尔后陆续倒闭。老余说，那年，连续几个月没发工资。有一天，满面焦虑的厂长召集开会，垂头丧气地对大家说：工资发不出来了，大家领点瓷器去卖吧。

一度，在景德镇，下岗的瓷厂员工为了混口饭吃，要么合伙以小作坊的形式小敲小打，要么把低档瓷器运往各个城市摆地摊。在我印象中，当年，我生活的那座距景德镇近 1500 公里的川南城市，林荫道上，就有不少打着景德镇瓷器牌子的地摊，花花绿绿的粉瓶和粗糙的碗盏堆积如山。曾以皇室特供傲视群雄的官窑瓷器，就这样跌下神坛，成为低廉的大路货。

为了谋生，老余不得不离开景德镇，踏上了去北京的火车，先后在北京的一些广告公司和文化公司打工。

沉舟侧畔千帆过，病树前头万木春。世纪之交，与景德镇瓷业没落相伴的是，其他瓷业重镇的崛起。

如今，潮州、佛山、德化、醴陵和淄博都是国内瓷业翘楚。2004 年，潮州陶瓷工业产值达 160 亿元，远超景德镇，中国轻工业联合会和陶瓷工业协会将“中国瓷都”的称号授予潮州。这对窑火千年不绝、早被民间认定为瓷都的景德镇来说，无疑当头一棒。5 年后，国务院公布的第二批 32 个资源枯竭型城市名单上，景德镇赫然在列。

从白瓷到青白瓷到青花瓷，下一步，景德镇要用什么才能扳回一局呢？

“景漂”的艺术人生

作为一名陶瓷艺术家，范平在选择工作室时，先后考察了潮州、德化、淄博及景德镇等各大陶瓷产地。最终，他选定了景德镇。

他认为，尽管从工业产值上说，潮州等地都超过了景德镇，但是，如果潜心陶瓷艺术，最好的地方仍然是景德镇。

范平的看法，与景德镇一些专家和官员所见略同。景德镇的一位官员在接受媒体采访时就表明：时至今日，政府不可能重新组织像十大瓷厂那样的大规模生产，而是要把重点放在搭建平台，建设更加注重陶瓷文化的陶瓷产业创意园。

范平正是看中景德镇的这种定位而来的。范平工作室的书柜里，醒目地摆放着他获得的七项国家发明专利证书。作为深入陶瓷艺术多年的资深艺术家，这七项发明专利的指向理所当然是瓷艺，范平把它们统称为“虹霓七彩”。

出身于书香世家的范平从小热爱书法和绘画，一个偶然的机缘，他开始在陶瓷上作画。经过十年的不断摸索，虹霓七彩次第问世。

虹霓七彩是干什么的呢？简单地说，随着科技进步，陶瓷艺术的创新已是世界潮流，新材料、新工艺、新技术的运用已成发展趋势。以往，由于技术条件限制，瓷器大多是一次烧制成型。此外，传统工艺也无法在各类深色彩瓷及紫砂、黑陶、晶状金属等器面描绘并烧制大块的立体彩面，虹霓七彩就因为解决了这些多年来悬而未决的难题从而获得国家专利，也成为范平有信心把工作室开在景德镇的秘密武器。

虹霓七彩专利中，有一项是七泓彩颜料。这种颜料既使用了大量宝石类的无机矿物质材料，又使用了珍珠、贝壳之类的有机材料。这些不同的材料的烧结温度相差几百度，按以往工艺，无法在同一件瓷器上使用。而七泓彩颜料则解决了这一难题。当然，范平为此付出的代价是，一件小小的瓷器，需要反复绘制和烧制五六次之多。

就在范平把工作室落地景德镇之前半年，离开家乡二十多年的老余也回来了。他辞掉了北京某文化公司总监的职位，回到家乡与两个昔年的同事重操旧业。他们组建了一家公司，主要业务就是为范平这样的陶艺家提供作品烧制。

“北漂”这个词众所周知，到了景德镇，我才知道还有一个类似的词：景漂。“匠从八方来，器成天下走”，这句在景德镇流传已久的老话，如今有了新的注解。匠，不再指从事瓷业的工匠，而是指来自五湖四海的怀抱梦想与利器的陶瓷艺术家。据有关方面统计，目前，外地来景德镇进行艺术创作的艺术家和文艺青年，已突破 3 万人。尤其引人注目的是，3 万“景漂”里，有 5000 名左右的海外人士。

2005 年暑假，英国人弗莉斯蒂·艾利芙第一次来到景德镇。琳琅满目的精美瓷器令她欣喜若狂，“整个城市似乎因瓷而生，遍地都能看到瓷器”。作为英国皇家艺术学院的博导，此前 40 多年里，艾利芙一直尝试在西方传统陶瓷上进行突破，但苦于不知从何下手。当她来到景德镇，在见证了 2 米多高的大型瓷器以及中国釉下彩与釉上彩手法时，她顿觉眼前一亮，当即决定留下来做一个“景漂”。

以后几年，这个金发碧眼的异国艺术家，一直出没于景德街的窑厂之间，她走访当地工匠，访问中国陶瓷艺术家。2008 年，经过几年摸索，她终于将自己在景德镇创作的巨型作品运回英国，进行了两年巡回展览。

某种意义上讲，“景漂”不仅让景德镇陶瓷散发出新的活力，而且潜移默化地改变着这座城市。像范平这种资深艺术家，他们不仅带来了和陶瓷有关的发明专利，还带来了更为现代的思想观念和运作思路，乃至更为艺术化的生活方式。如今，景德镇既不是元明清时浓烟滚滚、火光冲天的劳动密集型工场，也不是 20 世纪 50 年代到 90 年代按部就班，各个工厂自成体系的国有企业，而是一座以瓷为核心，艺术与生活相互交融的充满文化韵味的新型城市。

在工作室忙碌一天后，吃过晚饭，范平从工作室出发，向山谷深处慢跑，他一直要跑到几公里外那座人迹罕至的山上。那里，可以俯瞰整条山谷。如果是从前，他将看到一座火光烛天的“四时雷电镇”；而现在，他看到的是掩映在山谷里的点点灯火，朦胧、安详而舒缓。他能感觉得到，在这种微妙的景物转换之间，时代，正在化蛹为蝶。

自西徂东：秦国崛起的四级跳

从大堡子山墓群到阿房宫前殿遗址约400公里，车程5小时；2000多年前，同样的距离，那些面目模糊的秦人，耗费了600余年。30多代人前仆后继，接力般地赶往新的起点——出人意料的是，新的起点，竟然也是永远的终点。

从牧马起家的附庸，到雄踞西北的大国，再到以虎狼之师扫荡六合的强秦，600余年间，秦人枕戈待旦，不断东进。“九都八迁”的背后，西犬丘、雍城、栎阳、咸阳，秦国跃迁进程中最重要的四个节点，如同眼花缭乱的四级跳，折射出这个尚武民族如何通过不屈不挠的迁徙、蚕食、扩张，从而吞吐八荒，席卷宇内。

近年来，我先后四次深入甘肃和陕西，寻找沧桑岁月遗落的蛛丝马迹，试图从废墟上、典籍里，还原秦国的崛起之路……

起：寻找汧渭之会与西犬丘

午后的阳光弥足珍贵，尤其在霜风凄紧的深秋。

两列山峦中间，是一条河和它的冲积谷。河水清浅，芦花似雪。岔路口，我向两个晒太阳的老人打听道路。尔后，车子穿过村道，转入一条粗劣的土路。峰回路转，山的另一面，枯黄的野草随风舞动，掩映着难以计数的土坑和洞穴。有的土坑上还竖着红字警示牌：考古工地，禁止入内。

我看到的，是一个面积达 18 平方公里的墓群的一部分。就在这些衰草杂树下，20 世纪 90 年代，考古工作者发掘出 4 座大型墓葬和 9 座中小型墓葬，以及大量随葬品。

墓葬的主人指向了 2000 多年前，一个活跃于陇东和关中的被称为秦的部族。他们的首领，便是后来的千古一帝秦始皇的直系祖先。

据《史记》记载，秦人是颛顼的后裔。颛顼子孙中，有一个名叫大费，又名伯益、柏翳。大费生活于舜、禹时代，他先辅助大禹治水，后又为舜调驯鸟兽，“鸟兽多驯服”；是以舜赐姓嬴氏。这就是秦始皇家族姓氏的由来。

费昌是大费的后裔，御术高超，成汤讨伐夏桀时，驾车的就是费昌。有商一代，嬴氏深受商王重用。商末，蜚廉与其子恶来“俱以材力事殷纣”。商亡后，嬴氏作为顽固的殷商反动势力，被周王迁往西部边陲——主要就是今天的甘肃天水和陇南一带。那时，他们与被称为戎或西戎的游牧民族杂居，环境恶劣，生存艰难。

周穆王时，嬴氏又出了一个御术高超的人，名造父。造父曾驾车随穆王西游，又在徐偃王造反时，随穆王东征。因而，穆王把赵城封给造父，造父以赵为姓，是为赵氏源头——后来征战不休的秦国和赵国，其实是同宗兄弟。

不过，秦始皇家族不属于造父这一支——秦始皇家族是恶来的后裔，而造父是恶来的兄弟季胜的后裔。

追溯秦国前尘往事，非子是不可忽略的关键人物。如果说后来的秦国是一株枝繁叶茂的大树，那么非子就是这株大树扎下的第一条根。因为，从非子开始，世界上才有了秦。

非子的父亲叫大骆。当同宗的造父子孙在赵地风生水起时，大骆还困居西犬丘（又称西垂，今甘肃礼县），身陷戎人部落的包围，在夹缝中求生。

像祖先大费一样，非子也"好马及畜，善养息之"。其时，马既是重要的生产动力来源，也是战车必不可少的组成部分。对一个国家或部族而言，马的多寡优劣，具有举足轻重的作用。周孝王把非子召到汧渭之会，为王室养马。结果，"马大蕃息"——马养得又肥又壮，生的小马驹也多。

很多年来，学者们为汧渭之会的地望争论不休。汧是汧河，渭是渭河。汧河今称千河，是渭河支流。汧渭之会又称汧渭之间，那么，这片水草丰美，宜于畜牧之地，应该就在千河与渭水形成的夹角内。

连霍高速自东向西，与渭河平行。过了虢镇，从渭河北岸转到南岸，立交桥把我导入了宝鸡过境高速。西行 10 公里，一座大桥东西横跨。河面很窄，河床却极宽，如同平原一样一直铺到远处的青山下。这就是千河。在我左侧窗外几百米的南方，千河注入渭河。在我右侧窗外的西北方，那片高楼林立、厂房密布的城区，两千多年前，便是非子的牧场。

如今，千河与渭河的交汇地带，建成了一座面积达 10 多平方公里的湿地公园。尽管我看到的千河和渭河都很狭窄，且水量不丰，但宽阔的河床却能让人想象得出，当雨季来临，它们一定是波涛汹涌的大河。时值深秋，远处的河床和更远的台地上，草木依然青碧，似乎在暗示：这是一片宜于草木生长，也宜于牛马生长的好地方。

非子的养马之功得到了丰厚回报：周孝王打算让他作为其父大骆的继承人。但孝王这一打算，必将损害非子同父异母兄长成的利益，而成的外祖父，是西周时很有影响力的申侯。申侯坚决反对，孝王只好采取折中办法——他说：昔年大费为舜掌管畜牧，舜因此赐姓嬴。现在他的后代为朕养马，朕分土为附庸。于是，他对非子的奖赏是："邑之秦"。即把秦地封给非子，号为秦嬴。给予非子的级别是附庸——所谓附庸，其爵位在公侯伯子男之下，封地不超过 50 里，封君没有资格直接朝见天子，依附于某个诸侯。

尽管地位微不足道——与之相比，宋是公爵，齐、晋是侯爵，郑是伯爵，楚是子爵——诸侯会盟时，楚国国君因级别太低，连进会场的资格都没有，而非子的级别，比楚子还要低。不过，再低的爵位，也意味着非子这一支嬴氏族人，不仅获得了正式封号，有了一块可以世袭的领地，更重要的是，世界上从此有了秦和秦人——第一个秦人，非非子莫属。

周孝王封给非子的秦在哪里呢？史料表明，就在甘肃张家川和清水一带。更具体的地点，却有不同说法：认定清水秦亭乡有之，认定张家川瓦泉村有之。其实，两地相距不远，可能都是非子的封地。不仅如此，再往南一百余公里的麦积区牧马滩，同样被认为是非子的地盘。两千多年前，这一带地广人稀，非子和他的族人，赶着成群的牲畜，逐水草而居。牛羊繁殖，人口繁衍，嬴秦滚雪球般地一步步壮大。

西戎是先秦时华夏族对生活于西北地区的其他各民族的统称。与华夏族相比，西戎文化落后，崇尚武力，富于侵略性，常与华夏族发生冲突。周的先人原本居于豳（今陕西彬县、旬邑一带），由于不堪西戎长期侵袭，不得不东迁周原。非子的先人，原本也是被周王作为戍边力量迁往西犬丘的，其任务是："在西戎，保西垂"。

簋是一种用青铜制作的食器，常与鼎同用。1980 年，山东滕州的一座西周墓里，出土了一件缺盖的簋。簋上铭文表明，其主人叫不其，遂称不其簋。

不其簋上的铭文，讲述了不其受周王之命，与入侵的严狁（即猃狁，戎的一支）战于高陶，三战三胜，受到周王奖赏。

不其是谁呢？就是非子的玄孙秦庄公。秦庄公的父亲秦仲时，西戎攻打西犬丘，非子的兄长成的后裔被消灭。这一事件的后果是：原属嬴氏旁支的非子一脉，成为嬴氏正宗。

周宣王任命秦仲为大夫，讨伐西戎。但是，势单力孤的秦人不是西戎对手，秦仲战死沙场。秦仲死后，包括不其在内的五个儿子悲愤难当，向周宣王请求发兵。宣王派出一支 7000 人的队伍，和秦人一起，于公元前 820 年左右击败西戎，收复了被西戎占据的西犬丘。

战后，周宣王封秦庄公为西垂大夫，并把西犬丘赐予他。于是，自非子以来几代秦人的活动中心，便由今天的天水一带移到了陇南礼县一带。

大堡子山距礼县县城十余公里，西汉水自两山之间缓缓而过。从这里发掘出的诸多文物表明：这是一处年代久远的秦人宗族墓葬。其实，早在国家正式考古前，就有不少文物贩子到大堡子山一带盗墓，大量珍贵文物从这里流向世界各地。礼县诗人包苞告诉我，在他少年时代，经常有在地里劳作的农民挖出一些青铜器具。专家认定，这里就是秦人四大陵园之一的西垂陵园。那么，沉睡在大堡子山的秦君，最有可能是谁呢？

诸种线索指向了秦襄公。秦国发展史上，秦襄公既因缘际会建立了国家，还带领秦人走出陇南进军关中。

秦襄公时，周天子为昏庸的周幽王。幽王废长立幼，太子的外祖父申侯联合西戎攻周，幽王被杀，申侯的外孙即位，是为周平王。平王把首都从镐京迁往洛邑，历史由西周进入东周。

平王东迁时，晋、卫、郑等国组成联军护送，级别差很多的秦人也加入了联军行列。事后，平王论功行赏，把秦襄公升为伯爵，由此结束了秦人的附庸生涯，晋级诸侯。其时，距非子时代已有约一百三十年。

如果说秦襄公很可能就埋在大堡子山的西垂陵园的话，那么，庄公时期建成的西垂宫，即秦人的第一座“都城”又在哪里呢？

根据秦人都城与陵墓之间的距离大多在 5 到 15 公里之间的传统可知，西垂宫就在大堡子山附近。

从地貌和环境看，把“首都”选在这里颇具匠心：大堡子山一带，西和河与西汉水交汇，形成一片肥沃的小盆地。西麓陡峭、东坡平缓的大堡子山扼其西，盛产食盐的盐官守其东，曾被魏文帝评为全国三大要塞之一的祁山堡控其中。两千多年前，这里气候温暖湿润，雨热充足，宜农宜牧，物产丰饶。得天独厚的盐业资源，加上秦人经年累月征战杀伐锤炼出的尚武精神，秦人虽然人口还少，但假以数百年光阴，它必将一点一滴发展壮大，裂变为令天下胆寒的虎狼之秦。

承：黄土下的平阳与雍城

公元前 238 年，嬴政继承王位已进入第 10 个年头。这年四月，他举行了加冕仪式，意味着开始亲政。

令人意外的是，仪式的举办地不在秦都咸阳，而是咸阳以西 150 公里外的雍城。

对年轻的嬴政来说，雍城不仅建有行宫，更埋葬了他的众多祖先，在秦国史上具有继往开来的重要意义。

故事还得从周平王说起。平王除了封秦为诸侯，还给秦人开了一张空头支票：他把业已被西戎占领的岐、丰之地——大致相当于今天的陕西宝鸡到甘肃天水——赐予秦人。

经过秦襄公与儿子秦文公多年浴血奋战，到文公时，空头支票竟然兑现了：秦人把岐、丰之地纳入囊中。包括从前非子为周王牧马的汧渭之会，也在失去上百年后重归秦人。其中，公元前 750 年文公发动的伐戎之战，“收周余民有之”——平王东迁后，还有大量周民留在岐、丰一带，秦国不仅占领了岐、丰之地，还将这些周民变为秦人。这也意味着秦人自此进入了肥沃的关中平原，统治重心由陇南转向陕中。

享国长达五十年的秦文公是一个厉害角色。伐戎东进外，他还有两桩大事值得记上一笔：其一是设立史官，秦国历史从此有了文字记载；其二是立三族之罪并设酷刑。后来的秦国以严刑峻法著称，始作俑者便是秦文公。

尽管秦文公向东扩张并驻马汧渭之会，但要等到他的孙子秦宪公，才将都城从西犬丘迁往平阳。

在连霍高速的虢镇东立交附近，西距千渭之会国家湿地公园十余公里的地方，田野与工厂混杂，民居和厂房交错，是典型的城乡接合部。1981 年，在这个名叫太公庙的地方，出土了一批先秦文物。其中，一只钟上的文字表明，文物主人为秦武公。与之相呼应的，是在太公庙周边村落，先后发现了一批先秦墓葬。据此，一些学者认为，秦国都城之一的平阳就在这一带。

秦武公正如他的谥号暗示的那样："刚强直理曰武，刑民克服曰武"。对外，他坚持用兵西戎；对内，他将三父等权臣灭三族。此外，他还是第一位实行人殉的君主。他死后，从死者达 66 人。

不过，秦武公真正对秦国乃至后来的中国产生过重大影响的，是他的另一项创举。

秦武公十年（前 688），秦国从西戎手中夺得邽（今甘肃清水）、冀（今甘肃甘谷）两地后，没有像以往那样，将开疆拓土所得作为贵族封邑，而是设立为县，由国君直接派官吏管理。从先秦到当代，2000 多年里，县一直是各时代行政区划中的基本单位，其发明权，便归秦武公。

平阳作为秦都，只经历了宪公和武公两代国君。武公的弟弟德公即位后，把秦都从平阳迁往西北 20 多公里处的雍城。

1061 年十二月十六日，刚到凤翔出任签判才两天的苏东坡，迫不及待地赶往孔庙，观看闻名已久的石鼓。

石鼓共 10 面，每面高近 3 尺，重达千斤。九百多年后的今天，它们历经波折，被收藏于故宫博物院。

石鼓的每一面都刻写着古奥的文字，称为石鼓文。石鼓的主人各说不一：秦文公、秦宣公、秦穆公、秦襄公、秦献公——不论哪一个秦公，总而言之，都是秦人作品。石鼓的出土地，在凤翔城南。

石鼓上的文字，或讲述秦公出猎、渡河，或描绘秦国山河秀美壮丽，或歌颂秦军将士英勇善战——宛如一幅幅两千多年前的秦人浮世绘。

凤翔，即雍城。

从秦德公元年（前 677）始，到秦献公二年（前 383）止，秦国建都雍城 294 年，先后有 19 位国君在此世代相传。近 300 年间，秦人在雍城大地上，留下了难以计数的遗址和遗迹。

今天，凤翔是坐落于关中平原的一座小城。出城，麦地青青。城南五六公里的原野上，便是轰动一时的秦公一号大墓所在地。

我去秦公一号大墓那天下午，除了把门的工作人员，别无他人，园子空旷而安静。尽管我曾参观过相当数量的古代墓葬，但秦公一号大墓的宏伟仍让我吃惊：大墓平面呈“中”字形，“中”字那一竖是东西斜坡墓道，中间的“口”是墓室。整座墓全长达 300 米，其中墓室宽近 40 米，深近 25 米。墓室四壁有三级当年施工留下的台阶，使整座墓室呈倒金字塔状。

资料介绍说，秦公一号大墓创下了迄今为止发掘的规模最大先秦墓葬、殉人最多（186 人）、墓具等级最高等五个中国考古之最。虽然从汉唐以来，大墓就遭到了 200 多次盗掘，仍出土文物达 3500 余件。

墓葬的主人是谁呢？根据发掘的石磬上的文字推断，当为秦景公。

从辈分上说，秦景公是秦始皇的第十四代先祖，也是秦穆公的第四世孙。

有个成语叫秦晋之好，用来泛指两家联姻。其典故，便出自秦穆公。

秦国迁都雍城后的第二位国君为秦德公长子秦宣公，其时，秦国已在与西戎的战争中占据上风，下一步就是如何向东发展，与诸侯争夺天下。

秦国地处西北边陲，它要向东发展，必须战胜的第一个敌人就是国境东面阻挡了秦国通往中原道路的晋国。但是，晋是一个实力雄厚的强国。秦宣公时，秦国与晋国第一次交手，秦国获胜，然而并无大用。到秦穆公时，穆公改变国策，向晋国求婚，娶了晋献公的女儿。此后，又扶持流亡的晋国公子重耳，帮助他做了晋君，并把女儿嫁给他——从亲戚关系上说，穆公先前是重耳的姐夫，后来又成了重耳的岳父。重耳即春秋五霸之一晋文公。

晋文公死后，秦晋之好破裂，双方陷入长年战争。尽管秦国曾俘虏过晋惠公，但秦国东扩的步伐仍然被晋国遏制。唯一的重大成果是，晋惠公为了报答秦穆公的不杀之恩，把河西之地割与秦国。秦国第一次将势力推进到黄河西岸，秦人也第一次看到了浊浪滔天的黄河。

秦穆公意识到秦国还无法彻底打败晋国，于是转而向今甘肃西部和陕北、宁夏一带的西戎发动攻势："益国十二，开地千里，遂霸西戎"。秦穆公继小舅子加女婿晋文公之后，成为春秋五霸之一。其时的秦国疆域，大致东到黄河，西达陇山以西，北到今平凉、延安一带，南抵秦岭，面积近十万平方公里，与晋国相当。

穆公后，续任的康公、共公和桓公，先后与晋国交战十多次，但胜少败多。虽说胜败乃兵家常事，但秦国在国际关系中时常背盟的言而无信，给诸侯留下了深刻而恶劣的印象。

泾阳地处西安以北，县城在泾河北岸。两年前，我到泾阳参观中国大地原点时，准备顺道寻访曾发生过影响秦国国运多年的麻隧之战旧址。但查阅方志并询问当地人后，却未能如愿——史书的记载太模糊：麻隧，泾阳县北。

《古文观止》中的《周文》里，收录了一篇《吕相绝秦》，此文便和麻隧之战有关：前 577 年，晋国派吕相出使秦国，历数秦穆公、康公、共公三代君主如何屡次背弃盟约、挑起战争，并向秦国宣战。

随后，晋国牵头组成包括晋、齐、宋、卫、鲁等在内的九国联军自东向西深入秦境，于麻隧激战。秦军大败，联军渡过泾河追到侯丽（今陕西省礼泉县境内）才收兵。

麻隧之战是秦人历史上不多的惨败，秦穆公获取的河西之地被晋国夺走（三家分晋后归于魏）。失去了黄河天险，秦国国境向西大幅退缩，秦人东扩的理想遭遇迎头痛击。

沉睡在一号大墓黄土深处的秦景公就是在麻隧之战丧师失地的大背景下登基就位的。

秦景公肯定感受到了秦国在国际上的极其孤立。为了扭转这种局面，他采取了与楚国结盟的办法——从根上说，楚人也是颛顼后裔，与秦、赵都有血缘关系。更重要的是，楚为子爵，比此时的秦还低，一向被中原诸侯以蛮夷视之。两个同被诸侯鄙视的国家一拍即合，结成秦楚联盟，对付以晋、齐为首的晋齐联盟。众多小国，只能在两大联盟之间走钢丝——当然，依附晋齐联盟的要多于依附秦楚联盟的。

麻隧之战18年后，在晋的牵头下，诸侯又一次组成联军攻秦——这一次多达13国。面对大军逼境，秦景公采取了有史可证的第一次“化学战”：当联军驻扎于泾河之滨时，他在上游投毒，大批联军将士中毒身亡，剩余联军不得不退出秦境。

秦景公任国君第31年，宋国大夫向戌搞了一个和平运动，史称向戌弭兵：包括秦、晋在内的14国结盟，停止战争，并奉晋、楚为共同霸主。秦、齐虽未问鼎霸主，但也与晋、楚同列为四大强国。

转：栎阳城的惊世变法

我在公路旁的一块玉米地尽头找到了刻有“栎阳城遗址”的黑色石碑，石碑上方，是两根歪斜的电杆，电缆胡乱垂下来，像秋天里渐渐枯萎的藤蔓。其时，雨水淅沥，远近原野一片苍茫。我脑子里回想的，却是两千多年前发生在这里的匪夷所思的一幕：

前359年，官府在栎阳城南门立了一根三丈长的木棍，并宣布：如果谁把木棍从南门扛到北门，赏十金。这么近的路，这么轻的工作，这么高的报酬？围观的人七嘴八舌地议论，却没人接招。一会儿，又加价了：五十金。好半天，终于有人抱着试一试的态度，把木棍扛到北门——他果然得到了五十金。

这典故，就是有名的徙木立信。在秦孝公大力支持下，商鞅主持的变法运动就这样在秦国首都栎阳拉开序幕。

景公之后的十来代秦君，几乎都没有大作为，至多算守成之君。直到秦献公时代，秦国才又迎来新的崛起。秦景公是第十三代秦君，秦献公是第二十四代秦君，两者之间隔了近两个世纪。

秦献公即位第二年，秦国迁都栎阳。

栎阳在今天西安东北的阎良区。从地理位置上说，它地处渭河以北，是关中平原通往三晋的必经之地，商业繁荣，人烟稠密。司马迁说它“东通三晋，亦多大贾”——仿佛是对栎阳商业发达的一个佐证，迁都栎阳几年后，秦献公“初行为市”——首次以官方形式开通集市，鼓励工商业，并抽取营业税。

发展经济的同时，秦献公加强了对基层的控制，一方面进一步推行县制，另一方面把全国人口按每五家编为一伍，要求人民互相监督，实行连坐。

秦献公二十一年（前364），秦军东渡黄河，深入魏国（前5世纪，三家分晋，晋国分裂为魏、赵、韩三国），在石门大败魏军，斩首六万。

栎阳作为秦都只有三十多年，共计一代半国君——即秦献公和他的儿子秦孝公。

秦国崛起史上，秦孝公是一个举足轻重的关键人物。贾谊称：“秦孝公据崤函之固，拥雍州之地，君臣固守以窥周室，有席卷天下，包举宇内，囊括四海之意，并吞八荒之心。”

秦孝公颇具自省精神，他认识到秦国僻处西北，没有话语权，诸侯会盟，秦国连参与的资格都没有，“诸侯卑秦，丑莫大焉”。于是，下令求贤；于是，商鞅来到秦国，启动了一系列改变历史的变法。

商鞅变法的内容，司马迁用一句话做了概括："变法修刑，内务耕稼，外劝战死之赏罚。"

要言之，商鞅变法最核心的就是两个字：农战。农是农业，战是军事。

商鞅的成功，在于他抓住了问题的核心，那就是秦孝公希望用简单的、易于操作的、见效快的办法，像魔术师一样，变出一个生龙活虎的秦国。抓农业，让经济有了保障；抓军事，这在崇尚丛林法则的年代，是最硬的硬道理。

但是，与变法修刑同步的，是严酷的连坐制和告密制——这一点，先后有几代秦君不断强化；与重农同步的，是对商的打击，即重农抑商。不仅对商人严厉打击，即便民众偶尔为之的商业活动，也在严禁之列；"外劝战死之赏罚"，固然使秦军更加勇敢，但秦国渐渐沦为一个嗜血的"尚首功"的国家：秦军每五人设一屯长，百人设一将。打仗时，百将和屯长如果没斩获敌人首级，统统处死。如果斩获首级 33 颗，达标，百将和屯长进爵一级。围攻敌方城市时，斩获首级 8000 颗以上，达标；在野战中斩获首级 2000 颗以上，达标。达标的各级将领都可得到奖赏。依靠爵位来拉动和刺激的秦军，其疯狂嗜血显然不是诸侯能抵挡的。文明败给了野蛮，是因为野蛮可以藐视人间道德。

从今天的视角看，商鞅变法，固然可以使一个国家在短期内富强，但若把它作为长期国策，则注定将把国家引向灾难。比如对于一个重症病人，要想暂时挽救他的生命，可以用猛药；但长期用猛药，就不但不能治病，反而害命。秦始皇时代，施行的仍然是当年的基本国策，它使秦国最终统一天下，却没能使秦朝逃过其兴也勃，其亡也忽的短命怪圈。究其因，就是商鞅变法这剂药过于生猛，一个正常国家，不可能承受得住这样的猛药。

孝公去世后，商鞅遭到秦国贵族清算，处以车裂之刑，但由他制订的各项法令仍然在秦国忠实地执行。韩非子说："商君死，……秦法未败也。"的确，商鞅本人虽惨死，但他当年制订的新法还在秦国沿袭，并为秦始皇统一中国打下坚实基础。其实，不仅商鞅的新法在秦国不灭，在中国历史上的其他时代，也随时可以见到商鞅的影子。

令人深思的是，秦国的崛起不仅没有改善秦国的形象，反而变得更加糟糕：商鞅变法前，秦国因偏僻闭塞，文化落后而被诸侯看作夷狄之邦；商鞅变法后，秦国除因"夷狄之邦"被轻看，还背上了贪利忘义、不讲诚信、暴戾凶残的骂名，诸侯称其为暴秦或虎狼之秦。

一心一意做大做强的秦国君臣不屑于这些聒噪之音。此时的秦国，就像一辆已经发动的战车，正在轰隆隆地驶向疆场。

合：六王毕，四海一

商鞅在栎阳轰轰烈烈变法的同时，还在栎阳西南百里外的关中平原腹心地带打造另一座城市。那是秦国未来的都城，也将是秦国以及由秦国升级换代而成的秦朝的终点——咸阳。

西安绕城高速上有一座立交桥名为阿房宫，其内侧，便是阿房宫遗址。唐人杜牧的一篇《阿房宫赋》，使早已土崩瓦解多年的这座秦时宫殿名声显赫，几乎成了秦朝及其首都咸阳的代名词。然究其实质，阿房宫修筑于秦始皇三十五年（前212），仅仅两年后，秦始皇就死在东巡路上。

从栎阳迁到咸阳，秦国的都城和宫殿，建在距后来的阿房宫十多里的地方——它们一个在渭河以北，一个在渭河以南。关于渭北，大约是杜甫那句“渭北春天树，江东日暮云”给我留下了美好印象，所以，当我在深秋里看到渭北的杨树叶落飘零时，未免有几分失望。咸阳秦都遗址坐落在一片辽阔的黄土塬上，登高望远，两千年前的宫殿已化作耕地和树林，偶有一些突兀的台地，很可能就是当年的宫殿台基。台基下的黄土沟里，点缀着一些民居，几只羊在房前屋后的草丛中低头啃食，人间的沧海桑田不是这些可怜的牲口能够理解的。

作为秦国都城，自秦孝公至秦始皇，七代秦君在咸阳运筹帷幄，经过多年浴血奋战，终于九九归一；作为秦朝都城，自秦始皇至秦二世，仅仅十多年就成一片瓦砾。秦始皇设想的是由始皇而二世而三世乃至千世万世，然而，理想很丰满，现实很骨感：从非子邑之秦到秦始皇统一中国，打天下耗费了嬴氏家族六百多年，坐天下却只有区区十四年。秦朝享国十多年即崩溃，其原因，古人早就总结得十分透彻：“仁义不施而攻守之势异也。”

秦孝公将首都从栎阳迁往咸阳，最大因素在于咸阳地处秦国中心位置，且临近渭河，交通便利——顺着渭河，秦国的军队和物资可以进入黄河，从而向东征伐。

迁都咸阳十年后，通过变法而兵强马壮的秦国磨刀霍霍。这一年，趁世仇魏国刚被齐国吊打，商鞅亲率大军渡河攻魏，并利用他与魏军主将之一公子卬的旧交，以会盟为名将其诱擒，大破魏军，收复了失去多年的河西之地，实现了秦孝公即位之初“复穆公之故地”的理想。

秦孝公后，惠文王、武王、昭襄王、孝文王和庄襄王五任秦君次第登场，继续蚕食诸侯。其中，尤以惠文王和昭襄王为最：惠文王时，向东攻魏国，占领河西、上郡，黄河天险与崤函要塞牢牢控于秦人之手；向西南，灭巴国和蜀国；向西北，夺取义渠二十五城。

昭襄王在位五十六年，是秦国享国最久的君主。他先后发动数十次征伐，其麾下战神白起仅仅四场战争就消灭诸侯军队一百万以上——当时包括秦在内的各诸侯国的总人口，估计也不过两千万。

为了对付秦国，诸侯以合纵为名组织了四次或五次联军，然而，正如贾谊说的那样："秦人开关延敌，九国之师，逡巡而不敢进。秦无亡矢遗镞之费，而天下诸侯已困矣。"

牛顿有一句名言：我看得远，是因为我站在巨人的肩膀上。套用一下：秦始皇能统一天下，是因为他站在祖宗的基业上。贾谊总结为："及至始皇，奋六世之余烈，振长策而御宇内。"

当嬴政成为新一代秦君时，还是一个十三岁的青涩少年，大权掌握在吕不韦手中。前238年，嬴政来到雍城，举行加冕典礼。

20世纪80年代，考古工作者在凤翔县长青乡发现一处战国建筑遗迹，其中一块瓦当上有四个字：蕲年宫当。"蕲"通"祈"，祈年，就是向上天祈求丰年。史料载，蕲年宫系穆公修建，嬴政的加冕礼便在这里举行——比加冕礼更重要的是，嬴政坐镇雍城，平定了在咸阳作乱的嫪毐。前237年，免除吕不韦的相职，从此大权独揽，政令悉由己出。

自前230年开始，秦国以摧枯拉朽之势发动了统一之战：

前230年，灭韩；

前228年，灭赵；

前 225 年，灭魏；

前 223 年，灭楚；

前 222 年，灭燕、代；

前 221 年，灭齐。

至此，九州肃清，海内混一。灼人的硝烟中，大秦王国升级为大秦帝国，秦王政升级为秦始皇，一个疆域远迈前代的大一统帝国首次出现在中国。

秦始皇下令没收天下兵器，把它们熔化后制成 12 座各重千石的金人（先秦时把铜称为金或吉金），高大的金人屹立于秦宫大门外，沐浴着从关中平原升起的血色朝阳。

每消灭一个诸侯，秦始皇就下令将其宫殿按原样复建于渭水之滨，很快，“离宫别馆相望属也，……穷年忘归，犹不能遍也”。当其他诸侯国的大多数城市都因连年战争几成废墟时，唯有咸阳独秀一枝，繁华与壮丽宛若神话。

以“始皇”自居的嬴政，相信嬴氏江山必将万世一系，干戈永灭。由是，“独夫之心，日益骄固”。孰料，天意难问，他去世才三年，他和列祖列宗筚路蓝缕打下的万里江山竟灰飞烟灭，秦人和嬴氏，也在“天下苦秦久矣”的愤怒呐喊中走到尽头。

咸阳作为秦国和秦朝首都将近一个半世纪。秦二世三年（前 207），项羽进咸阳。这座雄伟的城市及其宫殿大半被摧毁，“楚人一炬，可怜焦土”。此后，山河涤荡，繁华难再，咸阳彻底沦为一座普普通通的西部小城。几百年后的唐朝末年，一个叫许浑的诗人登上咸阳城楼，往事历历，犹然在目。他徘徊良久，写下了一首抑郁沉雄的七律：

一上高城万里愁，蒹葭杨柳似汀洲。
溪云初起日沉阁，山雨欲来风满楼。
鸟下绿芜秦苑夕，蝉鸣黄叶汉宫秋。
行人莫问当年事，故国东来渭水流。

南岭：古道之下，群峰之上

我在巨幅《中国地形图》的下方，在江南丘陵与两广丘陵两大地理单元之间，找到了五个褐黄色的带状区域，它们如同草蛇灰线，略有断续而又始终呼应。在褐黄之间，包围着大片的淡绿。

地形图上的颜色是用来区别海拔高低的，简单地说，颜色越深，海拔越高。绿色一般是平原，褐色一般是山地。我刚从那五个褐黄色的带状区域所在回来，脑子里苍山如海，林表似黛。之前，当我站在那些山峰的高处极目远眺时，我下意识地想到，如果能上升几十公里从高空鸟瞰，我一定会发现，脚下那五堆隆起的山峦，它们并不连续，而是各自成团，唯因相距不远，且基本都呈东北—西南走向，而被习惯性地当作一条山脉。

这条山脉，就是南岭。

作为分界线的南岭

有南岭，就该有北岭。那么，中国的山脉中，谁担当得起北岭的称号呢？显然，那就是被称为天下之大阻的秦岭。秦岭因其绵延 1600 公里而成为中国南方与北方的分界线，名声在外；与之对应的南岭，许多人知道的却是它的另一个名字：五岭。五岭深入人心，缘于毛泽东那首著名诗篇中的名句：五岭逶迤腾细浪。在深具浪漫气质的革命家看来，横空出世的南岭，不过是几朵小小的浪花罢了。

其实，就像北岭——秦岭——是中国重要的界山一样，和它直线距离有约 1100 公里的南岭，也是中国重要的界山。

首先，南岭是南亚热带和中亚热带的分界线。南岭以南的南亚热带，最冷月均温在 10 摄氏度以上，无霜期超过 300 天，基本没有气候学上的冬天；南岭以北的中亚热带，最冷月均温在 2 到 8 摄氏度之间，无霜期 300 天以下。

数据是抽象的，实地所见则更为具体：南岭以北的大余，土壤为红壤和黄壤，而翻越南岭进入南雄，土壤以红壤和紫壤为主。地处南岭以北的邵阳，水稻一年一熟；地处南岭以南的桂林，水稻一年两熟。南岭中的大庾岭，古往今来，遍植梅花，白居易记录了人们观察到的细节：南枝已落，北枝方开。

其次，南岭是江南丘陵与两广丘陵的分界线。江南丘陵一带即传统意义上的江南地区，它是面积达 37 万平方公里的红色丘陵，海拔在 200 到 500 米之间；两广丘陵是两广境内大部分低山和丘陵的总称，海拔在 200 米到 400 之间，但也有少数山脉超过了 1000 米。与江南丘陵不同，两广丘陵峰林广布，地形崎岖，更具有山地特征。

最后，南岭是长江水系和珠江水系的分水岭。在江西大余城内，我找到了一条名叫章江的河流。这条穿城而过的河在流淌到下游的赣州后，与贡水汇合，称为赣江。赣，就是“章”和“贡”合在一起。920 多年前，苏东坡贬谪惠州，他进入江西境内后溯赣江而南下，当河床变得越来越狭窄时，他便到了大余境内。在大余，他弃舟登岸，一步步攀越南岭。在南岭南麓的南雄境内，他再一次上船。这一次，不是溯流，而是顺水。那就是珠江的支流浈江。从苏东坡的行程不难看出，在南岭南北两端，分别是长江和珠江水系，而南岭，是它们的分水岭。

与秦岭相比，南岭因不够高、不够长，而且还由于五个集团的群山各自为政，不像秦岭那样高达两三千米，长达 1600 公里，浑如一堵屹立在中国南北之间的高墙，南岭作为自然地理分界线，其南北差异便不如秦岭那么明显、直观。以江南丘陵和两广丘陵来说，岭南岭北，你中有我，我中有你，并不像许多界山那样，有一条明显的高而陡的山脊线将它们分隔。因而，南岭的分界线意义，更多地表现于人文，而人文的分界，则出于在交通不便的古代，南岭虽不太高，但它过于陡峭，并且南北气候迥异，从而成为岭南与中原之间的阻隔。

在广州，有一座西汉南越王博物馆，馆里珍藏的“文帝行玺”金印，就是一个因南岭的屏障作用而诞生的割据小王国的古老物证。

秦始皇奋六世之余烈，剪灭六国建立秦朝。此后，他北伐南征，不断开疆拓土。其中，秦始皇命屠睢率大军兵分五路，从内地深入岭南。在击败了土著的百越诸部后，秦朝建立起南海、桂林和象郡。这是中央王朝势力第一次远及两广。

然而，秦王朝其兴也勃，其亡也忽。不久，随着摧枯拉朽的农民起义，秦朝灭亡。此时，屠睢手下将领赵佗继任嚣之后，出任南海郡尉。南岭的存在，不仅使岭南免于被内地兵火殃及，也让赵佗看到了割据而王的可能。他下令南岭各关隘据险防守，并杀掉秦朝官吏，尔后又发兵攻下桂林和象郡，统一岭南，自立为南越武王。二十多年后，又建号称帝。这个占据今天两广地区及越南北部的小王国，前后存续了将近一百年，直到汉武帝时才画上句号。

与南越国隔了千年时光遥相呼应的，是五代十国时期的南汉。

和秦末如出一辙，唐末也因农民起义而天下大乱。军阀纷纷拥兵自重，据地称雄。封州（今广东新兴、开平一带）刺史刘谦父子三人经过多年经营后，终于在 917 年定都广州，建立南汉。南汉背负南岭，面朝大海，存续了半个多世纪。当时的割据政权中，这个岭南王国以繁荣的商业，尤其是与波斯的海外贸易著称，“每见北人，盛夸岭海之强。”

显而易见，南岭的阻隔使两广有了一道天然屏障。如果不是天下大乱，中央政权鞭长莫及，这道屏障还不足以造成割据；而一旦天下大乱，中央政权顾此失彼时，这道屏障就足以成为割据政权的边疆。所以，如果说秦岭更多的是一道自然分界线的话，那么南岭更多的是一条人文分界线。

隐秘的孔道

自远古起，尽管山海相隔，路途漫漫，但无论帝王的意志还是自然的险峻，都无法阻止人类交流与沟通的强烈愿望。

南岭自西向东，绵延于广西、湖南、广东和江西四省区，东西长约六百公里，南北宽约两百公里。如果它像秦岭那样连续而高耸，势必成为中断南北往来的天下之大阻。幸好，南岭既不像秦岭那样高，更不像秦岭那样连绵不绝。在群山的合围中，在山与山快要勾肩搭背的地方，总有一些或宽或窄的间隙。这些间隙，就天赐般地成为南北往来的隐秘孔道。

如前所述，南岭又称五岭。所谓五岭，就是构成南岭的五个山峦集团，从西到东，分别是越城岭、都庞岭、萌渚岭、骑田岭和大庾岭（关于古代都庞岭的具体位置，有不同见解，今取其一）。另一种意见则认为，五岭不是指五座山，而是指五条山路，五条隐于群山之间，沟通岭北与岭南的山路。宋人周去非的解释就是这样的：“五岭之说，旧以为皆指山名，考之乃入岭之途五耳，非必山也。”

不论哪一种说法更接近真相，一个不争的事实是，尽管远古时代起，南岭的山峦间肯定就有小道相通，但以国家力量来打通内地与岭南的，却始于秦始皇。

为了占领岭南地区，秦始皇派屠睢为主将、赵佗为副将率大军南征——屠睢死后，任嚣接替主将位置——大军兵分五路。由于后勤补给困难，不得不动用二十万人输送辎重。为了解决运输，秦始皇派史禄开凿了一条运河，这条短短的运河，从此贯通了长江水系和珠江水系。

亚热带季风气候湿润多雨，南岭因此溪涧众多，当溪涧交汇，山南山北便有了一条条如同血管般密布的河流，它们成为沟通南北的水上通道。

南岭是长江和珠江的分水岭，越城岭则是长江支流湘江上源海洋河与珠江支流漓江上源大溶江的分水岭。越城岭和海洋山之间古称兴安隘，是一条低平的谷地，它将湘江和漓江上游谷地联为一体。并且，两大水系的两条江，相距甚近。史禄开凿的运河沟通的就是海洋河与大溶江，它的名字叫灵渠。从那以后，长江水系和珠江水系就在广西东北部的兴安境内“联姻”了。这就意味着，船只可以通过长江水系直入岭南。理论上讲，从大陆腹地的成都，也能坐船到广州。灵渠完工后，秦军不再为后勤所制约，终于势如破竹，顺利占据岭南。

今天，灵渠已从古代的交通枢纽变成旅游景点。在一段被称为秦堤的古老堤岸上，我看到亚热带树木浓荫匝地。浓荫之下，静水长流。南岭这列横亘的大山之间的第一条大通道，竟然是水路，这颇为让人惊奇。

如同越城岭一样，都庞岭、萌渚岭、骑田岭和大庾岭，它们各自分隔了多条河流。其中，两大水系之间相对高差最低的当数萌渚岭分隔的潇水和富川江，只有区区五十米。并且，潇水与富川江航运条件都很好，古人认为富川江“可通巨舰”。如果在潇水与富川江之间开凿另一条类似于灵渠的运河，两大水系势必又一次“联姻”。不过，开凿运河毕竟工程庞大，五岭之中，沟通两大水系的运河至今只有灵渠一条。

与水路相对应的另一种孔道是陆路。今天的县级市连州市是粤西北的一座宁静小城，它坐落在珠江支流连江上游。站在楼顶，能看到远处群山起伏，状若奔马。那是耸立在广东、广西与湖南之间的萌渚岭和骑田岭，连州就在两条山脉夹缝之间的小盆地里。唐代，连州是管辖数县的州级行政区，同时也是朝廷贬谪官员的烟瘴之地，诗人刘禹锡和韩愈就曾先后被贬到这里。他们不远千里前往连州的贬谪之路是相同的，即坐船溯流抵达郴州境内，然后通过隐藏在骑田岭和萌渚岭之间的顺头岭古道穿越南岭，进入连州。韩愈被贬谪的是连州下属的阳山，他还得从连州坐船，顺水至阳山。

穿越南岭的山路给刘禹锡留下了极为深刻的印象，尤其是与他同行的还有八旬老母和两个儿子，更加平添了翻山越岭的劳苦。他写诗纪念说："桂阳岭，下下复高高。人稀鸟兽骇，地远草木豪。寄言千金子，知余歌者劳。"

中国毕业于耶鲁大学第一人容闳也见识过南岭山中隐秘孔道的繁荣。1859年，他学成归国后，做过短时间的茶叶商人，为此溯江到湘潭一带考察，后来他写道："湘潭及广州间，商务异常繁盛。交通皆以陆，劳动工人肩货往来于南风岭者，不下十万人。南风岭地处湘潭与广州之中央，为往来必经之孔道。道旁居民，咸借肩挑背负以为生，安居乐业，各得其所。"

五个山峦集团，五段大地上的障碍，然而又是五条沟通与交流的孔道，这就是南岭的奇异。如果细究南岭历史还会发现，从古至今，不同时代里南岭各通道的重要性表现不一：秦汉时最重要的是以灵渠为中心的越城岭，而唐朝以后，大庾岭成为重中之重。

南岭的诸多地名中，大庾岭、庾岭、梅岭以及梅关、梅关古道是最难以分辨的。简单地说，大庾岭是构成南岭的五岭之一，是南岭最东端绵延两百多公里的山脉。庾岭和梅岭则是大庾岭的腹心地带。按明代学者郭笃周的考证，汉朝初年，汉高祖命梅锠统兵驻扎于今天的江西大余与广东南雄之间的南岭山隘，此地因而得名梅岭；后来，又由庾胜驻守在此，故又称其庾岭。也就是说，梅岭和庾岭其实就是同一个地方的两种称呼而已。

至于梅关，那是位于梅岭隘口的一道关塞；而梅关古道，就是梅关扼守的那条延伸于梅岭山间，沟通了大余和南雄的崎岖山路。

那个寒冷的清晨，当我顺着不算太陡的片石砌就的古道一步步地爬上位于两山垭口的梅关时，我突然想起四百多年前，一位高鼻深目的意大利人，也像我这样喘着粗气由南向北爬上了梅岭。他就是天主教传教士兼汉学家利玛窦。在垭口，利玛窦看到了一座建在绝壁上的关楼。他感叹说："过去此山不能通行，但科学和劳动打开了一条大道。翻越它的全程尽是穿过覆盖树林的多石地区，但是歇足地和路旁旅店也一路不绝，以致人们可以平安而舒适地日夜通行。"利玛窦还说，他在山顶看到了一眼甘洌的泉水。但找来找去，我没找到这眼传说中的泉水。

穿过梅关门洞，就是江西地界。关楼外搭有一座观景平台。站在平台上眺望，山峰渐变为丘陵，一条小路从远处蜿蜒而来，如同一条游动在森林间的长蛇。距今差不多两百年前，另一支洋人队伍从与利玛窦相反的方向翻越了梅岭。那就是英国的阿美士德使团。

随团医官、博物学家克拉克·阿裨尔后来在他的《中国旅行记》里，记载了他们结束使命后从北京到广州的行程。在通州，他们登上了木船，沿着大运河直下江南。在扬州，木船进入长江，溯江而上抵鄱阳湖；经过鄱阳湖而入赣江，再溯赣江及支流章江，也就是我在大余县城看到的那条河，从而来到了江西南端的南安府——南安的府治就是大余。这时，漫长的水路变成了陆路，耸立在旅途前方的，就是梅岭。

为了翻越梅岭，队伍一大早就出发了，那是一年的岁尾，按理，梅岭应该有大面积的梅花。但顺着梅岭北坡往上爬的阿禅尔没有看到一棵梅树。在山下，入目的都是肥沃的耕地，这些耕地，种植最多的是花生。山路上，沿途两旁是枞树林，他写道：“在一些地方由两旁的树林形成了狭长通道。透过通道俯瞰四周，高耸的山峰之间是一条很长的山谷。”

通往梅岭垭口的道路不算险峻，这与我看到的情景相差无几。阿陴尔说：“山势很快就变得非常陡峭，但是由于修了一条蜿蜒曲折的山路，在最难攀登的地方修了很宽的平缓的阶梯，因此攀登起来并不十分困难。”

经过关楼后，阿禅尔一行由江西进入了广东，古道顺山而下。这时，他终于看到了盛开的梅花。他回忆说：“在广东一侧隘口入口附近，我们看到了开满鲜花的属于李属的一种植物，中国人称梅树。因此，这座山的名字——梅岭，就是梅花之山的意思。”

梅花掩映的往事

如同阿禅尔一行从北京到广州几乎都是坐船，仅仅在翻越梅岭时走了几十里山路一样，早在唐宋时，南来北往的旅人就感觉到了梅关古道带来的方便与舒适。

梅岭分隔开了长江水系的章江和珠江水系的北江，两条河相距仅仅几十公里。这样，长江流域的旅人可以坐船到大余，尔后翻越梅岭，在山下的南雄顺北江而下，直达珠江水系所沟通的城市乃至漂洋过海。对此，宋人余靖称道：“自京都沿汴绝淮，由堰道入漕渠，泝大江，度梅岭，下浈水，至南海之东西江者，唯九十里为马上之役，余皆篙工楫工之劳，全家坐而至万里。”在他看来，行程上万里，只有不到百里需要骑马或步行，其余都舒适地坐在船里，这在古代，无疑是个奇迹。奇迹的催生者，就是梅关古道。

翻越大庾岭的梅关古道是在唐朝以后渐渐成为内地与岭南最主要交通要道的。我们今天所称的梅关古道，在唐朝，却是梅关新道。其间的曲折，得从一位著名诗人说起。

大唐开元四年（716）秋天，韶州曲江（今广东韶关）人、左拾遗张九龄因和宰相姚崇政见不合，辞官回到了故乡。他的故乡地处南岭南麓，往还于韶州与长安之间时，张九龄都得翻越大庾岭。其时，大庾岭虽有前代开凿的古道，但到张九龄时代早已年久失修，以至“岭东路废，人苦峻极”，“以载则曾不容轨，以运则负之以背”。为此，张九龄上书朝廷，请求新开大庾岭路。他的理由有两方面，一是请求体恤民生，相当于动之以情；二是预言路通后，岭南物资进入内地将赋税倍增，相当于晓之以利。朝廷果然允准。及后，张九龄往来山中勘探路线，并在农闲时征集民工作业。道路行经之处，不乏巨石。没有炸药的年代，只能先用木柴堆积石上焚烧，待石头受热后加以冷水刺激，使得巨石崩塌分解。

耗时一年多，一条穿山越岭的新路——也就是一千多年后我探访的这条梅关古道——出现在了梅岭山中，它宽约六尺，长数十里。一头是南安，一头是南雄；一头是江西，一头是广东；一头是高天厚土的内陆，一头是风急水深的南海。

不同历史时期，梅关古道上运送的货物也不尽相同。唐朝时，主要货物为南方诸国的贡品、粮食、海盐。宋朝时，主要是韶州的铜、食盐和铁器。单是铜，每年就有五六百万斤，仅此一项，便需十万人次的劳力，每天往来于古道上的苦力不下一千之众。明朝时，食盐占据很大份额，一年中至少有一千万斤以上北运，而其他货物也极为丰富，“南货过北者日有数千”。利玛窦看到的情况是：“商货则用驮兽或挑夫运送，他们好像是不计其数，队伍每天不绝于途。”

但是，梅关古道最繁华的年代，当数清朝实施海禁之后到五口通商之前。

广东有漫长的海岸线，地处粤北的梅岭却距海洋有千里之遥，似乎不会与大海有什么关系。然而，随着梅关古道的开通，这条在阿裨尔眼里“只有耗费大量的时间克服很多困难才能完成”的隘口，以及扼守隘口的关楼，成为海上丝绸之路的重要见证。

五口通商前，长时间里，广州是中国唯一的对外贸易口岸。那时候，从内地南下广州的货物与阿裨尔行经的路线一样；而从广州北上内地的货物则和利玛窦行经的路线相同。无论南下还是北上，梅岭都是必经之地。史称：“岭路乃南粤襟喉，诸夷朝贡，四方商贾，贸迁货物，上及仕宦，俱于是焉。”

五口通商后，内地和广州之间的商贸被分配到了更多的通商口岸，梅关古道上曾经不绝如缕的商旅稀了，少了；及至 1933 年 1 月，又一个梅花绽放的季节，大庾（今大余）到南雄的赣粤公路通车，热闹了上千年的古道归于沉寂。这一年的梅花依旧凌霜傲雪，但已经没有行人停下匆匆的脚步慢慢观赏了。从那以后，梅岭的梅花是寂寞的，它们的知音只有雪地里觅食的鸟雀。

梅岭的梅花沿着陡峭的山势，与古道紧紧相随。中国文化语境里，梅花是君子，是正直、高洁精神的物化。往来梅岭的文人骚客，纷纷为深山里独自静放的一树好花吟诗诵词。据统计，自西晋至清末，为梅岭写过诗词的有三百余人，留下了诗词一千余首，其中很大比例是写梅花的。

苏东坡似乎与南岭——准确地说是梅岭——特别有缘，他一生中竟然四度经过这座梅花遍野的山峰。贬惠州时一去一还，皆经梅岭；贬海南时，他年事已高，海南又孤悬海外，几乎就是不可想象的化外之地，他以为必死在那个遥远岛屿，甚至提前制好了棺材、寿衣。然而，他没想到还能在有生之年重履中土，再一次踏上翻越梅岭的路。梅关古道旁有一株树，据传就是苏东坡所栽，事虽无稽，他却在梅岭留下了咏梅之诗："梅花开尽杂花开，过尽行人君不来。不趁青梅尝煮酒，要看细雨熟青梅。"

梅岭地扼赣、粤，是由内陆进入岭南的咽喉要道，历代对岭南用兵，梅岭几乎都是必经之地。在为梅岭梅花作诗的人中，不仅有苏东坡这样的文人，也有带兵打仗的武人——其实骨子里，这些武人也是文人。

第一个写梅岭梅花的北魏人陆凯即如是。他率军行经南岭，正值梅花怒放，遂想起远在北方的友人，于是写下了这样清丽的诗句："折梅逢驿使，寄与陇头人。江南无所有，聊赠一枝春。"

伯颜是元朝开国功臣，他任丞相时，率军南征，平定南宋。班师途中，这位来自草原的征服者途经梅岭，像陆凯那样，他也注意到了漫山的梅花："马首经从梅岭归，王师到处即平夷。担头不带关南物，只插梅花一二枝。"

有意思的是，征服者伯颜志满意得地打梅关经过，他的对手文天祥也打梅关经过。相同的梅岭，引发的却是迥然相异的情思。其时，文天祥被元军俘虏后押解北上，梅岭是他的必经之地。但因处夏季，孤忠者文天祥与梅花无缘，他留下了一首哀婉的诗："梅花南北路，风雨湿征衣。出岭谁同出？归乡如不归！山河千古在，城郭一时非。饥死真吾志，梦中行采薇。"

珠玑巷的花样年华

六十四岁的黄家庆从家谱上得知，到他为止，他们黄家已在珠玑巷繁衍了七代人。之前，黄家在珠玑巷邻近的一个村落居住了三百年；再往前追溯，黄家的祖先是从江西迁居广东的。

黄家庆清楚地记得，他的祖父辈里，有百分之八十的男人做过挑夫，也就是依靠那条从珠玑巷穿过的古道谋食。农闲时，他的曾祖父就挑货到大余，当地人称为"跑南安"。一般情况下是这样的：下午动身往梅岭南麓的南雄接货，挑回珠玑巷后在家住一宿，第二天一早翻山越岭，挑到梅岭北麓的大余。从南往北的货物主要是土纸、食盐、海产品以及各色洋货；从北往南的货物主要是茶叶、陶瓷、丝绸。那时候的冬天，梅岭总要下雪，古道却从不结冰。因为来往的人太多，雪落到地上，还来不及结冰，就已被来来往往的人马踩成了一摊摊泥水。

我在深秋的一个下午走进了珠玑巷，其时，太阳恋恋不舍地挂在西边山巅，看上去像一个经霜的柿子，泛着温暖明媚的柔光，为梅岭脚下的这座古镇涂抹了一层油彩。这是一座现代与古老安然共处的小镇。一边，新修的广场、商品房和祠堂，以及正在清淤的池塘，都显示出小镇的勃勃生机；一边，一条宽不盈丈的小街，古老的民居，数百年的古塔和陈旧的匾额，又隐隐透露出小镇的丝丝古意。

在南岭地区行走，我注意到了这样一个现象。那就是尽管南岭纵横，五个集团军般的大山遥相呼应，大有要隔断南北的气势，但山与山之间通常都有孔道可以沟通，尤其重要的是，群山怀抱里，常常藏着或大或小的山间盆地。这些盆地地势平旷，土壤肥沃，加上亚热带带来的高温高热，都是适合农耕的好地方。倘若是战争年代，合围的群山又是最好的庇护。当中原地区纷乱如麻时，南岭的群山中，这些小盆地就像一个个自给自足的世外桃源。

珠玑巷就处于这样一个小型盆地中。它与南岭深处的其他小型盆地不同的是，它还得天独厚地位于梅关古道上，是从南雄到大余的必经之地。

自从梅关古道开通后，梅关古道两侧开始出现一个接一个的集镇，珠玑巷就是其中一个。当时，从南雄至大庾岭，短短几十里路，竟然有七个集市，称为梅关七街，而兴于唐代的珠玑巷是最重要的一个。明人作诗称赞说："长亭去路是珠玑，此日观风感黍离。编户村中人集处，摩肩道上马交驰。"

如今的珠玑巷和另一个词联系在一起：移民。纵观中国史，一大特征是由北向南的移民绵延两千年不断。换句话说，古代，地处北方的中原地区开发较早，然后，由于战争，由于经济发展，由于政治决策或自然灾害等诸种原因，北方不断向南方移民，原本相对落后的南方一步步得以开发，终于在宋朝时，迎头赶上北方。

从秦始皇南征开始，便拉开了内地向岭南移民的序幕。当时，为了解决驻守岭南将士的婚姻，秦始皇发派女性一万五千名，成为岭南史上第一次大规模移民。此后，不论是东晋的偏安还是南北朝的对峙，越过南岭向岭南的移民不绝如缕。梅关古道开通后，大多数移民都通过这条更为便捷更为安全的道路由赣入粤，梅岭脚下的珠玑巷，也迎来了它的花样年华。据统计，到南宋时，珠玑巷居民已有一百八十三姓，五千多人，每年经过此地的行人不下二十万之众。

更为独特的是，珠玑巷不仅是移民的迁入地，也是移民的迁出地，它就像一个移民中转站。从北方移来此地的人民，在珠玑巷经过长则几代人，短则二三十年的停留后，选择了继续南迁。

珠玑巷人的南迁始于唐朝末年的黄巢之乱，但最重要的迁徙是北宋末年到元代初年的两百年间，大规模的有三次，小规模的上百次。仅仅宋朝时，由珠玑巷及附近村落迁出的人口就有十万。

承平时代，珠玑巷尽管有古道可商，有盆地可耕，但生齿众多，为了谋生，一些家族只能继续南迁。这时的南迁还算从容。战争年代，地处要道的珠玑巷距兵火也更近，逃难性质的南迁注定更为惨痛。比如南宋末年，元军一路攻城略地，度梅岭而南下，珠玑巷居民仓皇而逃。由于逃难者太多而船只有限，只好砍木做筏，顺江漂流，然而不幸遇上狂风，木筏大多解体，溺死者无数。南宋末年的这次迁徙成为众多珠玑巷移民后裔的伤痛记忆，乃至于“称纪元必曰咸淳年，述故乡必曰珠玑巷”。所谓咸淳，即南宋末年宋度宗的年号，也就是那次惨痛移民的时代。

早年的珠玑巷，如今已发展为珠玑镇。昔年与珠玑巷并称的梅关七街之一的里东，现在是珠玑镇下辖的一个村。一些杂乱的两三层的楼房构成了里东的街道，街中心的农贸市场空无一人，地上摊晾着刚从地里收回来的黄豆。转过这条街道，却是一些破败而又古意盎然的老建筑。原来，这是始建于宋朝的里东戏台。里东戏台原在一家寺庙内，清朝时重建。我看到的榫卯结构的戏台，便是两百多年前的遗存。戏台外面，是一条一丈多宽的石子土路；土路两旁，间或保留了一些一两百年的老房子。这条路，就是通往梅岭的梅关古道。不过，今天的公路绕开了它，它只是夕阳下一片沉默无语的废墟。在里东村口，也就是昔年古道行经处，我看到两株数人合抱粗的巨大榕树。可以想象的是，当年，那些往来于梅关古道，往来于内地与岭南的旅人，当他们走得累了，乏了，一定会在榕树的树荫下，坐下来，喝杯茶，喘口气，然后继续那似乎无穷无尽的迢迢旅途。

从里东村到珠玑镇，虽然只有数里之遥，但两处的景象有天壤之别。里东破败，寂寞，四处都听得见深山的鸟啼；珠玑却兴旺，热闹，四处都听得见人声。最让我感兴趣的是珠玑古巷里，一字排开的上了年岁的民居，几乎每一间都写着某氏或某氏祖居字样。剔除旅游功能，它说明了一个潜在的事实：历史上，众多家族从珠玑巷踏上了南迁之路，这里是众多家族的根和源。

屈大均《广东新语》总结说："吾广故家望族，其先多从南雄珠玑巷而来。"康有为在他自编的年谱里郑重其事地记录了其家族渊源："始祖建元，南宋时，自南雄珠玑里始迁于南海县西樵山北之银塘乡。"事实上，我们熟知的名人如邓世昌、康有为、梁启超、孙中山、詹天佑、黄飞鸿、李小龙，他们的根都在这条只有一千五百米长的珠矶巷。从珠玑巷及周边南迁的居民，黄慈博先生《珠玑巷民族南迁记》中记载，有家谱可查的共有一百六十四族，凡七十三姓。多年的繁衍生息后，据估计，这些珠玑巷移民的后裔已多达两千万到四千万。除广东省外，还有不少漂洋过海，在异国他乡生根发芽。

在珠玑巷采访时，韶关市委宣传部的刘先生告诉我，珠玑巷曾经有一百多个姓，几千人，如今只有二十多个姓，一千多人。但是，前来珠玑巷寻根的人络绎不绝。

当地人给我讲了一个寻根的故事。故事说，一个居住在福建的陈姓家族，根据族谱上记载的祖先当年的生活环境：有山，有河，有古塔，有九眼井和大榕树，他们在粤北地区找来找去，终于确认珠玑巷就是祖宗的生息之地。

有意思的，如今居住在珠玑巷的各宗族，他们迁来珠玑巷的历史都只能追溯到清朝乾隆年间。也就是说，明、宋、唐，甚至更早的珠玑巷人，他们已经以珠玑巷为跳板，顺着北江进入珠江，然后像蒲公英的种子那样，被命运的风吹向了更为广阔的未知远方。当他们的后裔回望珠玑巷时，在后人的视线里，那些筚路蓝缕的祖先，都是一个个面容模糊的、遗失了姓名的英雄。

从梅岭下山，我回到了韶关市区。晚上，沿着浈江河滨散步。在韶关，北江接纳了浈江和武江后，水流愈发丰沛浩荡。这条自唐代起就因梅关古道的开通而在通往岭南的三条水道中客货量十占七八的古老河流，交通功能已然不再。就像南岭山中的古道，渐渐变成了荒烟蔓草的废墟。但源自南岭深处的万千溪流，依然涓滴成河，逝者如斯，不舍昼夜。

万物生长：

影响中国的洋作物

从腾冲到盈江，公路蹿高伏低，灵动如蛇，时而旋进深山，时而坠入平坝。车窗外，阳光明媚干燥，气温如内地三四月。花了近两个小时，跑了上百公里路，我只是为了看一株树。一株在动辄几百年、上千年的古树家族里，树龄只有一百一十多岁的堪称年轻的树。然而，这株年轻的树，却是第一批这种落地中国的树中，历经百年风雨后的硕果仅存者。

这是一株橡胶树。中国橡胶母树。

峰回路转，当我终于来到盈江城外的凤凰山麓时，在一片起伏的橡胶林中，阳光透过树梢，地上布满零乱的光斑，我找到了那株被围起来的中国最年长的橡胶树。

那一刻，几句著名的诗蓦然涌上心头：

没有人是一座孤岛

可以自全

每个人都是大陆的一片

整体的一部分

是的，从人类发展向度看，这个世界，大到一个国家，小到一个部落，没有任何一部分是真正与世隔绝，不需要与外界沟通和交流的。漫长历史上，尽管有过闭关锁国的蒙昧，但交流与沟通才是人间正道。在交流与沟通中，那些越境而来的洋作物，它们在这片东方的土地上生长，悄然影响了我们的生活。

中国橡胶母树和它的子息

在盈江县新城乡，在与橡胶母树一峰之隔的山的另一端，有一座依山而建的墓园。墓园前，是孙中山亲笔撰写的挽联：边寨伟男，辛亥举义冠遇春；中华精英，癸丑同恸悲屈子。

这位被孙中山比作常遇春和屈原的逝者，他的名字叫刀安仁。

像是为了让人联想起刀安仁与橡胶母树的关系，在他的墓后，有一条小道通往凤凰山，循了小道走过去，就能看到那株二三十米高的中国橡胶第一树。

自元朝至民国，今天的滇西德宏一带，一直有十个土司统治，刀安仁就是十大土司之一的干崖土司第二十四代继承人。这个从出生起就注定将是一个小王国土皇帝的人，他的人生迥异于他的列祖列宗：早年，他组织抗英8年。后来，他让弟弟代掌土司，自己出游多国。在日本，他与孙中山结识并加入同盟会。同盟会活动经费中，有相当一部分即由他捐赠而来。1911 年 10 月 27 日，刀安仁组织了腾越起义，被公推为滇西国民军都督。1913 年，当他在北京去世时，年仅 41 岁，民国政府追赠上将军衔。

这位传奇人物，在当地人印象中，“是个喜欢新鲜事物的人”。冲州撞府的经历，见多识广的眼界，使他热衷于新事物，并常有将新事物引进盈江的举动。比如，他第一个把足球带回盈江，如今，这个边远县份已有超过一个世纪的足球发展历程。至于橡胶树，更是刀安仁引进史上最为浓墨重彩的一笔。

很少有人会想到，我们的生活居然与生长在热带的这种常绿植物息息相关。生活中，橡胶制品无处不在：从车轮到胶管，从雨衣到电缆，从电线到胶带，甚至包括激情似火的安全套，合成橡胶出现之前，它们都由橡胶树提取的橡胶制成。

大戟科的橡胶树原产美洲，它的故乡是高温高湿的亚马孙河流域。用刀割开树皮，就有白色的胶液从树干深处流出，印第安人把它称为流泪树。世界上，印第安人最早学会了利用橡胶，用它制成简单的器皿或皮球。

1876 年，英国人亨利·威克姆把 7 万枚橡胶树种子从巴西运回英国，在英国皇家植物园的温室里，7 万枚种子长出了 200 多棵树苗。彼时的英国拥有广阔的殖民地，其中位于亚洲的马来西亚和斯里兰卡地处热带，适合橡胶树生长。于是，这些树苗被带到了东南亚，并在那里落地生根。几十年后，其橡胶产量竟超过了原产地巴西。

1904 年，年轻的刀安仁前往日本，当他路过当时还属马来西亚的新加坡时，他看到了满山遍野郁郁苍苍的橡胶树。对这种大名鼎鼎的热带作物，他当然早已有所耳闻。但它们能否在自己的家乡茁壮成长呢？刀安仁心里没底。但他还是决定试种——他当即买了800株树苗，托人运回老家，栽种在盈江凤凰山上。这是橡胶树漂洋过海，第一次扎根于中国土地。橡胶树的寿命约为60年，110多年后的今天，800株当年的橡胶树几乎零落殆尽，只余下最后的这一株兀立残阳，直刺苍穹。

就在刀安仁把橡胶树引种到盈江的第二年，一个叫何麟书的人把橡胶树引进海南。海南纬度更低，更加靠近平均气温最高的赤道，因而也更适合橡胶树生长。

一百多年后的今天，当初何麟书种下的橡胶树，仍有一部分存活。

橡胶分为天然橡胶和合成橡胶，天然橡胶的原料就来自橡胶树。天然橡胶不仅品质比合成橡胶更好，并且，合成橡胶出现之前，天然橡胶没有其他替代品。

历史上，橡胶曾经深刻影响过人类发展进程。二战中，各国对橡胶的需求空前增长，完全依赖进口的日本为了获取东南亚的橡胶及其他资源，放弃了北上进攻苏联的计划，转而南下——这之前，日本偷袭珍珠港，以便击败美国太平洋舰队，从而扫清绊脚石。倘若不是日本对包括橡胶在内的战略资源的渴求，二战可能将是另一种走向。

20世纪50年代，中国遭到西方封锁，橡胶在禁运之列。为此，中国决定发展天然橡胶。在刀安仁把橡胶引种盈江和何麟书引种海南之前，国际上普遍认为，橡胶只能种植在南北纬10度以内的赤道地带。但刀安仁和何麟书的尝试，不仅纠正了理论的谬误，也为50年代在云南、海南、广西、广东大面积发展橡胶种植提供了范本。

在刀安仁故居，有一幅他中年时的照片。浓眉细眼，留着那个年代很时尚的小胡子，乍一看，有点像孙中山。这个来自边远山区的末代土司，引种橡胶，只是他多姿多彩一生中的一个偶然之举。但恰好是这个偶然之举，让我看到了盈江和德宏遮天蔽日的橡胶林。中国的橡胶工业，也从这个偶然之举起步，如同涓涓细流，终成万里长河。

上帝保佑吃饱了饭的人民

我的童年和少年时代是在川南农村度过的。天底下俱是一色的紫丘陵，如同千万只坚挺的乳房。这本是精耕细作农业区，但在三十多年前，一年里，农民仍然有相当长的时间只能过着半饥不饱的生活。

饥饿的结束是在每年农历十月左右。那时候，漫山遍野的红苕成熟了。白天，农民集体挖红苕，晚上，大凡还走得动的人都带了各种家什——箩筐、背篼、竹篓——前来把自家分到的那一份运回去。哪怕夜色已深，家家户户仍然固执地点燃柴火，煮一锅新鲜的红苕，一家人饱餐一顿，打着嗝扶着墙上床睡觉。这时候，鸡已经叫头遍了。

红苕的收获，意味着至少有半年不再饿肚子。尽管红苕算不上可口，并且红苕吃多了，会有心烧反酸的难受。但是，那个年代，填饱肚子就是天底下最硬的道理。

那时候，我并不知道的是，红苕这种乡间最普通的作物，竟然也是漂洋过海来到中国，并安抚我们这些悲伤之胃的。

红苕又称白薯、金薯、地瓜、山芋、番薯。从最后一个名字可以看出，它来自境外。所谓番，《辞海》的解释是：九州之外，谓之番国。这个红苕原产的番国，据考证，就是今天南美洲的秘鲁、厄瓜多尔和中美洲的墨西哥。

15 世纪大航海时代，哥伦布把红苕从美洲带回欧洲。此后，大约在 16 世纪上半叶，欧洲的水手们又把它引种到了菲律宾和印度尼西亚。

1608 年，长江下游的江南地区发大水，水稻几乎颗粒无收。翰林院检讨徐光启丁忧在乡，当他盘算种点什么作物应急时，他想起了江南还没人种过的一种洋作物。那就是红苕。这之前，他的门客、老家在福建莆田的徐某曾多次给他送过。徐光启试种后，发现它的产量非常高。这位优秀的农学家敏锐地意识到，如果在人口众多的地区推广红苕，势必能养活更多人丁。特别是灾荒之年，红苕将成为救命粮。徐光启总结种植经验，写下了如今已失传的中国第一本关于红苕的专著：《甘薯疏》。

徐光启是富于远见卓识的。他在写《甘薯疏》时，红苕引种到中国沿海不过十多年。红苕来到中国，根据现存史料推测，应该有几条线路，由不同的人多次引至沿海不同地区。

红苕引种史上，陈振龙是一个绕不开的名字。福建长乐人陈振龙于万历二十一年，也就是公元 1593 年，前往吕宋经商。吕宋，是菲律宾北部的一个 10 万平方公里的岛屿。在那里，陈振龙第一次看到了红苕，并从当地人那里得到了作为引种之用的红苕藤，还学会了栽种之法。当他回到故乡长乐时，红苕被他种进自家地里。后来，福建因大旱导致饥荒，陈振龙的儿子向福建巡抚金学曾建议广种红苕救灾。

果然，就像徐光启试种那样，红苕既耐贫瘠，又易于管理（徐光启所谓“枝叶附地，随节生根，风雨不能侵损也，根在深土，食苗至尽，尚能复生，虫蝗无所奈何”）。更重要的是，红苕产量极高，“亩可得数千斤，胜种五谷几倍”，在饥饿线上苦苦挣扎的民众，时时面临倒下成为饿殍的危险，红苕的出现，无疑雪中送炭。从此，“自是硗确之地，遍行栽播”。

入清后，陈振龙的后裔陈世元把红苕引种到山东和河南，陈世元的儿子陈云和陈燮再引种到河北和北京，以至于“大河以北皆食其利矣”。

与陈振龙引种入境的轻松相比，另两个引种者的经历却充满艰辛甚至冒着被杀头的风险。

万历八年（1580），广东东莞人陈益与人前往安南，也就是今天的越南。到了安南，受到当地酋长盛情款待。每次宴会，总有红苕上桌。陈益觉得它“味甘美”，动了把它引种回国的念头。然而，当时安南不许红苕出境。陈益悄悄贿赂酋长的仆人，才获得了苕种。就在他带着苕种匆匆踏上归途时，酋长获知了他的秘密，发兵追捕。幸好陈益的船遇上顺风，才及时逃脱。两年后，陈益在家乡种植红苕，其后“种播天南，佐粒食，人无阻饥”。

另一个惊险故事也发生在安南——两相印证，也说明安南禁止红苕流出的规定是真实的。

《电白县志》说：“相传番薯出交趾（今越南），国人严禁以种入中国，违者罪死。”电白人林怀兰的职业是医生，他行医于中越边境时，医好了越南守关将领的病。当时，越南国王之女患病已久，守关将领把他作为名医推荐上去，林怀兰果然妙手回春。一天，国王赏赐林怀兰吃熟红苕，林怀兰表示想吃生的。在咬食几口后，他把剩下的半截红苕悄悄藏在怀里。出关时却被发现了，“关将曰：‘今日之事，我食君禄，纵死不忠，然感先生之德，背之不义。’遂赴水死”。就是以这半块还带着林怀兰牙印的红苕为种，红苕很快就“种遍于粤”。

红苕进入中国，除了上述的海路记载，还有陆路从印度和缅甸进入云南的说法。

中国历史上，即使是大一统的承平时代，人口数量也多徘徊在1亿以下，直到宋朝，人口终于突破1亿；明朝时则超过了两亿。但是，经过明末清初几十年的大动乱，清朝定鼎天下时，人口已只有6500万。从清初的6500万飙升到道光时的4.3亿，只用了200多年。其中最重要的原因，就是包括红苕在内的洋作物引种中国，引起人口的爆炸式增长。

以四川为例，原本人烟稠密的天府之国，清初，竟只有区区80万人口。清政府不得不实施了长达数十年的“湖广填四川”政策。随着移民进入四川的，就有插根藤子就会结出一串串甘甜块茎的红苕，以及同样来自美洲的在高寒山区也能茁壮成长的玉米，在它们的滋养下，四川人口急剧增长，很快超过前代。

在我老家，今天仍种植漫山遍野的红苕和玉米。不过，红苕用来喂猪、喂鸡，玉米喂猪、喂鸡外，还用来酿酒。总而言之，这两种被乡人称为粗粮的东西，过去，是果腹的救命粮，而今天，除了偶尔尝新，它们早已退出了餐桌。沉默的餐桌，它们是人类进步的见证。

那些吃土豆的人

印象派画家凡·高有一幅作品，题为《吃土豆的人》。画面上，灯光昏暗，四壁黝黑，一家人围坐桌前准备吃晚餐，主食是热气腾腾的土豆。这些吃土豆的人，他们面对简单的晚餐，眼睛里流露出渴求与感激之光。

凡·高创作此画是在 1885 年，其时，距法国人用土豆解决北部饥荒，刚好过去一个世纪。

土豆学名马铃薯，又称香山芋、地蛋和洋芋。和红苕一样，它同样起源于美洲。16 世纪，西班牙人在征服印加帝国的过程中，土豆也如同战利品一样被带回欧洲。不过，相当长时间里，土豆并没有走上餐桌，至多作为一种远渡重洋的新物种出现在王公贵族的花园里，让人联想起风急浪高的大西洋彼岸，居然还存在一个刚发现的新大陆。土豆从观赏植物上升为农作物是在 1772 年。这一年，巴黎医学院那些严肃得像一块钢板的学者非常严肃地宣布：土豆是可以食用的。

土豆从欧洲来到中国的时间，和红苕大体相当，也是明清之际。

不过，明末留下的一批史料中，虽然有土豆之名，但因无具体说明，现在已无法断定这种被明朝人称为土豆的东西是不是我们所说的土豆。

据何炳棣先生考证，1650 年，荷兰人斯特儒斯在台湾时，曾见到那里种有土豆。其时，台湾遭受荷兰殖民侵略已有 20 多年。那么，显而易见，是荷兰人最早把土豆引种到了台湾。

逮其后，康熙年间的福建《松溪县志》出现了汉语文献中对土豆的第一次具体描述，它表明这种在美洲已有几千年种植史的洋作物终于登陆中国内地："马铃薯，叶依树生，掘取之，形有大小，略如铃子，色黑而圆，味苦甘。"

在爱尔兰，土豆曾创造了两段堪称神话的历史。两段历史，一喜一悲：与其他食物相比，土豆碳水化合物高，富含蛋白质、维生素和矿物质，成人食用有利健康，儿童食用能降低死亡率。资料表明，1780 年到 1840 年的六十年间，一个爱尔兰农民一天要食用近 5 公斤土豆。土豆喂养下，爱尔兰人口从 400 万激增到 800 万。然而，1845 年，由于土豆大面积的发生病害进而枯萎，以土豆为生的爱尔兰人饿死将近 100 万，另有 100 万人溯了土豆的来路，从欧洲流亡美洲。

在中国，土豆同样影响了历史。今天，土豆已成为仅次于小麦、稻谷和玉米的全球第四大粮食作物，而中国的土豆产量，高居世界第一。

土豆收获时节，在甘肃中部的定西，我看到堆积如山的土豆，正被大大小小的车辆运走。地处大陆腹地的定西，气温寒凉，昼夜温差大，黄土干燥，水分涵养差，许多作物都不宜生长，独有土豆欣欣向荣。从清朝乾隆年间引种到今天，定西已成为中国三大土豆主产区之一，被称为中国马铃薯之乡，支撑起当地经济的半壁江山。

土豆是一种适应性很强的作物，除了盐碱地，其他土壤都能生长。因此，国内像定西一样，原本耕地条件较差的地区，最终几乎都是土豆占据一席之地，曾成为当地人的主粮。在贵州，"山地遍种，民赖以济食"；在四川，"山民倚以为粮，十室而九"；在湖北，"郡中最高之山，地气苦寒，居民多种洋芋。各邑年岁，以高山收成定丰歉”。

如今，在四川大小凉山、贵州西北部和云南东北山区，地薄天寒，山高谷深，除了土豆能够大规模种植，其他产量较高且能正常种植的作物屈指可数。因之，土豆就是这些地区农民最重要的口粮。反过来，随着宜于高寒山区的土豆的引种，也随着人口的激增，一部分人从平原和丘陵走向原本不宜居的山地。在土豆的帮助下，人类的种子播撒到了更为辽阔的远方。这些身处一隅的人子，他们如同一株株生命力旺盛的土豆，只要有阳光和雨水，就能在风中成长。就像前人所说的那样：“高山地气阴寒，麦豆包谷不甚相宜，惟洋芋种少获多，不费耘锄，不烦粪壅，山民赖此以供朝夕，其他燕麦、苦荞，偶一带种，以其收成不大，皆恃以洋芋为主。”

我如今居住的成都市地处平原腹心，平原上的粮食作物以水稻和小麦为主。但在平原西北尽头的龙门山地区，土豆仍然是重要作物之一。1890 年，当土豆已经在我国沿海地区种植 200 多年，凡·高的《吃土豆的人》也问世几十年后，一群高鼻深目的法国人不远万里，来到位于成都平原与龙门山接合部的彭州白鹿镇。在那里，他们建起一座后来成为整个四川天主教培训中心的下书院，顺便也为成都引种了土豆。据说，法国传教士们食用土豆时削下的皮扔到地上，不久竟然生根发芽。生命力如此顽强，这种从没见过的作物引起了周边农民的好奇，有人便带回去试种。从此，土豆在龙门山区代复一代地生息繁衍。今天，它已成为蔬菜基地彭州的特产之一。

衣被天下的花朵

1765年，即乾隆三十年，直隶总督方观承令匠人精心雕刻了十二件刻石。两百多年后，作为中国棉花种植史乃至农业发展史上的重要文物，刻石依然保存于河北省博物馆。

那一年，南巡的乾隆途经保定，在方观承陪同下，兴致勃勃地视察了王氏庄园的棉行。稍后，方观承以乾隆的视察为背景，把棉花种植、管理、采摘，以及纺线、织染——一言以蔽之，就是从棉花种植到变成布匹的全过程——一一绘图，并配以简明文字制成册页呈乾隆御览。乾隆阅读后，兴趣盎然，这位古往今来作诗最多的人拈笔为每幅图都题了一首诗。方观承要匠人雕刻的，便是这本留有御笔的册页。历史上，把它称为《御题棉花图》。

中国虽然是栽桑养蚕的发祥地，棉花却不仅是舶来的，而且进入中国人生活的时间并不长。在棉花登场抵挡风寒之前，我们的祖先能凭借的是丝、麻、葛。丝绸太贵，远非编户小民所能消费；麻和葛虽便宜，保暖性却不如人意。《王祯农书》曾把棉花同丝麻相比，棉花的优点一目了然："比之蚕桑，无采养之劳，有必收之效；埒之枲麻，免绩缉之功，得御寒之益。"

《御题棉花图》册页里，不仅有乾隆的诗，还有他的祖父康熙的一篇《木棉赋并序》。康熙文中的"木棉"，不是我们今天所说的那种高大的开满红硕花朵的英雄树，而是古人对棉花的别称。这篇赋里，康熙追溯棉花的来历时说它"道伽毗而远来"。伽毗是哪里呢？有注家引《册府元龟》说，"（贞观二十一年 [647] 三月）伽毗国献郁金香"，但"今地无考"。

窃以为，伽毗很可能就是迦毗，也就是迦毗罗卫国，即佛陀的母国。康熙的赋中，用它代指印度。事实上，棉花家族中的印度棉，就是古印度人培育出来的。汉朝时，随着陆上和海上两条丝绸之路的贯通，棉花也像苜蓿、胡萝卜、葡萄等众多中亚、南亚和西亚作物一样流布中土。

不过，尽管汉代的典籍中就能找到棉花的记载，但在宋元以前，绝大多数中国人依然没能把棉衣穿到身上。因为，印度棉是一种多年生木本植物，喜热，好光，这决定了它只能生长在广东南部等少数地区。

宋元时期，原产于欧洲的一种一年生草本棉，从西北的陆路和东南的海路分头进入中国，从此，开始了棉花衣被中国的绚烂之旅。对此，《中国棉纺织史》认为，印度棉和宋元时传入中国的草本棉属同一种作物。在欧洲，它由多年生变成一年生；而在包括印度和中国南方的亚洲地区，由于气温高，始终未蜕变。

第一个把棉花种植提到国家高度的是元朝。1289 年，忽必烈下令在浙东、江东、江西、湖广和福建设置一个新的机构：木棉提举司。按元朝惯例，对重要事务，一般都设专门的提举司负责。提举司首长级别为五品，相当于今天的地厅级。与木棉提举司类似的还有负责茶叶的榷茶提举司，负责海外贸易的市舶提举司，负责教育的儒学提举司。

及至明朝，棉花版图已从元朝的局限于长江流域扩展到大江南北、黄河上下，南北直隶及十三个布政司一百四十个府，都有成片的棉花种植。到了清朝，棉花更是“北至幽燕，南抵楚粤，东游江淮，西极秦陇，足迹所经，无不衣棉之人，无不宜棉之土”。此时，棉花已成为中国人最普遍最主流的衣着原料。

明太祖朱元璋以他农民式的精明，为大明帝国的万千子民做了条款非常多的规定。比如农民种什么，土地怎么分配，这个深宫里高高在上的天子也非常操心。他下令，凡是家里有五到十亩土地的农民，栽桑、麻、木棉各半亩，十亩以上的翻番。并且，地方官必须严格监督，不按规定执行的要处罚。

朱元璋的这种规定透露出的最明确信息，就是此时的大明王朝还属于完全自给自足的自然经济。地上所产，仅供自用。诸物皆备，不必仰于商品交换。

但是，一百多年后的明朝中后期，一种远道而来的植物意外地打败了朱元璋，让太祖高皇帝的圣旨成为一纸空文。这就是棉花。

明清之际，棉花以空前规模在全国大面积种植，最集中的是长江下游三角洲和黄河下游平原。其中，尤以长三角的苏州府和松江府为最，能够耕种的土地，百分之七八十种棉花，百分之二三十种水稻。水稻种得少，粮食不够吃，就大量从邻近地区贩运而来，而农民赖以购粮的银子，就是地里年年丰收的棉花和它们化作的一匹匹衣被天下的棉布。农民热衷于弃稻种棉，一个地方官洞悉了个中奥妙，那就是："盖缘种棉费力少而获利多，种稻工本重而获利轻。"至于卖布买米或是相应的卖米买布，不仅使朱元璋的自给自足模式不再是铁板一块，农民有了初步的专业化分工，同时也促进了商业化进程。

由于种棉织布蕴藏着海量商机，其间又产生了不少前所未闻的新职业。种植者除外，专业性的职业还有轧花匠、纺纱匠、织布匠和染匠，这些姑且命名为技术工人的人数，据统计，清代中期，仅苏州一地就多达两万人。他们之外，还有另一些不可或缺的角色，美国史学家林达·约翰逊说："棉产品生产从农民的副业上升到手工工业，是通过掮客、工场主和商人共同的努力发展起来的"。

今天中国最重要的城市之一上海，已是现代与繁荣的代名词。在一千多年前的唐代，这里还是东海中若隐若现的沙洲。随着沧海桑田的变化，到了宋朝的1074年，上海设镇。1292年，也就是元朝至元二十九年，上海设县，属松江府。当年留下的一幅地图显示，元朝时上海最显眼的建筑是衙门、军营和庙宇。它还远远算不上城市。即使到了明朝，它的城墙庇护的城区直径也不到一公里。

上海分布着沙质的淤泥地，不宜种水稻，却是棉花生长的理想之地。当棉花遍及南北，包括上海在内的松江府渐渐成为全中国首屈一指的棉花产地和工场最密集的纺织基地。此外，东海之滨的上海还是布匹出口的重要码头。沈从文在《中国古代服饰研究》中说："（清初）棉花种植生产已遍及中国各地区，因之成为一般人民衣着主要材料。长江一带生产的一种，花作紫色，纤维细长而柔软，由农民织成的家机布，未经加工多微带黄色，特别经久耐用，在外销上已著名，通称南京布。"这种南京布，其中的外销部分，几乎全部由上海经海路运往广州，再从广州出口。仅1786年一年里，出口的南京布就达372000匹；不到十年，这一数字惊人地飙升到了100万。鸦片战争之前的1820年则达到了峰值：300万。美国《纽约论坛报》的创办者贺瑞斯·格里利曾回忆说："在我的童年时代，中国的棉织品，被称为南京布，在新英格兰被广泛使用，甚至是穷人。"

正是洁白的棉花，给了后来成为远东明珠的上海第一推动力，就像林达·约翰逊断言的那样：棉花和商业是清代上海经济发展的第一阶段的主要原因。19世纪之初的上海，已从一个荒凉的滨海小镇，发展成一座拥有12万居民的名副其实的城市。这一时代留下来的地图上，除了象征皇权的衙门和军营，以及象征神权的庙宇，更多的，是象征商权的各种公所——布业公所、茶业公所、丝业公所、成衣公所、南北货公所，以及因商权的空前发达而催生的商人们款叙乡情的各地会馆——江西会馆、潮惠会馆、浙绍公所、泉漳会馆、潮州会馆、建汀会馆……可以说，棉花催生了商业，商业带来了繁荣，繁荣点燃了平民的人间烟火。

四百多年前，当上海还是一座咸腥海风吹拂的江南小镇时，那一年，为母守孝的徐光启在他滨江的老宅里，为他的《甘薯疏》写序。他感慨说："方舆之内，山陬海澨，丽土之毛，足以活人者多矣。"但是，大多数人固执地认为，一种生物只能生长于一个特定地方，就像貉越过汶水就会冻死，橘移栽到淮北就变成枳那样。与这些胶柱鼓瑟的认识截然不同，徐光启坚信，能够引种的作物是大多数，不能引种的只是极少数。如果不画地为牢，如果积极引种，那么"世可无虑不足，民可无道殣"。

仿佛是为了应验徐光启的预言，踏浪而来的洋作物在中国大地上纷纷落地生根，成为我们生活中不可或缺的一部分。或许，其中还包含着另一个简单的隐喻：与时俱进既包括自身的进步，也包括对先进的东西采取拿来主义。古人的总结要言不烦：它山之石，可以攻玉。

半岛如龙：
大陆尽头的海洋传奇

就像是为了和雷州这个名字，以及这个名字来历的传说相匹配，两年前，当我第一次从广州赶往雷州半岛时，车过湛江，原本艳阳高照的天空渐渐乌云密布，俄而电闪雷鸣，大雨如注——有一种由来已久的说法是，雷州之所以得名，是由于此地多雷暴。比如《太平寰宇记》就说："雷之南滨大海，郡盖以多雷为名，以其雷声近在檐宇之上。"对此，另一些学者却持反对意见，坚持认为雷州与雷并无关系。孰是孰非，或许一时还难以厘清。不过，初次踏上雷州的土地，它的确以突如其来的雷雨给我留下了极为深刻的印象。

从中国地图上看，雷州半岛狭长如龙，从广东省西南部一头扎进苍茫大海。那天，雷雨很快结束，转瞬之间重又烈日当头。透过车窗望出去，高速公路两旁都是肥沃的原野。砖红色的土地上，热带作物长势良好。间或点缀其间的村庄和城镇，人烟稠密，鸡犬之声隐隐可闻。

几天后，我顺着蜿蜒如蛇的县道离开雷州半岛。车行海滨，劲风吹拂。远处，海潮拍岸，一些赶海的妇女在沙滩上忙碌。山岭上，高大的风轮缓缓转动。近旁，一片整齐的盐田在阳光下发出刺目的白光，一些用贝壳装饰的房屋伫立在热带丛林深处。一只废弃的渔船靠在路边，色泽斑驳，如同经历了太多世事的沉默长者。

峰回路转，一片起伏的台地上，无边无际的菠萝铺向天边。台地下的小河畔，一群牛正在低头吃草。面对这方背负大陆、面朝大海的土地，我不由想起《读史方舆纪要》中古人对它的定论："三面距海，北负高凉，有平田沃壤之利，且风帆顺易，南出琼崖，东通闽浙，亦折冲之所也。"

当我下车拍照时，一头牛突然抬起头来，向着远方张望。良久，它对着蔚蓝如海的天空发出一阵低缓的叫声——它仿佛也对大陆尽头寂静而漫长的岁月陷入了遐想与沉思……

大海的馈赠

我对雷州半岛的打量，是从在水一方的海南岛开始的。海南岛北部，有一个知名的去处，叫作临高角。这是一道突入大海的岬角，也是海南岛距雷州半岛最近的地方之一。有一个浪漫的说法是，天气晴朗的日子，如果在临高角登高远眺，能够隐隐看到北边的雷州半岛。但是，不知是那天不够晴朗还是我运气太差，我只看到了横无际涯的海水，以及海水上摇荡如叶的船只。直到后来，我坐着轮船横渡琼州海峡，将近一个小时后，我才看到水天交接处出现的地平线。它像是漂浮在翻涌不息的海面上，并随着水波轻轻荡漾。

东西长约八十公里，南北平均宽约三十公里的琼州海峡是我国三大海峡之一，它将雷州半岛和海南岛隔开，从而让雷州半岛成为中国大陆的尽头。

关于海南岛与雷州半岛分离的成因与时代看法各一。就成因而言，有海岸侵蚀说、构造断裂说和海侵低地说；就形成时代而言，有上新世、第四纪初叶、中更新世和全新世几种。其中，由中科院编撰的《中国历史自然地理》认为：琼州海峡本身并不是一个断裂谷，它的前身就是普通的低地。全新世中期，由于全球性海侵，海水上涨，淹没了这片低地，由此形成波涛滚滚的海峡。此说认定的形成时间最短，大概在七千多年到一万一千年前之间。不过，另一种反对的说法则认为，海南岛上没有老虎，而老虎的最初形成是距今两百万年前。那也就是说，海南岛与大陆的分离，至少也是两百万年前的旧事了。

不管哪种说法更接近远古的真相，一个不争的事实是，海南岛与大陆分离后，雷州半岛成为中国大陆的最南端。这最南端，便是直插琼州海峡的徐闻县角尾乡。

从徐闻县城出发西行，公路两侧，肥沃的红土地上种植着剑麻和菠萝。半个小时后，折向西南，渐渐能看到小块的盐场，并吹到强劲的海风。其时，角尾乡到了。

一如琼州海峡分割了大陆和海南，雷州半岛也把南中国的大海分成三部分：半岛以东，是广阔的南海；以西，是三面环陆的北部湾；南面，是终止了大陆向南方奔跑的琼州海峡。

雷州半岛是中国大陆的最南端，而角尾乡又是雷州半岛的最南端。前往角尾途中，我看到路旁人工搭起的三块巨石上，刻着“中国大陆南极村”的大字。把角尾乡称为南极村，并非今人的旅游噱头，而是古人早就有这种说法。比如“元诗四大家”之一的范梈，曾在雷州出任海北海南道廉访司官员，他就在诗里把雷州半岛称为南极：“南极下头星象少，东风近便柳梅繁。”

角尾，原名滘尾。滘，是指水流汇合的地方。这汇合的水流，即北部湾与琼州海峡。

我特意选择了涨潮时段来到海边。站在高处，我看到西边的北部湾和东边的琼州海峡，两片不同海域的海水一齐向着中间奔涌而来，渐渐在远处的海面上形成了呈十字形的海浪。这就是雷州半岛最著名的自然景观：十字浪。

两片潮差不同、温度不同、风向也不同的海水，除了形成奇特的十字浪，还共同塑造了另一道景观：潮水退去后，刚才两片水域交汇的地方，渐渐露出了一条细长的沙洲。这沙州，是由两股潮水经年累月地把泥沙从东西两个方向向合水线处冲积而成。潮水不灭，北部湾和琼州海峡共同塑造的这条沙洲也在不断向南——也就是海南的方向——持续延伸。据估算，目前沙洲的最南端所连接的，也是琼州海峡最狭窄的地方。

当地人说，潮水经常会给他们带来意外的收获：每一次退潮后，如果在沙洲上仔细寻找，很有可能发现被海水冲上来的在海底沉睡多年的文物：有可能是一枚锈迹斑斑的铜钱，有可能是一柄不再锋利的短剑，还有可能是几片破碎的青花瓷……

角尾乡一带海域，分布着众多珊瑚礁。从十字浪观赏点沿海岸西北行几公里，是国家级的徐闻珊瑚礁保护区。珊瑚虫是典型的大海子民，这种和米粒差不多大小的腔肠动物有一种特殊本领，它们在生长过程中能吸收海水中的钙和二氧化碳，并分泌出石灰石，变成它的外壳。千万年的漫漫岁月里，一代代珊蝴虫黏合在一起，最终形成了珊瑚礁和珊瑚岛。徐闻珊瑚礁形成于约一万年以前，是中国大陆沿岸唯一发育和保存的现代珊瑚岸礁。

不过，我更感兴趣的是这些海洋生物与人类的关系。

和珊瑚礁保护区一样，东场村也濒临北部湾。在村里转悠时，我找到了多处独特的房屋：房屋看上去非常简陋，屋顶覆盖着厚厚的茅草。可能是长时间没有翻新，茅草黝黑破旧，像是用烟熏过。与屋顶的茅草相比，四周的墙壁——包括小院的院墙——却是我此前从没见过的：墙壁略呈灰白色。远处看，像是用不规则的石块堆砌而成；近处看，石块上分布着密密麻麻的小孔。用手一摸，能感觉到粗糙的质地。这些砌墙的石块，就是珊瑚石。

历史上，内地曾把珊瑚石当作名贵装饰品，清代文人谷应泰在《博物要览》一书中就说："珊瑚生海底，作枝柯状，明润如红玉，中多有孔，亦有无孔者、枝柯多者，更难得。"在雷州半岛，珊瑚石却沦为了农家的建筑材料，用来砌墙、铺路、搭台阶。

东场村旁边就是东场湾，蔚蓝的大海一望无际，居民造屋所用的珊瑚石就来自这里。一方面，自然是因地制宜，就近取材；另一方面，用珊瑚石建房有格外的好处：首先，它不需要黏合剂，雨水一淋或是用水一浇，珊瑚石就牢牢地粘在了一起。其次，海边多风，带着咸味的海风腐蚀性极强，不少海边建筑，要不了几年就千疮百孔，本身就来自大海深处的珊瑚石却不会受海风影响。最后，珊瑚石透气性好，冬暖夏凉。当地人口中，珊瑚石有另一个更优雅的名字：海石花。

倘若用无人机从高空俯拍，北部湾之滨的雷州半岛西海岸，大面积的方格子闪动着粼粼波光。看上去，像是蓄水过多的农田——它们的确是田，不过，并不用来种水稻，而是制盐。它们的名字叫盐田。

“专煮海之利，以为赡国之术”，古人眼里，利用海水制盐，是一桩利润非常丰厚的事情。海岸线一千七百多公里的雷州半岛，自古以来，就有煮海制盐的传统。以徐闻来说，《徐闻县志》说它的制盐历史起自唐朝，到了宋朝，已经有股份制性质的制盐作坊了。在雷州半岛上，我曾看到过盐灶坡村、盐灶仔村、盐灶、盐灶村、盐灶东村和盐灶西村这样的地名。这些地名直白无误地证明，曾经，这里就是煮海制盐的盐场所在地。《徐闻县志》记载：清朝康熙年间，徐闻县东部和西南部海边，有煮盐工棚一百九十多间，盐灶三百多个，有超过六百户人家长年或是农闲煮盐。时至今日，雷州半岛依然是广东省最大的盐场所在地。

从角尾乡回城那天下午，我沿着海边公路前行。一片热带丛林尽头，我看到几块银白色的盐田。旁边，停着一辆小货车，几个工人正在把一些装满盐巴的竹筐抬上去。经过允许，我从筐里抓了一把盐。洁白的盐略微潮湿，似乎还带着大海的气息。作为大海馈赠给人类的礼物，它将从雷州半岛出发，抵达千家万户的厨房和餐桌，成为他们滋味生活不可缺少的一部分。

兵家必争的战略要冲

公元676年，唐代诗人、被后世列为“初唐四杰”之首的王勃经过千里迢迢的长途跋涉后，终于第一次看到了浩渺的大海。他要乘船渡海，前往交趾，看望因受他牵连而贬官极边的父亲。王勃横渡的那方海域，就是雷州半岛西面的北部湾，而他买舟的地方，极有可能就是雷州半岛西北部的合浦港。然而，世事无常，王勃没能见到他的父亲。这是他人生中第一次也是最后一次浮舟沧海——他在横渡北部湾时遭遇风浪，不慎跌入海中。虽然被人救起，还是惊吓过度而死。时年，王勃虚岁二十九。

今天的北部湾，如果不是台风季，海面常给人以风平浪静之感，哪怕是那些小小的渔船，也不用担心被风浪掀翻。然而，对一千多年前的王勃来讲，北部湾是一片危机四伏的水域：蛟龙潜伏，风浪时出——这大约也是所有古代航海者面临的共同威胁。

交趾即今天越南北部。很长时间里，它一直是中国的一部分。隔着白浪滔滔的北部湾，交趾的东边是雷州半岛，而雷州半岛则是中央王朝控制交趾的后方基地和用兵的大本营。

地处雷州半岛中部的县级市雷州市，即隋朝所置海康县。雷州市区，零乱的民居和几株浓荫匝地的榕树后面，有一座古色古香的庙宇，那就是伏波祠。伏波，即伏波将军，是两汉及魏晋南北朝时授予统兵将领的封号。历史上，最著名的伏波将军有两位，也就是伏波祠祭祀的这两个人。一个是西汉时平定南越的路博德，一个是东汉时平定交趾的马援。

秦始皇剪灭六国后，北击匈奴，南征岭表，岭南的大片土地，第一次设置了正式的行政机构。秦末，天下大乱，据守岭南的赵佗攻占附近地方，建立了割据的南越国。一直到几十年后的汉武帝时期，朝廷派路博德消灭南越，在此置郡设县。其中，在原南越国统辖的今天越南北部设立了交趾、九真和日南三郡。当时的交趾等地，大多数地方还是瘴气弥漫、人迹罕见的原始森林，当地人还过着刀耕火种的原始生活，很多部落仍处于母系氏族后期。对于突如其来的官府和赋税以及劳役，边民发自内心地反感并付诸反抗。

东汉初年，交趾发生了以征侧、征贰两姐妹为首领的叛乱。史料记载，征侧与征贰长年习武，性情豪放。当时，征侧的丈夫犯法被太守苏定囚禁，征侧以此为名，带领民众造反。官军不能抵抗，苏定只身逃走。一时间，九真、日南和合浦各地应者云集，六十多座城池被攻占，征侧自立为征王。

朝廷接到奏报后，派伏波将军马援率军平叛。不想，军队刚到达雷州半岛，马援的副手楼船将军——这一职务表明，他主要指挥水军——段志病死。审时度势，马援决定以雷州半岛为基地，沿着海岸线向交趾进军。他一边进军一边修路，一年多后，终于擒斩征侧、征贰并传首洛阳，而其间修筑的由雷州半岛通往交趾的道路也已长达一千余里。

遇到战争，雷州半岛是进攻交趾的大本营，而在和平年代，交趾（包括交趾郡和后来的交趾刺史部所辖诸郡）与首都长安或洛阳之间的沟通，诸如货物和贡品的运输，都是从海路先运至东冶（今福建福州），再溯闽江而上，翻越武夷山后沿赣江水系进入长江和大运河。《后汉书》称："旧交趾七郡，贡献转运，皆从东冶泛海而至。"一开始的海路中，海船沿着北部湾海岸线东行，到合浦后绕着雷州半岛画一个巨大的"U"形后再驶向东北。雷州半岛上的徐闻港，既是必经之路，也是休整之地。

公元1世纪，由于从交趾前往福州的海路（主要是过雷州半岛后）"风波艰阻，沉溺相系"，大司农郑弘主持修建了零陵峤道。所谓零陵峤道，大致从今天的湖南零陵通往广东连山，中途穿越五岭之一的骑田岭。

事实上，当时雷州半岛与内地的联系，除了可以航海到达东冶后溯内河以及经零陵峤道两种方式，还有另一条道路可选，那就是依靠秦始皇开凿的沟通长江与珠江的灵渠。具体来说，从雷州半岛诸港驶往半岛西北部的合浦港，之后溯南流江而上，经北流江后进入浔江，溯浔江再进入桂江。在桂江上游，通过灵渠进入湘江。沿湘江北上，可到达洞庭湖。此后，再溯长江和汉水及其支流，并经陆路抵达关中。

雷州半岛南望海南岛，对孤悬海外的海南岛来说，历朝历代，雷州半岛不仅是进出海南岛的必经之地，也是中央王朝控制海南的交通枢纽。是故，汉代的合浦郡辖地，除了雷州半岛等地，还包含了海南的一部分。这样做的目的，就是要更好地把交通枢纽牢牢掌握在中央王朝手里。

雷州半岛的重要性，当朱元璋定鼎天下后，在全国各重要地区设置屯兵的卫所时，体现得淋漓尽致。是时，雷州半岛共设一卫四所。四个所中，乐民所和海康所守北部湾，海安所控琼州海峡，锦囊所卫南海，作为上级机关的雷州卫驻雷州府，居中指挥。

如果从高空俯瞰，角尾像一只巨型的牛角，猛力插进了蔚蓝的大海。一边是北部湾，一边是琼州海峡。《汉书》说："自合浦徐闻南入海，得大洲，东西南北方千里。"这个大洲，就是海南岛。

琼州海峡分割了雷州半岛与海南岛，中间这片水域，在没有现代交通工具的古人那里，横渡而过，哪怕顺风，也需要一天一夜。这一点，《水经注》有明确记载："从徐闻对渡，北风举帆，一日一夜而至。"如今，这一时间缩短到不足两个小时。

1950年春天，在角尾海边，有过一次特别的渡海行动。其时，国民党败往东南沿海，除台湾外，海南是其最大基地。为了攻克海南岛，人民解放军四野组成一个人数达七百九十九人的加强营，分乘十三只木帆船，趁着越来越浓的夜色，于七点半从角尾灯楼角启航，执行偷渡。第二天中午两点，经过激战，部分官兵到达对岸的海南岛白马井。为了纪念这段历史，灯楼角旁还保存有当年的一座碉楼。据说，那就是渡海战役的前线指挥部。

灯楼角自北向南伸入琼州海峡约三公里，扼守于北部湾与琼州海峡进出口的咽喉，既是琼州海峡航道的交通要冲，也是中国大陆海岸的最南点。灯楼角的对岸，就是我曾登高远眺的海南岛临高角，其间水域宽二十多公里，是琼州海峡比较狭窄的地方。因为地势险要，为了给来往船只指引航向，光绪十六年（1890）法国人在角尾乡海滨建起一座灯塔。此地也因而得名灯楼角。抗战期间，为了避免灯塔落入日本人之手，国民政府派人将其炸毁。当时，服务于灯塔的一对法国夫妇坚决不愿离开——他们的女儿早年游泳时溺水身亡，他们想留在这里，一生一世守护孩子。当地人讲，几十年后的2004年，曾有一个法国青年骑着自行车来到海边，在那里久久徘徊。据说，这个会讲一些汉语的法国青年，就是当年那对看守灯塔的法国夫妇的后人。

如今我看到的这座六角形的灯塔，已是1994年重建的。它既是琼州海峡、南海诸岛和北部湾唯一的航标灯，也是中国大陆最南端的标志。塔下的野菠萝林里，有一方小小的坟墓。沉睡在里面的，也是一个当年服务于灯塔的法国人。

法国人在雷州半岛还留下了更大的痕迹，这痕迹，在雷州半岛东北部的广州湾——即今天的湛江市。

三面被大海包围的雷州半岛，西部岸线平直，以砂质岸为主；东部岸线曲折，砂岸和淤泥岸相间。因此，在东北部的湛江，便形成了一种溺谷型海岸。这种海岸是河口段因陆地下沉或海面上升而形成的喇叭形海湾，常常多港湾、岛屿和半岛——湛江这个喇叭形海湾，是一条大规模的溺谷型潮汐水道，沿南三岛与东海岛之间的通道深入陆地达五十公里，形成了一个港阔水深，泥沙少、潮汐强的天然良港。

天然良港引来了外人的垂涎，尤其是在晚清那样一个豆剖瓜分的千古未有的大变局时代。1897 年，法国军舰“白瓦特号”因避台风躲进广州湾，从而发现了这一深水良港。此后，法国政府软硬兼施，于 1899 年强迫清政府签订不平等条约，租借了广州湾。1925 年，闻一多为中国被割让、租借的香港、台湾等 7 个地方写下了《七子之歌》。其中，有一首即写广州湾：“东海和硇州是我的一双管钥，/ 我是神州后门上的一把铁锁。/ 你为什么把我借给一个盗贼？”

在湛江，我曾经寻访过法国人当年留下的痕迹。从教堂到公使署，再到充满异域风情的法式骑楼，诸多的历史旧迹，都指向了一个失去时代令人感喟万千的风雨玄黄。

海上丝绸之路起点

找到那三座被称为三墩的小岛前，我看到了路旁的一座小庙。阳光炽烈，小庙藏在浓密的树荫下。如果不是大门上的匾额和两侧的对联，外人很容易把它当作一座普通的农家小院。匾额上题写了四个大字：三墩圣娘。三墩圣娘是谁呢？对联给出了答案：天后镇三墩保佑黎民共庆，圣娘敷四境匡扶士庶同登。

是的，三墩圣娘就是大名鼎鼎的天后，也就是妈祖。妈祖的原型，是北宋时福建莆田湄洲岛上一个叫林默的女子。经过历代神化，她成为华人的海上佑护神。对妈祖的信仰，遍及中国东南沿海乃至海外各地。站在三墩圣娘庙前，凉爽的海风从远处吹来，风中，隐约能闻到海的腥咸。是的，就像其他各地的妈祖一样，三墩圣娘也佑护着雷州半岛上的这一古老的港口。

从三墩圣娘庙出来，穿过一条乡路，便进入了一段大堤。大堤内侧，是小河入海处的港湾，生长着成片的红树林。一些没有出海的渔船停在湾里，船头晒着渔网，有的渔民在打瞌睡，有的渔民在补网。大堤外侧是海湾，海湾里，三座小岛遥相呼应，那就是三墩。

当地人习惯把三墩称为大汉三墩。因为，这三座看上去如同港口守护者的小岛，它们与雷州半岛先民的渊源，最早可以追溯到两千多年前的西汉时期。三墩所在的南山镇，属于雷州半岛最南端的徐闻县。关于徐闻这个名字，向来有两种解释，一说海涛徐徐可闻："谓其地迫海，涛声震荡，曰是安得其徐徐而闻乎？"一说为古越语，意思是泉水村。

北宋文学家苏东坡流贬海南时，来回均行经徐闻。如果说雷州半岛如同一条巨龙的话，那么徐闻就是龙头。苏东坡针对它的重要地理位置说："四州之人以徐闻为咽喉。"由苏东坡再上溯一千年，国力强盛的汉武帝元鼎六年，即公元前 111 年，伏波将军路博德率军平定自秦末以来就割据岭南的南越后设徐闻县，隶于合浦郡。其时，徐闻县的管辖区域囊括了整个雷州半岛。徐闻县治和合浦郡治都设在如今的南山镇境内——准确地说，就是离大汉三墩不远的地方。对此，《徐闻县志》说："徐闻城，汉元鼎置，治讨网村。讨网村，前临大海，峙三墩。"

经过当地人指点，我穿过一条海边道路后，来到了南山镇下属的一个叫南湾村的地方。村后，有一片台地。台地上，一道隐约可见的土埂拔地而起，荒草和杂树胡乱生长。就是在这片台地及其附近，近三十年来，持续发现了不少文物，从钱币到瓦当到印章，甚至，还有一只古色古香的铜制编钟。经考证，这些器物大多属于汉朝及汉朝以前。

种种证据表明，汉朝的徐闻古城，就坐落于这片背岛面海的台地上。在遥远的汉朝，这里不仅是管辖整个雷州半岛的徐闻县的中心，也是管辖西起东兴，东到开平，北至容县的合浦郡的中心。可以说，徐闻两千多年的历史上，汉朝，是它最繁荣的鼎盛时期。

为徐闻带来繁荣的，是著名的海上丝绸之路。郭沫若在《中国史稿》中说："从中国的交州合浦郡徐闻县乘船去缅甸的海路交通，也早在西汉时就开辟……那时，海路交通的重要都会是番禺。船舶的出发站则是合浦郡的徐闻县……汉武帝时期，开始有了官营的海外贸易，私营的海外贸易则早已存在并一直在发展着。"成书于唐代的《元和郡县图志》的记述更为形象："徐闻，县南七里与崖州澄迈县对岸，相去约百里。汉置左右侯官，在此屯积货物，备其所求，与交易有利，故谚云：'欲拔贫，诣徐闻。'"

《汉书·地理志》明确记载了汉朝时从徐闻出发，到达东南亚各地的路线和航程："……船行可五月，有都元国，又船行可四月，有邑卢没国，又船行二十余日，有谌离国；步行可十余日，有夫甘都卢国。自夫甘都卢国船行可二月余，有黄支国……黄支之南，有已程不国。”

这些名字奇特拗口的国家，经考证：都元国在马来亚西部（另说在苏门答腊东部）；邑卢没国在缅甸勃固；谌离国在缅甸伊洛瓦底江下游；夫甘都卢国在缅甸伊洛瓦底江中游；黄支国在印度东南沿海；已程不国在斯里兰卡。

《汉书·地理志》还记载了一次由汉武帝下令实施的远航。汉武帝派宫中的一名太监，招募了一批水手，带着各种物品从徐闻出发，一路西南而行，最终抵达了斯里兰卡。这也是汉朝时从中国出发，直接到达的海上丝绸之路的最远点。后来的路途，需要由西洋商人来接力。

到了王莽时期，为了彰显他的新朝四夷宾服、万国来朝，王莽不远万里，派人前往黄支国，给黄支国王送上一笔厚礼。于是，投桃报李，黄支国王向王莽献了一头犀牛。

首次将极南的雷州半岛纳入中央王朝直接管理之下的汉武帝既是雄才大略的一代英主，也是内心细腻敏感的诗人。他留下了一首《秋风辞》，在诗中发出了“少壮几时兮奈老何”的感叹；同样，也是在这首诗中，他真实地记录了当时来往水上的一种最先进的船只：“泛楼船兮济汾河，横中流兮扬素波。”汉武帝乘坐的这种楼船，是汉代交通技术方面的重大突破。尽管早在东周时，通江达海的吴、越就有了楼船，但直到汉朝，楼船才发展成一种“船上施楼”，“高十余丈，旗帜加其上”的水上巨无霸。那时，楼船不仅是水军的主战舰只，也是远洋航行的主要载体。

缺少现代动力的古代，人类能够利用的动力，在陆地上，有人力和畜力；在水上，就江湖来说，可以依靠人工撑竿或划桨。但是，一旦置身苍茫无际的大海，这些方法显然都无能为力。好在，秦汉之际，中国人已经掌握了一种源于大自然的天然动力：季风。

所谓季风，是指地球上的大陆和海洋在一年之中由于增热和冷却不同，从而在两者之间形成的风向随季节变换而有规律变化的风。以一年为期，可分为冬季风和夏季风。大体来说，冬季风由大陆吹向海洋，夏季风由海洋吹向大陆。由于季风的时间规律很强，又常常称为信风。

低纬度的雷州半岛幸运地处于季风带。每年秋末到春初，东北季风吹拂，正好扯起风帆，离开半岛前往南洋诸港；春末到秋初，风向转为西南季风，恰恰适合南洋船只前来。

这样，我们也就得以还原两千多年前古人的远洋之行了。冬季风到来之前，高大的楼船已经停泊在了以三座郁郁苍苍的小岛为标志的徐闻港，商贾备货，水手准备路途上的食物和饮用水。当凛冽的东北风从北方吹来，楼船在送别的尖叫声与鼓乐声中，缓缓驶出港口。随着远处的三座小岛渐渐没入海平面，楼船已驶进了相对来说风平浪静的北部湾。

在汉朝，由于技术限制，航行时还必须沿着海岸线前行，还不敢直接横渡大海。这也是徐闻港在汉朝兴旺一时的重要原因——后来，当技术发展，海船不再沿着海岸线或逐岛航行时，从广州直接穿越涨海（即南海）到达东南亚便成为一条更近、更方便的路线。

回到汉朝。冬季风的吹拂下，楼船穿过北部湾，抵达当时称为交趾，还属于汉朝地盘的越南沿海。一路南行，要耗费漫长的五个月，在次年四月左右，楼船到达都元国，也就是今天的马来亚西部。稍做休整后，此时，季风已由海洋吹向陆地，楼船又一次顺风顺水，出马六甲海峡，沿孟加拉湾东岸北上，到达邑卢没国和谌离国。又是半年后，季风再次改变方向，楼船依旧乘风而行，沿孟加拉湾向西南航行约两个月后到达黄支国，以及黄支国南面的已程不国。——其时的已程不国，既是汉朝远洋航行的终点，也是海上丝绸之路的重要集散地。

作为海上丝绸之路最早的始发港，发达的海外贸易和半岛上的热带农业，为雷州半岛带来了繁荣一时的花样年华。宋代史料上说，雷州半岛“多平田沃壤，又有海道可通闽浙，故居民富实，市井居庐之盛，甲于广右”。

但是，汉朝以后，随着造船技术和航海技术的提高，海上丝绸之路始发港转到广州，徐闻的繁华渐行渐远，雷州半岛海外贸易风光不再。

汉末三国时，楼船的建造更为庞大，最大的楼船上下五层，楼高十几丈，一只船就能乘坐两三千人。更重要的是，在熟练利用季风之后，中国人已经能利用洋流做动力。这样，这些比此前更为庞大的楼船不必再像汉朝时那样，必须依靠季风，必须沿着海岸线或是岛屿前行。这时候，北部湾不再是下南洋往西洋的大通道，风急浪高的涨海开始成为最主要的航线。当时还叫作番禺的广州，既是水陆港口，又地处岭南腹地，它与中原的沟通交流，远比大陆尽头的雷州半岛更加方便。因此，继徐闻之后，广州脱颖而出，成为海上丝绸之路的第二个始发港。

从徐闻到广州的新旧更替，这一点，著名历史地理学家徐俊鸣先生的论断是：“中国史书，在东吴以前，凡通西南海上西蕃史事，常说某国在徐闻、合浦、日南以南若干里；但自西晋南北朝起，则常称去广州若干里；由此可知，晋代以前，徐闻、合浦、日南为南海市舶冲要，晋以后，则以广州为通往海外诸蕃的主港了。”

一座城市和一个地区的命运，也如同一个人的命运一样，充满了起承转合的偶然性与戏剧性。当广州成为新的海上丝绸之路始发站，雷州半岛便陷入了沉寂与萧瑟。

繁华事散，今天的雷州半岛不复旧时的繁荣与喧嚣。大陆尽头，海洋的故事以另外的方式继续传递。在雷州市，有一座风光旖旎的西湖公园。公园里，一些老人在树荫下打牌、下棋，或是闭目静坐。午后的天空雷声滚滚，一场急雨似乎就要来临，他们却没有要起身避雨的样子。旁边，是有名的十贤祠。祠里，供奉着历史上与雷州有过关联的十个古人，从寇准到苏东坡，从苏辙到秦少游，从李纲到胡铨，他们的塑像巍然乎其间。黄昏的夕光下，大雨将至未至，一道闪电突然划破天空，把这些先贤的塑像再一次擦亮——他们仿佛都要开口说话，共同证明雷州半岛曾经有过的花样年华……

三线建设：
渐行渐远的激情时代

一只叫马克多斯的蝴蝶

1979年12月29日，美国气象学家罗伦兹在华盛顿演讲时宣称：一只蝴蝶在巴西扇动翅膀，几天后会在得克萨斯州引发一场龙卷风。这一论断被称为“蝴蝶效应”。它常常用来说明看上去风马牛不相及的两件事情之间有着意想不到的关联，也用来说明微小的波动可能带来巨大的变故。许多年过去了，当我坐在重庆江北的一家茶楼里听两鬓飞霜的王老讲述他的人生故事时，无端地，我一下子联想到了蝴蝶效应。

1965年，当如今的王老还是小王时，他就读于上海某名牌大学机械专业，炎热的夏天，正是毕业之际。按小王的预想，他将毫无悬念地和女友一起留在上海，因为他和女友都是土生土长的上海人，更何况，他的父亲还是市委某部门领导。但完全没预料到的是，他接到的分配通知竟是去四川重庆，去一家代号为456的机器厂。小王此前从没走出过长三角，对他来说，重庆那家机器厂，遥远、陌生得如同月球。然而那是一个以服从组织为天命的年代，他只能揣着一纸派遣证，告别了含泪的女友，和另外几个同学一起，挤了两天两夜的火车，穿过辽阔的长江中下游平原和多湖汊的荆楚大地，一头扎进了重庆的大山沟。从此，他的人生轨迹被改写：因为分处两地，女友在两年后和他分手。他在重庆的工厂里，结识了一位来自哈尔滨的姑娘。结婚，生子，成家，立业，10多年前，他才从那家服务了大半生的工厂退休。如今，这位老上海已然成了地道的老重庆，唯有一口明显的上海腔，表明他并非这座城市的土著。

那只改变了王老命运的蝴蝶，是北部湾里游弋的一艘名为“马克多斯号”的美国军舰。1964年8月2日，“马克多斯号”在北部湾与北越海军交火，并击沉北越鱼雷艇。随即，美国国会以此为借口，出动空军轰炸越南北方，并于7日通过了《东京湾决议案》，授权美国总统在东南亚使用武装力量。这一事件史称“北部湾事件”或“东京湾事件”。北部湾事件成为越南战争的分水岭，标志着美国由此前只派军事顾问和提供军事装备发展到全面军事介入。

中国是越南的邻邦，中共是越共的亲密战友，对越南战争的升级，中共高层高度关注。毛泽东在抗议美国入侵越南的声明稿上批示：要打仗了，我的行动得重新考虑。这个“重新考虑”的行动，指上一年毛泽东曾表示要下放权力，自己骑着马去考察黄河。

众所周知，1964年的中国正从三年自然灾害中渐渐喘过气来，在上一年制订的“三五”计划中，国家计委提出要集中力量解决人民的吃、穿、用问题。现在，随着美军对越南的直接介入，毛泽东开始考量另一个问题，那就是经济建设到底是以吃穿用的民生为核心，还是以准备打大仗的备战为主导。显然，毛泽东心中的天平倾向后者。他在当月的两次政治局会议上指出："要准备帝国主义可能发动侵略战争"，"现在工厂都集中在大城市和沿海地区，不利于备战。各省都要建立自己的战略后方"。

毛泽东的担忧并非杞人忧天，而是有着极为现实的基础：20世纪60年代的中国，是一个不折不扣的孤独国家，这个国家正面临四壁合围的窘境。当是时，中国南部，越南战争已然升级，战火大有烧到中国大陆的苗头；东边，退据台湾地区的国民党时刻不忘"反攻大陆"，美军高空侦察机随时深入内地，美军举行的几场大规模军事演习，均以红色中国为假想敌；西面，中印交恶，摩擦不断；北方，漫长的边境线上，以前是可以依靠的老大哥，但随着中苏关系破裂，老大哥一下子变成了最危险的敌人。毛泽东在1964年的一次高层会议上说："一有战争征候，工厂就要搬家，疏散到山里去。上海这么多工厂还能留给敌人吗？不能。"作为最高统帅，毛泽东的意见一言九鼎。于是，中央很快做出决定："三五"计划的指导思想由吃穿用改为备战，首先集中力量建设三线，在人力物力财力各方面予以保障。

尽管后来的历史证明，战争并没有如同毛泽东预言的那样真正发生，但千千万万个像王老那样的三线建设者，他们的命运却因之而改变。随之而改变的，是西部偏僻蛮荒的大山深处：那里始无前例地出现了星星点点的现代工厂。

为什么是重庆

作为一个已经成为历史的词语，“三线”在中国曾是一种神秘的存在。尽管许多人在三四十年前就知道三线及其含义，但这个词语真正出现在官方媒体上，已经是时过境迁的20世纪90年代——在之前的文件和宣传资料里，“三线”一词一律用“某某”或“××”替代。

那么，何为三线?

按中央军委当年的定义，将全国的国土按照距离边防海防的远近，划分为“一线”“二线”“三线”三部分，其中乌鞘岭以东、京广铁路以西、雁门关以南、韶关以北的广大地区被称为“三线地区”。从行政区划上说，三线地区基本包括四川（含今重庆）、云南、贵州、陕西、青海、甘肃和宁夏，以及山西、河北、河南、湖南、湖北、广西等省或自治区的腹地。这13个省区俗称“大三线”，而一线、二线地区的腹地俗称“小三线”。

尽管大三线涉及13个省区，但被群山环绕，自古以来就交通不便的四川，才是最为理想最为重要的大后方；而四川原辖下的重庆，更因地理条件和历史条件，成为三线建设的中心。从地理上讲，重庆周边是横亘的山脉和高原，长江黄金水道迂回穿越境内；从历史上讲，抗战时期，当大半个中国沦入日军之手时，中国之所以能最终获胜，很大程度上，就是有预见地将首都迁往重庆，依靠重庆和四川的力量反败为胜。

对于重庆为什么会被选为三线建设的中心和兵器工业基地，曾任重庆市发展改革委员会副主任的马述林先生总结为五个方面：其一，当时四川人口多，地域广，物产富，自然条件好；其二，重庆的兵器工业基础雄厚；其三，重庆有重钢、特钢两大钢铁工业基地；其四，重庆的机械工业和化学工业布局合理；第五，重庆有丰富的煤炭资源和当时西南最大的火电厂。概言之，正是重庆具有的自然环境、前期基础和能源储备三大优势，深深地吸引了决策者的目光。于是就有了“用三年或者更多一点的时间，把重庆地区，包括从綦江到鄂西的长江上游地区，以重钢为原材料基地，建设成能够制造常规武器和某些重要机器设备的基地”的设想。

1964 年 9 月，新成立的重庆地区三线建设规划小组与五机部组织的西南地区勘察选厂工作队一道，深入重庆周边山区选厂定点。工作队走遍了重庆地区的山山水水后，编制出了《重庆地区三线建设规划》。紧接着，世界工业史上罕见的大事拉开序幕：在重庆主城区周围的大山里，无数座深山被夜以继日的劳作削平或掏空，数以百计的庞大却只生产单一产品的兵工厂，在闷热潮湿、山高路远的大山深处悄然扎根。三线建设的复杂、艰巨和浩大，可以通过一个事例来略做说明：位于涪陵的重庆建峰化工总厂，代号 816。该厂厂区有一列海拔 1100 多米的大山，山体中，挖掘出了 19 个规模惊人的人工洞穴。这些洞穴总长达 20 公里，每个洞穴都可供大型卡车在里面疾驰，洞穴最高处足有 20 层楼那么高。群峰之间，耸立着一座 100 多米的尖塔，那是为洞里通风的排风塔。从 20 世纪 60 年代开建，到 80 年代停工，长达 20 年的劳作，却仍然没有完工。

三线人的典型生活

重庆地处四川盆地东南边缘，不仅重庆主城区是典型的山城，重庆下辖地区，也以丘陵和山地为主。这里北有大巴山，东有巫山，东南有武陵山，南有大娄山，崎岖起伏的地表上，翠峰矗立，碧水萦回。和平时期，重庆的这种地貌特征，并不适宜布局大量的工厂，但三线建设的一个基本出发点是为了迎战备战，因此三线建设的工业布局原则是“靠山、分散、隐蔽”，虽然这一原则与人类工业史上形成的煤铁复合型、临空型和临海型工业布局背道而驰，但非常时期有非常之举。重庆的地貌特征，天然地对应了“靠山、分散、隐蔽”的三线建设原则。

“靠山、分散、隐蔽”的工业布局决定了两点，一是大量重要企业千里迢迢地从上海、北京和东北等沿海沿边地区搬迁到大山深处；二是大量三线建设所需的工人和技术人员背井离乡，从遥远的北方或东南沿海，深入祖国腹地。三线建设历时 15 年，据统计，不包括员工家属和就地参加建设的员工，单是从外地迁入三线企业者，就多达 450 万人。当年，四川是三线建设的重点，重庆又是四川的重点，因此尽管缺少一个重庆三线建设者的准确数字，但估计至少也有数十万之众。

个人总是从属于社会的，尤其是在 20 世纪中叶那样的环境下，国家的需要成为个人的唯一选择。更何况，出于保密和安全的考虑，有关部门在挑选三线建设者时，必须着重德、才两个方面，即政治上的可靠和业务上的精通，是故才有“好人好马上三线”的说法。在这种舆论之下，能够参与三线建设有时甚至是一个家族的光荣，因而在宏大叙事的掩映下，当年的艰辛和苦难被轻轻地忽略了。

我看到过一张照片，照片上，五个中青年男子、两个小男孩和一个小女孩，外加一个中年妇女和一个老婆婆，他们面带微笑。从他们的穿着可以看出，他们生活优裕，应该是大城市居民。照片上方写着“欢迎新民表弟支援三线留念”。显然，这一大家人穿上体面的衣服来到照相馆，庄重地拍上这么一张合影，是因为他们把表弟支援三线建设视作了家族的一桩大事和壮举。很可能，这乐呵呵走进照相馆的一家子，谁也不曾预料得到，表弟支援三线，居然会付出一生的时间和精力，而表弟即将经历的艰难，更是大城市的这一家人前所未闻的。

三线建设的另一个原则是先生产后生活。今天看来，这一原则明显和以人为本的现代精神相抵牾，但在斯时的环境下，却是天经地义的革命精神。先生产后生活的原则，一方面使得这些内迁的工厂得以最为迅速地投入生产。如重庆浦陵机器厂系由上海浦江机械厂迁建，一半留上海，一半迁重庆北碚。重庆的厂址是以前的一家玻璃厂，略加改造成为机器厂车间。当时，重庆方面设计了车间平面图，哪台机器放哪儿都做了明确标识。平面图拿到上海，上海再按图纸所需的机器搬迁，并将搬迁的 400 多台机器编上号，操作机器的工人随着自己的机器一同前往重庆。到重庆后，工人们住在窝棚和干打垒的土坯房里，仅仅用了一个星期时间就完成了所有设备的安装调试，顺利投产。

年过花甲的韩庆普先生看上去要比他的实际年龄年轻许多。在重庆南岸的一家光线幽暗的茶楼里，这位曾出任过四川仪表三厂总经济师的三线亲历者，如数家珍地向我讲述了那段已然隐没的激情岁月。

韩庆普毕业于北京机械学院，老家江苏淮阴，父亲是1938年入党的老革命，家庭条件甚好。因此，毕业之际，他打算留在北京或是回江苏老家。孰料，学校却将他分配去重庆。那时候，对他来说，重庆是一个完全陌生的地理名词。和重庆相关的地方，他只知道鬼城丰都。尽管万分不情愿，但组织决定高于一切，他只得跨上了西行的列车。整整70多个小时后，他被绿皮火车扔到了重庆——一个满眼破旧房屋、街道起伏坎坷的陌生城市。到了重庆，他才知道，他将要报到的工厂，并不在城区，而是在距城区还有几十里地的北碚。火车站没有通往北碚的班车，他只得背着行李找到一家小旅社住下。第二天，厂里派来一辆吱吱作响的大卡车，将他和几个同学拉到了北碚——重庆北部的一个小镇。更要命的是，后来他才知道，他的工作单位甚至还不是在北碚这个小镇，而是更加偏远的一个叫水土的地方。

水土是一个比北碚更偏远更微型的小镇，而韩庆普工作的川仪三厂，则在水土的河对岸。这条河就是堪称重庆母亲河的嘉陵江。用我们今天的眼光去看，韩庆普服务的工厂，无疑出现得非常突兀：远处是起伏的山脉，沉沉地奔向天边，近旁是大片大片的田野。春天来时，田野上铺满了金黄的油菜花，一些低矮的农舍如同孤独的岛屿，漂浮在油菜花的海洋中。油菜花覆盖的山坡下，嘉陵江静水深流。在这一派优美的田园风光中，川仪三厂的厂房像是一些不速之客，东拉西扯地依山就势，如同绿地毯上打了一些刺目的灰补丁。在这里，机器的轰鸣与牛羊的哞叫交织在一起，慈竹婆娑的身影和厂房硬朗的倒影交织在一起，下班后散步的来自北京、上海的工人和担粪劳作的当地农民交织在一起，普通话、上海话和重庆方言交织在一起……

在这种看似浪漫的田园工厂背后，却是如鱼饮水冷暖自知的生活的艰辛。我曾经以为，像韩庆普这种外来者，在重庆所遭遇的最大不适可能来自川菜的麻辣，但韩庆普否认了。“那时候年轻，口味很容易就适应了。最大的困难还是工厂偏僻的地理位置带来的。”韩庆普说，由于工厂和那个点一支烟就能走一个来回的水土镇也隔着汹涌的嘉陵江，工厂便纯粹处于农村。买菜是一个巨大的问题。没结婚时顿顿吃食堂，巧妇难为无米之炊，尽管大师傅们也想给大家改善生活，但绝大多数时候都只有最基本的两三种蔬菜。有爱开玩笑的工人对伙食团长调侃说：我真佩服咱们这些大师傅，本事大得出奇，竟然能把所有的蔬菜，都做出同一种味道。结婚成家后独立开伙，买菜只能选择在星期天。天亮时，韩庆普背上竹篓，坐着小木船和当地农民一起到水土赶场，买回一个星期所需的菜蔬。一旦没买够，就意味着剩下的日子只能吃白饭。韩庆普和一名来自陕西的三线建设者结婚后，生育了两个女儿。那时候的产假是50多天，双方的父母都远在外省，又没有经济能力请保姆，因而孩子还不到两个月时，就必须送进厂里的托儿所——那时候，为了解决员工后顾之忧，每一家三线工厂都建有一个或多个托儿所。哺乳期的女工，每天上、下午各有半小时的哺乳时间。时辰一到，总能看见一些穿着工作服的女工，三两步跨出高大的厂房，急匆匆地朝托儿所跑去。于是，以机器粗重的喘气声为背景，婴儿清亮的啼哭被山风吹得又细又远。

与物质匮乏如影随形的，是文化生活的阙如。没有电视，没有电影，甚至连收音机也少有，唯有架设在厂区高处的大喇叭，每天会准时播放一阵样板戏和革命歌曲。韩庆普记得，当年最大的娱乐就是打扑克或下围棋。韩庆普的厂长是个老资格的南下干部，经常提着一副围棋，到处找人“杀”一局。谁要是输了，就拿出烟来给大家敬一圈。因此，在两个抓耳挠腮的“棋手”背后，总是拥挤着一群拉长了脖子的围观者。20 世纪 90 年代初，川仪三厂一部分迁到了条件相对优越的北碚，为解决员工在北碚和水土之间的通勤，厂里购进了一台大客车。谁知，1994 年的一天，这辆满载员工的大客车竟然一头栽进了急流奔涌的嘉陵江，13 名员工死于非命。

当然，在韩庆普的记忆中，不仅有这种沉痛的往事，也有着欢乐的过往。由于厂区辽阔又地处乡村，厂里曾经建有养猪场和鱼塘。逢年过节，每个员工都能分到一大块猪肉和几条鲜鱼。有一年，韩庆普的岳母前来探亲，正值厂里分发猪肉，老太太由衷地感叹说：“你们厂的待遇真好啊！”

三线企业的标本

重庆和其原来所属的四川，历来是中国最稳定可靠的大后方。三线建设也很容易让人联想到民国时期的国府西迁。事实上，不少抗战时期内迁的工厂，一直到三线建设时期都还在继续发挥作用。

重庆主城区以南的万盛区，地处大娄山北缘，在万盛下辖的丛林镇海孔村境内，喀斯特发育形成了一个足有六七层楼高的巨型溶洞。抗战时期，与之相距不远的南川县城屡遭日机轰炸。其实，日机要炸的不是南川县城，而是隐藏在这个洞里的第二飞机制造厂。只是，山高洞深加上大面积的森林覆盖，日军始终没能找到飞机制造厂的具体位置。1938 年，国民政府就是以海孔村的这个天然溶洞为中心，建起了一家飞机制造厂，并从洞中飞出了第一辆轻型运输机。几十年后三线建设拉开大幕，这座沉默多年的溶洞周遭几平方公里的大山又一次充满喧哗——一个叫作晋林机械厂的以生产火炮为主的兵工企业被布局在这里。

与规模相对较小的川仪三厂相比，规模更大的晋林厂更具三线企业的标本意义。

首先，晋林厂最充分地体现了当年布局三线企业，尤其是和军工产品有关的企业时所遵循的“靠山、分散、隐蔽”原则。晋林厂所在的海孔村，地处重庆和贵州交界的崇山峻岭中，不要说外地人，即便是本地人，也对这些林木幽深的山峰知之甚少。“靠山、分散、隐蔽”的原则，一度被极端地改为“分散、隐蔽、进洞”，而海孔村的那个巨型溶洞，是一家兵工厂再好不过的天赐厂房。其次，由于地处偏僻山区，几千员工和更多的随迁家属既要生产也要生活，因而就像几乎所有三线企业一样，一律实行企业办社会：工厂里，除了生产车间，子弟学校、幼儿园、电影院、职工医院、粮油食品供应站、商店、招待所、邮电局……一应服务机构无所不备。我大学毕业时，曾在一家比晋林厂更大的三线企业工作过，那个企业除了这些服务机构，还设有公安分局、消防中队、铁路专用线和职工大学，用厂里人的话说，除了火葬场，一个城市应该有的东西它都有。最后，高度计划经济体制下，再加上大山的封闭阻隔，全厂职工几乎过着完全相同的日子。用一个在三线企业长大的亲历者的话说：“过去谁家都住一样的小房子，喝一样的水，从同一个食堂里买饭，每天都在一样的时间吃饭，每天早上都排在同一个半山腰的茅房外等着上厕所，谁家有好吃的全厂的人都知道……”

晋林厂极盛时期，员工和家属合在一起有七八千之众，相当于一个小镇的规模。在附近农民看来，这些按时上下班领月薪吃商品粮的工人，是地地道道的城里人；但在真正的城里人看来，这些住在大山沟里，在一个封闭的单元里生活和工作的人，无疑和乡下人相差无几。这种极富落差的生活中，我们可以想象得出，那些来自繁华世界，来自上海、北京、哈尔滨、天津的年轻人，他们在深山里将会忍受怎样的落寞与忧伤。

曾在三线企业生活过的导演王小帅，拍摄了两部以三线企业为题材的电影，其中一部叫作《我11》的片子，其拍摄地就在晋林厂。穿行于晋林厂，时光仿佛被冻结在了30多年前：巨幅毛泽东画像和已经斑驳的充满那个逝去时代特色的标语；长满杂草的高高低低的小路；早已废弃不用的车站和粮站；可以想象得出当年盛况的大礼堂；曾经开满鲜花的花坛里，留守的退休职工种上了绿油油的蔬菜；多年不曾使用的车间，东一堆西一堆地放置着锈迹斑斑的工具；当年人声鼎沸的筒子楼，如今是老鼠和蜘蛛的乐园。站在厂区背后的山坡上极目远眺，错落起伏的建筑物像是谁把它们失手抖落在台地上，太阳下，我似乎闻到了一股发霉的味道正在向我扑过来……

当三线已成往事

人是最能适应环境的动物。随着时光的流逝，当年那些把重庆视作畏途的外来者，渐渐习惯了这里潮湿的冬天和闷热的夏季，以及无辣不欢的川菜和脾气火爆的重庆人。韩庆普老先生告诉我，在重庆生活几年后，他的口味明显地被改造了，以至于在家做饭，他做得最多的不是老家的淮扬菜，而是重口味的川菜。当然，这些外来者也还固执地保留着一些固有的东西，比如口音。尽管在重庆已经生活了四十多年，但韩庆普仍然是一口带有江苏口音的普通话。

范时勇进入三线企业工作时，三线建设已经基本结束。不过，他的同事主要仍是当年被一纸调令从东部和北方集结而来的外地人，其中上海人为数众多。范时勇印象深刻的是，那些上海同事在一起，总是操着范时勇这个地道重庆人听不懂的上海话。

弹指一挥间，三四十年过去了，当那些千里转战的三线建设者已经主动或被动地习惯了重庆和山里的生活时，却突如其来地面临一场前所未有的失落和冲击：20世纪八九十年代，随着国际形势巨大而深刻的变化，当初决定大搞三线建设的备战背景已经被证明并不存在，而大批布局在重庆周边大山里的军工企业，面临着艰难的军转民的阵痛。即便是那些非军工企业，也因选址于交通不便的封闭山区而无法与同行竞争。

如同所有的三线企业一样，重庆的三线企业在此时进入了一个转折期。一些企业合并了，一些企业转产了，一些企业停办了，一些企业则选择了迁出大山。因为企业不景气，1994年，五十五岁的韩庆普提前退休。众多三线企业的关停或转迁，使得重庆周边的大山里留下了为数众多的工业遗址，成为重庆大地上最具时代烙印的人文景观。

海孔村的巨型溶洞见证过的晋林厂迁到了四川彭州，这座昔日人声鼎沸、马达轰鸣的兵工厂，如今人迹罕至，它最近的一次热闹是几年前王小帅在这里拍电影。电影里，晋林机械厂改为红旗机械厂。当那些以假乱真的理发店、电影院、粮油店在镜头前“重新开业”时，几个围观的老职工不由得潸然泪下。其情其景，颇有点“白头宫女在，闲坐说玄宗”的凄凉和伤感。

二三十年的时间里，这些三线企业几乎不对外公开厂名，而是一律采用代号。比如 5057 厂，它实际上就是重庆铸钢厂，又称晋江机械厂。建于 20 世纪 60 年代的晋江厂位于重庆下辖的江津夏坝。夏坝地处山区，虽然山不算高，但群峰连绵，交通不便，晋江厂就坐落在群山环伺的阴影里。尽管早在 1982 年，厂里就打报告申请搬出深山，但直到 2003 年，晋江厂才终于得以搬迁到距重庆主城相对较近的鱼洞。

员工和大量设备搬走以后，晋江厂在夏坝留下了一个日益破败的面积达 800 亩的空壳。如何处理这搬不动的厂区和厂房呢？早在晋江厂正式迁出前，厂方便着手处理这一遗留问题。后来，一家养猪场将这座工厂变成了饲养基地。其后，这里又先后成为啤酒厂和纺织厂厂房；之后，再次成为养猪场。从前冰凉有刺的钢铁味，出人意料地被猪粪味和猪食味替代。在夏坝老厂区，至今仍有一些不愿随厂搬迁的退休职工居住在那里，他们依靠微薄的退休工资维持生计，大片的厂区成了垦荒的好地方——他们握惯了铁锤和钳子的双手，握起了并不太熟悉的锄头，精心种上了成片的蔬菜和粮食。闲暇时候，他们偶尔也会绕着昔年曾流过汗效过力的车间转一转。日益破败的车间寂无人声，只有一些鸟儿扑打着翅膀，在高大的车间里飞来飞去。

抛开历史的功与过，如果仅仅对重庆而言，三线建设无疑是对这座西部城市的一次重要的工业和经济的输血。重庆能有今天的工业规模，和三线建设有着非常直接的关联。正如重庆市委党史研究室的田姝女士说的那样：“重庆作为三线建设最大的中心城市，在建设和调整过程中受益匪浅。”

金佛山位于大娄山脉北部，距重庆主城88公里，是重庆妇孺皆知的一座风景秀丽的名山。在金佛山西麓，有一座叫天星的小镇。天星镇郊的大山里，曾经有一座天兴仪表厂，它和晋林厂、晋江厂一样，都是三线建设的产物。20世纪90年代，天兴厂迁往成都龙泉，留下了大面积的厂房和宿舍。几年前，重庆有关方面打算把这里打造成全国唯一的三线建设博物馆。曾经在三线企业工作多年的范时勇，参与了这家博物馆的筹建。可惜，几年过去了，三线博物馆并没有如期开张，而是被并入了重庆工业博物馆。作为胎死腹中的三线博物馆催生出的唯一产品，是以天兴厂旧厂房为基础，建成的一家三线主题酒店。三线主题酒店偶尔会有一些好奇的年轻人前来探访。对他们来说，三线建设的前因后果他们并不关心，这里仅仅是空气清新的金佛山脚下一座有特色的酒店。酒店外还可以看到他们所不了解的另一个时代的胎记：标语、喇叭、破旧的管道等。也许他们中的大多数人都不会知道，曾经，有一些和他们同样年轻的来自异乡的青年，在这里度过了漫长的三十年乃至更长的时光。

行走在这蒙太奇镜头般的工厂里，莫名地，我想起了《我11》中一个意味深长的镜头：红旗机械厂的一群青工因为争夺女朋友大打出手，在他们歇斯底里的喊杀声中，高音喇叭突然响彻云霄：“五星红旗迎风飘扬，胜利歌声多么响亮，歌唱我们亲爱的祖国，从今走向繁荣富强……”

后　记

“奔驰的火车是一个寓言。它预示着 / 我是一个真正的旁观者。如同时间 / 见证并收割，我所看到 / 而且正在经历的这一切”。很多年前，在一辆夜行列车上，望着黑沉沉的窗口，我匆匆写下了这样的诗句。

从那时到现在，十多年过去了。这是人生最重要也最美好的十多年。如果不嫌矫情的话，或许我可以说：十多年光阴，我都交给了大地和文字。

大学毕业后，我被分配到川南一家企业工作了几年；然后，漂流到成都，先后在多家媒体从业；再然后，辞职回家，专业写作。以丧失固定收入为代价，我获得了相对的自由。一年中的大多数时间，偏居成都，读书写作；另外的少部分时间则远行路上。由于个人旨趣所在，我行走的地方大多偏重人文。因为我固执地认为，自然风景固然赏心悦目，但那些风景背后的人文与历史——先人的事迹一旦与风景相交融，便有了弥足珍贵的厚度和温度。

倘若行走是花朵的话，那么，回家后写下的与行走有关的文字就是果实——现在，这些果实中的一部分，就呈现在你面前。

收入本书的二十枚“果实”，之前刊发于《南方周末》《新华每日电讯》《中国国家地理》《中国青年报》等报刊，其中一部分，曾被《新华文摘》《读者》以及众多新媒体转发。在此，谨向原刊编辑致谢。

广西师范大学出版社是我一向心仪的出版机构，在我的书柜里，就有不少该社出品。这本书，是我与他们的第一次合作。在此，谢谢老友刘春兄，谢谢编辑小覃，谢谢诗想者工作室。当然，更应该谢谢每一位打开书页的读者朋友，是你们的支持和鼓励，让我有力量继续在文字之中和大地之上，持久而坚定地走下去。

聂作平

2021 年 6 月 18 日，蓉城